日本汉学家『近世』中国研究丛书

朱刚 李贵 主编

文本的密码

——社会语境中的宋代文学

[日]浅见洋二 著

李贵 赵蕊蕊 等译 李贵 校译

复旦大学出版社

本书由上海文化发展基金会图书出版专项基金资助出版

序　言

　　文学作品的文本不能单靠自身而存在,其生成、接受、传播离不开人类社会及由之构成的社会圈域,它存在于纷繁复杂的社会关系网中。换句话说,文学作品的文本是依托于各种各样的社会语境而存在的。本书由笔者最近十年来所写的以宋代为主的有关中国古代文学的十四篇论文汇集而成,各篇之间原本并无一贯的问题意识。如果非要找出关联性的话,上述的问题意识或可说是一条贯穿本书的线索。在此问题意识下,笔者试图对中国古代的文学文本的社会存在形态进行探究。

　　本书由第一编"权力控制下的文学创作"、第二编"从'公'文学到'私'文学"及第三编"文本生成论"组成。以下对各编概要及基本问题的设定作一陈述。

第一编：权力控制下的文学创作

　　简单地说,中国古代社会具有皇帝位于金字塔顶端的权力构造。文学文本的作者同时也是读者,这些知识分子大多作为官僚士大夫被编入这一权力构造中。

　　在以皇权为顶端的社会中,知识分子创作出的文学文本以怎样的形式存在? 再者,文学与皇权之间缔结着怎样的关系? 当然,这些问题有必要从多个视角进行考察,而本编仅从以下一点来界定问题的考察范围,即文人与国家统治权力发生冲突、倾轧之际,他们采取怎样的形式来发表言论、进行创作活动？第一章《"避言"——从〈论语·宪问〉论中国古代的言论与权力》、第二章《言论统制下的文学文本——以苏轼的创作活动为中心》、第三章《文本与秘密——再论言论统制下的文学文本》以孔子、苏轼为例，结合他们的言论或创作活动，对上述问题进行考察。

第四章《诗人之梦，诗人之死——以苏轼与郑侠的故事为中心》是围绕有关苏轼、郑侠的宋代小说的形态而作的考察随笔。因为此专题也是以遭受国家权力镇压的知识分子为中心而展开的，所以一并收入本编。

第二编：从"公"文学到"私"文学

从"社会语境""社会存在形态"的角度来看，最有效的论述途径应是"公"和"私"的二元对立模式。假如将中国古代文学分为强调"公"和强调"私"的两种文学样态，如何说明这两者的区别？虽然这个问题不能一概而论，但或许可以依据文学与皇权的距离来加以说明。也就是说，距离皇权近、与皇权密切相关的是"公"的文学，与之相反的则是"私"的文学。

第一编主要论述"公"的文学，而本编探讨的是与之相对的"私"的文学，主要从"儿童""童年""故乡""田园""老年"等话题展开，对宋代苏轼、陆游、杨万里等人的作品作了相关考察。

第五章《中国诗歌中的儿童与童年——从陶渊明到陆游、杨万里》追述从陶渊明到杜甫、白居易，再到北宋苏轼、黄庭坚，南宋陆游、杨万里在描写"儿童"和"童年"时的文学表现。第六章《儿童的情景，或田园的忧郁——关于杨万里的诗》是一篇有关杨万里歌咏儿童和田园的随笔。第七章《"眼中历历见豳风"——陆游诗中歌咏的农村》、第八章《刘克庄与故乡田园》分别对陆游和刘克庄诗中"故乡""田园""老年"的话题进行了考察。

在中国强调"私"的观念的文学中,田园、山水的风景是非常重要的话题。朝廷是"公"的世界的代表,所在地是人工建造的都市。与之相对,"私"的世界则是自然的田园、山水。第九章《杨万里与"诗债"》、第十章《苏轼与杨万里诗中山水的拟人化》主要考察苏轼和杨万里诗中山水、田园的表现形式及其特质。

第三编:文本生成论

简单地说,文本有各种各样的文体。根据"公""私"二元对立模式,也可以区分出不同文体的文本。例如,献给皇帝的奏表是"公"的文本,而写给亲友的尺牍则是"私"的文本。但是,本编所讨论的并不是因文体的差异而形成的"公"与"私"的差别,而是同一文体中的"公""私"差别。以诗歌文本为例,在此类文本中,既有强调"公"的观念的文本,也有强调"私"的观念的文本。

结合诗歌文本的形成过程考虑:诗人的脑海中最先浮现诗句,不久诗人就会完成一篇诗歌作品,并将之写在纸上。所记录的诗歌文本或被放置在诗人手边,或被赠与亲友。这一阶段的诗歌文本仅有极少数的读者,其"私"的特征也极为强烈。但是不久这类诗歌文本就会被收入诗集,拥有相对广泛的读者,逐渐开始向"公"的方向变化。本编所论述的是,诗歌文本在从"私"转向"公"的生成过程中的各种样态。

第十一章《"焚弃"与"改定"——宋代别集的编纂或定本的制定》结合唐宋文人事例,主要考察放置在作者手边的诗歌文本被"改定"或被"焚弃"的现象。第十二章《从校勘到生成论——有关宋代诗文集的注释特别是苏黄诗注中真迹及石刻的利用》着眼于南宋产生的苏轼、黄庭坚诗注中诸多关于苏黄墨迹和石刻的记载。墨迹、石刻文本是被整理成诗文集前的

"私"的文本的典型。本章主要列举与这些文本相关的注记资料,继而考察其中所显示的文献学、文学论的特质。第十三章《黄庭坚诗注的形成与黄𫮃〈山谷年谱〉——以真迹及石刻的利用为中心》在前章的基础上,考察黄庭坚诗注和年谱中所见的有关其墨迹和石刻的记录,并以此来明晰黄诗各种注本的形成过程。第十四章《宋代文本生成论之形成——从欧阳修撰〈集古录跋尾〉到周必大编〈欧阳文忠公集〉》结合欧阳修《集古录跋尾》和周必大所编《欧阳文忠公集》校注,对第十二章、第十三章论述的问题再加以深入探讨。

本书意在考察中国近世文学文本的社会存在形式,所收各章原本是各自独立的专题,各章间或有诸多重复之处。原本想在汇总成书时,对重复之处作相关整理,但始终未能如愿。敬请谅解!

目　　录

第三编　文本生成论

第一编

权力控制下的文学创作

第一章 "避　言"

——从《论语·宪问》论中国古代的言论与权力

在中国古代,文人常常因其言论、创作活动而与国家的统治权力发生冲突,乃至因言获罪,遭到打压。例如在北宋时期,被卷入新旧党争中的苏轼,就因以诗毁谤朝廷的罪名被御史台告发,遭到贬谪(乌台诗祸)。而在知识分子当中,最早与国家权力发生冲突的当为孔子。孔子往往给人留下安稳地遵从体制的印象,然而在当时他却是一位反对政治体制的叛逆之人,是一位反体制的知识分子。事实上孔子后来也被迫离开鲁国流浪四方,去寻找认同自身思想的为政者,并在此期间屡次身陷险境。他的遭遇,当是其言论拒绝谄媚、拒绝屈从于当时的政治权力使然。可以说,孔子正是在权力与言论冲突摩擦的漩涡中成功幸存的知识分子。

当个人言论与国家权力发生冲突之际,知识分子应当如何行事?对此,《论语·宪问》提出了"避世""避地""避色""避言"四种方式,其中尤其值得注意的是"避言"。"避言"所指究竟为何?本章通过探讨历代对于"避言"的解释,致力于阐明孔子的言论观之一端,并在此基础上联系《韩非子》《管子》等著作,考察中国古代言论与权力的关系。

一

首先,试举《论语》中几处论及国家的统治权力与思想言论之关系的有代表性的章句。例如《宪问》篇中有云:

> 邦有道危言危行，邦无道危行言孙。①

据包咸注可知，"危"即"厉"；又据何晏集解可知，"孙"即"顺"，"孙"通"逊"。这是说：国家若有"道"（即道义、道德），"言"（即言论）和"行"（即行为）均可激烈；然而国家若无"道"，"行"仍可以激烈，而"言"则应谦顺。换言之，孔子此篇的论述，可作如下观（此处撇开"行"不谈，仅以"言"而论）：若国家实施善政，则言论可以直截不迂曲，也就是可以直接提出批评意见；与之相反，若国家政治黑暗，言语则须谦顺，批判亦应有所收敛。"危言"也即"直言"，"言孙（逊）"则是与之正相反的"曲言"。而在中国的言论环境中，可以说"言孙""曲言"更注意修辞，更多地具有所谓文学式的委婉表达。②

除此之外，《论语》中尚有不少地方将国家是否有"道"作为言论和行动变化，或是有必要随之变化的依据。例如《公冶长》篇中有云：

> 宁武子，邦有道则知，邦无道则愚。

卫国的大夫宁武子在国家有道时便表现为智者，在国家无道之时则表现为愚者（孔安国注有"佯愚"之说）。孔子称赞这一处世方式。而这与表现为智者时言"危"，表现为愚者时则言"孙"的指向也基本相同。

从以上所举的两篇可以看出，对孔子而言，自己所仕之国是否有"道"有着极其重要的意义。或许"言危""言孙"两种选择都会被认为是在体制内的护位保身之说，然而这样的解释是不恰当的。孔子所关心的恐怕不是自己在体制内的位置（换

---

① 本章《论语》及其古注引自《论语注疏》，《十三经注疏》本，嘉庆二十年重刊宋本，中文出版社影印，1971年。

② 《汉书》卷六四下《贾捐之传》中有"危言"一语，颜师古注云："危言，直言也。"另《子华子·阳城胥渠问》将"直言"与"曲言"加以对比，称"太古之圣人，所以范世训俗者，有直言者，有曲言者。直言者，直以情贡也。曲言者，假以指喻也"。

言之也即"发言权"）能否得到保证，因为他认为若身处无"道"之国，即便能保证自己的地位也毫无意义。正如《宪问》篇中的其他章节所谈到的那样：

> 邦有道穀，邦无道穀，耻也。

此外《泰伯》篇亦云：

> 笃信好学，守死善道。危邦不入，乱邦不居。天下有道则见，无道则隐。邦有道，贫且贱焉，耻也；邦无道，富且贵焉，耻也。

概而言之，孔子希望表达的应是：身处有"道"之国，则不惜生命为之建言献策；身处无"道"之国，则无须为之效力。也就是说，孔子以自身的言论为立足点，判断一个国家是否值得为之奉献，是否值得为之提出批评意见。可以说通过这段文字，为言论而死的孔子作为思想家的胆力得到了充分的体现。

孔子对于自身坚守的"道"，也就是思想、言论的正确性抱有强烈的信念。这一点在上文《泰伯》篇"守死善道"一句中也有所体现。在此之外，《史记》卷四七《孔子世家》所记载的孔子与众弟子在遭遇陈蔡之难时的问答也反映了这一点。孔子问众弟子："吾道非耶？吾何为于此？"众弟子对此有各种各样的回答，而孔子最赞赏颜回以下的答案："夫子之道至大，故天下莫能容。虽然，夫子推而行之，不容何病，不容然后见君子！夫道之不修也，是吾丑也。夫道既已大修而不用，是有国者之丑也。不容何病，不容然后见君子！"[1]由此可见，孔子最在乎的是矢志不渝地守护自己的思想、言论。

那么，在面对"道之不行"的混乱政局时，从事言论活动的知识分子或思想家们应当如何应对？《宪问》篇中的以下一句

---

[1] 《史记》，中华书局，1982年，第1932页。

值得注意：

> 贤者辟世，其次辟地，其次辟色，其次辟言。①

"辟"通"避"，即避免或远离接触。本句的内容，一言以蔽之，是论述"贤者"——有德行的知识分子——可从"世""地""色""言"四个层面出发来切断与国家、社会的联系。这其中反复使用了"其次"一词，从而构成了一种"层叙法"，可以理解为它是依据切断层级，从高到低、从大到小排列的。也有学者认为此句是评判人物的优劣，划分出最高层次的贤者、第二等贤者、第三等贤者等，兹不取。②

"辟（避）世"（本章中，以下无必要区分之处用"避"字）指的是断绝与世界的联系。所谓"世"，指的应是那一时代人类社会之总体。在这个意义上，可以理解为论述的是成为隐者，也就是"隐逸"；接下来的"避地"，可以理解为避开政治混乱的国家，也即移居到别国。所谓"流亡"恐怕也包含在此。以上两者在解释上几乎没有产生异说的余地，历代解释也都基本一致。但对于"避色""避言"的含义，历代解释则有所出入。

对于以上所引《论语·宪问》的内容，尤其是"避色""避言"的部分，历代是如何阐释的呢？笔者首先从中国近年来有代表性的译注出发加以确认。《论语》的译注本汗牛充栋，此处仅举三例，首先为钱穆的《论语新解》：

> 贤者避去此世。其次，避开一地另居一地。又其次，

---

① 在这一节之后孔子说道"作者七人矣"——实践了以上准则的有七人。关于这一点本章不论及。

② 朱熹《论语集注》引程子言："四者虽以大小次第言之，然非有优劣也。所遇不同耳。"在此基础上王夫之的《读四书大全说》卷六云："以优劣论固不可，然固必有次第差等矣。……就避之浅深而言也。"本文赞同这一解释。

见人颜色不好始避。更其次，听人言语不好乃避。①

在此"避色"被释为"见人脸色不好而避"，"避言"被释为"听人言语不好乃避"。而杨伯峻《论语译注》的翻译如下：

有些贤者逃避恶浊社会而隐居，次一等的择地而处，再次一等的避免不好的脸色，再次一等的回避恶言。②

"避色"被译为"避开不好的脸色"，"避言"被译为"回避恶言"。那么"色""言"到底是谁之"色"、谁之"言"呢？钱氏和杨氏对此皆未予以说明。或许二人的解释并未限定于某一具体的个人，而是指广义上的他者的恶颜恶语。此外，杨氏将反复使用"其次"之语的"层叙法"解释为区别人物的优劣等级，这一差异因与本章主旨无关，在此不展开论述（下文所举例子同此）。

再举黄德信主撰，周海生、孔德立参撰的《论语汇校集释》为例。黄德信的按语如下：

避，去而不遇也。避世，谓隐居，厌世也。避地，去其所厌之地。避色，避见其所厌见之容色。避言，远去而不闻其言。③

黄氏在此处亦未特别指出是谁之"色"、谁之"言"。尽管黄氏所解也有可能指广义上的他者之"色""言"，然而由于开头部分"避，去而不遇也"似指离开君主的身边，因此黄氏或许理解为是君主之"色""言"。

那么，近年来日本学界对此有何解释呢？兹从数量众多的译注中选出有代表性的四种加以考察（此外，还有不少重要译

---

① 新校本《钱穆先生全集·论语新解》，九州出版社，2011年，第442页。原著初版由香港新亚研究所出版，1963年。
② 《论语译注》，中华书局，1980年，第157页。
③ 《论语汇校集释》，上海古籍出版社，2008年，第1327页。

著,详细情况后述)。首先为金谷治译注本:

> 杰出之人(于乱世之际)避世。其次避开其国土。再其次避见(君主冷漠的)容色。再其次避听(君主不好的)言语。①

吉川幸次郎则译为:

> 最为杰出之人,避开当时的整个时代。稍次的人,则避开一个地域逃亡至另一地域。再其次的人见到对方的脸色后逃避,再其次的人听到对方的言语后逃避。②

贝塚茂树译为:

> 杰出的人避开混乱的时代,其次的人避开混乱的地域。再其次的人见到别人的脸色后逃避,再其次的人听到他人的言语后逃避。③

加地伸行译为:

> 贤人避开乱世而隐居于山村(这是最好的)。第二等则是避开其地(国),前往政治清明的国家。第三等则是避开君主无常的脸色前往他国。第四等则是听闻恶言恶语后前往他邦。④

金谷氏、加地氏均将"避色""避言"的"色""言"解释为"混乱之国的君主的容色与言语",不过金谷氏将"君主"这一限定词放在了括号中。他或许是想借此表示这一"色""言"也可以不局限于混乱之国的君主,而可包括广义上一般他者的容色、言语吧。吉川氏、贝塚氏则似乎解为"一般他者"。

---

① 《论语》,岩波书店,1979年,第204页。
② 《论语(下)》,朝日新闻社,1963年,第182页。
③ 《论语》,中央公论社,1973年,第419页。
④ 《论语》(增补版),讲谈社,2009年,第343页。

以上七家基本上都继承了自古传承而来的解释,其中金谷氏、加地氏(或也包括黄氏)则更忠实地从君主的角度来解释"色""言"。那么传统解释的情况如何呢?以下即对中国古代"避色""避言"的解释史加以回顾。虽然对于本章而言"避言"更为重要,但由于"避言"与"避色"之间关系密切,故在此同时举出二者来加以论述。

三国时期魏国何晏的《论语集解》所引孔安国传将"避色"释为"色斯举矣",将"避言"释为"有恶言乃去"。"色斯举矣"之义虽难解,但《论语·乡党》中有将"鸟见人的脸色后飞去"的情景称为"色斯举矣"的句子。与这一解释类似,正如北宋邢昺疏"不能予择治乱,但观君之颜色,若有厌己之色,于斯举而去之也"所说的那样,孔传的解释也应为"当君主作出似乎厌恶自身的神色时,当从该处离开"之义。这一解释也明确地见于梁代皇侃以《论语集解》为基础再添以解释而成的《论语义疏》①,他解释"避色"为"不能予择治乱,但临时观君之颜色,颜色恶则去",解释"避言"为"唯但听君言之是非,闻恶言则去"。

那么朱熹的《论语集注》对此作何解释呢?朱熹将"避色"释为"礼貌衰而去"②。"礼貌"是指礼仪的正确态度,此处应特指君主的态度。《孟子·告子下》以君主的态度来判断是否应当入仕,曰:"迎之致敬以有礼,则就之,礼貌衰则去之。"③朱熹此处几乎全沿用孟子语来作解释。此外,朱熹将"避言"释为"有违言而后去也"。"违言"是指与自身有分歧的意见,应指君主与自身的意见相左。

古注与朱熹的解释均将"避色""避言"解释为避君主之"容色"与"言语",因而可以说处在同一框架之内。但在朱熹以后

---

① 《论语义疏》,怀德堂纪念会,1924 年。

② 《四书章句集注》,中华书局,1983 年,第 158 页。

③ 《孟子注疏》,《十三经注疏》本。

又产生了怎样的解释？是否有脱离传统的解释产生？以下首先对"避色"加以进一步探讨。笔者并未全面调查《论语》的古代注释，管见所及，值得注意的是清代刘宝楠《论语正义》卷一七对"避色"的相关解释。刘氏继承旧注，又依据以往注释所未采用的资料，有如下一段记载：

> 《吕氏春秋·先识览》："凡国之亡也，有道者必先去。古今一也。"高注引此文"辟色"作"避人"。《子华子·神气》篇亦言"违世"、"违地"、"违人"。后篇桀溺谓子路曰："且而与其从辟人之士也，岂若从辟之士哉。""辟人"即"辟色"，当时两称之，高诱或亦随文引之耳。①

《吕氏春秋·先识览·先识》中有一节记述了有德之士在国家道德衰微之际离国而去的情景。这与《论语·宪问》中的主张相同。东汉高诱注此节即引《论语·宪问》的相关内容，并将"辟色"作"避人"。此外，《子华子·神气》云"太上违世，其次违地，其次违人"②，这一说法在内容和叙述方式上皆与《论语》有相似之处（"违"与"避"大致是同义词）。也就是说《子华子》用"违世""违地""违人"的"层叙法"来说明个体与社会的隔绝关系，而这也是支持"避色"与"避人"同义的一个例子。此外《论语·微子》里隐者桀溺语子路的言辞中有"辟（避）人"一语，刘宝楠认为也与此相同。

如此这般，刘宝楠视"避色"与"避人"同义的解释展现出了新意。"避色"的"色"是用于描述人的外貌、模样、行为之语，但也可以理解为人本身——刘宝楠的解释因令我们意识到这一点而显得尤为重要。当然，"色"与"人"归根结底并无太大差

---

① 《论语正义》，高流水点校，中华书局，1990年，第596页。
② 《子华子》，《文渊阁四库全书》本。本书相传为春秋时晋国程本所著，实际应为宋代人所著。

异,总的来看,刘宝楠的解释也还在传统注释的框架之内。

清代戴望的《论语注》卷一四也将"辟(避)色"与"辟(避)人"作为同义词来理解,且戴望更直接地将《论语》原文的"辟色"写作"辟人"。在此基础上,他将"辟人"解释为"远恶人",并引《大戴礼记·曾子制言上》"吾不仁其人,虽独也吾弗亲也"①一句加以说明。另外,戴望似乎未将"色(人)"的对象限定为君主,而是理解为广义的他者。不用"颜色恶"(皇侃)或"厌己之色"(邢昺)来作解释,而以"恶人"断言之,也可见其所指应非君主。可以说戴望虽大体继承了传统解释,但又在其基础上迈出了新的一步。这与以上列举的近人十家中的钱、杨、吉川、贝塚四家可谓有相通之处。

综上所述,以往对于"避色"的解释存在着"色(人)"是否特指君主之"色"的差异。窃以为不局限于君主,而指广义上一般他者之"色"的解释更为恰当。也就是说,"避色"是"贤者"避开他者之"色",断绝与他者(尤其是"恶人")的交流,不与人来往。若进一步申说,则断绝与他人的交流也意味着远离他人的视线,隐藏自身与自身的行为。也就是说,"避色"最终也意味着避开他人眼目,不引人注目地立身行事——所谓的远离他人,也是指从他人的世界中排除自身。

那么,"避言"又当如何解释呢? 古代关于"避言"的解释,大抵是在"'贤者'避开君主的'恶言'"这一框架内进行的。然而值得注意的是,戴望《论语注》将之解释为"畏谗言"。既是"谗言",就不可能指君主的言语。戴氏将"避言"解释为广义上的远离恶人恶语,正与上举钱、杨、吉川、贝塚四家之说相通。

尽管存在着"言"是否特指"君主之言"的差异,但无论如何,历来对于"言"的解释,总归是指知识分子避开他者之言。

---

① 《论语注》,《南菁书院丛书》第二集所收本。

对于这一"避言",恐怕也能与上述"避色"作同样的理解——也就是说,使他者的语言远离自己,实际上也是使自己的语言远离他者。这里的"言"无论是指他者之言抑或是自己之言,实际均无重要的差别。"言"既可指他者之言,亦可指自己之言,这从本质上来说并无区分。要而言之,"避言"是指避开言论活动本身,也即知识分子断绝与他人对话,不公开发表言论,中断语言交流。

实际上笔者以上论述中的解释倾向,在金谷治译注《论语·宪问》的相关附注中已被提及。这当中金谷氏有如下一段与前面引用的译文不同的解释:

> 这一节包含着以"退避"为妙的道家思想。从这一角度来看,"避色""避言"或许可以理解为"从美人身边离开"以及"止言"之意。

虽然金谷氏将"避色"解释为"从美人身边离开"[①],即远离女色,这种说法令笔者难以赞同,但是他对"避言"的解释却非常值得关注。"止言"可以理解为"贤者"闭口不言,不发表言论,即放弃言论活动,停止交流。笔者同意金谷氏这一独特的见解。当然需要加以说明的是,这一看法仍未脱离"'避言'指知识分子中断与国家社会间的言论关系"这一传统的解释框架。本章无意针对传统解释提出质疑,故作别解。

另外,如果从日本《论语》解释史的角度追溯上述"避言"的相关解释的话,或许可以举江户时代后期怀德堂学派学者中井积德(号履轩)的《论语雕题》,以及据之整理、修订而成的《论语逢原》为例。在《论语雕题》中,中井积德对"避言"解

---

① 这一解释或许是本于皇侃及邢昺疏所引郑玄注:"柳下惠、少连避(辟)色者。"柳下惠因对女性有洁癖而知名。少连未详,大概也与柳下惠一样是对自身操守颇为谨严的人物。

释道："辟言，不与恶人言也。""辟言者，不屑与接言语，而避之言语不相及之处。"①《论语逢原》则解为"辟言，不与恶人言也"，"辟言者，不忍与接言，而避之言语不相及之处也"。② 也即解释为身为臣下的知识分子不与"恶人"交流，也即"止言"（金谷治）。③

近代以来的解释当中，北村佳逸的《论语的新研究》云"知道即使向君主进谏也不会被采纳，故索性沉默耻言，对政治的善恶漠不关心"④，将"避言"解释为知识分子"不言"。而更为晚近的宫崎市定在《论语的新研究》中则解释为"不与言语迂阔之人说话"⑤。木村英一在《论语》中解释为"避开语言（避开让对方生气的话）"⑥，或许也同属一个解释框架。尤其是木村氏在此句的注释中言"这应是孔子受到当时隐逸思想的影响，对自古以来隐士的各种各样的生存方式作出的通论"，明显与金谷氏的解释相近。转向近年的中国来看，南怀瑾《论语别裁》的"不发牢骚"⑦，金良年《论语译注》的"避开言谈"⑧，也同样包含有知识分子"止言"的意味。⑨

综上所述，《论语·宪问》中"贤者辟世，其次辟地，其次辟色，其次辟言"一句大致可以解释为："贤者"循着从"世"（社会

① 中井积德手稿本。大阪大学怀德堂文库复刻刊行会监修《论语雕题》，吉川弘文馆，1995年，第132页。影印本难以判读的地方根据手稿本进行了确认。

② 《论语雕题》，第406—407页。

③ 中井积德在此更论及《论语》正文的颠倒问题，认为"避色"应当与"避言"调换顺序。《论语雕题》称"避言旧在避色之上，旧文盖错互，宜改正"，认为"避言"本在"辟色"之前。另外《论语逢原》在依据这一观点调换正文"辟色"与"辟言"的位置后注曰："避言旧在避色之下，盖错文，今试改正。""避"字、"辟"字的混杂今仍依原文。

④ 《论语丛书》第四卷，大空社，2011年，第293页。

⑤ 《论语的新研究》，岩波书店，1974年，第320页。

⑥ 《论语》，讲谈社，1975年，第390页。

⑦ 《论语别裁》，复旦大学出版社，1990年，第689页。

⑧ 《论语译注》，上海古籍出版社，2004年，第177页。

⑨ 此外应当还有近似的解释，详细的调查拟留待日后。

空间)到"地"(居住场所),再到"色"(脸色态度),再到"言"(言语或言论)等若干阶段性的步骤,使自己逐渐远离国家社会。若以相反的顺序作简要说明,即是:在国家混乱之际,知识分子首先断绝言语交流,尤其是在会迫害自己、不认同自己的人面前禁言不语,停止公开发表言论,若以上文所引《宪问》篇中的另外一词来说,则是"言孙(逊)",即收束言论,使其审慎稳健,采用委婉的表达方式也属此类;"避色"阶段则为断绝与人的交往,尤其是不出现在会迫害自己或是不认同自己的人面前;"避地"阶段是变换居住场所,例如逃往他国;而最终极的是"避世"阶段,即抛弃人类所创造的社会,成为弃世的隐者。如此这般,在各个阶段中隔绝的程度变得越来越深,隔绝的影响范围也越来越广。

在对《论语·宪问》篇进行如上解读时,值得注意的还有《韩非子·说疑》中的如下一段话。《论语》是站在知识分子的立场上进行论说的,而《韩非子》则是从统治知识分子的当权者或为政者的角度加以阐述的,正可谓是法家独有的观点:

> 禁奸之法,太上禁其心,其次禁其言,其次禁其事。①

如何能打压人们对于统治权力的违逆呢?这里逐一列举了不同等级的方法。对于这些方法,以上引文采用的是从终极到初级的顺序(即从"禁心"到"禁事"的顺序)来排列说明。笔者在此则采用相反的顺序:最后的"事"指行为,"禁事"是禁止、限制人的行为,属最初级的统制方式;其次的"禁言"是禁止言论活动;最后的"禁心"则是统制人内在的心理、精神活动,属于最极

---

① 《韩非子》,《四部丛刊》本。

端的方式。①

一般来说，反权力的思想会通过以下几个阶段向权力发起挑战。在最初的阶段，知识分子在"心"中萌生出叛逆的思想。在这一阶段"心"之所思还未表现出来，然而过不了多久"心"之所思则会转化为"言"，进而变为"事"也即实际行动，并对权力带来危害。所以说，到了"事"的阶段才进行统制对于统治者而言乃是下策。在"事"之前的"言"的阶段即能进行统制当然最为理想，然而不管怎么说，最上策当是在"心"的阶段就能加以统制，因为这一做法从根源上切断了叛逆之本。然而反过来说，对"心"之镇压也是最难的，因为心之所思乃眼所不能见。正是因为要完全克服这一困难才能做到，所以以"禁心"也被认为是最佳的做法。

《韩非子》的这一段内容可以与《论语·宪问》中的相关内容联系起来解读。在运用"层叙法"方面，二者有共通之处。如果结合《韩非子》来解读《论语》的话，可以得出以下结论：

在国家无道之际，知识分子"心"中怀有批判权力的逆反思想。然而"心"之所思不易被察识，因此停留在心中仍然相对安全，可以免除迫害与镇压。尽管《论语》中并无与"心"相关的记载，然而如果在"避言"之后加上"其次避心"之语，也丝毫不会令人感到奇怪。身处混乱之国，首先应当停止与他人（尤其是恶人）的"心"的交流，使所思所想不为人（尤其是恶人）所知。但当国家愈乱之时，则有必要进一步断绝与社会的联系。然而无论如何，仅仅隐藏"心"之所思是不够的。在与他人的交流过程中，"心"有可能会被人识破。那么就要"避言"，即停止言语

---

① 近代以来的"法"所管辖的对象仅止于"事"与"言"，并未进入"心"的层面。在"内心的自由"这一原则之下，在"心"中无论如何思考均属自由，不会因违法而遭到处罚。然而《韩非子》的"法"却将"心"作为最终极的管辖对象：这在如实地反映出其时代性的同时，也将法本质上具有的"权力性"清晰地呈现在我们眼前。

交流。然而即使保持沉默,如若现身人前,仍会被视为危险之人。如此就需要"避色"("色"对应《韩非子》所云之"事"),即中断与人(社会共同体的成员)的交往。再接下来则是离开原在的"地",也即所谓"避地",再之后则为"避世"。①

对知识分子这一处世态度的论述不仅仅见于《论语》。孔子的这一观点,在中国言论与权力的关系当中,可谓建立起了一种规范。例如刘宝楠《论语正义》在以上所引的注释之后,还引用了《管子·宙合》中的一段(以下包含刘宝楠未引用的语句):

> 是以古之士有意而未可阳也。故愁其治,言含愁而藏之也。贤人之处乱世也,知道之不可行,则沉抑以辟罚,静默以侔免。辟之也,犹夏之就清,冬之就温焉,可以无及于寒暑之菑矣,非为畏死而不忠也。夫强言以为僇,而功泽不加,进伤为人君严之义,退害为人臣者之生,其为不利弥甚。故退身不舍端,修业不息版,以待清明。②

这一段文字阐述的是身处乱世的"贤人"应当如何行事、如何守护自身及其言论思想。这里举出的方法是"故愁其治,言含愁而藏之也",也即使自己关于政治的思想、言论秘不外泄。③ 在此之上,作者进一步地以"沉抑""静默"换言之。此中"沉抑"或相当于"避地"或"避色","静默"或相当于"避言"。

知识分子乃言论活动之徒,即献身于"言"的人。因此在与权力摩擦冲突之际,在《论语·宪问》所列举的知识分子所应当

---

① 《论语·宪问》的"避言"如能与《韩非子·说疑》的"禁言"构成一组来对照理解,则"避言"指的是"知识分子'止言'"的解释将变得更为有力。

② 刘宝楠未引"是以古之士有意而未可阳也。故愁其治,言含愁而藏之也"一节。此处据郭沫若、闻一多、许维遹撰《管子集校》补充引用,科学出版社,1956年,第168页。

③ "愁"者,"敛束"之意。这一节笔者参考了《管子集校》以及黎翔凤《管子校注》(中华书局,2004年)等作出解释,但仍抱有疑问。

采取的方法——也即"避世""避地""避色""避言"之中,最为重要的,无论如何都应当是"避言"。与此类似的还有其他各种各样的说法,如"慎言""谨言""闭口""噤口""绝口""箝口""缄口""结舌""咋舌"等。这些说法均指"止言"(金谷治),即中断言语交流、停止言论活动或采用委婉稳健的方式表达。《宪问》篇中另一句"言孙(逊)"也与此相同这一点,已略见前述。在该句中孔子认为,在无道之国应当避免"危言"(直言)而选择"言孙"。

对于言论,自古还流传有不少告诫之语。例如《左传·成公十五年》中,春秋晋国的谏臣伯宗之妻就曾告诫丈夫"子好直言,必及于难"①,指出"直言"会招致祸害。果然伯宗也在后来因谗言而遭到杀害。另《逸周书(汲冢周书)》芮良夫解中有"贤智箝口,小人鼓舌"②一句,认为"箝口"才是贤者应有的姿态而高度赞赏。这种看法在当时恐怕是人皆有之的共识。关于孔子,《说苑·敬慎》中还记载有催生出了"三缄金人""金人缄口"等熟语的故事:

> 孔子之周,观于太庙,右陛之前,有金人焉。三缄其口,而铭其背曰:"古之慎言人也。戒之哉,戒之哉。无多言,多言多败。无多事,多事多患。……"孔子顾谓弟子曰:"记之。此言虽鄙,而中事情。《诗》曰:'战战兢兢,如临深渊,如履薄冰。'行身如此,岂以口遇祸哉。"③

以上这一片段阐发的是为了避免"口祸",应当避免"多言"而选择"慎言",可以说如实地反映了孔子所提倡的"避言"的言论观。

---

① 《春秋左传注疏》,《十三经注疏》本。
② 《逸周书(汲冢周书)》,《四部丛刊》本。
③ 《说苑校证》,向宗鲁校证,中华书局,1987年,第258页。

<h1 style="text-align:center">二</h1>

在与国家统治权力发生矛盾冲突之时,知识分子为了守护自己的思想、言论,应当如何行动?大部分人应该能够同意,在中国对于这一问题最为常见的答案就是"隐逸"。若问在《论语》当中,隐逸又是如何被把握与认识的,则可以说其对隐逸基本持否定的态度。① 然而《论语》当中又散见有对于隐逸的正面评价,乃至令人感到有隐逸之志的片段。② 本章开头所引的《宪问》篇的一句即是其中之一。金谷治认为这一句有着"肯定退避的道家思想的志趣",也即隐逸的志向。事实上"避世"与"隐逸"大致也可认为是同义语。若如此来考虑,且进一步推而论之,则本章讨论的问题"避言",或许也被包纳在了隐逸的框架之中。③

对于孔子自身有无将"避言"与隐逸联结起来一同考虑这一点,兹暂不论,然《论语·宪问》中阐发的"避言",在后世"隐逸"的系谱当中确实有被接受的例子。如梁沈约撰《宋书》卷九三《隐逸传》序的开篇,在举出反映了"遁世避世"的隐逸思想的语句时引用了孔子"贤者避地,其次避言"④一句。由此可见沈约明确地认为"避言"是与隐逸相关的行为。

---

① 例如《微子》篇中与隐者长沮、桀溺的对话。桀溺在界定自身为"辟(避)世之士",孔子为"辟(避)人之士"后,认为自己的处世方式比孔子更为优越。孔子对此强调了在"世"也即人类社会当中寻求自身立身处世之位置的重要性。对以积极参与社会为旨归的儒家而言,这应当说是不可退让的立场。

② 例如《季氏》篇中的"隐居以求其志"、《公冶长》篇中的"道不行乘桴浮于海"等。

③ 然而"避言"又与老庄思想中的"无言""忘言"大为不同。因"避言"指的是在公共场合停止言论活动,而非停止言论活动本身。在此我们应当认为,在儒家思想的支持下"言"受到深厚的信赖与肯定。正是为了守护自身信赖、肯定的"言",才要"避言"。

④ 《宋书》,中华书局,1974 年,第 2275 页。另沈约《高士传赞》(《艺文类聚》卷三六人部隐逸上)中有"亦有哲人,独执高志。避世避言,不友不事。耻从污禄,靡惑守饵。心安藜藿,口绝炮载……"句,在叙述"高士"(隐士)的行为时使用了"避世""避言"之语。

　　在此无法否认的是,孔子所提出的"避言",并非利用言论来对权力展开积极的挑战,而是旨在令自身的言论远离权力。对于古代中国的士大夫文人来说,国家的权力构造是作为一种前提条件而被接受的。因此他们当中的绝大多数即使与权力发生冲突,也不会从正面作斗争。关于这一点,若从近代以来的观点出发批判他们的态度过于消极软弱,恐怕也没有太大的意义。古代中国言论与权力的关系,本身就是通过这种方式确立、构造起来的。

　　正如本章开篇所述的那样,孔子是在与权力的矛盾冲突中生存下来的、怀才不遇的知识分子。出于这一原因,他没有选择隐逸,而不得不流浪——孔子正是早期中国的一位流亡知识分子。在孔子之后,中国历史上虽然也出现了许多的流亡者,但在秦汉帝国建立之后,流亡的知识分子却并没有太多。这恐怕是因为与春秋战国那样有着众多诸侯国的时代不同,在皇帝权力的统治之下,中国全境已成为了一个均质的空间,从而令他们失去了逃亡的可能。随着逃亡变得难以实现,引起我们注意的,便是北宋苏轼被卷入的"乌台诗案"等文字狱,也就是因言论之罪而被贬谪的事例。而在这些知识分子的言论与创作活动当中,本章所探讨的"避言"传统又是以怎样的形式得到继承的,则仍有待于今后的深入考察。①

(廖嘉祈　译)

　　附记:本章是在《"避言"ということ——〈論語・憲問〉から見た中国における言論と権力》(《中国研究集刊》光号,总62号,2016年)的基础上修订而成的。

---

　　①　关于苏轼,本书第一编第二章作了若干考察。

第二章　言论统制下的文学文本

——以苏轼的创作活动为中心

　　知识分子(文人)因言论、创作活动与国家统治权力发生冲突,乃至获罪遭受镇压的例子不胜枚举。在古代中国,孔子应是最早被镇压的文人。他虽然经常给人以处于体制中心、坚守礼制规范的印象,但在当时却是一位叛逆者,或者说是一位反抗体制的知识分子。可以说,孔子正是从权力与言论摩擦、冲突的漩涡中成功幸存的知识分子。在孔子之后,众多的知识分子因与国家权力发生冲突而遭受镇压,北宋的苏轼(1037—1101)就是其中之一。

　　苏轼生活的北宋中后期,正是王安石(1021—1086)主导的新法改革进行之时,而与改革保持距离的苏轼在当时被认为属于敌对的旧党。神宗元丰二年(1079),苏轼被御史台问以诽谤朝廷之罪,被捕入狱(即"乌台诗案"),原因是他的诗作中有批评新法的内容。苏轼在御史台受审数月,最终承认自己有罪且已作好了被判死刑的心理准备,所幸得到恩赦,被贬黄州(今湖北省黄冈市),并在该地生活五年。与此同时,苏轼之弟苏辙以及众多友人也遭受连坐,受到贬谪。元丰八年(1085)神宗驾崩,哲宗即位。宣仁太后高氏摄政后,旧党重执权柄,苏轼也被召还朝廷。然而朝廷内的党派斗争愈发炽烈,苏轼也深陷其中,屡屡因诗作、策题及制敕被指为诽谤朝廷而遭到弹劾。元祐八年(1093)宣仁太后逝世,哲宗亲政,新党再次掌握实权,政治局势发生变动。次年绍圣元年,苏轼以诽谤朝廷的罪名被贬惠州(今广东省惠州市),又在绍圣四年被贬儋州(海南岛)。

当个人言论与国家权力发生冲突之际,知识分子应当如何应对? 同样遭受过言论打压的孔子与苏轼,对这一问题有着深刻的省察。笔者曾在本书第一编第一章中围绕孔子的言论进行过探讨。在此基础上,本章拟结合苏轼的创作活动,对北宋中后期以诗歌为中心的文学文本的生成、接受、传播以及解读情况加以考察。

一、"避言"的谱系

中国古代知识分子(士大夫)的言论、创作活动与国家统治权力之间存在怎样的联系? 这诚然有多种考量的角度,然而其中最为核心的恐怕是"讽谏"——通过言论纠正统治中的失误,对权力展开批判。正如《毛诗大序》指出的那样:"上以风化下,下以风刺上。主文而谲谏,言之者无罪,闻之者足以戒。""风(讽)谏""谲谏"是诗应当承担的重要的职能之一。

北宋范仲淹(989—1052)进献给晏殊的《上资政晏侍郎书》①中的以下一节,可以说继承了这一讽谏传统。此书简是时为秘阁校理的新进官僚范仲淹因讽谏仁宗,而遭到上司晏殊斥责后的驳论文字。范仲淹历来被认为能代表士大夫的理想形象,而这篇文字也与此评价相称,充分表明了他忠直的理想主义的言论观。

> 夫天下之士有二党焉。其一曰,我发必危言,立必危行,王道正直,何用曲为? 其一曰,我逊言易入,逊行易合,人生安乐,何用忧为? 斯二党者,常交战于天下,天下理乱,在二党胜负之间尔。傥危言危行,获罪于时,其徒皆结舌而去,则人主蔽其聪,大臣丧其助。而逊言逊行之党,不战而胜,将浸盛于中外,岂国家之福、大臣之心乎? 人皆谓

---

① 《范文正公集》卷八,《四部丛刊》本。

> 危言危行，非远害全身之谋，此未思之甚矣。使搢绅之人皆危其言行，则致君于无过，致民于无怨，政教不坠，祸患不起，太平之下，浩然无忧，此远害全身之大也。使搢绅之人皆逊其言行，则致君于过，致民于怨，政教日坠，祸患日起，大乱之下，恻然何逃。当此之时，纵能逊言逊行，岂远害全身之得乎？

在此范仲淹指出士大夫的言论与行动存在两种模式：一种是"危言""危行"，即采取激进的言行；另一种则是"逊言""逊行"，即采取稳妥温和的言行。此处暂且不论"行"，而集中考察"言"的方面。前者的"危言"指的是信任为政者的德行，当统治者有缺陷时便直率地加以批评，并试图加以矫正的言论，可以视作"讽谏"。当然这种行为也容易招致为政者的不满，常常容易引来打压的危险。后者的"逊言"则指并不批评为政者，而选择为政者容易接受的温和表达。士大夫可借此避免弹劾以保全自身。在这两者当中，范仲淹终究坚守的是前者，他认为唯有前者才能让国家，也让每一位士大夫获得最大的利益。这可以说是正确合理的主张。

范仲淹立论时将"危"与"逊"对立起来，形成一种二元对立的范式。而这一范式源远流长，可以一直追溯到《论语》。例如《论语·宪问》当中，就有讨论国家统治权力与思想言论关系的一句：

> 邦有道危言危行，邦无道危行言孙。①

据旧注可知，"危"即"厉"，"孙（通逊）"即"顺"。国家有道（道义、道德）之时，言行（言谈、举止）皆须严厉；国家无道，行为举止可以严厉但是言谈要谦逊。此处笔者同样只讨论"言"，则孔

---

① 本章《论语》的原文及古注皆引自《论语注疏》，《十三经注疏》本，嘉庆十三年重刊宋本，中文出版社，1971年。

子的论述可作如下观：若国家实行善政，言论就相对自由，知识
分子可以直接提出批判意见；与之相反，若社会政治黑暗，语言
则要适当谦逊，批判也应有所收敛。可以说在中国的言论系统
中，"危言""直言"与注意修辞、委婉表达的"言孙""曲言"处于
对立的位置。

若将《论语·宪问》的表述与范仲淹的表述作一对比，可以
看到几点相异之处。首先，孔子关注的是自身侍奉的国家是否
有道，然而范仲淹并未关注这一问题。在范仲淹的讨论当中，
"无道"的国家本身就不在考虑范围之内。在此前提下，范仲淹
所关注的仅仅是知识分子的言论表达形式。范仲淹认为知识
分子的言论不应"逊"而应"危"，可以说他是以"危言"为善，以
"逊言"为恶。与此相对，孔子认为应依据国家状况选择"危言"
抑或"逊言"。也就是说，两者本身并无优劣或善恶之分，而是
作为选项被同等看待。

依据国家状况选择"危言"或"逊言"，看似是一种机会主义
（opportunism），或者说是一种在体制内的护位保身之说，但这
样的解释有欠妥之处。孔子所关心的不是他在政治体制内的
位置（或者说发言权）能否得以确保，因为他认为如果身处无道
之国，那即便能保全地位也毫无意义。孔子希望表达的大概是
身处有道之国就应全力为之建言献策，身处无道之国则没有必
要那样做。换言之，孔子是以自身的言论为立足点来衡量一个
国家是否值得奉献自身，或是否值得批判。

在孔子的言论中值得注意的是，作为言论的表达方式，与
"危言"并存的"逊言"也被积极地定位。虽然"逊言"容易被"讽
谏"的传统和随之具有的理想主义所遮蔽，但也正因如此，揭示
其应有的作为言论的选项（alternative）就显得格外重要。在考
虑与"逊言"的关联时，尤为值得注意的是《论语·宪问》当中的
以下一句。这一句讨论的是知识分子在无道之国应当如何行

动，但也可以引申为知识分子在遭到国家统治权力的打压时应当采取的言论与行动：

> 贤者辟世，其次辟地，其次辟色，其次辟言。

"辟"通"避"，即避开、疏远。此节从世、地、色、言四个方面论述贤者（即知识分子）与国家社会之间的隔绝关系。"其次"作为一种"层叙法"被反复使用，意在说明隔绝程度从高到低的阶段性变化。笔者认为这里并不是指贤者的优劣等级之分，而是指贤者面对乱世的应对方式存在着阶段性的差别。

开头的"避世"（即"辟世"，本章中以下"辟"均用"避"字）意谓断绝与世界的交流。其中"世"是指所处时代的社会空间，在这个意义上，"贤者避世"就是贤能之人弃世而成为遁世者（隐者），也就是所谓的"隐逸"。其次的"避地"可释为离开混乱的国土而移居他国，此处亦含有"亡命"之意。对于以上二者，以往文献的解释基本一致，但对"避色""避言"的看法则多少有些出入。若依据本书第一章《"避言"——从〈论语·宪问〉论中国古代的言论与权力》的整理来讨论，即是如此：

"避色"是知识分子避开他者之"色"，也即其人的身影与行动。换言之，即是断绝与他者的交流，不与人来往。但若进一步申说，避开他者的"色"也意味着远离他人的视线，隐藏自己的"色"。也就是说，"避色"最终也意味着避开他人眼目，不引人注目地立身行事。所谓的让他人远离自己，也就是让自己远离他人。

另一方面"避言"指的是避开他人的言辞，并且也能与上述"避色"作同样的理解：使他者的语言远离自己，实际上也是使自己的语言远离他者。这里的"言"无论是指他者之言抑或是自己之言，实际并无重大差别。"言"从本质上来说并无"自他"之分，既可指他者之言，亦可指自己之言。要而言之，"避言"是

指避开言论活动本身,也即知识分子断绝与他人对话,不公开
发表言论。换而言之,"避言"是一种"言论的自我控制、自我规
制"。然而为了慎重起见还要特别强调一点:"避言"并非对
"言"的不信任抑或否定,在这里,毋宁说"言"是备受信赖和肯
定的。正是为了要守护自己的"言",才要"避言"。换言之,所
谓"避言",可以说是以言论公开为最终目的而进行的行为,也
可以理解为只要条件具备,他们随时都可以公开言论。

　　知识分子作为以身献"言"之人,可以说是言论活动的主
体。因此当知识分子与权力发生摩擦、冲突之际,在《论语·宪
问》所列举的知识分子所应当采取的避世、避地、避色、避言等
方法中,最值得探讨的无论如何都应是"避言",即为了守护自
己的"言"而停止、切断"言"。关于这一做法,此外还有诸多类
似的表达。如"慎言""谨言""闭口""噤口""绝口""慎口""箝
口""咋舌""结舌"("结舌"在前述范仲淹的书简中曾被使用)
等。这些词语都有中断言语交流、停止言论活动或委婉表达之
意。《论语·宪问》的其他内容以及范仲淹书简中的"言孙
(逊)""逊言"亦是如此。

　　可以说上述"避言",即言论的自我控制、自我规制在中国
古代知识分子的言论表达方式中逐渐成为一种传统规范,对后
世也产生了深远的影响。以下笔者所讨论的北宋苏轼,就可以
说是实践了"避言"的典型人物。

二、苏轼与"避言"

　　孔子是在权力冲突中幸存下来的知识分子,所以他应该有
过"避心""避言""避色"的经历。不止于此,事实上他还有"避
地"(离开鲁国辗转亡命他国)的经历,可以说孔子是中国最早
亡命天涯的知识分子。在孔子之后,中国历史上还有诸多亡命
者,但是秦汉之后并没有那么多。究其原因,这恐怕是与春秋

战国时期诸侯分裂的情况不同,秦汉之后中国的领土已全部成为皇帝权力统治下的均质空间,以致逃亡的去处消失。随着亡命可能性的消失,"诗祸""口舌之祸""文字狱"等因言论获罪被贬的事件开始变得引人注目,其中最值得注目的应是北宋苏轼的"乌台诗案"。①

中国自古就有以诗歌批判权力的讽谏传统,正如上文所举《毛诗·大序》所说的那样:"上以风化下,下以风刺上,主文而谲谏,言之者无罪,闻之者足以戒。"这种说法与其说是对诗歌批判权力的包容,倒不如说是鼓励诗歌的批判性,可谓是"言论无罪""讽谏无罪"。这虽然与现在的"言论自由"不可相提并论,但已然显示出当时中国社会的优越性,值得高度评价。这一理念也得到了宋人的普遍认同,相传宋太祖赵匡胤的遗训曾言"不得杀士大夫及言事者"(见《太祖誓碑》)②。这一刻石是否真实存在仍留有疑问,姑且不论其真伪,但至少可推知宋王朝尊重知识分子,高度倡导"言论无罪"的传统理念。前文讨论的范仲淹的观点,也是以这一理念为本。然而,理念又时常会遭到现实的背叛,忠义的讽谏有时又会被政敌当作恶意的诽谤。在苏轼的诗祸事件发生时,有不少拥护苏轼的人站在传统观念的立场上,主张诗之"讽谏"无罪,要求赦免苏轼。例如张方平(1007—1091)就曾写《论苏内翰》③为苏轼辩护,其中引用《毛诗大序》中的"言之者无罪,闻之者足以戒"作为依据,认为

---

① 关于"乌台诗案"等诗祸的研究,请参照沈松勤《北宋文人与党争(增订本)》(人民出版社,2004年)、萧庆伟《北宋新旧党争与文学》(人民文学出版社,2001年)、内山精也《苏轼诗研究》(研文出版,2011年)、涂美云《北宋党争与文祸、学禁之关系研究》(万卷楼图书股份有限公司,2012年)等。
② 刘卓英点校《宋稗类钞》卷一,书目文献出版社,1985年,第1页。此外《三朝北盟会编》卷九八(上海古籍出版社,1987年)中也云:"艺祖有约,藏于太庙:誓不诛大臣,言有违者不祥。相袭未尝辄易。"
③ 《乐全先生文集》卷二六,《北京图书馆古籍珍本丛刊》第89册,书目文献出版社,1988年。

苏轼的诗歌真正地继承了"讽谏"传统,而"讽谏无罪",故应当得到赦免。实际上,这篇文章似乎并未被进献给朝廷,然而即便得以进献恐怕也不会产生什么实际效用。① 可以想见,"讽谏"的理念最终没能改变现实的政治斗争,"言论(讽谏)无罪"的理念在"乌台诗案"之际徒具形式。换言之,当时知识分子的言论活动被朝廷严格控制,失去了自由。

在此种言论环境之下,文人应当如何处世? 回答这一问题的关捩应是《论语·宪问》中所说的"避言"或"言孙(逊)",也即中断言语交流,停止言论活动或选择委婉、稳妥的表达。而这一"避言"的传统在苏轼的创作活动中又是如何得以继承的? 以下拟分三个时期详加探讨。

(一) 乌台诗祸前夜(熙宁年间)

首先,试观"乌台诗案"之前,神宗支持王安石实行新法的熙宁年间的情况。

在被御史台告发之前,苏轼对"讽谏无罪"是否抱有纯粹的信念,并依此通过言辞批判新法? 从历史事实来看,情况绝非如此。从这一时期的诗歌创作可知,他对自身的言论发表极为慎重。当时新旧党派之争十分激烈,旧党人士无论是谁都极为注意自身的言论活动。实际上,掌握朝廷实权的新党已经让台谏(谏官、御史)对批判新法的言论加以全面控制。如《续资治通鉴长编》熙宁三年(1070)四月壬午条记载王安

---

① 据马永卿辑、王崇庆解《元城语录》(《惜阴轩丛书》本)卷下载,张方平命子张恕将《论苏内翰》进献给朝廷,张恕因愚懦害怕,并没有将此进献给朝廷。顺带一提,对此刘安世(号元城)认为张方平在文书中为苏轼辩护的方法是不恰当的,如果文书进献给朝廷,反倒会招来祸害。那么应当选用何种方式来辩护? 面对这一问题,刘安世说如果用"本朝未尝杀士大夫。今乃开端,则是杀士大夫自陛下始,而后世子孙因而杀贤士大夫,必援陛下以为例"来辩护的话,那么神宗为了保护自己的名誉就有可能赦免苏轼。此处用了"未尝杀士大夫"之语,应是意识到太祖遗训的缘故。

石语:"许风闻言事者,不问其言所从来,又不责言之必实。若他人言不实,即得诬告及上书诈不实之罪,谏官、御史则虽失实亦不加罪,此是许风闻言事。"①谏官及御史即使有"诬告"及"诈不实"的过错也不会被罢免,可见他们对言论的监督甚至到了可以不顾形式的酷烈程度,这种镇压言论的方针恐怕在普通官僚群体中也得到了广泛的传播。如《宋史·陈升之传》云:"时俗好藏去交亲尺牍,有讼,则转相告言,有司据以推诘。升之谓'此告讦之习也,请禁止之'。"②这种影响从利用与亲友同僚交流的书信进行"告讦"(揭发、暴露他人隐私)的风气当中也可见一斑。

在此情形下,苏轼及其周边的文人对谨慎发表言论有着广泛的共识。他们的诗歌或书信往来中多次出现此类忠告话语。以下即按时间顺序对此作一梳理。首先举出的是苏轼在赠刘攽的诗歌中的表达。熙宁三年(1070),刘攽因批判新法被贬为泰州(今江苏省泰州市)通判,苏轼的送别诗《送刘攽倅海陵》言:

> 君不见阮嗣宗,臧否不挂口。莫夸舌在牙齿牢,是中惟可饮醇酒。读书不用多,作诗不须工。海边无事日日醉,梦魂不到蓬莱宫。秋风昨夜入庭树,莼丝未老君先去。君先去,几时回。刘郎应白发,桃花开不开。③

此诗的后半部分述说对先离都而去的刘攽的惜别之情,末尾的"刘郎"指的是与刘攽同姓的唐代刘禹锡。众所周知,刘禹锡因参与"永贞革新"而被贬为朗州(今湖南省常德市)司马,被召还回都后曾写"玄都观里桃千树,尽是刘郎去后栽"的诗句来歌咏

---

① 《续资治通鉴长编》卷二一〇,中华书局,1985 年,第 15 册,第 5106 页。
② 《宋史》卷三一二,中华书局,1977 年,第 29 册,第 10236 页。
③ 张志烈、马德富、周裕锴主编《苏轼全集校注》第 1 册,诗集卷六,河北人民出版社,2010 年,第 505 页。

玄都观的桃花,抒发久别京城后复归的感慨。苏轼在这里实际上是将刘攽比作与之有着相同境遇的刘禹锡。

值得关注的是此诗论述"口""舌"的前半部分。口舌的作用不仅在饮食方面,也发挥在言论层面,而苏轼言明当前需要抑制言论,口舌的作用应以饮食为主。他还忠告刘攽要效仿阮籍"口不论人臧否"[①]的做法,以发言谨慎为良方。这也让我们明确得知,苏轼在熙宁年间已有避免发表多余言论的"避言"意识。

熙宁四年(1071),苏轼离开朝廷出任杭州通判。在此任上的熙宁六年(1073),友人钱颛也因批判王安石新法被贬秀州(今浙江省嘉兴市)。苏轼在与之唱和的《和钱安道寄惠建茶》末尾写道:

> 收藏爱惜待佳客,不敢包裹钻权幸。此诗有味君勿传,空使时人怒生瘿。[②]

"有味"是从品茶时的"茶味"上来说的。后两句写他人可能会从此诗中读到某些言外之意,而如同脖子上生瘤一般大为震怒,故有"勿传"之诫。就上述《送刘攽倅海陵》中提及的刘禹锡的例子来说,相传其诗《玄都观桃花》曾被当时手握朝廷实权的反对派视为满怀愤懑,即"有味"之作,刘禹锡也因此再度被贬。苏轼担心他自己的诗也被他人尤其是反对派阅读之后,会给他及钱颛带来像刘禹锡那样的危险。可以说此诗充分表现出了苏轼的惶恐心理。

苏轼在杭州通判之后转任密州(今山东省诸城市)知事,熙宁九年(1076)于密州所作《七月五日二首》其一云:

---

① 嵇康《与山巨源绝交书》(《文选》卷四三)云"阮嗣宗口不论人过"。
② 《苏轼全集校注》第 2 册,诗集卷一一,第 1051 页。

避谤诗寻医,畏病酒入务。萧条北窗下,长日谁与度。①

这是赠同僚赵成伯诗的开头四句,歌咏了孤寂的地方官生活。首二句写为了避开毁谤而停止写诗,惟恐生病而戒酒。"寻医""入务"皆是官吏用语,前者意谓暂停公务,后者指开展公务。苏轼在此将诗酒拟人化,称"诗因生病而疗养,酒因公务而奔忙",营造出一种幽默气氛。全诗又以第一句特别值得注意,收录此诗的施元之《注东坡先生诗》(《施注苏诗》)卷一一引《新唐书·陆贽传》(《旧唐书》卷一三九)中的"避谤不著书"句来阐释此句。被贬忠州(今重庆市忠县)的陆贽,为了"避谤"而断绝与他人来往,停止了著述活动。在这里,"避谤"与"不著书"即停止言论活动联系在了一起。苏轼效法陆贽,为了避开毁谤而停止了写诗,但他的"避谤"行为应是停止公开作诗,而并非是停止一切的作诗活动。毫无疑问,此后他也一直保持着与亲密朋友间的诗歌交流。

苏轼在密州秩满后,转任河中府(今山西省永济市)知州。熙宁九年(1076)赴任途中想要经过都城开封的苏轼在写给刘攽的和诗《刘贡父见余歌词数首以诗见戏,聊次其韵》中云:

十载飘然未可期,那堪重作看花诗。门前恶语谁传去,醉后狂歌自不知。刺舌君今犹未戒,炙眉吾亦更何辞。相从痛饮无余事,正是春容最好时。②

---

① 《苏轼全集校注》第3册,诗集卷一四,第1411页。
② 同上书,第2册,诗集卷一三,第1312页。另外,关于此诗的创作时间有多种说法。《苏轼诗集合注》认为作于熙宁六年。笔者此处从施宿《东坡先生年谱》及小川环树、山本和义《苏东坡诗集》第三册(筑摩书房,1986年,第178页)等作熙宁九年。《苏轼全集校注》认为此诗作于熙宁八年十一月。

当时苏轼并未被允许进入京城，可见他在政治上仍身处险境。此后不久，苏轼被调往河中府的转职取消，又被任命为徐州知州。此诗首句说明离开朝廷历任地方官的情况，第二句的"看花诗"一词，用前述刘禹锡咏玄都观桃花之事。在这里，苏轼认为他没能像刘禹锡那样回到京城，因此也未能写下《咏玄都观桃花》那样的诗。在上文所举的《送刘攽倅海陵》当中苏轼将刘攽比拟为刘禹锡，而在此诗中他则把自己比作刘禹锡，这似乎也暗示了危险的逼近。颔联讲在此境遇下自己的诗不知被谁传到了刘攽（当时担任曹州［今山东省菏泽市］知州）那里。由诗题可知，刘攽在看到苏轼这些被流传开来的诗之后写诗寄给苏轼，因此才有了苏轼的这首再度唱和之作。

此诗最值得注意的是颈联，其中"刺舌"一句用隋代贺若弼之典。贺若弼之父贺若敦因言得罪，临刑之际唤来若弼，引锥刺其舌告诫他要慎言（《隋书·贺若弼传》）。苏轼在之前的送别诗中反复劝告刘攽要出言谨慎，在此诗中则主要责备刘攽不听劝告，应当是就刘攽寄来诗作一事而言。"炙眉"意为烧灼眉毛，典出《晋书·郭舒传》。郭舒因当面忤逆上司王澄而招致怨怒，被炙眉时他跪而受之，竟不发一言。在这里，苏轼借此典表明他或许会因直言而引起反对派的怨怒乃至受到惩罚，但他对此并不畏惧。尽管苏轼以洒脱的语言描绘赏春饮酒之乐来结束全诗，但仍反映出了当时紧迫的政治形势。从颈联可窥探出在这样的形势之下，苏轼已有发言须谨慎的意识。①

除此之外，作于熙宁十年（1077）的《司马君实独乐园》云：

抚掌笑先生，年来效瘖哑。②

---

① 朱翌《猗觉寮杂记》（《知不足斋丛书》本）卷二对于此诗颈联有"坡平生以语言得祸，畏之如此"的论述。

② 《苏轼全集校注》第3册，诗集卷一五，第1497页。

这是苏轼写给司马光的诗。当时司马光逃离新党执政的朝廷，幽居洛阳"独乐园"，励精撰写《资治通鉴》。这两句意谓上天如果看到先生缄默不语的状态应会抚掌大笑。虽然描写的是在新党势力下司马光假装"瘖哑"的状况，但也反映出苏轼对自身处境的担心。另外，苏轼作于熙宁十年的《答孔周翰求书与诗》云：

> 身闲曷不常闭口，天寒正好深藏手。吟诗写字有底忙，未脱多生宿尘垢。①

作于元丰元年（1078）的《送孔郎中赴陕郊》亦有"闭口"之说：

> 讼庭生草数开樽，过客如云牢闭口。②

这两首皆是赠与孔宗翰（字周翰）的诗作。前诗写苏轼责备自身本应保持沉默，却不能停止作诗，就如同脱不去宿疴一般；后诗写送孔宗翰赴陕州（今河南省三门峡市）时访客众多，苏轼忠告他不要让言论招来批判。此二诗与上述诗作表达的意旨大抵相同。顺便一提，收录《送孔郎中赴陕郊》的（旧题）王十朋《集注分类东坡先生诗》卷二一（新王本卷一五）引孙悼注中征引了唐代韩愈赠给贬官李绛的"接过客俗子，绝口不挂时事，务为崇深，以拒止嫉妒之口"③等句。由此可见，"闭口"的忠告很早就已出现在官僚文人间的言语交流中。

由以上熙宁年间新法施行时苏轼发表的言论可知，苏轼已经十分注意谨慎发言，并呼吁朋友也关注这一问题。当时不仅苏轼有这样的想法，他的朋友们对此也有广泛的共识，上述司马光的处事方式即可佐证此点。以下将以苏轼友人的相关言

---

① 《苏轼全集校注》第 3 册，诗集卷一五，第 1613 页。
② 同上书，诗集卷一六，第 1656 页。
③ 韩愈《与华州李尚书书》，《韩昌黎文集校注》卷三，上海古籍出版社，1998 年，第 228 页。

论,尤其是友人对他的劝告为例来说明这一点。熙宁初毕仲游
(1047—1121)《上苏子瞻学士书》有如下的记述:

> 孟轲不得已而后辩,孔子或欲无言,则是名益美者言
> 益难,德愈盛者言愈约,非徒辞喜而避怨也。……愿足下
> 直惜其言尔。夫言语之累,不特出口者为言。形于诗歌者
> 亦言,赞于赋颂者亦言,托于碑铭者亦言,著于序记者亦
> 言。足下读书学礼,凡朝廷论议,宾客应对,必思其当而
> 后发,则岂至以口得罪于人哉?而又何所惜耶?所可惜
> 者,足下知畏于口,而未畏于文。夫人文字虽无有是非之
> 辞,而亦有不免是非者。是其所是,则见是者喜;非其所
> 非,则蒙非者怨。喜者未能济君之谋,而怨者或已败君
> 之事。①

毕仲游恳切地告诫苏轼不仅要注意平时的口头言论,也要谨慎
注意"诗歌""赋颂""碑铭""序记"等所有的著述行为。正如苏
轼对友人发出的忠告一样,此处毕仲游也对苏轼表达了同样的
看法。

此外,文同(1018—1079)也对苏轼发出了类似的忠告。叶
梦得《石林诗话》卷中有如下一段记载:

> 文同,字与可,蜀人,与苏子瞻为中表兄弟,相
> 厚。……时子瞻数上书论天下事,退而与宾客言,亦多以
> 时事为讥诮,同极以为不然,每苦口力戒之,子瞻不能听
> 也。出为杭州通判,同送行诗有"北客若来休问事,西湖虽
> 好莫吟诗"之句。及黄州之谪,正坐杭州诗语,人以为

---

① 《西台集》卷八,《文渊阁四库全书》本。孔凡礼《苏轼年谱》(中华书局,
1998年,第194页)断为熙宁三年前后的作品。

知言。①

熙宁四年,文同劝告出任杭州通判的苏轼:不要向从京城来的客人询问朝廷之事,无论西湖的景色多美也不要作诗。文同《丹渊集》(《四部丛刊》本)并未载此二句,且卷末所附南宋家诚之的跋文在引用上述《石林诗话》的基础上,还载明为了避免"党祸"的波及,有可能从文集中剔除了此诗。

至此可见,苏轼及其友人在新法实施期间为了避免以诗歌为首的言论、创作活动招来毁谤中伤,常常对作诗及发表言论怀有警戒之心。在这里我们看到的是对发表言论甚至慎重到了胆小害怕之程度的士大夫形象,这与前文范仲淹所表达的理想主义的状况相去甚远。然而,尽管苏轼有如此周到的戒备,最终仍以批判朝廷之罪被御史告发,也就是所谓的"乌台诗案"。在告发过程中,诗歌被当作主要的犯罪证据,其中有不少就是前面列举的诗例。具体而言,有《送刘攽倅海陵》《和钱安道寄惠建茶》《刘贡父见余歌词数首,以诗见戏,聊次其韵》《司马君实独乐园》这四首。朋九万《乌台诗案》(《函海》本)记录了这一案件的来龙去脉,并收有苏轼承认有"讥讽朝廷"意图的供状。表达发言须谨慎的诗歌却被当作告发的证据,这不得不说是一个极大的讽刺。

(二)贬谪黄州时期(元丰年间)

元丰二年(1079)末,苏轼从御史台被释放。释放不久所作的《十二月二十八日,蒙恩责授检校水部员外郎黄州团练副使,复用前韵二首》其二中有"平生文字为吾累"②句,可见被贬后他

---

① 何文焕辑《历代诗话》所收,中华书局,1981 年,第 417 页。文同诗中对苏轼的忠告之语亦见于罗大经《鹤林玉露》乙编卷四、王应麟《困学纪闻》卷一八等。

② 《苏轼全集校注》第 4 册,诗集卷一九,第 2108 页。

已明确将"祸"界定为"文字"（以诗歌为首的言论活动）带来的灾难。翌年即元丰三年，被发配黄州的苏轼刚到贬所不久就作《初到黄州》诗，云"自笑平生为口忙"①。这里的"口"的作用除了为生存摄取食物外，还包括发表言论，即进行创作活动。如果以后者为解读重心的话，可以发现苏轼在自嘲"诗祸"的同时亦有后悔之意。

萌发后悔之念的苏轼在贬谪黄州期间对诗歌创作有所节制，即便作诗也是在与亲友的交流中反复强调发言须谨慎小心。此处笔者将选取这一时期有代表性的书简（"书""尺牍"），以时间为序，举例如下：

> 轼自得罪以来，不敢复与人事，虽骨肉至亲，未肯有一字往来。……轼所以得罪，其过恶未易以一二数也。平时惟子厚与子由极口见戒，反复甚苦，而轼强狠自用，不以为然。（《与章子厚［章惇］参政书二首》其一，元丰三年［1080］三月作）②

> 但得罪以来，不复作文字，自持颇严，若复一作，则决坏藩墙，今后仍复滚滚多言矣。（《答秦太虚［秦观］七首》其四，元丰三年十月作）③

> 得罪以来，深自闭塞。……辄自喜渐不为人识，平生亲友无一字见及，有书与之亦不答，自幸庶几免矣。……自得罪后，不敢作文字。此书虽非文，然信笔书意，不觉累

---

① 《苏轼全集校注》第 4 册，诗集卷二〇，第 2150 页。
② 同上书，第 16 册，文集卷四九，第 5269 页。以下引用书信的标题中，收信人若是以字等记录，则加括号注出姓名（未详时从略）。
③ 同上书，第 17 册，文集卷五二，第 5753 页。

幅,亦不须示人。(《答李端叔[李之仪]书》,元丰三年十二月作)①

仆所恨近日不复作诗文,无缘少述高致,但梦想其处而已。……近日始解畏口慎事,虽已迟,犹胜不悛也。奉寄书简,且告勿入石。(《答吴子野[吴复古]七首》其二,元丰四年作)②

非兄,仆岂发此。看讫,便火之,不知者以为讪病也。(《李公择[李常]十七首》其十一,元丰六年作)③

某自窜逐以来,不复作诗与文字。(《与陈朝请[陈章]二首》其二,元丰六年二月作)④

小诗五绝(引者注:《南堂五首》),乞不示人。(《与蔡景繁[蔡承禧]十四首》其十一,元丰六年六月作)⑤

轼去岁作此赋(引者注:《赤壁赋》),未尝轻出以示人,见者盖一二人而已。钦之有使至,求近文,遂亲书以寄。多难畏事,钦之爱我,必深藏之不出也。(《与钦之》,元丰六年冬作)⑥

---

① 《苏轼全集校注》第 16 册,文集卷四九,第 5344 页。
② 同上书,第 17 册,文集卷五七,第 6347 页。
③ 同上书,第 16 册,文集卷五一,第 5617 页。
④ 同上书,第 17 册,文集卷五七,第 6281 页。
⑤ 同上书,文集卷五五,第 6165 页。
⑥ 《苏轼文集》佚文汇编卷二,第 2455 页;《苏轼全集校注》第 20 册,佚文汇编卷二,第 8557 页。此文本原附于苏轼墨迹《前赤壁赋》(台北故宫博物院藏)的末尾。另外,此文本在《苏轼文集·佚文汇编》中虽被收于"尺牍"类,但也可视作"题跋"类。

　　见教作诗，既才思拙陋，又多难畏人，不作一字者，已三年矣。(《与上官彝三首》其三，元丰六年)①

　　所要先丈哀词，去岁因梦见，作一篇，无便寄去。今以奉呈，无令不相知者见。若入石，则切不可也。(《与苏子平［苏钧］先辈二首》其二，元丰六年)②

　　某自得罪，不复作诗文，公所知也。不惟笔砚荒废，实以多难畏人，虽知无所寄意，然好事者不肯见置，开口得罪，不如且已，不惟自守如此，亦愿公已之。百种巧辩，均是绮语，如去尘垢，勿复措意为佳矣。(《与沈睿达［沈辽］二首》其二，元丰七年春作)③

这些书简多陈述欲停止作诗，或即便作诗也不让外人看到的意图。特别是《答李端叔书》《答吴子野》《与李公择》《与蔡景繁》《与钦之》《与苏子平先辈》，均明确说明希望对方不要将自己的诗、赋、书简拿给外人看。这与之前所举唱和钱颐的赠茶之诗《和钱安道寄惠建茶》中的"此诗有味君勿传，空使时人怒生瘿"表现的意旨类似。

　　当时，在官僚文人群体中，与苏轼互赠诗歌、文章，或者保存苏轼的墨迹都被看作是危险之事。《宋史·鲜于侁传》的记载非常清楚地传达了此点。元丰二年，苏轼被御史台逮捕之际，长年交往的亲密友人鲜于侁就曾收到以下忠告："公与轼相知久，其所往来书文，宜焚之勿留，不然且获罪。"④这亦可证明上述一系列的发言都是以紧张的言论形势为背景的。

---

① 《苏轼全集校注》第 17 册，文集卷五七，第 6290 页。
② 同上书，第 6339 页。
③ 同上书，文集卷五八，第 6374 页。
④ 《宋史》卷三四四《鲜于侁传》，第 31 册，第 10938 页。

（三）元祐更化及其以后（元祐、绍圣、元符年间）

以上探讨了苏轼黄州贬谪时期的言论，那么此后的情况如何？元丰八年（1085）神宗驾崩，哲宗即位，宣仁太后摄政。翌年，改年号为元祐。元祐年间旧党执政，也就是所谓的"元祐更化"。苏轼也回到中央，担任中书舍人、翰林学士知制诰等要职。这虽然是政局的一次大变动，但是不久旧党内部分裂，旋之而起的党派之争（即洛蜀党争）等不安定因素依然存在。在此形势下，苏轼因言论、创作被弹劾的危险并未完全排除。事实上，元祐年间及以后他还是经常因为文字或诗歌，反复受到批判和中伤。

在对苏轼的弹劾事件中，较为重要的是元祐元年（1086）及二年两次所涉的"策题之谤"。苏轼提出的《试馆职策问·师仁祖之忠厚，法神考之励精》①《试馆职策问·两汉之政治》②被视为批判的对象。厌恶朝廷政治的苏轼在元祐四年（1089）主动请求外任杭州知州。至元祐六年（1091），他写的诗歌也被列入批判的范围。围绕诗歌这种文学文本而展开的弹劾事件尤为引人注目，以下对此加以简要说明。

元祐六年，杭州知州任期已满的苏轼被召回朝廷，任翰林学士承旨。此期间，他再次遭到御史中丞赵君锡、侍御史贾易等的弹劾（《续资治通鉴长编》卷四六三），理由是他在元丰八年（1085）从黄州归还途中，在扬州所作《归宜兴留题竹西寺三首》其三的"山寺归来闻好语，野花啼鸟亦欣然"③诗句被解释成了庆贺神宗之死。不言而喻，这些说法毫无根据，且都是反对派为了陷害苏轼的妄加附会之语。面对这些诬告，苏轼上《辨贾

---

① 《苏轼全集校注》第 11 册，文集卷七，第 706 页。
② 同上书，第 709 页。
③ 同上书，第 4 册，诗集卷二五，第 2834 页。

易弹奏待罪札子》①《辨题诗札子》②等予以激烈的辩驳。太后高氏将赵君赐、贾易的弹劾断为无稽之谈，事件才被平息下去。

元祐六年秋天，苏轼再次乞求外任，遂转任颍州（今安徽省阜阳市）知州，次年任扬州知州、淮南东路兵马钤辖，不久又被召还回京。到元祐八年（1093）宣仁太后逝世，哲宗亲政，新党再次掌握实权，政治局势为之一变。次年绍圣元年，苏轼再次以诽谤朝廷的罪名被贬英州（今广东省英德市），以至惠州（今广东省惠州市），并在惠州营建住所，暂且度过了一段相对平稳的时光，然而在绍圣四年（1097）又被贬往儋州（海南岛）。元符三年（1100）哲宗驾崩，徽宗即位后，苏轼遇赦北归，但在不久就染病逝世。

在上述政治环境下，苏轼的亲友与先前一样告诫他要警惕言论，而他自身也十分留心，且在书简中反复提及。以下，即举出有代表性的例子加以说明：

> 平生亲友，言语往还之间，动成坑阱，极纷纷也。不敢复形于纸笔，不过旬日自闻之矣。得颍藏拙，余年之幸也。自是刳心钳口矣。（《与王定国四十一首》其二十六，元祐六年八月，于开封）③

> 自惟无状，百无所益于故旧，惟文字庶几不与草木同腐，故决意为之，然决不敢相示也。志康必识此意，千万勿来索看。……见戒勿轻与人诗文，谨佩至言。（《与孙志康二首》其二，绍圣二年[1095]冬，于惠州）④

---

① 《苏轼全集校注》第 14 册，文集卷三三，第 3421 页。
② 同上书，第 3425 页。
③ 同上书，第 17 册，文集卷五二，第 5716 页。
④ 同上书，文集卷五六，第 6208 页。

> 公劝仆不作诗,又却索近作。闲中习气不除,时有一二,然未尝传出也。今录三首奉呈,览毕便毁之。(《与曹子方五首》其三,绍圣二年十一月,于惠州)①

> 恨定慧钦老早世。……旧有诗八首寄之。已写付卓契顺,临发,乃取而焚之,盖亦知其必厄于此等也。(《与钱济明十六首》其九,建中靖国元年[1101],北归路上)②

与黄州贬谪期间的发言一样,皆陈述欲停止创作,或者提醒对方不要将诗歌或文章传示给亲友以外的人。其中最后列举的书信,叙述了绍圣二年苏轼谪居惠州时,曾委托使者将唱和守钦的诗歌送到守钦处,但最终还是怕招来祸患,又将书信取回并焚毁的情形。

诸如此类的言论还有很多,此处以绍圣年间苏轼在惠州给表兄(也是姐夫)程之才(字正辅)的书信《与程正辅》为例稍加阐发:

> 前后惠诗皆未和,非敢懒也。盖子由近有书,深戒作诗,其言切至,云当焚砚弃笔,不但作而不出也。不忍违其忧爱之意,故遂不作一字,惟深察。(《与程正辅七十一首》其十六,绍圣三年[1096]年正月)③

> 宠示诗域醉香二首,格力益清茂。深欲继作,不惟高韵难攀,又子由及诸相识皆有书,痛戒作诗,其言甚切,不

---

① 《苏轼全集校注》第 17 册,文集卷五八,第 6448 页。

② 同上书,文集卷五三,第 5821 页。"诗八首"是《次韵定慧钦长老见寄八首并引》(《苏轼全集校注》第 7 册,诗集卷三九,第 4546 页)。本书信另载:"今录呈济明,可为写放旧居,挂剑徐君之墓也。"在此,苏轼将过去焚弃的诗寄与钱世雄(济明),希望能书于守钦的旧居,以为友情之纪念。

③ 《苏轼全集校注》第 17 册,文集卷五四,第 5968 页。

可不遵用。(同上其二十一,绍圣三年二月)①

苏辙等人对苏轼作诗及公开发表诗作皆予以严厉的告诫。但是,苏轼并没有完全停止作诗,如上述《与程正辅》其二十一所述"今写在扬州日二十首②寄上,亦乞不示人也";其二十六(绍圣二年三月)"二诗,以发一笑,幸读讫,便毁之也"③;其三十五(绍圣二年夏)"老弟却曾有一诗,今录呈,乞勿示人也"④;其三十七(绍圣二年六月)"不觉起予,故和一诗,以致钦叹之意,幸勿广示人也"⑤;其五十九(绍圣二年九月)"并有《江月》五首,录呈为一笑"⑥。诸如此类,皆言秘密作诗之事,且附有勿传示他人的警告。

　　再看诗中的发言情况。试观元祐六年(1091)赵君锡、贾易等人的弹劾事件终结后,出为颍州知州的苏轼与赵令畤(字景贶)、陈师道(字履常)、欧阳棐(字叔弼)等亲密友人之间互赠的诗歌。如苏轼《复次韵谢赵景贶、陈履常见和,兼简欧阳叔弼兄弟》云:"或劝莫作诗,儿辈工织纹。"⑦后句的"织纹"用《诗经·小雅·巷伯》中的"萋兮斐兮,成是贝锦。彼谮人者,亦已大甚",言因为小人的谗言,即因为毫无根据、牵强附会的批判而蒙受诬陷。周围的友人担心苏轼遭受谗言中伤,纷纷劝诫他不

---

　　①　《苏轼全集校注》第17册,文集卷五四,第5975页。

　　②　指元祐七年在扬州所作《和陶饮酒二十首》(《苏轼全集校注》第6册,诗集卷三五,第3974页)。

　　③　《苏轼全集校注》第17册,文集卷五四,第5982页。文中的"二诗"指《追饯正辅表兄至博罗赋诗为别》(《苏轼全集校注》第7册,诗集卷三九,第4528页)及《再用前韵》(《苏轼全集校注》第7册,诗集卷三九,第4532页)。

　　④　《苏轼全集校注》第17册,文集卷五四,第5999页。文中的"一诗"指绍圣元年所作《碧落洞》(《苏轼全集校注》第7册,诗集卷三八,第4405页)。

　　⑤　《苏轼全集校注》第17册,文集卷五四,第6002页。文中苏轼的唱和诗指《次韵程正辅游碧落洞》(《苏轼全集校注》第7册,诗集卷三九,第4580页)。

　　⑥　《苏轼全集校注》第17册,文集卷五四,第6038页。文中的诗指《江月五首》(《苏轼全集校注》第7册,诗集卷三九,第4610页)。

　　⑦　《苏轼全集校注》第6册,诗集卷三四,第3742页。

要作诗。苏轼对这些告诫之语作何回应？他在同时期创作的诗歌《叔弼云，履常不饮，故不作诗，劝履常饮》中言："平生坐诗穷，得句忍不吐。"①以戏谑的语言陈述平生因写诗而陷入困境，所以现在即便得到好的诗句也忍耐着不形诸文字。

再举一个苏轼晚年时被友人劝诫不要作诗的例子。罗大经《鹤林玉露》记载，元符三年（1100）遇赦的苏轼从贬所海南岛北归，当时郭祥正（1035—1113）送给苏轼一首绝句：

> 君恩浩荡似阳春，海外移来住海滨。莫向沙边弄明月，夜深无数采珠人。②

"弄明月"指的是歌咏明月之诗，"采珠人"是指为了毁谤中伤他人而刻意对诗歌的语言进行穿凿附会的人。郭祥正委婉地劝告苏轼停止写诗，是因为有人会根据诗歌来穿凿附会、恶意诽谤。此诗并未见于郭祥正的《青山集》《青山续集》。这与前文所述文同《丹渊集》未载"北客若来休问事，青山虽好莫吟诗"的情况相同，虽然能确保是他们本人的创作，但是因为仅限于私下交流，所以未被载入诗集。

综上所述，可知在北宋中后期激烈的党争中，苏轼有意识地在公众场合抑制以诗歌为首的言论、创作活动，实际上也是在践行《论语·宪问》所说的"避言"精神。不言而喻，在中国士大夫阶层中，"避言"是作为传统的处世方式被继承下来的，这一行为并不仅限于苏轼。本章提及的三国时的阮籍、隋代贺若弼、唐代陆贽及韩愈等人的言行作为一部分案例，皆可佐证此点。

---

① 《苏轼全集校注》第 6 册，诗集卷三四，第 3762 页。

② 罗大经著、王瑞来点校《鹤林玉露》乙编卷四，中华书局，1983 年，第 188 页。同样的记事亦见于王应麟《困学纪闻》卷一八中。另有一种说法将郭祥正此诗当成苏轼所作，题为《移合浦郭功甫见寄》（见《苏轼全集校注》第 8 册，诗集卷五〇，第 5758 页）。

三、私密文本——言论统制下的文本形态

基于前文的考察，以下笔者拟对言论统制下苏轼的文学文本的生成、接受及传播的呈现状态加以探讨。

（一）文本的私人圈域

在言论统制下，苏轼及其亲友均在抑制以诗歌为首的言论、创作活动，即他们非常注意言论的自我节制、自我控制。然而另一方面他们又在不断地互赠诗歌及书简，如前文列举的那些诗歌及书信就一直流传到了现在。当然，他们的创作活动并非是在公共领域以外显的形式进行，而是在与特定友人间的私人交游圈内秘密进行的。在前文列举的诗歌与书信中，这一点已经表露得非常明显。以下进一步列举其他发言，继而考察使苏轼创作活动得以维持的私人交游圈的情况。

苏轼的友人并没有完全与苏轼断绝联系，其中不少友人悖逆时势，有时甚至不顾危险地保持与苏轼的交流。例如，苏轼在被贬黄州后的元丰三年（1080）所作《与参寥子二十一首》其二云：

> 仆罪大责轻，谪居以来，杜门念咎而已。虽平生亲识，亦断往还，理固宜尔。而释老数公，反复千里致问，情义之厚，有加于平日，以此知道德高风，果在世外也。见寄数诗及近编诗集，详味，洒然如接清颜听软语也。此已焚笔砚，断作诗，故无缘属和，然时复一开以慰孤寂，幸甚，幸甚。笔力愈老健清熟，过于向之所见，此于至道，殊不相妨，何为废之耶，更当磨揉以追配彭泽。①

---

① 《苏轼全集校注》第 18 册，文集卷六一，第 6705 页。

又元丰四年（1081）所作《答陈师仲主簿书》云：

> 自得罪后，虽平生厚善，有不敢通问者，足下触犯众人之所忌，何哉？及读所惠诗文，不数篇，辄拊掌太息，此自世间奇男子，岂可以世俗趣舍量其心乎？①

此二篇写友人参寥及陈师仲（陈师道之兄）不忘昔日交谊，而继续给苏轼寄赠诗歌及书简。另外，元丰六年的书信《与蔡景繁十四首》其八云：

> 特承寄惠奇篇，伏读惊耸。……谨已和一首，并藏笥中，为不肖光宠，异日当奉呈也。坐废已来，不惟人嫌，私亦自鄙。②

此信陈述收到蔡承禧寄来的诗作并唱和，但是目前仍对公开和诗有所顾忌。可见不管在以上哪封书信当中，苏轼对惦念自己的友人都表达了诚挚的感谢。友谊在诗文的往还中得以维系，这对于文人苏轼而言，应是分外愉悦且深受慰藉的。

以上解读对《杭州故人信至齐安》一诗也同样适用：

> 昨夜风月清，梦到西湖上。朝来闻好语，叩户得吴饷。轻圆白晒荔，脆酽红螺酱。更将西庵茶，劝我洗江瘴。故人情义重，说我必西向。一年两仆夫，千里问无恙。相期结书社，未怕供书帐。还将梦魂去，一夜到江涨（自注：江涨，杭州桥名）。③

此诗是元丰四年（1081）苏轼收到杭州故友的来信与赠物后的回赠之作，直率地表达了对友人的感激之意。末句的"江涨"，

---

① 《苏轼全集校注》第 16 册，文集卷四九，第 5326 页。

② 同上书，第 17 册，文集卷五五，第 61 页。文中的"和一首"指《和蔡景繁海州石室》（《苏轼全集校注》第 4 册，诗集卷二二，第 2474 页）。

③ 《苏轼全集校注》第 4 册，诗集卷二一，第 2282 页。

根据苏轼自注,是杭州的桥名。估计是谪居黄州的苏轼经常梦见友人居住的令人怀念的杭州。此诗特别值得注意的是"相期结书社,未怕供书帐"二句,所附苏轼自注云:"仆顷以诗得罪,有司移杭取境内所留诗,杭州供数百首,谓之诗帐。"诗祸之际,有司命令杭州的相关人士供出苏轼仕杭期间的诗作,而记录那些诗歌的清单称为"诗帐"。令人惊讶的是,苏轼对自己的诗作再次被查处、被告发问罪之事并不感到恐惧。当然这些应是他在朋友面前放心言论的愉悦之词,多少含有游戏夸张的成分。虽说是与亲密的友人之间进行的私人性的诗歌往还,但对于经历过乌台诗案的人来说,这确乎是极为大胆的,也不得不说是可能会再次招来祸患的危险言论。苏轼能作出如此大胆的表达,可见他与旧友情谊的深厚。此外,本诗的诗题只言及"故人"而未指出具体的人名,恐怕也反映出他还是有所顾忌的。

苏轼一方面警惕自己的言论被毁谤,另一方面又不能完全停止诗歌创作。在这种情况下,他一直与亲密友人间保持着诗歌的赠答。对于诗人来说,完全停止创作毕竟是一件难以忍受的痛苦之事。就像苏轼在《自叙文》中所说的"吾文如万斛泉源,不择地皆可出"[1]那样,正因为他是才华横溢、能言善辩的苏轼,才会更加难以忍受停止作诗。[2] 基于这一心理状态的认知,以下列举的《孙莘老寄墨四首》其四便更具深意。元丰七年(1084)四月,苏轼从黄州量移至汝州(今河南省汝州市),将近六年的贬谪生涯宣告结束。在前往汝州的途中,客居在泗州

---

① 《苏轼全集校注》第 19 册,文集卷六六,第 7422 页。
② 苏轼还在《密州通判厅题名记》(《苏轼全集校注》第 11 册,文集卷一一,第 1189 页)中云:"余性不慎语言,与人无亲疏,辄输写腑脏,有所不尽,如茹物不下,必吐出乃已。"又在《思堂纪》(《苏轼全集校注》第 11 册,文集卷一一,第 1147 页)中云:"发于心而冲于口,吐之则逆人,茹之则逆余,以为宁逆人也,故卒吐。"可见苏轼属于若将心中所想默而藏之,即会感到痛苦的那一类人。

（今江苏省盱眙县）的苏轼收到了友人秘书少监孙觉寄来的墨，便作诗回赠：

> 吾穷本坐诗，久服朋友戒。五年江湖上，闭口洗残债。今来复稍稍，快痒如爬疥。先生不讥诃，又复寄诗械。幽光发奇思，点黦出荒怪。诗成自一笑，故疾逢虾蟹。①

开篇四句陈述因写诗获罪，所以听从朋友"停止写诗"的告诫，长达五年"闭口"不言。正如韩愈在《崔十六少府摄伊阳以诗及书见投，因酬三十韵》中所说的"闭口绝谤讪"②那样，"闭口"是为了躲避诽谤。然而正如上文列举的《答孔周翰求书诗》中所说的"身闲曷不长闭口，天寒正好深藏手。吟诗写字有底忙，未脱多生宿尘垢"那样，按照常理苏轼本应"闭口"，但写诗对他来说已是经历"多生"且反复累积之事，甚至是无法拭去的"尘垢"。在这次被量移汝州之际，一直被压抑的"尘垢"又死灰复燃了，迄今为止一直想要挠抓的痒处终于可以尽情地挠抓了③，而以惯有的幽默方式表达了可以再次写诗的喜悦心情。本诗虽然充满了终于可以写诗的欣喜，但也反映了苏轼被贬黄州期间不得不"闭口"的无奈及苦闷。④

再举几个其他时期苏轼在意识到紧迫的政治形势下，仍与亲密友人互赠诗歌进行交流的例子。如元祐四年（1089）厌恶

---

① 《苏轼全集校注》第 4 册，诗集卷二五，第 2760 页。

② 钱仲联集释《韩昌黎诗系年集释》卷六，上海古籍出版社，1984 年，第 701 页。

③ 程缜注（《集注分类东坡先生诗》卷一二）解释末句道"虾蟹善发疼痒之疾"（新王本卷一四无该注）。

④ 同样是表达这种苦与乐的例子还可举元丰五年因苏轼之罪被牵连的苏辙回赠陈师道来诗的书简《答徐州陈师仲二首》其二，云："子瞻既已得罪，辙亦不复作诗。然今世士大夫亦自不喜为诗，以诗名世者盖无几人，间有作者，尤足贵也。故仆每得其所为，辄讽咏终日，譬如新病喑人，口不复歌，闻有歌者，犹能手足舞蹈以自慰释。足下尚能以五百篇见惠耶？苟有以慰我，不必矜自口出也。"（曾枣庄、马德富校点《栾城集》卷二二，上海古籍出版社，1987 年，第 491 页）。

朝廷党争而自乞外放，出任杭州知州的苏轼与越州（今浙江省绍兴市）知州钱勰间的诗歌交流，苏轼《次韵钱越州》（钱越州即钱勰）的尾联言：

> 年来齿颊生荆棘，习气因君又一言。①

"齿颊生荆棘"也就是"闭口"，意谓谨慎发表言论和作诗。"习气"是指坏习惯，暗示写诗创作。前文所举《与曹子方》第三简载有"闲中习气不除，时有一二"等陈述写诗"习气"之语。此诗陈述了同样的"习气"，意谓虽然最近克制作诗，但是读到钱勰之诗又有了创作的欲望。他还在同时期创作的另一首给钱勰的使用相同韵字的唱和诗《次韵钱越州见寄》的尾联中言：

> 欲息波澜须引去，吾侪岂独坐多言。②

其中"波澜"是指世间（主要指官场）的倾轧，"引去"是指从官场退隐。关于末句，《集注分类东坡先生诗》卷一九（新王本卷一三）引赵次公注云："末句盖有所激，岂越州首篇有劝莫多言之意乎？"这一说法颇有见地。钱勰反复规劝苏轼要避免"多言"，而苏轼认为他的困境并不是"多言"造成的，仅通过回避"多言"（用《论语·宪问》的话来说，就是"避言"）不足以免除官场的倾轧，唯一的办法应是从官场退隐（"避世"或"避地"）。正如赵次公所指出的，此诗末句大概是苏轼倾吐内心想法的激越之词，言外之意是抑制作诗实属他的无奈之举。

　　以上考察了在言论统制下，苏轼在与亲密友人间形成的私人、私密的交游圈内进行诗文往还的情况。由此苏轼的大量作品才得以留存。不难想象在文本的保存、传承的过程中，他与周边士大夫建立的私人交游圈发挥了重要的作用。实际上，苏

---

① 《苏轼全集校注》第5册，诗集卷三一，第3434页。
② 同上书，第3449页。

轼的很多友人都曾致力于记录、保存他作品的草稿。如元丰四年(1081)，作于黄州的《答陈师仲主簿书》云：

> 见为编述《超然》《黄楼》二集，为赐尤重。从来不曾编次，纵有一二在者，得罪日，皆为家人妇女辈焚毁尽矣。不知今乃在足下处。当为删去其不合道理者，乃可存耳。①

《超然》《黄楼》二集是苏轼任密州及徐州知州期间的诗集。苏轼在信中说，在乌台诗案发生时，他的家人惧怕惹来祸患而将这两本诗集焚毁殆尽，但是陈师仲将之保存了下来。

绍圣二年(1095)，谪居惠州所作《与程正辅》其十一亦载：

> 某喜用陶韵作诗，前后盖有四五十首，不知老兄要录何者。待稍闲，编成一轴附上也，只告不示人尔。②

苏轼有意将编为小集的和陶诗赠与程之才，且劝程氏慎重保管，勿示他人。收到诗集的程之才应会慎重保管这些作品。

另外，元符三年(1100)，作于海南岛的书简《答刘沔都曹书》云：

> 蒙示书教，及编录拙诗文二十卷。轼平生以言语文字见知于世，亦以此取疾于人，得失相补，不如不作之安也。以此常欲焚弃笔砚，为喑默人，而习气宿业，未能尽去，亦谓随手云散鸟没矣。不知足下默随其后，掇拾编缀，略无遗者，览之惭汗，可为多言之戒。然世之蓄轼诗文者多矣，率真伪相半，又多为俗子所改窜，读之使人不平。……今足下所示二十卷，无一篇伪者，又少谬误。③

谈到虽然有"多言"之戒，但是"习气宿业"难改，依然不能停止

---

① 《苏轼全集校注》第 16 册，文集卷四九，第 5326 页。
② 同上书，第 17 册，文集卷五四，第 5963 页。
③ 同上书，第 16 册，文集卷四九，第 5330 页。

作诗。在这种情况下，苏轼创作的作品被刘沔（刘庠之子）收录，编成了文集。后人收集苏轼晚年作品编成的《东坡后集》就是以刘沔编的这个文集为基础的。[1]

苏轼的诗文就是在上述书简中记录的交游圈内被记录、保存的，而且在他去世后，尤其是在徽宗统治时期的"元祐党禁"中还能得以留存，流传后世。苏轼表面上对公共社会（主要是忠于朝廷的官僚社会）实行"避言"，另一方面他的许多作品又以私密的形式被创作、解读、流传。苏轼这样的创作活动为我们明确地展现了在文学文本生成、接受以及传播的过程中"私人圈"的存在。当然这种文本的圈域很早就已产生，但的确是在苏轼的作品中首次如此鲜明地呈露出来的。从这个角度而言，苏轼的诗歌创作具有划时代的意义。

（二）墨迹、石本、尺牍

文人创作作品将其书写在纸上，然后由自身或周边的人保存，成为定稿，再经过搜集，最后排成文集刊印问世，流传开去。在形成文集的前一阶段的文本，特别是作者亲自书写的文本，此处统称为草稿。狭义上的草稿是书写在纸上的文本，也就是所谓的"真迹""墨迹""手稿""草稿"等亲笔原稿。但此处笔者不作如此限定，而将"石刻""石本"和"碑本"，也就是刻于石上的作者的亲笔原稿（含拓本）等都统称为草稿。

我们通常读的文人作品是收录到文集的那部分文本，而未被载入文集或之前的文本形态则很难窥知。尽管中国古代文人的原草稿能流传至今的极为有限，但并非不存在。事实上，有颇多与文人草稿相关的文献资料留存下来。中国有关草稿

---

[1] 参考曾枣庄《苏轼著述生前编刻情况考略》（曾枣庄《三苏研究》，巴蜀书社，1999年，第225—240页。初载《中华文史论丛》1984年第4期）等。

的记载大多见于宋代。尤其是在南宋编纂的苏轼、黄庭坚诗集的注释中,就存在大量有关苏黄诗歌墨迹、石本的记载。同样的现象在南宋周必大编纂欧阳修文集时的校记中也能看到。关于这种现象及其文献学、文学论的特质,本书第十二章《从校勘到生成论——有关宋代诗文集的注释特别是苏黄诗注中真迹及石刻的利用》、第十三章《黄庭坚诗注的形成与黄䇓〈山谷年谱〉——以真迹及石刻的利用为中心》、第十四章《宋代文本生成论之形成——从欧阳修撰〈集古录跋尾〉到周必大编〈欧阳文忠公集〉》将会作详细考察,兹不赘述。

上述三章所揭示的内容,与本章相关联的是:文集中整理过的文本带有强烈的公共特质。与之相对,墨迹、石本等草稿阶段的文本则带有强烈的私人特质,是本不应出现于公共领域、只允许在私人领域中存在的文本。这些文本常常会记载一些不对外公开的私人信息。试举与黄庭坚诗歌墨迹相关的记载对此加以说明。元祐初年,黄庭坚曾作《子瞻继和,复答二首》[1]。关于此诗,黄䇓(黄庭坚从孙)所编的《山谷年谱》卷一九云:

> 先生有此诗墨迹题云:"有闻帐中香,疑为熬蝎者,辄复戏用前韵。愿勿以示外人,恐不解事者或以为其言有味也。"因附于此。[2]

由黄庭坚的墨迹也就是亲笔原稿中的"愿勿以示外人,恐不解事者或以为其言有味也"语句可知,《子瞻继和,复答二首》是一篇很有可能引起他人误解的作品,墨迹中还传达了他希望不要

---

① 任渊注、黄宝华点校《山谷诗集注》卷三,上海古籍出版社,2003年,第68页。黄庭坚在此之前曾写《有惠江南帐中香者戏答六言二首》(《山谷诗集注》卷三,第67页),苏轼对此有唱和之作《和黄鲁直烧香二首》(《苏轼全集校注》第5册,诗集卷二八,第3076页)。此诗是黄庭坚的再度唱和之作。

② 曹清华校点《山谷年谱》,吴洪泽、尹波主编《宋人年谱丛刊》第5册,四川大学出版社,2003年,第3042页。

外示的意愿。黄庭坚与苏轼同属旧党,身处不安定的政治环境中,不得不尽力"避言"。这些私密的言论正好反映了在当时新旧两党格格不入的微妙的政治局势下士大夫的"避言"意识。前文所述苏轼的诗歌及尺牍中就有很多与此类似的言论。

　　与上述黄庭坚的墨迹类似,苏轼墨迹、石本的流传情况也有相关文献记载。如南宋施元之、顾禧及施宿的《注东坡先生诗》(《施注苏诗》)中就有不少。《施注苏诗》中的注释,特别是题下注中参照苏轼"真迹""墨迹"或临摹的"石本""碑本"等例颇多(这些题下注被认为出于施宿之手)。且看绍圣四年(1097),被贬惠州的苏轼与惠州知州方子容(字南圭)、循州知州周彦质(字文之)交流的四首诗所附施注的记载。首先,第一首《次韵惠循二守相会》的题下注(施宿注)云:"'阴'字韵四诗墨迹及惠守和篇并藏吴兴秦氏。"陈述以下列举的四首诗的墨迹与方子容的和篇均藏于吴兴的秦氏处,并且载有:

　　　　此诗云:"轼次韵南圭使君与循州倡酬一首。"……后
　　题云:"因见二公唱和之盛,忽破戒作此诗。与文之一阅讫
　　即焚之,慎勿传也。"①

现在流传的苏轼诗集中,本诗的题目是《次韵惠循二守相会》,而墨迹中的题目是《轼次韵南圭使君与循州倡酬一首》。另外值得注意的是,墨迹中的诗歌之后还附有"因见二公唱和之盛,忽破戒作此诗。与文之一阅讫即焚之,慎勿传也"句,意谓打破"避言"的规戒写此诗赠给周彦质,并希望他阅读后焚毁,千万不要传示他人。

　　第二首《又次韵二守许过新居》的题下注云:

---

　　① 以下四首施注的引用,皆据郑骞、严一萍编校《增补足本施顾注苏诗》(艺文印书馆影印,1980年,卷三七);冯应榴辑注,黄任轲、朱怀春校点《苏轼诗集合注》卷四〇,上海古籍出版社,2001年,第2095页。

先生真迹云："轼启,迭蒙宠示佳篇,仍许过顾新居,谨依韵上谢,伏望笑览。"集本作"晓窗清快",墨迹作"明快"。后题云："一阅讫,幸毁之,切告切告。"①

由此可知墨迹的诗题与诗集中《又次韵二守许过新居》的题目不一致。苏轼在墨迹中使用了"蒙""谨""伏"等字来表达对子容与周彦质的尊敬。② 而且与上篇墨迹所述情况一样,苏轼在此也诉说了希望对方阅读后将文稿焚毁的意愿。

第三首《又次韵二守同访新居》的题下注中亦有:

墨迹云："□□次韵南圭文之二太守同过白鹤新居之什,伏望采览。"后云："请一呈文之便毁之,切告切告。"③

与第二首情况相同,墨迹的诗题使用敬语,且有勿示他人、阅后焚毁的请求。

第四首《循守临行,出小鬟,复用前韵》的题下注中载有:

墨迹云："蒙示廿一日别文之后佳句,戏用元韵记别时事为一笑。"后题云："虽为戏笑,亦告不示人也。"④

在墨迹文本中,诗歌的题目也附有敬语,同时末尾再次提醒不要传示他人。

以上苏轼与方子容、周彦质交流的诗歌墨迹,传达出这样一个信息:言论统制下的苏轼在努力"避言"。施宿在注释第四

----

① 《苏轼诗集合注》卷四〇,第 2096 页。再者,注文还载有"集本与后诗相连,题云《次韵二守同访新居》。以墨迹观之,非也。今析题为二"等语。文中的"新居"指绍圣四年二月在惠州的白鹤峰建造的新居。

② 实际上,苏轼赠此诗给方、周两氏时,应该会在题目上附加一些诸如此类的敬语。而在整理为文集的阶段,敬语应会变为现行的简洁中立的用语。同样的现象在本书第十二、十三、十四章中已有所论述,私人性质的墨迹、石本等在向公开性质的文集转换的过程中被广泛传播。

③ 《苏轼诗集合注》卷四〇,第 2097 页。

④ 同上书,第 2098 页。《合注》的注文开头作"石刻云'请一呈文之便毁之,切告切告。蒙示廿一日……",包含有衍文等窜乱现象。

首时,承接以上墨迹一系列的记录,作出如下评论:"每诗皆丁宁至切,勿以示人。盖公平生以文字招谤蹈祸,虑患益深。然海南之役竟不免焉。吁,可叹哉!"如其所述,这些文本很好地传达了苏轼对"招谤蹈祸"也就是言论镇压的畏惧心理。这些言论的表达,正是因为墨迹、石刻文本的私密特质才成为了可能。①

　　回顾本章到此为止举出的尺牍类文献,从中可以发现颇多类似的表述。这些被称为尺牍的文本以不公开为前提,原本是一种私密性很强的文本。在中国传统的文集中,此类文本是不被收录的。文集中收录的文本是文人有意面向社会,并想要载入史册、流传于世的文本,自然带有强烈的公开性。与之相对,尺牍具有较强的私密性,或许不宜收入文集中。至南宋,尺牍才在文集的分类中占有稳固的位置,而在北宋还未达到这一阶段,尺牍仅在亲密友人间的私人领域内传播。苏轼的情况也是如此,在他自编的《东坡集》及其子苏过等编纂的《东坡后集》(在某种程度上反映了苏轼自身的编纂方针)中虽设有"书"的分类,但是没有"尺牍"类。考察苏轼的众多文集,一定数量的尺牍被整体收录应是在《东坡外集》②等南宋编纂的文集之后

---

　　①　附带说明,明代吴宽《跋东坡墨迹》(《家藏集》卷五一,《文渊阁四库全书》本)云:"予尝见东坡所书九歌于吴中。今复从宪副夏公见此,笔意尤觉老硬。然东坡所为惓惓于正则者,疑皆在黄惠琼儋时书。观者必能会此意于纸墨间也。而其后岁月氏名皆不著,岂常所谓多难畏人者耶?"苏轼的墨迹中没有署名、创作日期等,是因为担心被他人读到。此处,吴宽明确指出墨迹确实属于私人文本。

　　②　南宋编《东坡外集》的重刻本:明代毛九苞编《重编东坡先生外集》(《四库全书存目丛书》本,齐鲁书社,1997年)中卷六三至卷八一的十九卷均由"小简"也就是书信构成。此后明代编纂的《东坡续集》(成化年间刊《东坡七集》本)中有四卷、清道光年间刊行的《东坡集》(眉州三苏祠堂刊《三苏全集》本)有十二卷由书信构成,书信在苏轼文集中占据的地位逐渐稳固。另在这些文集之外,很早就已经有专门收录包括众多尺牍在内的书信专集,例如《东坡先生往还尺牍》十卷(上海图书馆藏元刻本,北京图书馆出版社影印,2005年)、《东坡先生翰墨尺牍》八卷(《纷欣阁丛书》本)等,可以推测,这些皆是现存与南宋坊刻本有渊源关系的书信专集。

的事。

如上文所述，具有强烈私人性质的"尺牍"作为与亲密友人的交流手段发挥了巨大作用。根据至此举出的例子也可以看出，这些尺牍经常与诗歌的文本（诗稿）一起流通。以下再举出一些诗歌文本被写入尺牍正文的例子。如元丰四年（1081），苏轼在贬谪地黄州写给王巩的诗作《与王定国四十一首》其十四云：

> 耕荒田诗有云："家童烧枯草，走报暗井出。一饱未敢期，瓢饮已可必。"又有云："刮毛龟背上，何日得成毡。"此句可以发万里一笑也。故以填此空纸。①

尺牍中载有苏轼《东坡八首》②的一部分。同样是在元丰四年，写给判官彦正（未详）的《与彦正判官一首》云：

> 试以一偈问之。"若言琴上有琴声，放在匣中何不鸣。若言声在指头上，何不于君指上听。"录以奉呈，以发千里一笑也。③

此处写有《琴诗》④的全篇。此外在建中靖国元年（1101），在北归路上写给黄寔的《与黄师是五首》其一云：

> 有诗录呈。"帘卷窗穿户不扃，隙尘风叶任纵横。幽人睡足谁呼觉，敧枕床前有月明。"一笑，一笑。⑤

---

　　① 《苏轼全集校注》第17册，文集卷五二，第5698页。此外，本书信推测是写在了《与王定国》其十三的"空纸"上。
　　② 《苏轼全集校注》第4册，诗集卷二一，第2242页。与书信中所写的诗有若干字句上的异同。
　　③ 《苏轼全集校注》第17册，文集卷五七，第6332页。
　　④ 同上书，第4册，诗集卷二一，第2269页。底本的诗题为长文《武昌主簿吴亮君采携其友人沉君十二琴之说与高斋先生空同子之文太平颂以示予……》。
　　⑤ 《苏轼全集校注》第17册，文集卷五七，第6357页。

这里写有七言绝句《无题》①。尺牍当中的大部分诗作,在此后编修诗集的过程中都被辑录出来作为独立的诗篇对待。但是根据作品的性质,处理的方式也不尽相同,并非所有的诗作都是以最初的状态被收入诗集。就以上举出的尺牍中的三首诗而言:第一首《东坡八首》载于苏轼自编的《东坡集》(卷一二),可见苏轼自身认为该诗有很高的价值。此后南宋编纂的《集注分类东坡先生诗》(旧王本卷四、新王本卷二四)及《施注苏诗》(卷一九)等亦收录此诗;第二首《琴诗》,《东坡集》未收,《集注分类东坡先生诗》(旧王本)亦未收,而新王本(卷三〇)收录,《施注苏诗》未收(收于清代编纂的补遗卷)。恐怕此篇在当初作为独立的诗的价值还未得到认可,故未被收入诗集,但此后随着苏轼诗的辑佚工作的推进,又被从上举尺牍当中辑出。此篇在南宋时编纂的《东坡外集(重编东坡先生外集)》(卷六)中题为《题沈琴》,在明代编纂的《东坡续集》(卷二)中则题为《琴诗》;而最后的《无题》诗,从南宋到明代编纂的各本均未收,直到清代时才从上举尺牍中辑出,收入查慎行编《苏诗补注》(卷四八补遗)及冯应榴编《苏文忠公诗合注》(卷五〇补编)中。《琴诗》与《无题》二篇正可谓是被写入尺牍才得以侥幸流传至今的作品。

同样在书信中写有诗的例子,还有《答范纯夫十一首》其十一。兹举苏轼绍圣四年(1097)春闰三月五日,在惠州写给范祖禹的书信的开头与末尾部分:

> 丁丑二月十四日,白鹤峰新居成,自嘉祐寺迁入。咏渊明《时运》诗曰"斯晨斯夕,言息其庐",似为余发也。长子迈与予别三年,携诸孙万里远至。老朽忧患之余,不能无欣然,乃次其韵。……丁丑闰三月五日。多难畏人,此

---

① 《苏轼全集校注》第 8 册,诗集卷四八,第 5569 页。

诗慎勿示人也。①

绍圣四年二月,苏轼在惠州的白鹤峰修建新居,虽为贬谪之身却也过上了相对平稳的生活。这种生活与陶渊明《时运》诗的描述相符,苏轼品鉴并次韵唱和了该诗,而以上书信中未引用的部分写有《和陶时运四首》②的全文③。本诗起初被收入苏轼晚年(抑或是殁后不久)所编《和陶诗集》,南宋时又被收入《施注苏诗》卷四一《追和陶渊明诗》。这里值得注意的是,苏轼在书信的末尾处写道"此诗慎勿示人也",可以说如实体现了书信在传达作为"秘密的文本"的诗时所发挥的媒介作用。④

本章以上列出的文本均是在私人圈内传播,即在极为亲近的友人间被书写、阅读的。而通常来讲,这些文本或许会散佚,不传于世。尽管如此,却仍有如此多的作品流传后世。究其原因,或许是苏轼作为文人的声望极高,以至周围的人有时会不顾危险地记录和保存他作品的草稿。如此众多的私人文本流传至今,这在苏轼以前几乎是看不到的。从这一点出发,我们也可以认识到苏轼的作品在中国文学史上所具有的划时代意义。

四、附会、酝酿、罗织、笺注

至此可见,苏轼尽力"避言",努力让他的作品停留在与亲

---

① 《苏轼全集校注》第 16 册,文集卷五〇,第 5445 页。另,明代毛九苞编《重编东坡先生外集》(《四库全书存目丛书》本,卷四六)则作为题跋《录诗寄范纯夫》加以收录。这是认为本尺牍实质上是附属于《和陶时运四首》的题跋而作出的处理。

② 《苏轼全集校注》第 7 册,诗集卷四〇,第 4812 页。此诗与书信中所写的诗有若干字句上的异同。

③ 在和陶诗的引用之后本有与范祖禹交游记忆等相关的记载,因与本章的主旨无直接关系,兹省略引用及说明。

④ 这一尺牍的前半段在苏轼的诗集中被作为《和陶时运四首》诗的序文,内容几乎一模一样。从中可以窥见私人文本的尺牍中的语言转换为公共文本的诗集所收诗的序文的轨迹。

密友人建立的私人圈内。但是他的作品仍被当局者看到,被认为是"诽谤""讥讽""谤讪""讥骂",成为告发的证据。在乌台诗案当中,被作为告发证据的首先是元丰二年(1079)所作的《湖州谢上表》①,其余则均是以诗歌为代表的纯文学作品。② 朋九万编的《乌台诗案》中记载了各个作品如何带有"讥讽"意图,以及苏轼的供述等。从记录看,其中有颇多牵强附会的解释。在御史台的审讯之下,苏轼可能被迫供述出了心中没有的意图。他从黄州得到赦免,回到朝廷后的元祐三年(1088)在《乞郡札子》中对乌台诗祸作了回顾:

> 臣屡论事,未蒙施行,乃复作为诗文,寓物托讽,庶几流传上达,感悟圣意。而李定、舒亶、何正臣三人因此言臣诽谤,臣遂得罪。然犹有近似者,以讽谏为诽谤也。③

苏轼一方面陈述了他不过是通过诗文的"寓物托讽"来"讽谏"的意图,但是这些意图竟然被台谏理解成"诽谤"。就这样苏轼的诗文超越了他自身的预想而被妄加附会;然而另一方面也正如他所说的"犹有近似者"那样,(李定、舒亶等人的)解释并非毫无理由,似乎认为在某种意义上那也是不得不接受的事情。

在苏轼的诗作当中,虽然未被列为正式的告发对象,但也能解读出诽谤朝廷的意图的作品,或用以上札子的词语来说,有"近似"之处的作品,并不在少数。这些作品在乌台诗案之际

---

① 《苏轼全集校注》第 13 册,文集卷二三,第 2577 页。

② 在此之前苏轼曾提出过批判新法政策的奏议,但都没有直接被列为告发的对象。例如熙宁二年(1069)上奏的《谏买浙灯状》《上神宗皇帝书》《再上神宗皇帝书》《苏轼全集校注》第 13 册,文集卷二五,第 2861、2870、2943 页)等。这些都是官僚提出意见的正式文书。虽然这些文书中有批判新法的内容,对苏轼的仕途也有一定的影响,但是当中的批判应该被视作了正当的行为,故而没有被列入告发对象。

③ 《苏轼全集校注》第 14 册,文集卷二九,第 3216 页。

明显遭到了攻击。其中一例是叶梦得《石林诗话》卷上记载的神宗皇帝与宰相王珪围绕苏轼诗歌的解释问题展开的一段对话：

> 元丰间，苏子瞻系大理狱。神宗本无意深罪子瞻，时相进呈，忽言："苏轼于陛下有不臣意。"神改容曰："轼固有罪，然于朕不应至是，卿何以知之？"时相因举轼桧诗"根到九泉无曲处，世间惟有蛰龙知"之句，对曰："陛下飞龙在天，轼以为不知己，而求之地下之蛰龙，非不臣而何？"神宗曰："诗人之词，安可如此论。彼自咏桧，何预朕事？"时相语塞。①

被认为有问题的苏轼诗《王复秀才所居双桧二首》其二②并不在"乌台诗案"的告发对象之内。此诗是一首纯粹的咏桧诗，而王珪却硬是解释诗中有"不臣"之意，结果被神宗皇帝否定。在神宗看来，王珪的解释恐怕过于牵强附会。

苏轼在乌台诗案之后常惧怕自己的诗文会被牵强附会地解释而招致打压。如元丰六年（1083），作于黄州的尺牍《与陈朝请二首》其二就表达了对"酝酿"的担忧：

> 某自窜逐以来，不复作诗与文字。所谕四望起废，固宿志所愿，但多难畏人，遂不敢尔。其中虽无所云，而好事者巧以酝酿，便生出无穷事也。③

"酝酿"意谓对作品毫无根据地任意添加解释，也可以说是一种附会。不幸的是苏轼的这种忧虑不久就成为现实，如元祐三年（1088）三月，苏轼自请外任地方官（杭州知州），其《乞罢学士除闲慢差遣札子》云：

---

① 何文焕辑《历代诗话》卷上，第 410 页。
② 《苏轼全集校注》第 2 册，诗集卷八，第 824 页。
③ 同上书，第 17 册，文集卷五七，第 6281 页。

　　及蒙擢为学士后,便为朱光庭、王岩叟、贾易、韩川、赵
挺之等攻击不已,以至罗织语言,巧加酝酿,谓之诽谤。①

这是元祐元年及翌年,苏轼因"策题之谤"遭受弹劾而请求转任
的请愿书,陈述了他所写的策题被敌对者"酝酿"而解读出了
"诽谤"之意。苏轼在同为元祐三年十月写的《乞郡札子》(上文
已述)中,关于他亲自起草的制敕的一部分表达被赵挺之、贾易
等视作对神宗的毁谤从而招致弹劾一事,云"是以白为黑,以西
为东,殊无近似者"。他认为诽谤仿佛是指"白"为"黑"、认"西"
为"东",若多少与真实情况有些"近似"倒也罢了,可是连近似
之处也完全没有。"酝酿"就是在解释中妄加荒唐无稽的附会。
另外,在《乞罢学士除闲慢差遣札子》中,与"酝酿"一同出现的
还有"罗织"一语。所谓"罗织"就是编造谗言,即无中生有地附
会,陷对方于莫须有之罪,与"酝酿"是同一指向的表达,也称
"织罗"。上述《复次韵谢赵景贶陈履常见和,兼简欧阳叔弼兄
弟》诗遵循《诗经·小雅·巷伯》之意而有"儿辈工织纹"句,其
中的"织纹"也是同义语。

　　与上述同样的发言还有很多,兹举一些有代表性的例证。
如元祐六年(1091)五月,苏轼被朝廷召还后再次请求外任,当
时所作《杭州召还乞郡状》云:

　　臣缘此惧祸,乞出连三任外补。而先帝眷臣不衰,时
因贺谢表章,即对左右称道……党人疑臣复用,而李定、何
正臣、舒亶三人,构造飞语,酝酿百端,必欲致臣于
死。……窃伏思念,自忝禁近,三年之间,台谏言臣者数
四,只因发策草麻,罗织语言,以为谤讪,本无疑似,白加诬
执。其间暧昧谮诉,陛下察其无实而不降出者,又不知其

几何矣。①

以及作于同年七月的《再乞郡札子》云：

> 臣未请杭州以前，言官数人造作谤议，皆言屡有章疏言臣。二圣曲庇，不肯降出。臣寻有奏状，乞赐施行，遂蒙付外。考其所言，皆是罗织，以无为有。②

以上均是回顾熙宁及元祐年间的笔祸事件，指出它们都是因"酝酿""罗织"所造成的。

另外，元祐八年（1093），监察御史黄庆基依据苏轼任颍州知州期间的所作所为以及制敕用语弹劾苏轼。苏轼对此予以辩驳，作《辨黄庆基弹劾札子》云：

> 今庆基乃反指以为诽谤指斥，不亦矫诬之甚乎？其余所言李之纯、苏颂、刘谊、唐义问等告词，皆是庆基文致附会，以成臣罪。只如其间有"劳来安集"四字，便云是厉王之乱。若一一似此罗织人言，则天下之人，更不敢开口动笔矣。孔子作《孝经》曰"如临深渊，如履薄冰"，此幽王之诗也。不知孔子诽谤指斥何人乎？此风萌于朱光庭，盛于赵挺之，而极于贾易。今庆基复宗师之。臣恐阴中之害，渐不可长，非独为臣而言也。③

---

① 《苏轼全集校注》第 14 册，文集卷三二，第 3375 页。
② 同上书，文集卷三三，第 3410 页。
③ 同上书，文集卷三六，第 3574 页。另外"李之纯、苏颂、刘谊、唐义问等告词"分别是《李之纯可集贤殿修撰河北都转运使制》（《苏轼全集校注》第 14 册，文集卷三九，第 3913 页）、《苏颂刑部尚书》（《苏轼全集校注》第 10 册，文集卷三九，第 3903 页）、《刘谊知韶州》（《苏轼全集校注》第 10 册，文集卷三九，第 3866 页）、《顾临直龙图阁河东转运使唐义问河北转运副使》（《苏轼全集校注》第 10 册，文集卷三九，第 3890 页）。"劳来安集"语源自《诗经·小雅·鸿雁》序，言引导天下自厉王乱世过渡到宣王的治世。上举《李之纯可集贤殿修撰河北都转运使制》即用此。"如临深渊，如履薄冰"是《诗经·小雅·小旻》的诗句。据毛诗序，《小旻》是"刺幽王"之诗。

陈述黄庆基的弹劾是牵强附会的"罗织"之语。

企图弹劾、攻击苏轼言论的人具体以何种方式"酝酿""罗织""附会"？在考察北宋中后期言论镇压中的"酝酿""罗织""附会"时，尤为值得注意的是"笺注""笺释"，也就是所谓的"注释"。关于此点，将以"车盖亭诗案"为例加以说明。车盖亭诗案发生在元祐四年（1089）。元丰年间的宰相蔡确（1037—1093）是新党重臣，旧党复权后被报复而遭贬，然而其灾祸并未结束。他在贬所写的《车盖亭绝句》被吴处厚告发说有诽谤朝廷之意，再次被贬至更加偏僻之地。当时，蔡确的诗就是被吴处厚附加"笺释"后上交朝廷，成为告发证据的。[①]

这里所说的"笺释"，也就是对《车盖亭绝句》诗歌意图的解释或批注，现在看来完全等同于"酝酿""罗织""附会"。蔡确本人当然也认为那些是附会之语，并在案件发生之际就对吴处厚的"笺释"向朝廷提出辩解：

> 公事罢后，休息其上，耳目所接，偶有小诗数首，并无一句一字辄及时事，亦无迁谪不足之意。其辞浅近，读便可晓。不谓臣僚却于诗外多方笺释，横见诬罔，谓有微意。如此，则是凡人开口落笔，虽不及某事，而皆可以某事罪之曰"有微意"也。[②]

申诉《车盖亭绝句》绝无诽谤朝廷之意，认为被"笺释"成"有微意"完全是构陷的结果。

在车盖亭诗案前，苏轼也非常担心他的作品会被附上"笺注""笺释"。"乌台诗案"刚发生不久的元丰三年（1080），他于《黄州与人五首》其二中写道：

---

① 关于"车盖亭诗案"，详细请参照本书第 26 页注①所举著作及金中枢《宋代学术思想研究》第六章"车盖亭诗案研究"（幼狮文化事业公司，1989 年，第 345—424 页）。

② 《续资治通鉴长编》卷四二六"元祐四年五月戊寅"条，第 29 册，第 10301 页。

> 示谕《燕子楼记》。某于公契义如此,岂复有所惜。况得托附老兄与此胜境,岂非不肖之幸。但困踬之甚,出口落笔,为见憎者所笺注。儿子自京师归,言之详矣。意谓不如牢闭口,莫把笔,庶几免矣。虽托云向前所作,好事者岂论前后。即异日稍出灾厄,不甚为人所憎,当为公作耳。①

他谈到为了躲避弹劾而尽力"闭口"。究其原因,无非是诗文一旦问世,憎恨他的人就会对作品附加"笺注",引为攻击的材料。

另外,元丰四年所作《与滕达道五首》其二亦云:

> 自得罪以来,不敢作诗文字。近有成都僧惟简者,本一族兄,甚有道行,坚来要作经藏碑,却之不可。遂与变格都作迦语,贵无可笺注。今录本拜呈,欲求公真迹作十大字,以耀碑首。②

可见苏轼为了躲避附加"笺注"的攻击,坚持用佛教语来写碑文。正如苏轼在《与滕达道六十八首》其十五中所述的"但得罪以来,未尝敢作文字,《经藏记》皆迦语,想酝酿无由,故敢出之"③那样,认为只要是佛教类的著述就可以避免被"酝酿"。④

实际上,当时围绕苏轼的乌台诗祸还有一段传闻。《续资治通鉴长编》元丰二年十二月庚申条所引王铚(1126 年前后在

---

① 《苏轼全集校注》第 18 册,文集卷六〇,第 6664 页。
② 同上书,第 20 册,佚文汇编卷三,第 8586 页。
③ 同上书,第 16 册,文集卷五一,第 5524 页。
④ 其他一些表述也可见到类似的心态,如《与王佐才二首》其一(《苏轼全集校注》第 17 册,文集卷五七,第 6296 页)云:"近来绝不作文,如忏赞引、藏经碑,皆专为佛教,以为无嫌,故偶作之,其他无一字也。"《与程彝仲六首》其六(《苏轼全集校注》第 17 册,文集卷五八,第 6391 页)云:"但多难畏人,不复作文字,惟时作僧语耳。"又如《与郑靖老四首》其二(《苏轼全集校注》第 17 册,文集卷五六,第 6192 页):"众妙堂记一本,寄上。本不欲作,适有此梦,梦中语皆有妙理,皆实云尔,仆不更一字也。不欲隐没之,又皆养生事,无可酝酿者,故出之。"陈述写养生之事也能逃避被"酝酿"。反之,与佛教、养生等无关的文学文本则容易招致危险。

世)《元祐补录》言：

> 沈括集云："括素与苏轼同在馆阁，轼论事与时异，补外。括察访两浙，陛辞，神宗语括曰：'苏轼通判杭州，卿其善遇之。'括至杭，与轼论旧，求手录近诗一通，归则签帖以进云：'词皆讪怼。'轼闻之，复寄诗刘恕戏曰：'不忧进了也。'其后，李定、舒亶论轼诗置狱，实本于括云。元祐中，轼知杭州，括闲废在润，往来迎谒恭甚。轼益薄其为人。"[①]

沈括（1031—1095）在苏轼任杭州通判期间的诗中附加"签帖"，然后上交朝廷告发苏轼有"讪谤"意图。"签帖"就是在文书中附贴的笔记字条，也可以看作是一种"笺注"。这段传闻是否真实尚存疑虑。如果是事实就可以证明，在车盖亭诗案之前就已经存在凭借"笺注"罗织罪名的例子。

此外，还有一些真实性尚待考证的资料。如张耒（1054—1114）《明道杂志》（《学海类编》本）记载的与苏轼有关的传闻：

> 苏惠州尝以作诗下狱。自黄州再起，遂遍历侍从。而作诗每为不知者咀味，以为有讥讪，而实不然也。出守钱塘，来别潞公。公曰："愿君至杭少作诗，恐为不相喜者诬谤。"再三言之。临别上马笑曰："若还兴也，但有笺云。"时有吴处厚者，取蔡安州诗作注，蔡安州遂遇祸，故有笺云之戏。"兴也"，盖取毛、郑、孙诗分六义者。

元祐四年（1088），苏轼转任杭州知州。当时文彦博（1006—1097）忠告他"愿君至杭少作诗，恐为不相喜者诬谤"，苏轼笑着回答："若还兴也，但有笺云。"意谓即使写诗时通过"兴"的手法寓意，也肯定会有人会为之"笺注"，称"笺云……"（"兴也""笺

---

① 《续资治通鉴长编》卷三〇一"元丰二年十二月庚申"条，第7336页。

云"是注释《诗经》时的常用术语)。苏轼应是根据蔡确的车盖亭诗案作出的回应。这大概也反映出当时凭借"笺注"罗织罪名已经到了肆意妄为的程度。①

如上所述,北宋中后期存在一种镇压言论的态势,其中围绕文学文本在阐释上的附会之语也在横行。苏轼为了避免这种附会的解释,乃如上文所见的那样尽力"避言"。

小结——"庾词"

最后,结合苏轼在创作活动中的"避言",笔者拟再考察一首诗歌的表达。王巩是苏轼的盟友之一,在乌台诗案发生的时候受苏轼牵连被贬南方,苏轼贬谪黄州期间曾与之互赠诗歌。因为是罪人同僚间的诗歌交流,所以也是以隐秘的方式进行的。如元丰五年(1082),苏轼《次韵王巩六首》其五云:

> 平生我亦轻余子,晚岁人谁念此翁。巧语屡曾遭蒉苁,庾词聊复托苦荬。子还可责同元亮,妻却差贤胜敬通。若问我贫天所赋,不因迁谪始囊空。②

首联感慨他曾轻视过的人现在谁也不与他为友。颈联用戏谑的语言述说他的家人:与陶渊明(字元亮)一样,他也为平庸的儿子烦恼,但是与冯衍(字敬通)之妻相比,他的妻子还是贤惠的。尾联说自己的贫穷是上天注定的,并不是被贬黄州之后才变穷的,以幽默的语言化解并超越苦境,直率地向友人诉说人生的感慨。这首诗可以说是体现黄州时代苏轼人生观的作品。

尤为值得注意的是此诗的颔联,大致陈述费尽功夫用心作

---

① 引文中苏轼的话是根据蔡确的"车盖亭诗祸"作出的发言。另外,对苏轼来说,这里的"兴"是继承《诗经》中"兴"的功能。"笺注""附会"等对宋代的《诗经》阐释学有何意义,这个问题非常值得探讨。

② 《苏轼全集校注》第 4 册,诗集卷二一,第 2392 页。

的诗仍遭到怀疑和毁谤，那么姑且用暗示的语言隐藏真意。"遭薏苡"用后汉马援将军之典，指遭受谗言。马援在远征南方时服用"薏苡"（一种稻科植物）之实来去除瘴气，之后又装满车带回京城。时人看到后就毁谤他带回许多"珍珠文犀"（《后汉书·马援传》）。这可以说是影射乌台诗案的表达。如果确实如此，就是将御史台的告发视作谗言、诽谤，那么这样的诗句对于一个被贬之人来说是极为不稳妥的，不得不说是有可能被问罪的危险言论。（在乌台诗案当中苏轼虽然承认有罪，但他内心恐怕没有真的承认。苏轼的真实想法或许也表现在了这一句当中。）

后一句的"托苋莠"指用隐语委婉地表达，典出《左传·宣公十二年》，"苋莠"就是"鞠穷"。《左传》记载在作战最激烈的时刻，申叔展问还无社有没有"麦麴""山鞠穷"（据杜预注，这两种都是御湿、防水寒的药物），暗示他从冰冷的泥水中逃走。因为处于作战的环境，所以才特意使用隐语。这里苏轼将使用隐语说成"廋词"，也就是隐藏词语的本意。

"廋词（辞）"一语产生很早，《国语·晋语》载："有秦客廋词于朝，大夫莫之能对也。"韦昭注曰："廋，隐也。谓以隐伏诡谲之言问于朝。"[1]所谓的"廋词"就是避开直接说明，采用婉曲或隐秘的方式表达。换而言之，就是采用除亲密之人以外其他人不能理解的方式来表现。实际上，"廋词"是用来钻权力镇压言论的空子，避开"附会""酝酿""罗织""笺注"的谗言、诽谤等攻击的一种方法，可以认为是"避言"的具体实践形态之一。遭受过"乌台诗案"等言论镇压，在与权力的冲突中幸存下来的诗人苏轼为了躲避权力镇压想出"廋词"这种方法。"廋词"可谓是

---

① 上海师范大学古籍整理组校点《国语》卷一一，上海古籍出版社，1978年，第401页。

苏轼创作活动中"避言"的象征用语。

　　然而，"庾词"用普通的方法是很难理解它的复杂性的。例如，我们也许会立刻产生出以下诸多疑问：文学文本是否真能通过"庾词"来回避言论统制、言论镇压？"庾词"是否招致了"附会""酝酿""罗织"与"笺注"等？也可能会有更深刻的疑问："庾词"归根结底是否以隐藏词语本义为目的？苏轼在创作活动中具体如何实践"庾词"？又因此创作出了怎样的作品？这些作品在中国的言论、创作活动史中占有怎样的地位？这些问题都需要作进一步的考察。

（廖嘉祈　译）

　　附记：本章在《言论统制下的文学文本——以苏轼诗歌创作为中心》(《复旦学报［社会科学版］》2016 年第 4 期)的基础上又作了增补修订。日语版增订稿载于《大阪大学文学研究科纪要》第 57 卷(2017 年)。

第三章　文 本 与 秘 密

——再论言论统制下的文学文本

　　中国自古以来就有许多知识分子因他们的言论或创作活动与国家权力发生冲突而遭到打压。而最早经历这种冲突的知识分子恐怕当数孔子。孔子可以说正是一位从权力与言论最尖锐的矛盾冲突当中生存下来的知识分子。

　　在孔子之后还有许多知识分子因与国家权力发生冲突而遭到打压。北宋的苏轼就是其中之一。苏轼卷入新旧两党斗争，因诗被问以诽谤朝廷之罪，遭贬黄州（今湖北省），此即所谓的乌台诗案。此后虽然一度得到赦免，但仍被接连弹劾，贬至惠州（今属广东省），乃至更远的儋州（今海南岛）。

　　围绕古代中国国家权力与知识分子之言论的关系，笔者此前曾围绕孔子与苏轼的言论及创作活动展开过考察，即第一章《"避言"——从〈论语·宪问〉论中国古代的言论与权力》以及第二章《言论统制下的文学文本——以苏轼的创作活动为中心》。本章则将在此基础上，针对苏轼的诗作，再作若干补充性的考察，并希望能借此阐明宋代产生的文学文本在社会中新的存在样态之一端。

一、"避言"

　　当与国家权力发生冲突之时，知识分子应当如何自处？有一种方式是，改变自己的思想与言论，想方设法地在体制内生存。然而，若是真正有气节的知识分子，应当会自始至终地坚持自己的思想与言论。这样一来，知识分子又该如何行动？

《论语》当中就随处可见孔子对这一问题的回答。

例如《论语·微子》当中,就有一章称赞暴君殷纣王的三位大臣是"仁人",并这样记述这三人在纣王的暴政面前为守护自己的思想、言论以及内心的自由而采取的行动:

> 微子去之,箕子为之奴,比干谏而死。孔子曰:"殷有三仁焉。"①

微子采取的做法,是离开故国前往他处,也就是所谓流亡;箕子所采取的,则是佯装为疯人,成为奴隶,也即所谓佯狂。《论语》中没有"佯狂"一词,但此后的《楚辞·惜誓》中有"箕子被发而佯狂",《史记·殷本纪》中则有"箕子惧乃详狂为奴"的记载;最后的比干所采取的,则是谏言。他也因此遭到了杀害(也即"谏死")。《论语·宪问》中有"邦无道,危行言孙(逊)"一句——在无道的国家当中,行动可以激烈,但语言则应当温和顺从。持有此观点的孔子,恐怕会认为对于纣王这样无道的君主,进谏无法奏效,是应当避免的。而比干恐怕也是在明白这一道理的基础上执意进谏而遭到了杀害。在这个意义上,比干最初就对死有着心理准备,可以说是一种接近自杀的行为。②

微子、箕子、比干三人在致力于逃脱国家权力的控制这一点上有着共同的志向。毋庸赘言,流亡相当于逃脱体制,而佯狂和自杀,前者因其精神患病,后者则因其失去了生命而不再受社会规则的约束。从最终结果来看,成为狂人或死者,都可以说是逃脱到了权力控制之外。

在与国家权力冲突之时,知识分子应当如何行动才能守护自己的思想和言论呢?《论语·宪问》当中还有以下值得关注

---

① 本章所引《论语》均据《十三经注疏》本,嘉庆十三年重刊宋本,中文出版社影印,1971年。

② 朱熹《四书或问》(《文渊阁四库全书》本)卷二三《论语·微子》云:"比干少师,义当力谏。虽知其不可谏,而不可已也。故遂以谏死,而不以为悔。"

的一句：

> 贤者辟世，其次辟地，其次辟色，其次辟言。

"辟"通"避"，即避免或远离接触。本句的内容，若一言以蔽之，是论述"贤者"——有德行的知识分子——可从"世""地""色""言"四个层面出发来切断与国家、社会的联系。这其中反复使用了"其次"一词，从而构成了一种渐进关系，可以理解为它是依据切断层级，从高到低、从大到小排列的。

起首的"辟（避）世"，指的是断绝与世界的联系。所谓"世"，指的应是那一时代人类社会之总体。在这个意义上，可以理解为论述的是成为隐者，也就是"隐逸"。接下来的"避地"，可以理解为避开政治混乱的国家，也即移居到别国。所谓"流亡"恐怕也包含在此。以上两种是向体制外逃出的方法，而"避言""避色"，则终究是停留在体制内时采用的方法。

所谓"避色"，可以理解为知识分子避他人之"色"（身影、举止)，也即断绝与他人的交流，不与人交往。但若进一步来说，避开他人之"色"，同时也就意味着令自身的"色"远离他人的注意。换言之，从结果来看，"避色"指的可以是避开他人的注意，不显眼地行动。因为自己避开他人，也就等同于令他人避开自己。

与此相对，"避言"指的是避开他人之"言"。但这也和"避色"一样，可以认为避开他人的言论，同时也就是令自己的言论远离他人。在这里"言"是他人的还是自己的并没有太大的差别，因为"言"既是他人的，也是自己的。简而言之，"避言"指的是避开语言行为、言论活动本身：可以理解为知识分子断绝与他人的语言交流，停止公开的言论活动，也就是一种"言论的自我控制、自我规制"。然而，这里还要特别强调一点："避言"并非对"言"的不信任抑或否定。毋宁说在这里，"言"是受到深厚的信赖与肯定的。正是因为相信自身的"言",并要守护它,所以才要"避言"。换言之,所谓"避言",可以说是以言论的公开为最终目的的。我们应当认为,只要条件具备,他们随时都可以公开言论。

知识分子是"言论之徒",即所谓献身于"言"的人。因而在与权力产生矛盾冲突时,在《论语·宪问》举出的知识分子所应当采取的四种方法"避世""避地""避色""避言"当中,意义最为重大的,不管怎么说都该是"避言",也即为了守护自己的"言"而停止"言"。而这也成为古代中国知识分子的一项言行的传统规范,此后得到了广泛的继承。

纵观历史,在中国实践了"避言"的知识分子不胜枚举。若从唐代开始举有代表性的例子,可以举出陆贽(754—805)。贞元年间,时任宰相的陆贽被贬谪到忠州。关于当时的事迹,《新唐书·陆贽传》记载:"既放荒远,常阖户,人不识其面。又避谤不著书,地苦瘴疠,只为《今古集验方》五十篇示乡人云。"从这里可以看到,陆贽为了避免被诽谤中伤,不仅避免与他人交往,还停止了自己的言论、著述活动(《今古集验方》是医药书,不属于所谓著述)。①

另外韩愈(768—824)及柳宗元(773—819)也反复谈到了"避言"。例如韩愈在被解除江陵的贬谪后不久,在元和二年作《剥啄行》,同样谈到自己谢绝访客等断绝与他人交际的情形:"我不厌客,困于语言。欲不出纳,以堙其源。"②在此韩愈表明,由于不能避免因"语言"而令自己陷入严峻的境地,那还不如放弃发言。另外元和十年,韩愈在给李绛的书信《与华州李尚书

---

① 《新唐书》卷一五七,中华书局,1986 年,第 4932 页;《旧唐书》卷一三九《陆赞传》中也可见同样的记述。

② 钱仲联集释《韩昌黎诗系年集释》卷四,上海古籍出版社,1984 年,第662 页。

书》中也提到:"接过客俗子,绝口不挂时事,务为崇深,以拒止嫉妒之口。"①面对遭左迁的友人李绛,韩愈提醒他在与他人交流时,要注意不要给他人留下批判自己的口实。

柳宗元方面,元和四年他被贬永州时寄与友人萧俛(字思谦)的书信《与萧翰林俛书》中谈到:"云云不已,只益为罪,兄知之勿为他人言也。"②同为元和四年与友人李建的书信《与李翰林建书》中也谈到:"裴应叔、萧思谦,仆各有书,足下求取观之,相戒勿示人。"③可以看出柳宗元希望能将其言论停留在自身与亲密的友人之间。

二、"罗织"和"注释"

在古代中国,最为彻底地实践了"避言"——也即言论的自我控制、自我规制的文人应当是北宋的苏轼(1036—1101)。苏轼自乌台诗案开始,就因其言论和创作活动而被反复地批判、弹劾。④ 在此状况下的苏轼,一直致力于"避言"。苏轼的"避言",早在乌台诗案发生之前,也即熙宁初王安石等掌握了政治实权时就已开始明确地进行。因乌台诗案而被贬黄州的元丰年间固然无需赘言,即便是在被中央赦免,回到朝廷的元祐年间,以及再次遭贬谪而流寓广东、海南岛的绍圣、元符年间,都一直没有间断。也就是说,苏轼绝大部分的创作活动都是在一种言论统制之下进行的。可是当我们阅读苏轼潇洒旷达的诗文时,却又很容易忘记这一事实。

---

① 马其昶校注、马茂元整理《韩昌黎文集校注》卷三,上海古籍出版社,1998年,第 228 页。

② 柳宗元集校点组《柳宗元集》卷三〇,中华书局,1979 年,第 798 页。

③ 同上书,卷三〇,第 802 页。

④ 关于苏轼遭遇的以"乌台诗案"为首的诗祸,参沈松勤《北宋文人与党争(增订本)》(人民出版社,2004 年)、萧庆伟《北宋新旧党争与文学》(人民文学出版社,2001 年)、内山精也《苏轼诗研究》(研文出版,2011 年)、涂美云《北宋党争与文祸、学禁之关系研究》(万卷楼图书股份有限公司,2012 年)等。

苏轼在自己的诗和书信当中反复提及"避言"。作为典型，此处将举《答李端叔书》为例。这是元丰三年（1080）十二月在黄州时的作品：

> 得罪以来，深自闭塞，……辄自喜渐不为人识，平生亲友无一字见及，有书与之亦不答，自幸庶几免矣。……自得罪后，不敢作文字。此书虽非文，然信笔书意，不觉累幅，亦不须示人。必喻此意。①

这里提到自被问罪以来，自己已断绝了与友人的诗文交流。在此基础上苏轼表示，这封书信虽然不同于一般意义上的文学作品，但还是希望不要出示给他人。而这里之所以如此提醒，是因为有着再次被问罪且连累友人的危险。

以下再举《与陈朝请》其二为例，这是元丰六年（1083）二月在黄州所写的尺牍：

> 某自窜逐以来，不复作诗与文字。所谕四望起废，固宿志所愿，但多难畏人，遂不敢尔。其中虽无所云，而好事者巧以酝酿，便生出无穷事也。切望怜察。②

这里同样提到自己避免创作诗文，但同时还提到了如此做的理由：若创作就会被捏造出子虚乌有的罪名。这里所谓的"酝酿"，指的就是完全没有根据地罗织罪名、捏造证据，从而加以陷害。

在北宋的官场，从他人的诗文中故意解读出"诽谤"的意图，从而加罪于对方之事经常发生，这并不仅限于苏轼以及他周边的文人。对于当时的状况，王夫之的《姜斋诗话》卷下这样表述：

---

① 《苏轼全集校注》第 16 册，文集卷四九，第 5344 页。
② 同上书，第 17 册，文集卷五七，第 6281 页。

　　　宋人骑两头马，欲博忠直之名，又畏祸及，多作影子
　　语，巧相弹射。然以此受祸者不少，既示人以可疑之端，则
　　虽无所诽诮，亦可加以罗织。观苏子瞻乌台诗案，其远谪
　　穷荒，诚自取之矣。①

所谓"骑两头马"，指的是模棱两可的懦弱态度。官僚们虽然通
过直言讽谏"欲博忠直之名"，但是又"畏祸及"。以上引文，总
体就是在批判宋人对于言论的暧昧、模糊态度（关于这一点，详
见后文）。王夫之指出，宋人通过"影子语"，也就是暗地里含有
攻击意图的讽刺性语言互相诽谤中伤，使得"罗织"横行。"罗
织"指的是无端地给他人强加罪名，冤枉他人，与"酝酿"是同
义语。

　　那么在"酝酿""罗织"之际，又具体采用了怎样的手段呢？
其中值得注意的一种是给文本添加注释。例如众所周知的车
盖亭诗案，也就是元祐年间，蔡确被认为其诗《车盖亭绝句》中
有诽谤朝廷的意图而遭告发一案。许多文献记载，当时告发蔡
确的吴处厚给蔡确的诗添加了"笺释"，再提交给了当局。蔡确
的诗本来只是吟咏从车盖亭眺望到的风景，吴处厚却牵强附会
地加以阐释，并记录成了注释的形式。至于苏轼的情况，在乌
台诗案之际，御史台的告发也可以说是一种添加注释的案例。
除此之外，虽然不能确定真伪，现在还存有沈括给苏轼的诗添
加"签帖"并进行告发的记录。②

　　由此，为贬斥某一人物而给此人的诗文添加注释的做法，
似乎很早就见于北宋的官场。《续资治通鉴长编》仁宗皇祐四
年条中，就记录了在当时的京城发布的诏书：

---

　　① 丁福保辑《清诗话》，上海古籍出版社，1978 年，第 18 页。
　　② 《续资治通鉴长编》第 21 册，卷三〇一，元丰二年十二月庚申条所引王铚
《元祐补录》，中华书局，1985 年，第 7336 页。

> 比闻浮薄之徒，作无名诗，玩侮大臣，毁骂朝士，及注释臣僚诗句，以为戏笑。其严行捕察，有告者优与恩赏。①

诏书反映出当时存在着给同僚的诗句添加注释，从而诋毁对方的做法。既然是以诏书的形式发布，就说明这不仅仅只是一种戏弄，而是已经被朝廷视作可能发展为大规模斗争的危险事态。考虑到有宋一代，给别集添加注释的做法开始广泛出现，则这种诋毁的做法与诗文注释的大动向也应有关联。有意思的是，通过接受者（即读者），不仅有各种文学性的解释产生并被附加到了诗上，出于与这些文学阐释完全不同的实用目的，添加注释的做法也得到了运用。

关于通过注释来批判、攻击对方的做法，杨时的《龟山先生语录》卷三中有这样一段非常有趣的记述：

> 或谓：“荆公晚年诗，多有讥诮神考处，若下注脚，尽做得谤讪宗庙，他日亦拈得出。”曰：“君子作事，只是循一个道理。不成荆公之徒，笺注人诗文，陷人以谤讪宗庙之罪，吾辈也便学他。……”②

有人说：从获得神宗支持而推行新法改革的王安石的诗作中，竟然解读出了企图诽谤神宗的弥天大罪，并且还将这一解读以"注脚"的形式表现，用作批判的材料。对此杨时认为，通过"笺注"的手段陷害他人，正是王安石等人惯用的冷酷花招，因而不能模仿。他认为即便是为了惩罚恶人，也不应当使用恶人惯用的恶行。

以下再举南宋初期李纲（1085—1140）的言论为例子。建炎三年（1129），被贬琼州的李纲得到赦免，在第二年寄与友人

---

① 《续资治通鉴长编》第13册，卷一七二，第4131页。
② 《龟山先生语录》卷三，《续古逸丛书》本，江苏古籍出版社，2001年；本条另被引于《苕溪渔隐丛话》后集卷二五。

向子诬的书信《与向伯恭龙图书》中，他将自身的贬谪与苏轼相比，说道：

> 幼时，术者谓命似东坡。虽文采声名不足以望之，然得谤誉于意外，渡海得归，皆略相似。……此行往返，先兆甚多，皆非人为，以此处之，粗能恬然。海上间亦作诗文以娱，但不敢以示人，亦无可示者，因来谕谩录近所作一卷去，亦有韵语一篇奉寄，聊发数千里一笑。观毕，须束之高阁，恐有照管不到处，且免笺注也。①

李纲也和苏轼一样，惧怕自己的作品会被他人看到。而且可以得知，这其中惧怕的对象就包括他人对自己的作品添加"笺注"一事。尽管到了南宋，"笺注"对于士大夫文人的言论来说仍然是一根刺。

在苏轼进行文学创作的北宋中后期，尽管程度有差别，特点有不同，但确实是对言论的压制与攻击横行的时代。那些看起来只是自由自在地表达其生机蓬勃之精神的苏轼诗文，我们必须再次认识到，它们是在如此黑暗严酷的言论环境下被创作出来的。同时也正因为如此，这给苏轼的文学又增添了一份光辉。

三、秘密的文本——《鱼蛮子》《吊徐德占》

苏轼即便是在北宋中后期以党争为背景的言论统制之下，也仍然坚持创作诗文。他一方面致力于"避言"，另一方面又一直与亲近的友人保持着诗文的赠答。这些作品流传到了后世，如我们今天就能读到的苏轼在乌台诗祸之后创作的许多作品。然而这些作品在当时并不是以广泛公开为前提写作的。关于

---

① 《梁溪先生文集》卷一一四，《宋集珍本丛刊》本，线装书局，2004年。

这一点,在前文举出的《答李端叔书》中"不须示人"一句——苏轼反复告诫的"绝不要给他人看"一类的话中,就表现得非常清楚。可以说,这些作品的绝大部分,都是在苏轼的亲戚或亲近的朋友间被秘密地创作、阅读,是冒着巨大的风险被记录、保存下来的。而苏轼的创作,也可谓是以非法的地下文学活动形式完成的。

下面让我们看一封反映苏轼在黄州贬谪时期与亲近的友人间之赠答情况的书信。在元丰四年(1081)写给友人章楶(字质父)的《与章质父三首》其一中,有以下一段:

> 承喻慎静以处忧患。非心爱我之深,何以及此,谨置之座右也。《柳花》词妙绝,使来者何以措词。本不敢继作,又思公正柳花飞时出巡按,坐想四子,闭门愁断,故写其意,次韵一首寄去,亦告不以示人也。《七夕》词亦录呈。①

在这里,苏轼用以赠答的是词(诗余)。与诗不同,词因其体裁的特性而较少歌咏与政治有关的内容。因此苏轼或许揣测写词会相对安全,不容易被问罪,就如他在尺牍《与陈大夫八首》其三(元丰五年作)中所说的那样:"比虽不作诗,小词不碍,辄作一首,今录呈。"②而事实上,苏轼这首词歌咏的也是与政治毫无关系的"相思之情",在政治方面几乎没有产生问题的可能。

---

① 《苏轼全集校注》第 17 册,文集卷五五,第 6097 页。书信中提及的章楶的词为《水龙吟·柳花》,见唐圭璋编《全宋词》,中华书局,1980 年,第 213 页。苏轼的次韵词为《水龙吟·次韵章质夫杨花词》,见《苏轼全集校注》第 9 册,词集卷一,第 302 页。"七夕"词则为《渔家傲·七夕》,见《苏轼全集校注》第 9 册,词集卷一,第 243 页。

② 《苏轼全集校注》第 17 册,文集卷五六,第 6251 页。关于这一点,参王兆鹏、徐三桥《苏轼贬居黄州期间词多诗少探因》,载《湖北大学学报》1996 年第 2 期;尚永亮、钱建状《贬谪文化在北宋的演进及其文学影响——以元祐贬谪文人群体为论述中心》,载《中华文史论丛》2010 年第 3 期。

当然，苏轼不仅写词，同时也创作了大量的诗，而这当中就有不少危险的作品，成为"酝酿""罗织"的对象也并不奇怪。笔者在此拟举两篇代表性的作品为例。首先是元丰五年①的作品《鱼蛮子》：

> 江淮水为田，舟楫为室居。鱼虾以为粮，不耕自有余。异哉鱼蛮子，本非左衽徒。连排入江住，竹瓦三尺庐。于焉长子孙，戚施且侏儒。擘水取鲂鲤，易如拾诸途。破釜不着盐，雪鳞芼青蔬。一饱便甘寝，何异獭与狙。人间行路难，踏地出赋租。不如渔蛮子，驾浪浮空虚。空虚未可知，会当算舟车。蛮子叩头泣，勿语桑大夫。②

"鱼蛮子"一语在苏轼之前没有见到用例，大概指的是在水上生活的渔民，也就是所谓"蜑人"。而既然是"蛮子"，就不单纯是渔民，同时也是类似于外族的存在，换句话说，或许含有不服从朝廷的民众的意味。本诗正如清代纪昀所评价的："香山一派，读之，宛然《秦中吟》也。"③可见这是继承了白居易讽谕诗传统的作品。但将渔民的生活表现得栩栩如生这一点，是过去的作品当中所没有的，这也令它成了一篇新颖的作品。而其中最新颖的，则是把渔民放在与租税的关系中来考虑。渔民和农民等不同的一点是不在陆地上生活，而这在多数情况下也就意味着处在征税的对象之外。国家与人民因为"税"而发生交锋是古今中外的常见现象，处在征税的对象之外，也就意味着处在国家权力统制的外部。

另外，同一时代的黄庭坚在他的《渔父二首》其一当中也有

---

① 关于苏轼的《鱼蛮子》，以及下文将提及的与此有关的张舜民的《渔父》诗，参刘昭明《民俗与讥刺——苏轼〈鱼蛮子〉与张舜民〈渔父〉考论》，收于《民俗与文学学术研讨会论文集》，高雄复文图书出版社，1998年。

② 《苏轼全集校注》第4册，诗集卷二一，第2379页。

③ 《纪评苏诗》卷二一。据《苏轼全集校注》中《鱼蛮子》诗的集评。

"不困田租与王役,一船妻子乐无穷"的描写①,又在《古渔父》一篇中有"四海租庸人草草,太平长在碧波中"②的表达。这两篇都被推定为熙宁元年(1086)的作品。如此这般,似乎可以认为在苏轼和黄庭坚的时代,作为时人对"渔父"的认识当中的一个构成要素,"征税对象之外的存在"这一特点开始被明确地显现并逐渐成形。这样的一种认识不仅在文学方面可谓新颖,从社会经济史和政治思想史的方面来看,大概也有着崭新的一面。

苏轼对于这一处在征税对象之外的渔民们,起初似乎一直在发出礼赞。然而国家权力不会轻易罢手,肯定会想方设法地征税。苏轼非常清楚这一点,因此苏轼接下来就写道"会当算舟车"——若是没有土地的话,完全也可以向舟船征税。最后一句的"桑大夫"指的是汉代有才干的官吏桑弘羊,他确立了盐铁专卖制度,制定均输法、平准法等,通过实施一种国家统制的经济,为国家财政作出了贡献。但从民众的立场来看,他恐怕就是一个可怕的酷吏。面对苏轼"可能会出现桑弘羊那样的酷吏,向渔民们征重税"的话,渔民们哀求着千万不要告诉"桑大夫"。

经过以上粗略的解读,我们也已经可以明白《鱼蛮子》是一首饱含政治意图的诗作。可以理解为它暗中批判了新法,就如清代查慎行《初白庵诗评》中"主新法者闻之,当奈何"③所说的那样。在被贬期间,仅仅是写这样内容的诗就已经是危险之事,况且更该注目的是其中"破釜不着盐,雪鳞芼青蔬"两句:对于居住在内陆的百姓来说,盐是极为稀缺的产品,因此当然价格非常高昂。这两句诗要表达的基本上是"因为贫穷而没法用

---

① 陈永正、何泽棠注《山谷诗注续补》卷一,上海古籍出版社,2012 年,第 71 页。

② 同上。据《山谷诗注续补》题注,《古渔父》为《渔父二首》其一的别稿。

③ 据《苏轼资料汇编》下编,中华书局,1994 年,第 1786 页。

盐做饭"的事实,然而恐怕不只如此,还可以感觉得到有一层特殊的含义寄托在内。当时盐政是新法改革中的重要内容,盐的专卖制度正在得到强化。以上的诗句可以理解为对新法中的盐政有一种隐晦的批判。若考虑到乌台诗案时,苏轼《山村五绝》其三①中"岂是闻韶解忘味,迩来三月食无盐"一句曾被视作对朝廷的诽谤,那么公开的、直接的表达显然是包含了应当避免的危险要素的。② 或许是元丰五年前后党争的形势已经有所变化,令苏轼的言论自由度得到了提升。又或许因为是乐府系统的作品,令其政治批判得到了容许。顺带一提,本诗被收录在苏轼自编的《东坡集》(卷一三)当中,此后还被收录在南宋所编《集注分类东坡先生诗》(旧王本卷二五、王本卷七)及《施注苏诗》(卷一九)等书当中。

　　关于苏轼《鱼蛮子》一诗,陆游的《老学庵笔记》卷一当中有值得注目的意见。陆游认为,本诗是根据苏轼的友人张舜民在贬谪期间的诗作《渔父》写成的。如果补充陆游的意见再看的话,情况便是如此:元丰四年,张舜民因高遵裕讨伐西夏失败而遭连坐,被贬为郴州(今湖南省郴州市)酒税(《宋史·张舜民传》)。关于当时在去郴州的路上探访黄州的苏轼之事,张本人在《郴行录》③(《画墁集》卷七)中有叙述。当时张舜民作《渔父》赠予苏轼,苏轼则作《鱼蛮子》相答。这一说法被后世广泛接受,其中以清代查慎行的《苏诗补注》、冯应榴的《苏轼诗集合注》、王文诰的《苏文忠公诗编注集成》为代表。不过对于张舜民探访黄州的时间各家有分歧,王文诰的《苏文忠公诗编注集成》总案定为元丰五年,而孔凡礼的《苏轼年谱》则根据张舜民

---

① 《苏轼全集校注》第 2 册,诗集卷九,第 869 页。
② 关于这一点,前引刘昭明论文也已指出。
③ 《画墁集》卷八,《文渊阁四库全书》本。

《郴行录》的记录定为元丰六年。① 这里暂时先不谈作诗的背景,首先让我们来读张舜民的诗,他的《渔父》②写道:

> 家住耒江边,门前碧水连。小舟胜养马,大罟当耕田。
> 保甲元无籍,青苗不着钱。桃源在何处,此地有神仙。

这首诗最值得注目的是第五、六句。若除去这两句,本诗只是在歌咏渔父的传统形象,兼赞美他们在这桃源中如同"神仙"般的生活状态,某种意义上就成了一首非常平常的诗,并无令人耳目一新之处。然而有了第五、六句,本诗就成了一首包含着对朝廷的激烈批判的诗。渔父们不拥有土地,因此没有户籍,也没有纳税的义务,可以说是处在国家统治之外的存在。对于这样的渔父形象,第五、六句将其与新法的核心:保甲、青苗二法联系起来描写。张舜民一方面继承了传统渔父形象的描写范式,对过着如同"神仙"般生活的渔父加以赞美,另一方面又在诗中穿插进新法的两条重要政策:"青苗""保甲",从而直接表达了"新法乃是恶法"的批判。张舜民曾就王安石的新法表示"裕民所以穷民,强内所以弱内,辟国所以蹙国。以堂堂之天下,而与小民争利,可耻也"③。可见他是一位激烈批评新法的人物(他在晚年被列入元祐党籍,其文集也在查禁之列)。本诗所含有的批评内容,恐怕也是直从他内心喷涌而出的吧。

若认为张氏此诗是在元丰年间所作,则其危险程度不会亚于苏轼之诗。在元丰年间,这种直截了当的对新法的批判不用说是很难公开表露的,苏轼或许也曾犹豫过是否要收下此诗。从这一点来看,恐怕也不能排除此诗是创作于别的时期的可

---

① 参孔凡礼撰《苏轼年谱》卷二一,中华书局,1998年,第544页;以及同书卷二二,第579页。又前引刘昭明文赞同孔凡礼说。

② 据陆游撰,李剑雄、刘德权点校《老学庵笔记》卷一,中华书局,1997年,第3—4页。

③ 《宋史》卷三四七《张舜民传》,中华书局,1977年,第11005页。

能。顺带一提，现存的张舜民文集《画墁集》中就没有收录此诗。收录进文集，就意味着将文本送出，进入到公共的环境。张舜民创作此诗，很有可能只是作为私密的文本，因此最终也没能收入文集。①

　　对于苏轼的《鱼蛮子》和张舜民的《渔父》诗，陆游的《老学庵笔记》认为是张舜民创作在先，苏轼的作品受此影响而作。然而对于这一点，今日已有观点认为顺序恰恰相反，是苏轼的作品在先。如孔凡礼《苏轼年谱》元丰五年条，先指出"作《鱼蛮子》，刺赋税之重"，再以陆游之说为误："细考之，乃舜民取苏轼之意而出之以直言。舜民《渔父》如'保甲元无籍，青苗不着钱'，盖为苏轼斯时欲言而不敢言者。"——也即不是苏轼受张舜民《渔父》诗的影响创作《鱼蛮子》，而是张见苏诗而创作。对于苏轼没能直接表达的对新法的批判，张舜民将其明确地、直接地表达了出来。② 两相比较，正如孔凡礼指出的那样，苏诗的批判较为隐晦暧昧，而张舜民的作品则直截了当。若张氏创作在先，则可认为苏轼见到张氏这一直接明确的批判，将其变得更婉转曲折了。反过来若苏轼创作在先，则可以认为是张舜民将苏轼模糊的新法批判进行了明确的表达。这里难以判断是哪一种，但若参考当时张舜民的事迹，则孔凡礼说或许更为妥当。

　　① 当时，在苏轼周边文人的诗当中，有着虽然在笔记等中记载有它们的存在，然而却未被收入其本人别集的例子。如叶梦得《石林诗话》（何文焕辑《历代诗话》，中华书局，1981年，第417页）卷中载有被认为是熙宁年间文同赠与苏轼的诗句："北客若来休问事，西湖虽好莫吟诗。"然而这不见于文同的文集《丹渊集》。《丹渊集》附有的南宋家诚之的跋文，在引述以上《石林诗话》的记载后，暗示这可能是为了避免"党祸"累及而被从文集中删去的。另罗大经《鹤林玉露》（王瑞来点校，中华书局，1983年，第188页）乙编卷四记载，元符三年（1100）苏轼在流放地海南岛解罪回到大陆时，郭祥正赠诗云"君恩浩荡似阳春，海外移来住海滨。莫向沙边弄明月，夜深无数采珠人"，暗中忠告苏轼需避免写诗。但这也不见于郭祥正的文集《青山集》及《青山续集》。

　　② 《苏轼年谱》卷二一，第544页。

另外，即便是脱离以上角度，两首诗之间仍然可以看到非常有趣的差别。在对渔父形象描写的新颖这点上，苏诗更为突出。与此相对，张诗的描写总体只停留在一种刻板的渔父形象上。张作对政治的批判眼光固然尖锐，但在创造新的渔父形象这一点上则远不如苏轼。苏轼此外还有题为《渔父四首》（元丰八年作）的作品①，歌咏的只是典型的渔父形象。刻意不以传统的"渔父"为题，而名以"鱼蛮子"，苏轼在此恐怕也有用意。若认为苏诗创作在先，则张舜民诗之所以能在传统的形象架构中添入对新法的批判，或许也可说是苏轼诗强大的冲击力使然。

让我们再读一首同样在元丰五年写成的诗：《吊徐德占》。② 这是一首哀悼徐禧（1035—1082）之死的作品。徐禧字德占，为黄庭坚的表兄，徐俯之父，洪州分宁（今江西省修水县）人。当熙宁年间王安石开始推进变法时，徐禧献"治策"二十四篇，得到了吕惠卿的重用而活跃一时。苏轼此诗，附有如下序文：

> 余初不识德占，但闻其初为吕惠卿所荐，以处士用。元丰五年三月，偶以事至蕲水。德占闻余在传舍，惠然见访。与之语，有过人者。是岁十月，闻其遇祸，作诗吊之。

序文首先提及徐禧为吕惠卿重用一事。吕惠卿（1032—1111）是辅佐王安石推进新法的高官。熙宁七年，时任宰相的王安石隐退之后，吕成为参知政事，一反昔日交情，开始批判王安石。待到熙宁八年王安石再次成为宰相时，吕被转出中央，知陈州事，未久又转知延州事。元丰二年，任鄜延路（陕西省北部）经略使，负责应对西夏。在苏轼创作本诗的元丰五年，吕先是知太原府，同年十月，又因应对西夏不力受到神宗斥责，被贬单

---

① 《苏轼全集校注》第 4 册，诗集卷二五，第 2784 页。
② 同上书，诗集卷二一，第 2403 页。

州。此后再未恢复在朝廷中的政治地位，而在转任各地方官间度过了后半生。

接下来，序文开始叙述与徐禧的交游经历。据此，苏轼第一次见到徐禧是在元丰五年的三月，当时徐禧曾探访过停留在黄州之东的蕲水（今湖北省浠水县）的苏轼。虽然从元丰二年开始，徐禧为服母丧而回到了故乡分宁，但元丰五年三月时丧期应当已经结束。徐在元丰五年四月时已是知制诰兼御史中丞，按此推论，他应当是在离开分宁、前往都城的途中访问苏轼的。

序文的最后提及了徐禧的意外去世。元丰五年九月，徐禧受朝廷之命赴陕西指挥对西夏的战争，然而却在永乐（今陕西省米脂县）修筑的城中被敌军包围，最终丧生。这就是所谓的"永乐之战"。关于徐禧在这场战争中的作为，当时批判的声音很多，似乎并不是享有名誉地光荣牺牲。另外吕惠卿受到神宗的责难，也直接受到了此次战争失败的影响。

以下看《吊徐德占》诗的部分：

> 美人种松柏，欲使低映门。栽培虽易长，流恶病其根。哀哉岁寒姿，骯脏谁与论。竟为明所误，不免刀斧痕。一遭儿女污，始觉山林尊。从来觅栋梁，未省傍篱藩。南山隔秦岭，千树龙蛇奔。大厦若畏倾，万牛何足言。不然老岩壑，合抱枝生孙。死者不可悔，吾将遗后昆。

这首作品将徐禧称赞为应当与"松柏"相比的栋梁之材，然而也不都是称赞。本诗更多的篇幅，描写的是徐禧难得的才能被凭空浪费了的遗憾。这里苏轼写道，等待"岁寒姿"的"骯脏"的"松柏"，遭到了"流毒""儿女"的伤害与玷污。若在山林当中度过一生，倒是可以成全它幸福的生活，唯其错误地投身于世，终究不得不承受不幸的命运。

83

　　那么,将被比作"松柏"的徐禧陷于不幸的人是谁呢？诗句本身并没有明确指出。然而读过序文,可以感到似乎暗示的是吕惠卿及其周边的人。这篇序文明确举出了"吕惠卿"的名字,可以说是一个相当不同寻常的例子,况且吕还是推进新法的中心人物。在这一时期,虽说吕惠卿几乎已经完全失去了政治上的权势,但对于因批判新法而被贬谪的苏轼来说,不得不说这种做法非常不稳妥。这么来看,恐怕也不能排除这篇序文最初并不存在,是苏轼在政治环境好转之后再行追记的可能。

　　徐禧是在与西夏的败仗中战死的人物,这点在当时应该是人所共知的事实。而此诗明显地含有对这一政治状况的批判眼光。当然,苏轼恐怕不是以广泛公开为前提创作此诗的。此诗若是被广泛公开的话,大多数读者肯定会解读出其中对政治的批判意图,苏轼也不能排除会被再次投入监狱的可能。

　　在这个意义上,"大厦若畏倾,万牛何足言"一联十分值得注目。这一联用的是杜甫《古柏行》中"大厦若倾要梁栋,万牛回首丘山重"[①]一句。原诗说的是大厦将倾之际,为了重建,需要用几万头牛拉来丘山一般重的大柏木才可。在这里苏轼则别出心裁：大厦将倾之时,没有调用几万头牛运输木材的必要,巨木们自然会发挥自己的力量离开山壑。在这里被比喻成"巨木"的,是徐禧这样的优秀官僚。若是这样,被比喻成要倾倒的"大厦"的又是什么？恐怕除了宋朝就别无所指了吧。苏轼在此表达的是,当国家面临崩溃时,优秀的人才当能奋起救国。换言之这句诗叙说的是忠义的理念,一般而言不会产生问题。但对于敌对者来说,确实又能够成为"罗织"时的材料。比如指控苏轼此诗妄想宋王朝将要崩溃,可当"大不恭"之罪,等等。

　　本诗与《鱼蛮子》一样,恐怕最初只是在极为亲近的友人之

---

　　① 仇兆鳌注《杜诗详注》卷一五,中华书局,2015 年,第 1643 页。

间，和"不须示人"的忠告一起被秘密地阅读。（若是这样的话，直称吕惠卿名讳的序文最初就存在的可能性也不小。）此诗被收入文集，大概是在很久之后，至少是在苏轼的政治名誉得到恢复后的事情。此外，此诗不见于《东坡集》，而见于此后的《集注分类东坡先生诗》（旧王本卷二四、王本卷二〇）。《施注苏诗》则同样未收（收于清代编的补遗卷）。

到此为止，虽然笔者只举出了两篇诗作为例证，但借此我们已经可以充分地看出，当时存在着一种可以称为地下文坛的言论空间——诗人们和极为亲密的朋友秘密地交换着作品。虽然在今天，已经难以看出它们当时是"地下作品"，但我们还是有必要重新认识到这一点。

四、"亲笔"

在苏轼和亲密的友人之间构成的私密圈域中，得到交换并传至今日的"秘密文本"，它们最初究竟是怎样的一种形态呢？可以想见的不外两种：作为作者的苏轼通过某种形式写在纸上的，以及友人们据此誊写的。而这其中只有为数极少的原稿流传到了今天。台北故宫博物院收藏的《前赤壁赋》（元丰五年作），就是苏轼亲笔书写的原稿当中完整保存下来的一件。这件原稿之所以能完整传至今日，大概是它作为书法作品得到了高度评价所致吧。其末尾附有以下跋文：

> 轼去岁作此赋，未尝轻出以示人，见者盖一二人而已。钦之有使至，求近文，遂亲书以寄。多难畏事，钦之爱我，必深藏之不出也。①

---

① 《苏轼文集》佚文汇编卷二，第 2455 页；《苏轼全集校注》第 20 册，佚文汇编卷二，第 8557 页。此文在《苏轼文集》及《苏轼全集校注》中均题为"与钦之"（元丰六年冬作），并被收入尺牍类。这一判断不能说错，但若是着眼于《赤壁赋》作为书法作品的特点，收入题跋类也未尝不可。另外，"钦之"这一人物事迹未详。

可以看到最后有表达"希望不要出示给他人"一类含义的字句。这如实地反映了《前赤壁赋》曾被作为秘密的文本赠送给他人。

在苏轼以不出示给他人为前提写成的文本中,其亲笔原稿能像《前赤壁赋》这样流传下来的实属少数。这些原稿绝大部分都已经消失在了历史的黑暗之中。然而原稿虽然多已佚失,但宋人关于它们的文献记录却仍有不少保存了下来。以下笔者就从笔记类文献中择取这些记载。①

北宋末的惠洪是深深倾倒于苏轼的一位诗僧。他的《冷斋夜话》卷五当中有关于苏轼晚年在海南岛留下的各类亲笔原稿的记录:

> 予游儋耳,及见黎民为予言,东坡无日不相从乞园蔬。出其临别北渡时诗"我本儋耳民,寄生西蜀州。忽然跨海去,譬如事远游。平生生死梦,三者无劣优。知君不再见,欲去且少留"。其末云"新酝佳甚,求一具,临行写此诗,以折菜钱"。……又谒姜唐佐,唐佐不在,见其母。母迎笑,食予槟榔。予问母:"识苏公否?"母曰:"识之。然无奈其好吟诗。公尝杖而至,指西木檽,自坐其上。问曰:'秀才何往?'我言入村落未还。有包灯心纸,公以手拭开,书满纸,祝曰:'秀才归,当示之。'今尚在。"予索读之,醉墨敧倾曰:'张睢阳生犹骂贼,嚼齿空龈;颜平原死不忘君,握拳透爪。'"②

这是惠洪到海南岛,亲眼见到苏轼送给曾经照顾过他的当地百姓的诗,以及留在友人姜唐佐(字君弼)家中的俪句等原稿后的

---

① 在笔记类文献之外,南宋施宿等的《注东坡先生诗》(《施注苏诗》)中也有大量关于苏轼的亲笔原稿,即墨迹和拓本的注释。请参本书第十二章《从校勘到生成论——有关宋代诗文集注释特别是苏黄诗注中真迹及石刻的利用》。

② 陈新点校《冷斋夜话》,中华书局,1988年,第44页。与此条几乎相同的记载亦见于《诗话总龟》前集卷二一、《苕溪渔隐丛话》后集卷四〇。

记载。其中送给当地百姓的诗，本来没有被收入苏轼文集，恐怕是因《冷斋夜话》的记载而流传，后来以《别海北赠黎君》为题收录在南宋所编《东坡别集》（明代毛九苞编《重编东坡先生外集》卷一〇）当中。① 清代查慎行《苏诗补注》卷四八补编诗、清代冯应榴《苏文忠公诗合注》卷五〇补编诗亦收此诗，题为《别海南黎民表》，惟字句有异同。② 在姜唐佐家留下的俪句，则被收入《东坡志林》（十二卷本）。③ 而《东坡志林》本身也不是苏轼自身所编纂，是后世之人根据各种文献辑佚而成。虽然不清楚这"张睢阳、颜平原"的俪句是如何被收在《东坡志林》中的，但通过《冷斋夜话》的可能性很高。以上的两种文本，大概都可以说是通过《冷斋夜话》侥幸传至今日的文本。

同样是《冷斋夜话》，其卷一有以下记述：

> 东坡在儋耳，有姜唐佐从乞诗。唐佐朱崖人，亦书生。东坡借其手中扇，大书其上曰"沧海何曾断地脉，朱崖从此破天荒"。又书司命宫杨道士息轩曰："无事此静坐，一日是两日。若活七十年，便是百四十。黄金不可成，白发日夜出。开眼三十秋，速于驹过隙。是故东坡老，贵汝一念息。时来登此轩，望见过海席。家山归未得，题诗寄屋壁。"有禁女插茉莉，嚼槟榔，戏书姜秀郎几间曰："暗麝着人簪茉莉，红潮登颊醉槟榔。"其放如此。④

开头的"沧海……朱崖……"两句最初没有被收入文集，而被题

---

① 《重编东坡先生外集》卷一〇，《四库全书存目丛书》集部第 11 册，齐鲁书社，1997 年，第 141 页。本书为《东坡外集》的重刻本。

② 《苏轼全集校注》第 7 册，诗集卷四三，第 5119 页。

③ 《东坡志林》（《稗海》十二卷本）卷一。另五卷本《东坡志林》未收。

④ 陈新点校《冷斋夜话》，第 15 页。与此条几乎相同的记载亦见于《苕溪渔隐丛话》前集卷四一。文中出现的"禁女"，也有文本作"蛮女"，陈新解为由宫中放出而在现场做歌妓之人。而《苕溪渔隐丛话》认为喝醉后插茉莉、嚼槟榔的并非女性而是苏轼。

为《题姜君弼扇》，收入了《外集》卷一〇。[①] 在《合注》卷五〇集外诗当中则是题为《赠姜唐佐》一诗的第三联（字句有异同）；[②]接下来息轩的诗，被收入《外集》卷一〇，题为《书司命宫杨道士息轩》（字句有异同）。[③] 另《合注》卷五〇亦收，题为《司命宫杨道士息轩》（字句有异同）；[④]最后的"暗麝……红潮……"两句，只有《外集》卷一〇以《黎女簪末利嚼槟榔戏书君弼几上》收录，不见于其他文集。[⑤] 这里记叙的三种，恐怕也是同样没有经过公开，而通过周围人之手侥幸地流传至今的文本。

对于以上的各种文本，惠洪应当是见过原稿的。特别是对写于"包灯心纸"的俪句，惠洪明确写道那是得自姜唐佐的母亲。下面再看一些明确提到自己见过原稿的例子。南宋张邦基（1131年前后在世）《墨庄漫录》卷四与《冷斋夜话》一样，同样提及苏轼在海南岛曾赠诗（上文的《别海北赠黎君（别海南黎民表）》诗）给当地百姓一事（本书作该人物为"黎子云"），并且也提到自己见到了该诗的原稿：

> 宣和中，予在京师相蓝，见南州一士人携此帖来，粗厚楮纸，行书，涂抹一二字，类颜鲁公祭侄文，甚奇伟也。[⑥]

《祭侄文稿》（台北故宫博物院藏）是颜真卿的行书代表作，其中有大量的文字被涂改。据张邦基所述，苏轼的原稿正是与颜真

---

① 《重编东坡先生外集》卷一〇，第 140 页。
② 《苏轼诗集合注》卷五〇，第 6 册，上海古籍出版社，2001 年，第 2485 页。
③ 《重编东坡先生外集》卷一〇，第 141 页。
④ 《苏轼诗集合注》卷五〇，第 6 册，第 2464 页。
⑤ 《重编东坡先生外集》卷一〇，第 140 页；收于《苏轼全集校注》的诗集附编佚句部分，第 5798 页。"红潮……"一句，乃《鹤林玉露》丙编卷一中叙述槟榔效用时引用的苏轼诗句。
⑥ 孔凡礼点校《墨庄漫录》卷四，中华书局，2002 年，第 115 页。

卿《祭侄文稿》相似的行书作品,[1]他甚至还提到了用纸的材质。

南宋时期的同类记录还有为数不少。如葛立方(？—1164)《韵语阳秋》卷三如此论述苏轼海南时期的诗:

> 坡在儋耳时,余三从兄讳延之,自江阴担簦万里,绝海往见,留一月。……尝以亲制龟冠为献,坡受之而赠以诗云:"南海神龟三千岁,兆叶朋从生爱喜。智能周物不周身,未免人钻七十二。谁能用尔作小冠,岣嵝耳孙创其制。今君此去宁复来,欲慰相思时整视。"今集中无此诗,余尝见其亲笔。[2]

这里记录的诗正如葛立方指出的那样("今集中无此诗"),本来没有被收入文集。此诗后来以《葛延之赠龟冠》为题,被收录在《合注》卷五〇。[3]这也可以说是赖葛延之从弟葛立方记录,侥幸保存下来的文本。葛立方之所以能记录,如"余尝见其亲笔"所说,也正是因为此诗一直是以"原稿"的形式流传的。

接下来再看周必大的题跋《跋东坡与赵梦得帖》,此跋也记录了类似的事态,其内容是关于苏轼寄给赵梦得的书信和字。赵梦得是想和贬谪岭南的苏轼深入交往的广西人(详细事迹不明)。南宋时保存苏轼书法的真迹或碑帖的人非常多,对于它们的题跋此外尚有不少。

> 南海上有义士,曰赵梦得。……公既大书姓字以为赠,又题澄迈所居二亭,曰清斯,曰舞琴。特畏祸,不欲赋诗,故录陶杜篇什及旧作累数十纸以寓意。然会茶帖云

---

① 关于苏轼和颜真卿的书法在什么点上相似,张邦基的记述虽略显模糊,但恐怕是就涂改文字这一点而言。

② 何文焕辑《历代诗话》所收《韵语阳秋》卷三,第 509 页。与本条几乎相同的记载尚见《诗话总龟》后集卷二二。另诗中云"岣嵝耳孙",是将葛延之看作曾任"勾漏(岣嵝)令"的葛洪的子孙。

③《苏轼诗集合注》卷五〇,第 6 册,第 2472 页。

"饮非其人茶有语,闭门独啜心有愧",诗在其中矣。①

可以看到,通过写在带有私人性质的文本(在此例中是给赵梦得的书信)中的形式,苏轼的诗(此例只有两句)在士人社会中得到了流通、保存。② 正如"特畏祸,不欲赋诗"所透露的那样,我们必须意识到这也是苏轼在畏惧诗祸的同时秘密创作的文本这一事实。

以上关于苏轼的作品,我们考察了不是以收入文集、向社会公开为前提的公共文本,而是在那之前一个阶段,有着极为私人之特性的文本是如何在私密的文人群体中流通的。当然,这种文本的流通状况自古就应当存在,只是今天没有留下关于这些文本的记录。到了宋代,这一类过去本应会消逝在历史的黑暗当中的文本,虽然只是一部分,但也开始得到了明确的记录。如此这般,私人性的文本开始浮出历史的表面这一点,可以说正是宋代文学文本的社会存在形态最划时代的特性。

五、"廋词"

"秘密的文本"指的是在与亲密的友人间形成的封闭圈域当中秘密交流的文本。也就是说,就"文本的社会存在形态"这一点而言它们是"秘密"的。然而仅仅这样考虑还不够。我们还有必要考察文本的语言表现本身带有的"秘密性"。从这一视点出发,以下将列举苏轼创作《鱼蛮子》《吊徐德占》这一时期的其他诗作进行考察。

---

① 《文忠集》卷一六,《文渊阁四库全书》本。《文忠集》卷一七七《二老堂诗话》中也有类似的记述。另苏轼《失题二首》(《苏轼全集校注》第 8 册,诗集卷四九,第 5667 页)的冯应榴案语称"先生残篇断句,流传甚多",且除了此处引用的周必大跋文,还举出了大量其他记载了苏轼"残篇断句"的文献资料。

② "饮非……闭门……"二句,收于《苏轼全集校注》的诗集附编佚句部分,第 5795 页。

王巩(1048？—1117？)是苏轼的一位盟友,在乌台诗祸之际遭连坐,同样被流放南方,苏轼在黄州贬谪时期就与王巩有过诗文交流。因为是"罪人"间的往还,所以恐怕也是在私人圈域的内部秘密进行的。如元丰五年苏轼唱和王巩的赠诗,即《次韵和王巩六首》。其中第五首如下:

> 平生我亦轻余子,晚岁人谁念此翁。巧语屡曾遭薏苡,庾词聊复托芎䓖。子还可责同元亮,妻却差贤胜敬通。若问我贫天所赋,不因迁谪始囊空。①

首联哀叹过去自己轻视周围的人,到了今日反而谁也不再过问自己。颈联则加入了对自己家人的戏谑:虽然自己的儿子和陶渊明(字元亮)的儿子一样愚钝,但妻子就比冯衍(字敬通)之妻要通情达理。尾联则幽默地为自己的困苦境地解嘲。全诗可以说充分反映了苏轼黄州时期的人生观,但这里笔者尤其注目的,是颔联二句。

颔联大致的内容是,过去反复雕琢的诗句被认为别有用意,因此遭到了诽谤(遭薏苡),所以只好改用隐语而把真意深藏(托芎䓖)。所谓"遭薏苡"指的是遭受谗言,用的是东汉将军马援的故事。马援远征南方时,一直将薏苡的种子(一种稻科植物)作为辟瘴气的药服用,于是将它们放在车上载回了都城。这样一来,见到这一情景的人们纷纷以为这是载回了南方的宝物,从而嫉妒、诽谤马援。(《后汉书·马援传》)。苏轼在这里用这一故事,暗指的是自己因写诗而被问以诽谤朝廷之罪的经历。

"托芎䓖"指的是用隐语委婉地表达,出典为《春秋左氏传·宣公十二年》。"芎䓖"同"鞠穷"。《左传》中有一个场面,

---

① 《苏轼全集校注》第 4 册,诗集卷二一,第 2392 页。

是申叔展在战争当中问还无社有没有"麦麹""山鞠穷"。根据杜预的注,两者都是"御湿"的药物。申叔展想让还无社趟冰冷的泥水逃走,因此用这两种药物的名字来委婉地询问。当时正值交战,所以故意使用了隐语。在这里苏轼指的就是这种使用隐语的行为,也就是"廋词"。但所谓"廋词"指的又是什么呢?

"廋词(辞)"这一词语已见于《国语·晋语》五:"有秦客廋辞于朝,大夫莫之能对也。"近义词还有"遁辞",基本可以理解为是避免直接的表达,而故意采用委婉的、令人难以理解的表达。苏轼所说的"廋词(辞)"是逃脱权力下的言论统制的方法,和《论语·宪问》中所说的"避言"抑或"言孙(逊)"大致指的是同一种语言表达方式。对于生存在与权力的矛盾冲突当中,又遭受过乌台诗案这般言论打压的诗人,其避开权力镇压的方法之一就是"廋词"。可以说"廋词"这一词语,颇具代表性地象征了苏轼的文本表达方式本身所具有的"秘密性"。然而,"廋词"又有着不能简单理解的复杂一面,例如我们会产生出以下的疑问:文学文本是否真能通过"廋词"来回避言论统制、言论镇压?"廋词"是否反而招致了"附会""酝酿""罗织"与"笺注"?"廋词"归根结底是否以隐藏词语本义为其真正目的?等等。以下将对此稍作说明。

"廋词"的其中一个近义词是"隐语"。"廋"即是"隐",而"隐语"这一行为在中国文学语言的传统当中一直占有着一席之地。比如《文心雕龙·谐隐》中,"隐"也即是"隐语",就有"遁辞以隐意,谲譬以指事也"的论述——采用含糊的语言隐藏真意,通过曲折的比喻来表明事物。《文心雕龙》其后举出的即是方才引用的《左传》中"麦麹""山鞠穷"等具体例子。若追溯"隐语"的历史,《汉书》卷三〇《艺文志》的"诗赋略·杂赋"中著录有《隐书》十八篇(佚)。关于此书,王应麟《汉艺文志考证》卷八先引用了上文《文心雕龙·谐隐》的内容,又与《国语·晋语》

相关联，称"晋语有秦客廋辞于朝"。另《汉书·艺文志》颜师古注云："刘向《别录》云：'隐书者，疑其言以相问，对者以虑思之，可以无不谕。'"似乎是一部以讽谏为目的的作品。

在《汉书·艺文志》中，"《隐书》十八篇"被认为是赋的一种，这点十分重要。这是因为它促使我们进一步将"隐语"的源流追溯到《荀子·赋》。《汉书·艺文志》当中设有"孙卿（荀子）赋之属"，并著录有"孙卿赋十篇"，其中的一部分被认为与现行《荀子·赋》当中的作品重合。《荀子·赋》中载有五篇谜语形式的赋作，其内容分别是向君王提问"礼""知""云""蚕""箴（针）"。这五篇作品都是通过一种隐语，来表明其中寄寓的政治性的讽谏内容。《文心雕龙·谐隐》评价"蚕赋"称"荀卿蚕赋，已兆其体"，将其作为"隐语"的源头。另外《荀子·赋》中有"天下不治，请陈危诗"一句，并收有诗作。这些作品正如杨倞注"荀卿请陈危异激切之诗，言天下不治之意也"所称的那样，都是诉说讽谏之意的作品。

如果我们综合考虑《荀子·赋》和"《隐书》十八篇"等著述的话就可以明白，中国的所谓"隐"（即"廋"）的表达绝不是仅仅在"隐藏"（廋）信息这一维度上成立的。恰恰相反，"隐"或"廋"是通过"曲言"，也就是委婉的方式来达到讽谏目的的一种表现手法，文人们正是通过这种方式，力求最终将这一讽谏的信息传达给接收者，也即君主。正如《文心雕龙·谐隐》在评论"隐语"时所云"义欲婉而正，辞欲隐而显"那样，应当认为这一表达方式虽然"婉"（委婉）且"隐"（隐微），但追求的却是"正"（直率）与"显"（显明）。这种志向不仅仅存在于"隐语"或"廋词"当中，也广泛地潜藏于中国文人的"避言"传统里，为文人们所共同拥有。我们必须认识到，中国知识分子文人所实践的"避言"，并非只是具有单纯逃避与权力的冲突那样保守、消极的一面，其中也含有尝试向权力发出讽谏的积极性。这些士大夫文人，时时致力于令自己的"言"能够有助于国家。在苏轼的创作活动当中我们也可以看到这种志向。上文考察过的《鱼蛮子》及《吊徐德占》,或许就可以说是典型的实践案例。

中国所具有的"避言""廋词"传统,虽说表面上是避开语言、隐藏语言,但实际上它的背后藏有一种志向,那就是明确地表达,并将这一信息传递给他人。在这当中,就同时存在着"明示"与"隐藏"两种相反的方向性,且这两种相反的方向性构成了一组紧张的关系。前文所引王夫之的《姜斋诗话》批判宋人虽"欲博忠直之名"但"又畏祸及",而"多作影子语,巧相弹射",称这是宋人"骑两头马"般的卑劣手段。而他在这一批评的前后,还谈到了上文讨论的"文学表现中两种相反的方向性"。在此便不厌繁琐,引用全文如下:

> 小雅鹤鸣之诗,全用比体,不道破一句,三百篇中创调也。要以俯仰物理而咏叹之,用见理随物显,唯人所感,皆可类通。初非有所指斥,一人一事,不敢明言,而姑为隐语也。若他诗有所指斥,则皇父、尹氏、暴公,不惮直斥其名,历数其慝,而且自显其为家父,为寺人孟子,无所规避。诗教虽云温厚,然光昭之志,无畏于天,无恤于人,揭日月而行,岂女子小人半含不吐之态乎? 离骚虽多引喻,而直言处亦无所讳。宋人骑两头马,欲博忠直之名,又畏祸及,多作影子语,巧相弹射。然以此受祸者不少,既示人以可疑之端,则虽无所诽诮,亦可加以罗织。观苏子瞻乌台诗案,其远谪穷荒,诚自取之矣。而抑不能昂首舒吭以一鸣,三木加身,则曰"圣主如天万物春",可耻孰甚焉。近人多效此者,不知轻薄圆头恶习,君子所不屑久矣。[①]

---

① 《清诗话》,第 18 页。文中所引苏轼的诗句为《予以事系御史台狱,狱吏稍见侵,自度不能堪,死狱中,不得一别子由,故作二诗授狱卒梁成,以遗子由,二首》其一(《苏轼全集校注》第 3 册,诗集卷一九,第 2092 页)中的一句。

王夫之认为,合格的士大夫文人应当以"直言"为志。他从这一立场出发,批评通过"影子语",也就是"隐语""廋词"来创作诗文的做法,同时指出因此招致"罗织"的苏轼等宋代文人与"女子小人"并无不同。这里暂且不论王夫之的批评是否得当,笔者关心的,是以上诗论充分体现了委婉的表达("隐语""引喻")与直接的表达("明言""直斥""直言")两种语言表达之间的紧张关系已得到了关注这一点。笔者认为,说贯穿中国文学语言之历史的正是这种紧张关系,恐怕也不为过。文本的语言表达自身所具有的"秘密",也是在这一背景之下才得以成立的。

（廖嘉祈　译）

附记:本章是在《テクストと秘密——言論統制下の文学テクスト・餘説》(《橄榄》第 20 号,2016 年)的基础上修订翻译而成的。

第四章　诗人之梦,诗人之死

——以苏轼和郑侠的故事为中心

一、死、梦、诗人

小说是记述某种故事的文体,它记述的故事多少含有奇异的成分。平凡的事情几乎不会被当作故事记载下来。因此可以说,小说是一种虚拟体验的载体,通过它将脱离现实的奇异之事写下来给读者看。

在中国小说中,形成奇异故事重要且不可或缺的主题是什么呢?这个问题有种种答案。虽然无法一一列举,但应无异议的是,在这些答案中本章标题所示的"死"与"梦",占有重要的位置。

比如说"死",在古今中外的文学中,死是最大的主题。中国的小说也不例外,围绕着死的话题比比皆是。比如,死者复活去寻找亲人的传说,被冥界的使者告知死亡很快就会降临的传说,等等。所谓的奇异之事,无非是人几乎不可能体验的事。人不可能去体验死,从这个意义上来说,死是最奇异的事。因此,追求奇异故事的小说,自然喜欢将死及以死为中心种种事情写进去。

再比如说"梦",不言而喻,梦里充满了平常生活中不能体验的奇异之事。刚才说到小说可以虚拟体验奇异之事,梦也可以。从这个意义来看,小说与梦很投缘。实际上,记录梦里的事情,以梦作为故事的前提等,有很多小说都是通过种种与梦相关的方式写成的。诸如唐代传奇小说《枕中记》《南柯太守传》等不少名篇都是以梦来支撑作品的基本结构。

那么，本章标题所示的另一个关键词——"诗人"应当如何理解呢？诗人并不是奇异故事不可欠缺的因素。尽管从这个层面来看，诗人与"死""梦"不可相提并论，但他们也在中国小说中发挥着不可忽视的重要作用。读、写小说的知识阶层，同时也是读、写诗歌的人。因此，小说中登场的人物有很多是写诗的人（其中也包括著名的诗人），作品中也有作诗相赠的情节。例如唐传奇中著名的一篇才子佳人小说——《莺莺传》的作者就是作为白居易之盟友而为人所知的著名诗人元稹。在作品中插入了元稹或是故事人物（女主角莺莺）所作的诗。

"死""梦""诗人"成为使作品成立的三个重要因素，《夷坚志》所收的小说也不例外。毫不夸张地说，和这三个因素中任何一个都没有关系的作品是几乎不存在的。下面来读一篇完全具备这三要素的故事。

二、苏轼与郑侠的故事

《夷坚志·丙志》卷一三，收录了北宋郑侠（1041—1119）临终前的奇闻轶事。郑侠，字介夫，福清（今福建省福清市）人，因卷入新旧党争而度过了激荡浮沉的一生。虽然他年轻时受王安石器重，但在王安石实施变法政策之际，他却陈说新法的弊害。熙宁年间，当旱灾引发饥馑，他绘下表现民众苦难的《流民图》进献给神宗，请求变更政策。神宗皇帝虽然一度下令停止新法，但在新党逆袭后又无奈地撤回成命。郑侠再度上书，由此被朝廷贬逐到英州（今广东省英德市）。哲宗元祐年间，旧党掌权后，苏轼（1036—1101）推荐他为泉州（今福建省泉州市）教授（学官）。然而在元符年间，随着新党势力复兴，郑侠又再度被贬至英州。徽宗即位后，他虽被许官复前职，却遭到宰相蔡京排斥而归乡，从此未再出任官职，隐居终老。卒年七十九岁。郑侠被称为清廉忠义之士。其故事如下：

郑介夫（侠）福州福清人。熙宁中，以直谏贬英州。元祐初，东坡公荐之复官。绍圣初，再谪英。时坡公贬惠州，始与相偶，一见如故交。政和戊戌，介夫在福清，梦客至，自通"铁冠道士"，遗诗一章，视之，乃坡公也。坡在海上尝自称"铁冠道人"，时下世十七年矣。其诗曰："人间真实人，取次不离真。官为忧君失，家因好礼贫。门阑多杞菊，亭槛尽松筠。我友迁疏者，相从恨不频。"又曰："介夫不久须当来。"痤而叹曰："吾将逝矣。"时年七十八。明年秋被疾，语其孙嘉正曰："人之一身，四大合成，四者若散，此身何有。"口占一诗曰："似此平生只藉天，还如过鸟在云边。如今身畔浑无物，赢得虚堂一枕眠。"数日而卒。①

讲的是在乡里度过晚年的郑侠，梦到苏轼前来造访的故事。众所周知，苏轼也因反对新法而被贬谪。除仕途遭遇相同之外，苏轼与郑侠实际上还有不少接触。比如在旧党复势的元祐年间，苏轼写下了推荐郑侠的奏书。此外在元符年间，获许从流放地海南岛北归的苏轼在途中，收到了同样获许从贬所英州放还的郑侠题为《上苏端明》的两首赠诗。为此，苏轼写了题为《次韵郑介夫》的唱和诗。郑侠和苏轼在当时交往的诗，分别被收在他们的文集《西塘集》（卷九）、《东坡后集》（卷七）之中，然而上述故事中出现的诗却没有被收入进来。或许这是出自第三者之手的作品吧，不排除是洪迈所作的可能性。

上面的故事，应是以苏轼和郑侠的亲密交往为依据而写的。可以说这是一篇表现二人深厚交情的佳话，同时也包含了在宋代文人之间广为传诵的故事（不管是否是虚构）模型共有的几个方面。这里试图关注两种故事模型，即"诗人之梦"与

---

① 何卓点校《夷坚志·丙志》第 2 册，卷一三，中华书局，1981 年，第 477—488 页。

"诗人之死"。上面的故事,应当可以说是这两种模型组合而成的作品。

三、诗人之梦

"诗人之梦"是指诗人做的梦,还是指出现诗人的梦呢? 其含义可能有点模糊吧。这里暂时先指后者的梦,然而由于大多数情况下做梦的人是诗人,因此可以这样理解:"诗人之梦"的故事包含了这两方面的内涵。

首先来看下面北宋赵令畤《侯鲭录》卷二所载的故事。北宋的狄遵度在梦中与唐代的杜甫相见,杜甫诵诗给他听:

> 狄遵度,字元规……慕杜子美、韩退之之句法。一夕,梦子美自诵其逸诗数十章,既觉,犹记其两句云:"夜卧北斗寒挂枕,木落霜拱雁连天。"因书其后曰:"子美存耶,果亡耶,其肯为余来耶? 嘿诵人未知之者,俾予知耶? 观其词,盖非他人所能为,真子美无疑矣。"①

敬爱的、过去的文人出现在梦中,赠诗给自己。从这个故事可以读出什么呢? 韩愈在《调张籍》诗中,讲到思慕李白、杜甫,有"夜梦多见之"之语。② 作为思慕的对象,李杜的形象反复出现在梦中。上述故事中的"梦"与韩愈所说的"梦",应该没有什么不同吧。过于敬爱某位诗人(这里指杜甫),就在梦中见到这位诗人了。上面这个故事讲的是,读者(这里指狄遵度)怀着深深的爱慕之情,倾心于过去的诗人。

读者怀着深深的爱慕之情,倾心于过去的诗人,不仅在梦中见到过去的诗人,正如上面这个故事所示,狄遵度还在梦中听到杜甫的佚诗。总之,狄遵度听到了在他那个时代不可能读

---

① 孔凡礼点校《侯鲭录》卷二,中华书局,2002 年,第 68 页。
② 《韩昌黎诗系年集释》卷九,上海古籍出版社,1984 年,第 989 页。

到的作品。当然,除了狄遵度之外,没有人知道这首作品的存在。这是杜甫只告诉狄遵度一人的作品。对于这两句诗,尽管小说的作者赵令畤认为无疑是杜甫的诗,但是现行的杜甫诗集并没有将之收录进去。这是否是杜甫的诗谁也无法下决断,其实决断与否并没有多大意义。或许就连狄遵度对这是否是杜甫的作品,也是半信半疑吧。

与上述小说相似,也有不少李白在梦中出现的故事。例如,北宋黄庭坚《梦李白诵竹枝词三叠》的序,有如下所云:①

> 余既作竹枝词,夜宿歌罗驿,梦李白相见于山间,曰:"予往谪夜郎,于此闻杜鹃,作竹枝词三叠,世传之不?"子细忆集中无有,请三诵乃得之。②

此时黄庭坚正沿三峡溯流而上,前往贬谪地黔州(今重庆市彭水苗族土家族自治县)的途中。故事讲的是,曾经被贬夜郎(今贵州省西北部)的李白出现在黄庭坚的梦中,并吟诵自己的诗作给他听。接续上面的序言,黄庭坚记下了李白这三首竹枝词的内容。当然这些实际上不是李白的作品,而是黄庭坚自己的作品。与狄遵度在梦中所得的杜诗并没有收录在杜甫诗集中一样,这些竹枝词也没有收录在李白的诗集中。

《夷坚志·丙志》所收苏轼与郑侠的故事——在梦中出现了敬爱的诗人(苏轼),并听到了佚诗(郑侠之外的人不得而知的作品),与上述梦见杜甫、李白的故事同属一个类型。当然,在另一方面也可以看出若干不同。杜甫或李白在梦中吟咏的诗,其内容并不是面向在梦中见到他们的狄遵度或黄庭坚而写的;然而在《夷坚志》的故事中,苏轼吟咏的诗,则充满着对郑侠的亲爱之情。说起来,杜甫与狄遵度、李白与黄庭坚在生前并

---

① 由于文本不同,有版本不以《梦李白诵竹枝词三叠》为题,而以下序为题。
② 刘尚荣点校《山谷诗集注》卷一二,中华书局,2003 年,第 421—422 页。

无交流，而苏轼与郑侠则有亲密的交往，并且他们都作为勇于冒险批判新法改革的耿介之士而在精神上惺惺相惜。这是《夷坚志》的故事得以突破陈规套路的原因吧。

四、诗人之死

在《夷坚志》的故事中，苏轼赠给郑侠的诗不仅仅表现出亲密之情，而且住在死后世界中的苏轼还邀请生者郑侠来自己所在的地方。在中国的小说中，有很多谈到来自死者所在世界的使者宣告死亡即将降临，这个故事也属于这种类型。可以说，这个故事中的苏轼也带有冥界使者的身份。接受苏轼邀请的郑侠觉得自己死期将近。次年，他留下了可谓是遗言的诗歌之后，就去世了。苏轼与郑侠的故事呈现出鲜明的以"诗人之死"为中心的故事形态。

中国的诗人到底是怎么死的呢？没有太多的案例让我们具体了解他们临终前的样子。无论如何，仅有的也限于著名的诗人。这正和出现在梦中的诗人仅限于著名的人物是一样的吧。例如，李白和杜甫就有这类的轶事流传下来。尽管难以断言事实究竟如何，却流传着李白为取水中映月而溺死，杜甫因过食牛肉而饫死的说法。李白的传说（即"水中捞月"的故事）最早见于北宋梅尧臣的诗，后来元代辛文房的《唐才子传》等也有记载。杜甫的故事最早见于郑处诲《明皇杂录·补遗》，后来《旧唐书》《新唐书》的杜甫本传皆有记载。向天上的世界释放飘逸想象力的李白，匍匐在大地上刻下沉郁语言的杜甫，二者不同的性格很好地体现在这两则临终轶事上。顺便说一下，《夷坚志》的作者洪迈认为这些李杜的传说只是俗传，不足为信，对之予以否定（《容斋随笔》卷三）。

一听到"诗人之死"，很少有人会把它想成是平常人之死（所谓的"寿终正寝"）吧。大多数人都会把它当作非凡之死，尤其会联想到不幸的悲剧之死吧。诗人被赋予悲剧之死的命运——这一观念在中国古代普遍存在。最早的一位悲剧性诗人形象应是战国时代楚国的屈原。屈原在遭受谗言被放逐之际,仍怀着忧国之思,徘徊于洞庭湖畔,最终投汨罗江而死。对于这一悲剧之死,日本《昭和维新之歌(青年日本之歌)》(三上卓作词、作曲)云"汨罗之渊兮波骚动/巫山之岭兮云乱飞"。在20世纪30年代军国主义思潮中,它被当作一种典范(革命浪漫主义之死的理想典范)加以美化。①

但是,诗人之死并不全是悲剧性的。《夷坚志》所载郑侠之死,可以说是某种满足之死,即被某种安稳的幸福感包围而死。这里再举一个与此相似的记载诗人临终形象的故事——以黄庭坚的死为中心的传说。黄庭坚晚年被贬宜州(今广西壮族自治区宜州市)。与家人在途中告别后,只有弟子范寥陪同左右。范寥,字信中,原是蜀中无赖之徒。虽有志于科举,但因纵酒杀人,遂改名为花但石,四处逃亡,经过一番曲折后师事黄庭坚。黄庭坚死后,他为之料理后事。随后遁入佛门,又转为道士,是一位富有传奇色彩的人物(《碧鸡漫志》卷一〇)。② 南宋陆游《老学庵笔记》卷三引用范寥之语,描述了黄庭坚临终前的样子:

> 范寥言,鲁直至宜州,州无亭驿,又无民居可僦,止一僧舍可寓,而适为崇宁万寿寺,法所不许,乃居一城楼上,

---

① 《昭和维新之歌》发表于1930年。作者三上卓是海军青年将校,曾参加1932年5月15日发生的军事政变("五一五"事件)。这首歌在"五一五"事件,以及随后的1936年2月26日发生的军事政变("二二六"事件)中,在陆海军激进派青年之间广为传唱。

② 同样值得关注的是,在晚年苏轼身上也流传着相同的故事。苏轼的同乡巢谷,在苏轼贬谪黄州之际,曾前往慰问。然而在苏轼复归朝廷之后,他则返回故乡,与苏轼没有联系。当苏轼再度被贬岭南、海南岛时,他则不顾年迈之身,不远千里徒步去拜访。可惜他只在岭南见到被贬的苏辙,最终没能见到苏轼,死于途中(见《宋史·卓行传·巢谷传》)。

亦极湫隘，秋暑方炽，几不可过。一日忽小雨，鲁直饮薄醉，坐胡床，自栏楯间伸足出外以受雨，顾谓寥曰："信中，吾平生无此快也。"未几而卒。①

这里所记黄庭坚之死，绝不是戏剧化的，也不是非现实的。然而，它却带有某种意味深长的独特意义。把脚伸出栏杆外淋雨，这是令人觉得有些孩子气、不符合士大夫身份的做法；还有，黄庭坚从心里发出毫无矫饰之情的感叹。这些描述皆给人一种洒脱洗练之感。让人觉得，似乎在哪部电影里见过类似的场景（实际上并不存在这样的电影，这一描述只不过更改了之前的记忆）。可以说，在以中国诗人之死为核心的故事史中，这种充满着崭新意味的情景具有划时代的意义。

　　黄庭坚与郑侠的故事，在作为遭遇贬谪的诗人的故事这一点上，如出一辙。仕途坎坷的诗人最后得以幸福地死去。当然，这里的幸福只是极其微薄的。然而，总觉得只有在宋代才会出现这样的安详之死。同样，苏轼临终前的样子也是如此，见于何薳《春渚纪闻》卷六所引钱世雄（字济明）之言，如下：

　　　　冰华居士钱济明丈，尝跋施能叟藏先生帖后云："建中靖国元年，先生以玉局还自岭海，四月自当涂寄十一诗，且约同程德孺至金山相候，既往迓之，遂决议为毗陵之居。六月自仪真避疾渡江，再见于奔牛埭，先生独卧榻上，徐起谓某曰：'万里生还，乃以后事相托也。惟吾子由，自再贬及归，不复一见而决，此痛难堪。'余无言者。……即迁寓孙氏馆，日往造见，见必移时，慨然追论往事，且及人间，出岭海诗文相示，时发一笑，觉眉宇间秀爽之气照映坐人。七月十二日，疾少间，曰：'今日有意喜近笔研，试为济明戏

_____

① 李剑雄、刘德权点校《老学庵笔记》卷三，中华书局，1979 年，第 33—34 页。

书数纸。'遂书惠州《江月》五诗。明日又得《跋桂酒颂》,自尔疾稍增,至十五日而终。"①

尽管苏轼临终前以未能见到苏辙为憾,然而除此之外,没有其他特别的怨言。由此可见他对苦难一笑置之的态度。正如"觉眉宇间秀爽之气照映坐人"之言,这种达观的心态也让周围的人感受到一种精神气。

与郑侠、黄庭坚相同,这里谈到的苏轼之死,绝不是戏剧化的描写,而是使人感到被一种安稳的幸福感包围着。尝尽贬谪之辛酸的苏轼、郑侠、黄庭坚能在人生的最后安详地闭眼。我们对此似乎也能安然于心。

(黄小珠 译)

附记:本章是在《詩人の夢、詩人の死——蘇軾と鄭侠の物語をめぐって》(载伊原弘、静永健编《夷堅志の世界》,勉诚出版,2015年)的基础上修订翻译而成的。

---

① 张明华点校《春渚纪闻》卷六,中华书局,1983年,第85页。

第二编

从"公"文学到"私"文学

第五章　中国诗歌中的儿童与童年

——从陶渊明到陆游、杨万里

　　中国古代诗歌中，儿童及童年如何被认知、表现，是一个值得关注的问题。本章主要选取六朝至宋代这一时段，以陶渊明、杜甫、苏轼、黄庭坚、陆游、杨万里等诗人为研究对象，通过分析他们的诗作对上述问题作一考察。

　　首先需要确认的是，中国古代童年期（幼少年期）所对应的具体年龄段。一般来说，童年期是婴儿期之后（两三岁以上）的阶段，在某种程度上能够对语言及日常生活行为进行自我约束，但非真正意义上的自立，尚需大人看护的阶段。在中国古代，八岁或十岁是童年最有标志性的年龄。《礼记·曲礼上》将人的一生分为如下几个阶段：

　　　　人生十年曰幼，学；二十曰弱，冠；三十曰壮，有室；四十曰强，而仕；五十曰艾，服官政；六十曰耆，指使；七十曰老，而传；八十九十曰耄；七年曰悼。悼与耄，虽有罪，不加刑焉。百年曰期，颐。

十岁开始学习，被称为"幼"。此外，《大戴礼记·保傅》将开始学习的年龄定在八岁："古者年八岁而出就外舍，学小学焉，履小节焉。束发而就太学，学大艺焉，履大节焉。"联系以上两则材料可知，中国古代的儿童大多在八岁或十岁左右开始正式进入学习、受教育阶段。①

---

　　①　未满八岁的儿童，其作为"人"的存在尚未被认可。例如《仪礼·丧服》曰："年十九至十六为长殇，十五至十二为中殇，十一至八岁为下殇，不满（转下页）

那么,童年究竟到几岁为止?关于此问题,文献中并没有明确指出。《礼记·曲礼上》虽将"幼"之后的人生阶段划定于"弱冠"(二十岁),但人在十五六岁之后,就很难被视为儿童,称作青少年则更为妥当。《大戴礼记·保傅》中,八岁入小学后的人生阶段是入太学的"束发"(十五岁)。众所周知,十五岁即《论语·为政》所说的"志学"之年。关于《仪礼·丧服》传中"夫死,妻稚,子幼",郑玄将"子幼"注为"年十五已下",十五岁被认作人生阶段的一个临界点。《释名·释长幼》亦有"十五曰童"之说。依此说法,童年期是到十五岁为止。

由上可知,在中国古代,两三岁以上,以八岁前后为主,最长到十五岁是人的童年期。此说法也与我们现代人所认知的大体一致。

一、"缩小版的大人"——儒家规范及儿童形象

关于中国古代儿童形象如何被认知与表现这一问题,首先需要了解的是,儿童在文学作品中表述自我的情况极少,他们的形象通常是通过成人的眼光来描述的。成人眼中所映射的儿童形象便是本章要探讨的对象。[①]

试看表现儿童形象的事例之一。北宋程颐(1033—1107)《明道先生行状》的开头部分这样记录其兄程颢:

(接上页)八岁以下,皆为无服之殇。"将"殇"分为上中下三个等级,八岁以下的殇,其等级更低。实际上,人在某种程度上达到自立是在八岁左右。在此之前,身心皆未确立,属于依附成人的存在。以下所举阿利埃斯《儿童的世纪》书中也有相关记载,古代欧洲对未满七岁的儿童不作人口的计算,即使不幸夭折,周围人也不会过度悲伤。

① 关于中国文学所表现的儿童形象,Pei-yu WU, "Childhood Remembered: Parents and Children in China 800 to 1700", Anne Behnke Kinney ed, *Chinese Views of Childhood*, University of Hawaii Press, 1995, 引用了韩愈的墓志铭及李贽的"童心说"等,对此问题作了深入考察。关于中国儿童的历史,熊秉真《童年忆往:中国孩子的历史》(台北麦田出版,2000年)作了详细论述。

　　先生生而神气秀爽，异于常儿。未能言，叔祖母任氏太君抱之行，不觉钗坠，后数日方求之，先生以手指示，随其所指而往，果得钗，人皆惊异。数岁，诵诗书，强记过人。十岁能为诗赋。十二三时，群居庠序中，如老成人，见者无不爱重。①

程颢在尚未学会说话之时，就能将叔祖母头簪所坠之处指示于人。在显示这一神童特征后，程颢被表述为卓越超群的"如老成人"的形象。"数岁，诵诗书""十岁能为诗赋"等强调了程颢老成的特征。此类词语是史书传记中常见的定型化表述。上面的行状在一定意义上，是遵循并效法了中国传记中被定型化的儿童的成长故事框架，并依此来记录程颢的成长过程的。换而言之，程颢的成长记录符合儒家规范下理想士人的成长模式。

　　儒家规范下的儿童形象的产生，可以说是基于一种目的论：在传统的政治教化意识中，儒家希望把儿童培养成有益于国家政治的理想士大夫。在衡量人的标准方面，学问、德行、早熟、老成是此目的论的焦点。再看一则有关儿童早熟与老成的事例，《世说新语·言语》中有后汉末孔融童年的逸闻：

　　孔文举年十岁，随父到洛。时李元礼有盛名，为司隶校尉，诣门者皆俊才清称及中表亲戚乃通。文举至门，谓吏曰："我是李府君亲。"既通，前坐。元礼问曰："君与仆有何亲？"对曰："昔先君仲尼与君先人伯阳，有师资之尊，是仆与君奕世为通好也。"元礼及宾客莫不奇之。太中大夫陈韪后至，人以其语语之。韪曰："小时了了，大未必佳！"文举曰："想君小时，必当了了！"韪

____

　　① 王孝鱼点校《二程集》，《河南程氏文集》卷一一，中华书局，1981年，第630页。

大踧踖。①

"孔融捷辩"这一成语即源于此。孔融虽然年龄小,却能巧妙地愚弄享有盛名的李膺和太中大夫陈韪。此故事将孔融童年时敏捷机智的性格表现得淋漓尽致。

以上所感知的儿童形象,与菲力浦·阿利埃斯《儿童的世纪:旧制度下的儿童和家庭生活》书中所塑造的欧洲古代的儿童形象在很多方面是重合的。② 在近代,儿童被认为是生活在与成人不同的世界中,纯洁无垢、天真无邪的特质为众人熟知,所以不能以成人的标准来衡量他们。③ 天真烂漫的儿童形象被广为流传。而在中国古代,儿童则被认为是属于成人世界里的"缩小版的大人"(小大人)。中国传记中关于儿童形象的叙述,在某种程度上也符合阿利埃斯的观点,即儿童被视为大人世界里的存在,通常以成人的标准来衡量他们的行为。"老成的儿童"也被作为理想的儿童形象而得以重视;"天真顽皮"的儿童形象却遭到否定和排斥,且在传记中很少言及。

当然,"纯真的儿童"形象并不完全被排除在外。如上所举神童孔融的逸闻中,就包含了许多儿童的特质。正因孔融是孩子,所以他的言行举动才会被认可,也折射出很多精彩。在中国文学史上,这种记录纯真儿童形象的作品虽然为数不多,但还是存在的。试观东晋陶渊明(365—427)的《责子》:

---

① 余嘉锡笺疏《世说新语笺疏》,上海古籍出版社,1993年,第56页。

② Philippe Ariès, *L'enfant et la vie familiale sous l'Ancien Régime*, Editions du Seuil,1960;中文版《儿童的世纪:旧制度下的儿童和家庭生活》,沈坚、朱晓罕译,北京大学出版社,2013年。此书在历史学的领域内,是论述儿童、童年的先驱性著作。书中指出,在欧洲历史上"儿童"及"童年"的概念直至近代才被首次提出。这一定义对人文社会学科产生了重大影响。

③ 儿童在法律上也被置于成人法体系之外,可以说是"法外"的存在。这种情况在中国古代亦是如此,如前所举《礼记·曲礼上》的"七年曰悼。悼与耄,虽有罪,不加刑焉"等。

　　　白发被两鬓，肌肤不复实。虽有五男儿，总不好纸笔。
阿舒已二八，懒惰故无匹。阿宣行志学，而不爱文术。雍
端年十三，不识六与七。通子垂九龄，但觅梨与栗。天运
苟如此，且进杯中物。①

这首诗描述的是脱离理想士大夫成长轨迹的儿童形象。诗中
"纸笔"一词象征学问，陶渊明毫不讳言他的儿子对学问毫无兴
趣。在这里，身为父亲的他是怀着一种苦涩无奈的心情在观察
自己的孩子。依上述观点可知，陶渊明是站在儒家目的论的立
场上来审视自己孩子的。但他并非以否定的态度看待天真淘
气的幼子，而是传达了对他们的爱意。陶渊明以儒家通行规范
为前提，又站在其对立面歌咏了儿童们的真实天性。此外，陶
渊明《命子》云："嗟余寡陋，瞻望弗及。顾惭华鬓，负影只
立。……夙兴夜寐，愿尔斯才；尔之不才，亦已焉哉！"②嘲笑自
己的寡陋，正因有寡陋的父亲，所以儿子以后也有可能"不才"。
此诗与《责子》诗在主旨上是相通的。《责子》诗流露着诗人的
哀愁，塑造的儿童也并非是观念上的，而是真实生动的形象，不
愧是陶渊明的作品。

　　此外，陶渊明时常将其自身及幼子置于歌咏田园生活的诗
中，如《酬刘柴桑》："命室携童弱，良日登远游。"③《和郭主簿二
首》其一："弱子戏我侧，学语未成音。"④诗以外的作品《归去来
兮辞》也云："乃瞻衡宇，载欣载奔。僮仆欢迎，稚子候门。三径
就荒，松菊犹存。携幼入室，有酒盈樽。"⑤由以上所举作品可
知，陶渊明对儿童的关注度很高。继陶渊明之后，在作品中关

① 逯钦立校注《陶渊明集》卷三，中华书局，1979 年，第 106 页。
② 同上书，卷一，第 28—29 页。
③ 同上书，卷二，第 59 页。
④ 同上书，第 60 页。
⑤ 同上书，卷五，第 161 页。

注儿童较多的诗人应该是杜甫及宋代的诗人们。

值得提及的是，稍早于陶渊明，西晋左思（252？—306？）在《娇女诗》中生动地描述了他的两个女儿，开头部分云："吾家有娇女，皎皎颇白皙。小字为纨素，口齿自清历。鬓发覆广额，双耳似连璧。明朝弄梳台，黛眉类扫迹。浓朱衍丹唇，黄吻澜漫赤。"描述女儿"纨素"（妹妹）的外貌，及乱翻梳妆台，在脸颊上胡乱涂抹的样子。诗中还写了名为"惠芳"的姐姐，之后又描述了姊妹二人淘气玩闹的场景：

> 驰骛翔园林，果下皆生摘。红葩掇紫蒂，萍实骤抵掷。
> 贪华风雨中，倏忽数百适。务蹑霜雪戏，重綦常累积。并
> 心注肴馔，端坐理盘槅。翰墨戢闲案，相与数离逖。⋯⋯
> 任其孺子意，羞受长者责。瞥闻当与杖，掩泪俱向壁。①

诗歌最后部分出现了"孺子意"一语。如果站在儒家目的论的立场，诗中姊妹二人"孺子意"的淘气行为应是被否定的，而诗人在此却持肯定的态度。此诗与上述陶渊明的诗歌相较，更为成功地表现了儿童的天真无邪。或许是因为此诗描述的对象是女孩，才会有这样的表现。在为国家培养人才方面，女孩与男孩相比，儒家思想对她们的约束相对宽松，因而目的论成长模式对她们的影响自然也就较小。

二、童年的追忆——以杜甫为转折点

以上论述的是成人眼中的儿童形象。接下来所要探讨的是，文人（成年后的文人）在作品中是如何回顾自己的童年并加以表现的。

从结论上说，在儒家传统政治教化的意识规范下，成长为

---

① 吴兆宜注、程琰删补、穆克宏点校《玉台新咏笺注》卷二，中华书局，1985年，第91—93页。

理想士人的儿童形象所依据的目的论，也适用于文人回顾自己的童年。后汉王充(27—?)《论衡·自纪篇》可谓典型事例：

> 建武三年，充生。为小儿，与侪伦遨戏，不好狎侮。侪伦好掩雀、捕蝉、戏钱、林熙，充独不肯，诵（父王诵）奇之。六岁教书，恭愿仁顺，礼敬具备，矜庄寂寥，有巨人之志。父未尝笞，母未尝非，闾里未尝让。八岁出于书馆。书馆小僮百人以上，皆以过失袒谪，或以书丑得鞭，充书日进，又无过失。①

"自纪"即自传，也就是回顾并记录自己生平事迹的文章。此段开头描述儿时的伙伴们不爱学习，而沉溺于捕蝉、爬树等游戏。这些儿童与陶渊明《责子》诗所描述的一样，均为脱离儒家传统规范的儿童形象。王充进一步明确表明他与这些贪玩的孩子不同，强调自己是恭敬有礼、耽于读书的孩子。其中"六岁教书……八岁出于书馆……"的叙述，描述的正是向着理想士人方向成长的儿童形象，这也是用来表现"缩小版的大人"的定型化语句。

川合康三在《中国的自传文学》中，将中国自传与西方自传的差异作了如下评论：西方自传在叙述个人生平时，关注的是过去的自己与现在的差异；中国的自传对此则不是特别关心，而是注重表现自己与周围人的不同。② 上述王充《论衡·自纪篇》将童年时代的自己作为"缩小版的大人"的表述即可佐证这一观点。也就是说，王充在自传中不表现童年时代的自己与现在的差异，而侧重表现如今的自己一直是童年的延续。

在中国古代诗歌中，诗人在追忆自己的童年时，将儿时的

---

① 北京大学历史系注释《论衡注释》，中华书局，1979年，第1670页。
② 川合康三《中国的自传文学》，创文社，1996年，第34—35页。此书对王充自传也作了相关考察。

自己描述成与现在有很大差异的形象,换而言之,即儿时的诗人并非"缩小版的大人",而是天真淘气的儿童(也就是像左思《娇女诗》及陶渊明《责子》诗中所描述的儿童形象),这样的作品是否存在? 可以说在六朝时期,这样的作品并不存在。以创作《责子》诗的陶渊明为例,追忆自己童年时代的表述在其作品中并不常见。即使偶尔有《戊申岁六月中遇火》"总发抱孤介,奄出四十年"①等诗句,正如诗中所说"孤介"之志那样,描写的儿时的自己也与成人的自己具备相同的精神指向。由此可知,陶渊明虽然在《责子》诗中对幼子天真淘气的行为流露出了爱意,但在追忆自己童年时并没有表现这种情感。

到唐代中期,儿童形象的表现在杜甫(712—770)的诗中发生了微妙的变化。众所周知,杜诗在颇多方面皆具有划时代的意义。在表现儿童及童年方面,也很好地印证了此点。继陶渊明之后,在唐代多次歌咏儿童尤其是天真无邪的儿童的诗人就是杜甫。例如,安史之乱后杜甫从凤翔到鄜州(今陕西省富县)探亲途中的诗作《北征》言:

> 那无囊中帛,救汝寒凛栗。粉黛亦解苞,衾裯稍罗列。瘦妻面复光,痴女头自栉。学母无不为,晓妆随手抹。移时施朱铅,狼藉画眉阔。②

此诗以上述左思《娇女诗》为依托,描写幼小的女儿模仿母亲化妆,却画得满脸狼藉之态。

那么,杜甫以何种形象刻画童年的自己? 试看上元二年(761),杜甫五十岁作于成都的《百忧集行》:

> 忆年十五心尚孩,健如黄犊走复来。庭前八月梨枣熟,一日上树能千回。即今倏忽已五十,坐卧只多少行立。

① 逯钦立校注《陶渊明集》卷三,第82页。
② 仇兆鳌注《杜诗详注》卷五,中华书局,1979年,第400页。

强将笑语供主人，悲见生涯百忧集。入门依旧四壁空，老妻睹我颜色同。痴儿未知父子礼，叫怒索饭啼门东。[①]

全诗每四句一段。第二段写诗人五十岁时（即《论语》所曰"知天命"之年）感受到衰老悄然而至，并由此引发的悲哀之情。紧接着第三段写贫困的家庭状况，将描写视角转向疲于生活而消瘦憔悴的老妻，及因饥饿而哭喊的孩子。这是杜甫吟咏家庭惯用的手法。[②] 在此之前的第一段，诗人回顾了自己的过去：到十五岁"志学"之年仍未脱童稚气，依旧跑来跑去，乐此不疲地爬到树上贪吃梨枣。此诗将儿时的自己作为天真淘气的形象来回顾描写童年时代，可谓先驱性诗作。

由上述诗作，亦可窥见"志学"之年乃是区分儿童与成人的临界点。人通常十五岁脱离儿童期步入青年期，但十五岁的杜甫依然具有天真无邪的儿童特质。从儒家的成长模式说，王充所写的那种贪玩同伴的儿童形象是受到否定的。然而，杜甫并没有从否定的角度审视童年的自己，而是将其当作在饱尝人生苦难之后的心灵慰藉。他深情地回顾自己的过往，向往那个可以无忧无虑生活的天真无邪的儿童形象，并满怀留恋地追忆着逝去的童年时光。

大历元年（766），杜甫流落于长江沿岸的夔州，并在此度过了三年。在此期间，他在《壮游》诗中回顾了自己的一生。此诗可谓是一首长篇自传诗，诗的开头和结尾云：

往者十四五，出游翰墨场。斯文崔魏徒，以我似班扬。
七龄思即壮，开口咏凤凰。九龄书大字，有作成一囊。性

---

①　仇兆鳌注《杜诗详注》卷一〇，第842—843页。
②　杜甫经常在诗中描写妻子及儿女的穷苦状态。例如《北征》诗云："经年至茅屋，妻子衣百结。恸哭松声回，悲泉共幽咽。平生所娇儿，颜色白胜雪。见耶背面啼，垢腻脚不袜。床前两小女，补绽才过膝。海图坼波涛，旧绣移曲折。天吴及紫凤，颠倒在裋褐。"同上书，卷五，第399—400页。

豪业嗜酒,嫉恶怀刚肠。脱略小时辈,结交皆老苍。饮酣视八极,俗物都茫茫。……小臣议论绝,老病客殊方。郁郁苦不展,羽翮困低昂。秋风动哀壑,碧蕙捐微芳。之推避赏从,渔父濯沧浪。荣华敌勋业,岁暮有严霜。吾观鸱夷子,才格出寻常。群凶逆未定,侧伫英俊翔。①

开头部分写自己遨游翰墨、意气风发的姿态:七岁就富有诗情,能即兴创作"凤凰"诗;九岁时书法刚劲秀逸,作品颇丰;幼年时不屑居于同龄人中,专门结交老成之人。乍一看这些描写儿童的诗句似乎依然停留在儒家目的论的旧框架中,仔细分析却发现这些表述与通常的目的论有较大差异。这种差异体现在:诗人是以结尾处描写的年老落魄的状态来回顾自己童年的。在儒家传统目的论模式下,通常将故事的结局设定为成功者的姿态,并以此来回顾他们的成长经历。而此诗却与通常设定的完全不同,体现了杜甫对曲折痛苦的人生经历的复杂认识。远离朝廷、衰弱多病却一直辗转奔波的杜甫,眼中映射的是光彩夺目的少年时期的美好时光。意气飞扬、充满希望和活力的童年时代与悲惨落魄的现在形成极大落差,作为叙述者的诗人成了自我嘲笑的对象。② 至此可知,此诗应与《百忧集行》的情感基调一致,即杜甫在缅怀"逝去的"童年时光。

以上杜甫《百忧集行》及《壮游》诗,在文学作品中是最早缅怀逝去的童年时光的诗作。从回顾自己童年的诗歌表现上讲,杜诗可以说是转折点。在杜甫之后,此文学主题如何被继承下来?管见所及,唐代表现此主题的作品并不多见。下面所举的

---

① 仇兆鳌注《杜诗详注》,卷一六,第 1438—1446 页。
② 川合康三《中国的自传文学》,对杜甫自传诗《壮游》有如下论述:"过去与现在之变化,相比时代、境遇带来的变化,更为突显的是从才华横溢的青年到衰弱多病的老年的自身的变化。此诗能够成功地描述杜甫自身的变化,可称之为名副其实的自传诗。"(第 216 页)

白居易（772—846）《观儿戏》，可谓是值得注意的极少数作品
之一：

> 龆龀七八岁，绮纨三四儿。弄尘复斗草，尽日乐嬉嬉。
> 堂上长年客，鬓间新有丝。一看竹马戏，每忆童騃时。童
> 騃饶戏乐，老大多忧悲。静念彼与此，不知谁是痴。①

诗人由眼前儿童欢畅快乐、嬉戏玩耍的情景，不禁联想到自己
的童年，并承接此基调写了自己的童年也充满快乐，然后笔锋
一转，描述了年老的哀愁与悲楚。又将现在的自己与儿时作对
比，最后发出了"不知谁是痴"的感慨。然而，白居易这首诗的
主旨在于将儿童及成人的概念相对化，并依此客观地反省现在
的自己。值得注意的是，白居易在诗中始终以冷静的态度观察
描写，这也许是作为士大夫的自尊心在作祟的缘故，诗人在尽
量避免沉浸于美好的童年时光。

　　白居易自出生至十一二岁，一直生活在荥阳（今河南省新
郑市），《宿荥阳》是他四十多年后再访此地的作品。诗中"追思
儿戏时，宛然如在目"②句，虽然表述了对儿童时代的缅怀，却未
提及追忆的具体内容，属于概括性的追忆。

　　此外，更值得关注的是韦庄（847—910）的《下邽感旧》及
《途次逢李氏兄弟感旧》。韦庄年幼时曾在华州下邽县（今陕西
省渭南市）生活，此二首诗描写了寻访旧地时的感悟。《下邽感
旧》云："昔为童稚不知愁，竹马闲乘绕县游。曾为看花偷出郭，
也因逃学暂登楼。招他邑客来还醉，儌得先生去始休。今日故
人无处问，夕阳衰草尽荒丘。"③《途次逢李氏兄弟感旧》云："御
沟西面朱门宅，记得当时好弟兄。晓傍柳阴骑竹马，夜偎灯影

---

① 朱金城笺校《白居易集笺校》卷一〇，上海古籍出版社，1988年，第525页。
② 同上书，卷二一，第1441—1442页。
③ 聂安福笺注《韦庄集笺注》补遗，上海古籍出版社，2002年，第378页。

弄先生。巡街趁蝶衣裳破，上屋探雏手脚轻。今日相逢俱老大，忧家忧国尽公卿。"①均回顾了年幼时美好的游戏时光：沉溺于逃学后的看花和乘竹马，与不务正业的朋友尝试饮酒，插话扰乱课堂，戏弄先生，追赶蝴蝶，捕捉幼鸟等。这些描述均表现出诗人对当时烂漫天真的自己及无忧无虑童年的爱恋与怀念。

杜甫回顾自己童年的开创性表现，被后人广泛继承。上述韦庄的诗歌即是极为重要的例子。下一部分将举例说明，正面表现童年的怀想的诗歌散见于宋人作品中。

三、对"逝去时光"的怀想——宋诗中对童年时代的追忆

关于宋诗中怀想逝去的童年时光的例子，首先来看北宋刘攽（1023—1089）在年老不堪酷暑的苦闷心情下，追忆童年时光的《苦热》诗：

> 生长自吴会，北游逾十期。来还遂衰老，衰老何用知。六月江湖间，烦炎若蒸炊。畴昔不惮暑，今者殊畏之。纤绤置如仇，羽扇常自随。对案不得餐，脍炙成蒺藜。忆我童稚岁，烈日犹奔驰。斗草出百品，承蜩睨乔枝。赪颜不待濯，流汗始为嬉。自怜筋力便，岂谓天序移。往闻终南间，盛夏含冰澌。将家就高寒，长与卑湿辞。②

诗人想起在炎炎烈日下，丝毫不在意汗流浃背而热衷于斗草、捕蝉的童年时光。儿时的诗人，无疑是属于王充《论衡·自纪篇》中被否定的天真顽皮的儿童形象。刘攽此诗也是带着留恋来回忆童年的。较之杜甫的《百忧集行》，虽然悲哀感不如杜甫

---

① 聂安福笺注《韦庄集笺注》补遗，上海古籍出版社，2002年，第379页。《太平广记·幼敏》记载："韦庄幼时，常在华州下邽县侨居，多与邻巷诸儿会戏。及广明乱后，再经旧里，追思往事，但有遗踪，因赋诗以记之。"在此之后引用这两首诗。
② 刘攽《彭城集》卷四，《文渊阁四库全书》本。

沉重,但从诗歌整体结构上讲两者是一致的,均是在感慨年华老去的同时缅怀童年时代。

　　接下来,再看与刘攽大致同时代的诗人苏轼(1036—1101)的作品。嘉祐八年(1063),二十八岁的苏轼在凤翔收到了身居都城的弟弟苏辙吟咏故乡眉山春天蚕市的诗作,之后唱和其诗创作了《和子由蚕市》,诗的后半部分云:"忆昔与子皆童丱,年年废书走市观。市人争夸斗巧智,野人痦哑遭欺谩。诗来使我感旧事,不悲去国悲流年。"①追忆童年时与弟弟苏辙逃学,跑去蚕市看热闹的情景:商人们争利斗智,巧舌如簧地蛊惑农民购买商品。这里所描述的并非勤奋好学的"大人式"的孩子,而是天真无邪的真实的儿童形象。

　　不容忽视的是,这首诗是兄弟间追忆童年的唱和诗。在此主题上,弟弟苏辙与踏上仕途后相识的友人有何差异?其中之一,就是他们与苏轼是否有共同的童年经历。在出仕前,只有作为兄弟的苏辙与苏轼有同住一处的生活经验,且有许多共同的童年回忆。苏轼在此诗中追忆的就是属于兄弟俩的私有的童年记忆。

　　北宋的黄庭坚(1045—1105)《夏日梦伯兄寄江南》也属兄弟间相互唱和的诗作。此诗是熙宁四年(1071),二十七岁的黄庭坚于叶县梦到故乡的从兄黄大临而创作的一首七言律诗:

　　　　故园相见略雍容,睡起南窗日射红。诗酒一年谈笑隔,江山千里梦魂通。河天月晕鱼分子,榉叶风微鹿养茸。几度白沙青影里,审听嘶马自揩篜。②

其中值得注意的是颈联写景的诗句:朦胧的月光下,鱼儿在忙

---

　　①　冯应榴辑注《苏文忠公诗合注》卷四,京都中文出版社,1979 年。
　　②　陈永正、何泽棠注《山谷诗注续补》卷二,上海古籍出版社,2012 年,第180 页。

着产卵;榭树的嫩叶随风轻轻摇曳,树荫下小鹿头上刚刚长出柔软的嫩角。此二句应是诗人在梦中对故乡情景的追忆,充满童趣,亦可理解为儿时的黄庭坚与其兄一起看到的情景。那种按捺心中喜悦,静静注视河里的鱼儿与树荫下的小鹿的情形,与其说是成人的想象,不如说是儿童眼中的景象。

接着看南宋刘克庄(1187—1269)《乌石山》,此诗作于嘉定十二年(1219)。三十三岁的诗人在故乡福建莆田,重游童年时代嬉戏玩耍的乌石山,产生了人生如梦、世事无常的感慨:

> 儿时逃学频来此,一一重寻尽有踪。因漉戏鱼群下水,缘敲响石斗登峰。熟知旧事惟邻叟,催去韶华是暮钟。毕竟世间何物寿,寺前雷仆百年松。[1]

颔联写童年时代捉鱼、攀岩等美好回忆。在无法倒流的岁月中缅怀逝去的童年,这种情感的表达又恰当地与故土联系起来。顺便提及的是,此诗开篇"逃学"一语,说明儿时的刘克庄与同伴们到乌石山游玩,属逃学行为。之前提及的苏轼诗中有"废书"一语,说明与弟弟跑去蚕市也是逃学。上一部分末尾所举韦庄诗亦有"逃学"之表现。值得注意的是,他们所描述的儿时的自己,均不是在儒家规范模式下成长的勤奋好学的儿童形象。

如今我们对故乡的印象,也时常会带有童年的回忆。[2] 透过刘克庄的诗,我们或许很容易理解这种对童年时代的怀想。在中国,正式将自己的精神归向、灵魂归宿以及找回自我的地方首先定位于故乡的,恐怕就是陶渊明。但在其诗中,并未发

---

[1] 辛更儒校注《刘克庄集笺校》卷二,中华书局,2011年,第82页。
[2] 例如,日本的歌曲《故乡》(高野辰之作词):"追逐野兔是在那苍翠的青山,垂钓鲋鱼是在那清澈的河边。"歌唱追逐野兔、垂钓鲋鱼的童年记忆。

现他对自己童年的缅怀之语。笔者认为伴随童年的记忆表现故乡意象的作品,到宋代才开始出现。以上所举苏轼、黄庭坚及刘克庄的诗中,故乡意象正是这样被表现的。

四、儿童的情景——陆游、杨万里对儿童天性的肯定及与儿童的同化

即使是片段式的追忆,这种对童年时代的怀想,为何到宋代才多起来?究其原因,应是从唐代到宋代,诗人对儿童的关注度逐渐提升,诗人与儿童的关系也更加亲密。这部分欲借陆游、杨万里之诗对此问题加以阐述。

陆游(1125—1209)及杨万里(1127—1206),他们作为同时代的诗人,又是亲密无间的友人。虽然两人的创作风格有所差异,但也有颇多共通之处。例如他们分别创作了许多吟咏儿童的诗歌,从诗歌内容上说,在描写与儿童交流、游戏等方面也是共通的。以下,拟对这些作品所表现的儿童观及儿童形象加以考察。与陆游相较,杨万里创作的儿童题材的诗歌数量更多、更生动精彩,故在论述时以杨万里为重心。杨万里的"诚斋体",素来被人指称富于"童心"。与之相较,忧国诗人陆游诗中"童心""童趣"的流露不免薄弱些。

在中国古代,以陶渊明、杜甫为开端,在作品中提及儿童或儿童游戏情景的诗人虽然很少,但也是存在的。杨万里是创作众多儿童诗的诗人之一,试观其《闲居初夏午睡起二绝句》其一:"梅子留酸软齿牙,芭蕉分绿与窗纱。日长睡起无情思,闲看儿童捉柳花。"[①]诗歌描述了初夏午后戏逐柳絮的儿童形象。在这样的画面中,同时也可以窥视到微笑地注视这一情景的诗人的形象。唐诗中也有像杨万里这样描写儿童追逐柳絮嬉戏

---

① 辛更儒笺校《杨万里集笺校》卷三,中华书局,2007年,第189页。

的诗歌,如白居易写给刘禹锡的唱和之作《前有别柳枝绝句,梦得继和云,春尽柳絮留不得,随风好去落谁家,又复戏答》云:"柳老春深日又斜,任他飞向别人家。谁能更学孩童戏,寻逐春风捉柳花。"①白居易亦是在诗中反复描写儿童游戏情景的诗人之一,如前所举《观儿戏》:"弄尘复斗草,尽日乐嬉嬉。"另有《赠楚州郭使君》"笑看儿童骑竹马"②,《闲坐》"嬉戏任儿童"等③。

　　将以上白诗与杨诗相较可知,同样是描述儿童追逐柳絮,白居易和杨万里在对儿童的认识,及与儿童关系方面略有差异。值得注意的是,白诗后半部分表明了他已经不能像孩子那样追逐柳絮、嬉戏玩耍了,强调了诗人与儿童之间的距离与差异。白居易另一首《观游鱼》也表现了此种心态:"绕池闲步看鱼游,正值儿童弄钓舟。一种爱鱼心各异,我来施食尔垂钩。"④将自己与钓鱼的儿童作对比。最后两句写诗人与儿童虽然喜欢鱼的心情一样,但所表现的喂鱼与钓鱼的心性却是有差异的。从这一点来看,我们似乎可以窥探到白居易对儿童顽皮天性的否定。

　　在杨万里诗中,也有像白诗那样描写诗人与儿童有差异的表现。如《梅熟小雨》中"留许枝间慰愁眼,儿童抵死打黄梅"二句,⑤叙述的就是看见梅子可以消愁的自己,与不能理解大人心情而将梅子打落的天真无邪的儿童的差异。但是通观他的诗集,此类诗歌并不多见。杨万里表现较多的是与儿童同化,即诗人与儿童一体化的倾向。如《鸦》中所云:"稚子相看只笑渠,

----

　　① 朱金城笺校《白居易集笺校》卷三五,第 2416 页。本诗实际上是白居易放走爱妓,将爱妓比喻为柳的诗作。
　　② 同上书,卷二五,第 1704 页。
　　③ 同上书,卷三七,第 2551 页。
　　④ 同上书,卷二八,第 1995 页。
　　⑤ 辛更儒笺校《杨万里集笺校》卷七,第 389 页。

老夫亦复小胡卢。一鸦飞立钩栏角,子细看来还有须。"①此诗
描写了与儿童一起观看乌鸦,相对发笑的场景,可隐约感到诗
中不可言喻的幽默,亦可窥见"诚斋体"的创作风格。此外,试
观其晚年归乡后所作《与伯勤子文幼楚同登南溪奇观戏道旁群
儿》:"蒙松睡眼熨难开,曳杖缘溪啄紫苔。偶见群儿聊与戏,布
衫青底捉将来。"②此诗生动描述了诗人散步时与儿童一起玩捉
迷藏的情景。

顺便提及,陆游与杨万里一样,也创作了许多与儿童一起
游玩的诗歌。如下列举其晚年归隐故乡后的诗作:

> 闲投邻父祈神社,戏入群儿斗草朋。(《遣兴》)
>
> 不如扫尽书生事,闲伴儿童竹马嬉。(《纸墨皆渐竭
> 戏作》)
>
> 花前自笑童心在,更伴群儿竹马嬉。(《园中作》)
>
> 箬笠芒鞋桥下路,儿童争逐放翁行。(《小雨偶出邻里
> 小儿竞随吾后,不知其意何也》)
>
> 今朝雨歇春泥散,剩伴儿童斗草嬉。(《定命》)
>
> 身入儿童斗草社,心如太古结绳时。(《老甚自咏》)
>
> 垂老始知安乐法,纸鸢竹马伴儿嬉。(《村居书事》)
>
> 老翁今日饱还嬉,常拾儿童竹马骑。(《老叹》)③

由上述诗句可以窥见,陆游晚年融入农村的生活氛围,与儿童
玩竹马、斗草及放风筝的情景。由上述《园中作》的"花前自笑
童心在"句可知,陆游也是一位拥有"童心"的诗人,且其童心表

---

① 辛更儒笺校《杨万里集笺校》卷一一,第575页。
② 同上书,卷三七,第1922页。
③ 分别见钱仲联校注《剑南诗稿校注》(上海古籍出版社,1985年)卷四〇,第
2540页;卷四〇,第2451页;卷四八,第2915页;卷四九,第2938页;卷五〇,第
3018页;卷五六,第3288页;卷六四,第3644页;卷六八,第3808页。

现不逊于杨万里。①

如上所述,在陆游、杨万里的诗中,儿童的天性得到肯定,并强烈地显示出诗人与儿童一体化的倾向。可以说,两位诗人在描写儿童天性方面产生了共鸣,或者说共同感知到了儿童的特质。在宋代,这种感知的相通不单局限于诗,在绘画方面亦有展现。例如,在宋代确立的以"戏婴"或"婴戏"的绘画题材,主要描绘儿童游戏的场景。其中,广为人知的就有北宋末的宫廷画家苏汉臣(?—?)的《秋庭戏婴图》(台北故宫博物院藏)。此画以细致的笔法描绘了年幼的姐弟俩玩"推枣磨"(用枣核制作的人偶)游戏的情景。周围的人们看到孩童们专注于游戏的有趣场景,脸上洋溢着幸福与欢乐。

苏汉臣《秋庭戏婴图》

再回到杨万里,看其另一首表现诗人与儿童一体化倾向的典型诗作《幼圃》。诗序云:"蒲桥(杭州地名)寓居庭有刲方石而实以土者,小孙子艺花窠菜于其中,戏名幼圃。"此诗描写幼孙作的一个庭园式盆景:

> 寓舍中庭劣半弓,燕泥为圃石为墉。瑞香萱草一两本,葱叶蕲苗三四丛。稚子落成小金谷,蜗牛卜筑别珠宫。也思日涉随儿戏,一径惟看蚁得通。②

---

① 陆游、杨万里此类诗歌,让我想起了日本江户时代后期良宽和歌中的"飞霞春日长,聊与稚子戏。童谣乐度日,手鞠自随意",陆游、杨万里的诗歌在良宽生活的日本江户时代后期被广泛传阅。由此可知,南宋中国的江南文人与江户时代的日本文人在观念上有很多相通之处。

② 辛更儒笺校《杨万里集笺校》卷二〇,第 1028 页。

诗人与幼孙一起专心致志地观赏盆景。对幼孙来说,"幼圃"可以说是蜗牛、蚂蚁等昆虫的"童话王国"。通常成人是不会弓着腰一直热衷于观察蜗牛、蚂蚁的,但在这里杨万里积极参与其中,像个孩子一样关注着幼圃里的小动物。

不单《幼圃》诗,杨万里对蝇、蜘蛛、蜻蜓、蜂、蝶等小动物表现喜爱之情的诗作还有很多。例如《观蚁》:"偶尔相逢细问途,不知何事数迁居。微躯所馔能多少,一猎归来满后车。"[1]将猎食归来的蚂蚁比喻成装满猎物的车。《冻蝇》云:"隔窗偶见负暄蝇,双脚挼挲弄晓晴。日影欲移先会得,忽然飞落别窗声。"[2]细致入微地描写了冬蝇因为寒冷在窗上摩娑双脚,又因日影移动飞去别窗的情景。[3] 由上述诗作似乎可以看出,与儿童同化后的杨万里在以儿童的眼光观察万物。

杨万里的诗让我想起清代沈复《浮生六记·闲情记趣》对童年时光的记录:

> 余忆童稚时,能张目对日,明察秋毫。见藐小微物,必细察其纹理,故时有物外之趣。夏蚊成雷,私拟作群鹤舞空,心之所向,则或千或百果然鹤也。昂首观之,项为之强。又留蚊于素帐中,徐喷以烟,使其冲烟飞鸣,作青云白鹤观,果如鹤唳云端,怡然称快。
>
> 于土墙凹凸处、花台小草丛杂处,常蹲其身,使与台齐,定神细视,以丛草为林,以虫蚁为兽,以土砾凸者为丘,凹者为壑,神游其中,怡然自得。
>
> 一日,见二虫斗草间,观之正浓,忽有庞然大物拔山

---

① 辛更儒笺校《杨万里集笺校》卷一○,第 533 页。
② 同上书,卷一一,第 573 页。
③ 日本江户时代后期俳人小林一茶有"不要打呀,苍蝇搓它的手,搓它的脚呢"俳句,描述了同样的情景,也可能间接地受到了杨万里诗歌的影响。另外,与以上注释中所举良宽的诗作一样,这些作品可谓揭示了中国南宋文学与日本江户后期文学的相似之处。

倒树而来，盖一癞蛤蟆也，舌一吐而二虫尽为所吞。余年幼方出神，不觉呀然惊恐。神定，捉蛤蟆，鞭数十，驱之别院。年长思之，二虫之斗，盖图奸不从也。古语云"奸近杀"，虫亦然耶？贪此生涯，卵为蚯蚓所哈（吴俗呼阳曰卵），肿不能便。捉鸭开口哈之，婢妪偶释手，鸭颠其颈作吞噬状，惊而大哭，传为语柄。此皆幼时闲情也。①

第二段写儿时的沈复蹲在杂草丛生的花坛旁，定神近观，视丛草为林，视虫蚁为兽，并陶醉其中的姿态。相信很多人都有这种童年经历。沈复满怀爱惜记录的正是我们熟知的儿童形象，这与杨万里《幼圃》中所呈现的儿童形象有惊人的相似之处。与儿童同化后的诗人眼中的世界，在杨万里"诚斋体"呈现的诗的世界中占有很重要的位置。当然，与儿童同化后的眼光，实际并不是真正的儿童的眼光，而是拥有自立精神的成年人，在努力扮演着与儿童同化的角色的眼光。

在日本近代小说中，以追忆童年时代为主题，且广为人知的作品是中勘助的《银匙》。哲学家和辻哲郎对此作品作了如下精彩的解说："《银匙》神奇而鲜活地描绘了儿童的世界。然而，那既不是成人看到的儿童的世界，也不是成人带着自身体验回顾的童年记忆，而是成人以儿童的身份体验到的世界。"②此解说亦可用来评论杨万里的诗歌。

小结——老年期与衰老

以上考察了诗歌中儿童及童年的表现。在此，拟对老人、

---

① 俞平伯校点《浮生六记》，人民文学出版社，1980年，第16页。
② 中勘助《银之匙》附录解说，岩波书店，1985年，第193页。

老年或"衰老"(年老)的问题作一简单论述。之所以提及此话题,是因为这些主题与儿童、童年主题有很多相通之处。在人生阶段中,与青年期、壮年期不同,儿童期与老年期均是与"公"(外面的)世界相脱离,而置身于"私"(家庭)世界中的人生阶段。本章开头所引《礼记·曲礼上》:"八十九十曰耄;七年曰悼;悼与耄,虽有罪,不加刑焉。"八九十岁的老人与七岁的儿童一样都属于刑法之外的人。

此外,老人与儿童在文学、绘画中也时常被组合在一起,尤其是在乡村社会的田园空间内,老人儿童相互融洽地嬉戏的场景比比皆是。所谓的乡村社会的田园空间,可以说是老人与儿童居住的空间。青年远离故乡,赴京求仕;壮年官场任职,各处旅居。滞留故乡农村的,除操持家务的妇女外,大多是未到出仕年龄的儿童和辞官退居的老人。杨万里、陆游在歌咏晚年农村生活的诗作中就描述过这样的光景。较之更早,晋张协《七命》:"玄龆巷歌,黄发击壤。"[1]陶渊明《桃花源记》:"黄发垂髫,并怡然自乐。"[2]描绘的均是儿童欢歌、老人雀跃,一派祥和的乡村生活情景。

那么,老年期是从何时开始?本章开头所引《礼记·曲礼上》有相关记载:

> 三十曰壮,有室;四十曰强,而仕;五十曰艾,服官政;六十曰耆,指使;七十曰老,而传;八十九十曰耄;……百年曰期,颐。……大夫七十而致事。

如其所说"七十曰老",七十岁即老年期的开始。郑玄将"传"注为"传家事任子孙","致事"注为"致其所掌之事于君而告老"。七十岁应指告老退任,即从掌管朝廷和家庭事务中引退之年。

---

① 萧统编、李善注《文选》卷三五,中华书局,1977 年,第 498 页。
② 逯钦立校注《陶渊明集》卷六,第 165 页。

在中国文学中,"衰老"与"哀伤迟暮"主题,很早就有表现。中国文人常把自己当作年老之人来表现,这已经成为文学表现的一种固定模式。也正因此,以往的"衰老"文学存在极为强烈的观念性倾向,那种贴近现实生活的真实表现极少。

在中国文学中,忠实且具体地表现"衰老"开始于何时?据考察,当是杜甫发其嚆矢。其晚年作品《清明》诗云:"此身飘泊苦西东,右臂偏枯半耳聋。"①《小寒食舟中作》云:"春水船如天上坐,老年花似雾中看。"②这种因病而身体衰弱、手臂不能自如活动、耳不聪、目不明的状态,均是诗人真切的亲身体验,属深刻的正面描写。

南宋陆游、杨万里均是长寿诗人,晚年归隐故乡后创作了为数众多的诗歌。也是因为他们的出现,中国文坛上产生了可称之为"老年文学"的作品群。他们的作品,毫无疑问地继承了杜甫忠实且具体地表现"衰老"主题的方法。

以下列举陆游、杨万里晚年描述自身衰老及年高昏聩的作品各一首。陆游八十五岁作于嘉定二年(1209)的《书耄》云:

> 我老耄已及,终日惟冥行。邻里少间阔,便若昧平生。家人每过前,亦或忘其名。昏昏等作梦,兀兀如病醒。不知张睢阳,何以记一城。愚知各自适,得失未易评。③

七十八岁的杨万里作于嘉泰四年(1204)的《淋疾复作,医云忌文字劳心,晓起自警》云:

> 半似枯禅半似痴,也无何虑与何思。偶看清晓双双蝶,飞遍黄花一一枝。④

---

① 仇兆鳌注《杜诗详注》卷二二,第1970页。
② 同上书,卷二三,第2062页。
③ 钱仲联校注《剑南诗稿校注》卷八〇,第4345页。
④ 辛更儒笺校《杨万里集笺校》卷四二,第2223页。

这两首作品真实地描写了衰老带来的精神上的恍惚。这样的状态正是从当事人的角度出发忠实而深刻地表现的。在表现"衰老"主题上,他们的诗作可谓是一种对中国诗歌叙述空间的新探索。

要而言之,杨万里、陆游的诗作,不仅在表现"儿童及童年"主题时独树一帜,也给"老人与老年"这一文学主题带来了清新的空气,乃至在世界文学史上也是非常珍贵且极具价值的。

（陈文辉　译）

附记:本章是在《中国诗歌中的儿童与童年——从陶渊明到陆游、杨万里》(《人文中国学报》第 22 期,上海古籍出版社,2016 年)的基础上修订而成的。

第六章　儿童的情景，或田园的忧郁

——关于杨万里的诗

　　杨万里（号诚斋，1127—1206）是中国南宋的代表诗人之一。与同时代的陆游或范成大相比，其知名度也许稍低，但就所作诗歌的个性方面而言，毋宁说要超过他们吧。南宋后期严羽的《沧浪诗话》里有列举历代诗体（诗的风格）的部分，其中能看到以北宋的王安石、苏轼、黄庭坚等人名字命名的诗体，与之并列的就有"杨诚斋体"。诗人名字能够被设置来命名诗体，南宋只有杨万里一人而已。由此可以窥见当时杨万里风格的独特性得到了认可。

　　那么，被称作"诚斋体"的杨万里诗的独特的风格是怎样的呢？对此，古来就有"透脱""浅俗""谐谑"等评语。不摆架子，放松身心，不惧通俗，洋溢着自由阔达的幽默，这就是诚斋体的风格吧。如果要勉强在日本文学史上寻求类似物的话，也许是俳谐。譬如题为《冻蝇》的诗：

　　　　隔窗偶见负暄蝇，双脚挼挲弄晓晴。日影欲移先会得，忽然飞落别窗声。

读到此诗，很多人会想起小林一茶的俳句"不要打呀，苍蝇搓它的手，搓它的脚呢"，而感受到俳谐的乐趣吧。杨万里的诗在江户后期的日本受人喜爱，也就非常能够理解。

　　再举一例，我觉得是最具杨万里特色的作品之一。题为《苦吟》的诗这样吟道：

　　　　蚁无秋衣雁有裘，霜天谋食各自愁。雁声寒死叫不歇，蚁膝冻僵行复休。先生苦吟日色晚，老铃来催吃朝饭。小儿诵书呼不来，案头冷却黄斋面。

诗的前半篇和后半篇换韵，叙述也随之大幅转换。前四句吟咏因秋天的到来而忧愁的蚂蚁和大雁，后四句一转，变成吟咏诗人自身的苦吟（前四句也许是截至那时苦心要作的诗之内容）。原以为后四句要吟咏作诗的痛苦，不曾想也只是淡淡地吟咏平常的早晨餐桌的场景。前半部分悲痛的内容，非常突兀地转向了描写寻常的日常生活的后半部分，对于读惯了唐诗的人来说，不可否认会产生被岔开了的感觉。但是，那并非不快。倒不如说，因阔达而不受拘束的语言的流动，以及由此引出的故作呆傻滑稽，是一个新鲜的天地。在这里，一定要构造真正的诗的谋划一开始就被放弃了。也许可以说，在"诚斋体"的根底里，存在打算放弃那种谋划的作诗态度。应该说，他谋划了那样一种似乎没有谋划的姿态。

然而，上面这首诗里，吟咏了儿童朗读书本的情景。正如一直以来被指出的，杨万里吟咏儿童情景的诗数量很多。例如《闲居初夏午睡起二绝句》其一：

> 梅子留酸软齿牙，芭蕉分绿与窗纱。日长睡起无情思，闲看儿童捉柳花。

又如《稚子弄冰》：

> 稚子金盆脱晓冰，彩丝穿取当银钲。敲成玉磬穿林响，忽作玻璃碎地声。

都是吟咏游玩嬉戏的儿童的情景（后者让人想起一茶的"小孩子，玩耍薄冰，当眼镜"）。在这里，眯缝着眼睛、凝视着儿童游玩情景的诗人形象也呼之欲出。

在中国，从陶渊明、杜甫开始，吟咏儿童情景的诗人并不

131

少，但即使在这中间，杨万里也似乎表现出显著的独特性。例如，唐代白居易也是多次吟咏儿童游玩情景的诗人之一，他有"笑看儿童骑竹马"（《楚州赠郭使君》）、"嬉戏任儿童"（《闲坐》）等诗句。如果将他《前有别杨柳枝绝句……又复戏答》的诗句"谁能更学孩童戏，寻逐春风捉柳花"，与前引杨万里《闲居初夏午睡起》诗作比较，会如何呢？同是言及与柳絮游戏的儿童，白居易说不能像儿童那样去追赶柳絮。也就是说，白居易在这里强调说明的，是儿童与自己的不同。同样的情况，在白居易《观游鱼》诗中所陈述的也完全适合："绕池闲步看鱼游，正值儿童弄钓舟。一种爱鱼心各异，我来施食尔垂钩。"白居易说的是将钓鱼的儿童与自己作对比。同样是爱鱼，给鱼喂食与用钩钓鱼，诗人与儿童的内心完全不同。

在杨万里的诗里，看不到像上举白居易那样强调说明自己与儿童不同的语言。毋宁说，他在诗里吟咏的，是要与儿童同化、一体化那样的姿态。比如《鸦》：

> 稚子相看只笑渠，老夫亦复小胡卢。一鸦飞立钩栏角，子细看来还有须。

吟咏与儿童一起看鸦发笑的情态。另外，晚年回乡生活的作品《与伯勤子文幼楚同登南溪奇观，戏道旁群儿》：

> 蒙松睡眼熨难开，曳杖缘溪啄紫苔。偶见群儿聊与戏，布衫青底捉将来。

吟咏散步途中，兴致勃勃地与儿童们捉迷藏玩耍的情态。让人想到日本江户时代诗人良宽的作品："彩霞飘起春昼永，与童嬉戏到日暮。"

再举一例，题为《幼圃》的诗，很好地表现了同样的姿态。诗的序文说："蒲桥（杭州的地名）寓居庭有刳方石而实以土者，小孙子艺花窠菜于其中，戏名幼圃。"是吟咏小孙子做成的一个小盆景的作品。诗说：

> 寓舍中庭劣半弓，燕泥为圃石为墉。瑞香萱草一两本，葱叶蓱苗三四丛。稚子落成小金谷，蜗牛卜筑别珠宫。也思日涉随儿戏，一径惟看蚁得通。

吟咏杨万里自身的情态：用与儿童一样的视线，全神贯注地凝视着小盆景。对儿童来说，小盆景可谓是蜗牛、蚂蚁之类生活的"神话王国"。而杨万里则想要积极地投身其中。

顺便说，杨万里不仅在《幼圃》诗里吟咏蜗牛、蚂蚁之类，还在许多诗中吟咏他喜爱的苍蝇、蜘蛛、蜻蜓、蜂、蝶等其他小动物。比如《观蚁》诗：

> 偶尔相逢细问途，不知何事数迁居。微躯所馔能多少，一猎归来满后车。

把蚂蚁的队列比作人的车队加以吟咏。从这些诗也能够看清与儿童同化后的杨万里的视线。

杨万里这些诗令人想到清代沈复《浮生六记》中所见的下面这节内容。沈复在记述自己幼年的回忆中写道："余忆童稚时……明察秋毫，见藐小微物，必细察其纹理，故时有物外之趣。……余常于土墙凹凸处，花台小草丛杂处，蹲其身，使与台齐；定神细视，以丛草为林，以虫蚁为兽，以土砾凸者为丘，凹者为壑，神游其中，怡然自得。"沈复所记述的凝神爱惜的儿童情态，是我们熟知的那种儿童情态，也与杨万里《幼圃》诗所吟咏的情态令人吃惊地完全重合。可以说，由与儿童同化的诗人的视线所凝视的世界，在"诚斋体"的诗世界里占据着重要位置。

不过，我想在这里补充以下一点。所谓与儿童同化的视线，当然并非真实的儿童视线，而不过是拥有坚定自立精神世界的大人假装的与儿童视线的同化。这意味着，也许应该把日本近代文学作品中所见的内容作为紧邻杨万里诗的后继语言加以并列观察。

在日本近代诗人、小说家佐藤春夫的《田园的忧郁》中,有一个场面,叙述在武藏野郊外过着寂静生活的读书人"他",一直目不转睛地凝视着蚂蚁队列:"在房子侧面的白橡树下,蚂蚁排成又黑又长的队列在进军。其中有些蚂蚁驮着它们的珍宝——粮食。每隔一小段距离,就能见到稍微大一点的蚂蚁,仿佛在向队列下达命令。蚂蚁们偶遇的时候,双方就停下来,头对着头,好像是在点头问候,或是在互相闲聊,又像是在托对方带口信似的。这就是极为寻常的蚂蚁搬家。他蹲下来,凝视着这支蚂蚁小商队。在那短暂的瞬间,他从蚂蚁身上得到了真正儿童一般的乐趣。"另外还有一节,叙述"他"把远处见到的山丘比作"神话王国":"(他)好像看到神话王国里的神仙正在干活,因为这座小山丘,他升起某种超旷的心境,怀着憧憬的心情,目不转睛地眺望着,就仿佛儿童在一心观看着万花筒似的。"

《田园的忧郁》里,"他"所怀念的儿童一般的"憧憬的心情",大概是近代"忧郁"的底片,但与遥远的杨万里不也暗中相通吗?譬如,读到前面所举的《苦吟》诗,不少人会感受到其中的"忧郁感"吧。杨万里诗中"儿童的情景",也应该说染上了近代的情调——"田园的忧郁"。对我来说,确实有那样的感觉。

(李贵 译)

附记:本章是在《子供の情景、あるいは田園の憂鬱——楊万里の詩について》(日本创文社《创文》季刊,2011 年第 1 期)的基础上修订翻译而成的。

第七章 "眼中历历见豳风"

——陆游诗中歌咏的农村

一

陆游(1125—1209),南宋时期的代表文人。字务观,号放翁,山阴(今浙江省绍兴市)人。其著作有《剑南诗稿》八十五卷,《渭南文集》五十卷。南宋时期,中国北方领土(淮河以北)受女真族的金朝统治,形成了所谓的"半壁天下"的局面。虽然当时政权中心基本主张采取与金朝和谈的政策(可以说是一种以金钱换取和平的政策),但在下层官僚中仍有不少强硬的主战派。陆游就是其中的代表。缘于此,他屡次遭遇弹劾罢官,有很多时间都是在乡里度过的。

陆游在诗中哀叹"半壁天下"的局面,有很多作品抒发收复北方失地的渴望。这些诗洋溢着对宋朝的忠义之心、忧国之情,受到很高的评价。在这类诗中,优秀的作品自然不在少数,然而我对此却不太感兴趣。我觉得这类作品在文学史中似乎缺乏新意,也未能真正地体现出陆游的独特之处。我所感兴趣的,并不是这类在国家意识之下"盛气凌人"的作品,而是以不经意的语言来歌咏紧贴个人日常世界的诗歌。这些诗几乎都是解官归乡后退居农村所作。尤其是年老归乡后,日常生活的每一个片段,都像记日记一样被细致地写了下来。其结果是,陆游一生写下了约一万首诗,成为历代诗人中存世作品最多的一位。

首先来看这首可谓是陆游歌咏乡村的代表作《游山西村》,乾道三年(1167)于故乡所作:

莫笑农家腊酒浑,丰年留客足鸡豚。山重水复疑无路,柳暗花明又一村。箫鼓追随春社近,衣冠简朴古风存。从今若许闲乘月,拄杖无时夜扣门。①

诗人拜访邻近的山中村庄,见到村民在春天里庆祝节日的场景。诗中歌咏的农村,大概没有人会不喜欢吧。农民们虽然生活简朴,并不富裕,但的确充满了幸福感。让人好似觉得桃花源——这一世上的乐园延伸到这里来。

我从陆游诗中歌咏的农村联想到桃花源,是有所依据的。第三、四句写走在山路中,觉得已经走到尽头了,忽然在眼前出现一片花景明媚的乡村世界。这与晋代陶渊明《桃花源记》开头部分写主人公渔夫因迷路好不容易才找到桃花源的经历十分相似。此外,第六句写村人衣着有古风,这与《桃花源记》记载自秦以来在桃花源里避世隐居的居民穿着古老的衣服也是相通的。

不过,此诗中的农村与桃花源之间还是有所不同。《桃花源记》写渔夫离开桃花源后再度寻访,终未成功。而此诗中的农村则相反,它是一个只要有心就能找到的地方,末尾两句歌咏与农民的亲密关系正说明了这一点。如果说桃花源是"无何有之乡",即乌托邦(utopia)式的理想世界,那么可以说陆游诗中歌咏的则是一个可以抵达的、确实存在的理想故乡。

之前曾邀请数位中国学者召开一次研讨会,在随后的宴会上,大家热烈地谈到,如果乘坐时间机器只有一次机会可以回到过去的中国,你最想回到什么时候? 去往什么地方? 记得大家选的大多是与自己的研究对象相关的时代和场所。而我则毫不犹豫地选择了 12 世纪绍兴郊外的农村,即陆游的故乡。这一选择可能与陆游是我的研究对象有点关系,除此之外,无非是因为我对他的诗,如上述的《游山西村》,歌咏的宛如世上乐园的农村景象有好感。如果可以去到那里的话,他诗中歌咏

① 钱仲联《剑南诗稿校注》卷一,上海古籍出版社,1985 年,第 102 页。

的世界真的可以延展出来吗？如果可以的话，我一定要置身其中，亲眼看一看。

总之，陆游在歌咏的故乡农村中，营造出一个充满幸福感的世界。再例如下面这首绍熙二年(1191)所作的《江村初夏》，此时陆游实际上已经脱离官场：

> 紫葚狼藉桑林下，石榴一枝红可把。江村夏浅暑犹薄，农事方兴人满野。连云麦熟新食面，小裹荷香初卖鲊。苹洲蓬艇疾如鸟，沙路芒鞋健如马。君看早朝尘扑面，岂胜春耕泥没踝。为农世世乐有余，寄语儿曹勿轻舍。①

此诗大致可分成两部分。前八句描写了初夏村民从事农业劳动的场景，接下来四句抒发自我感慨。一边沉浸在乐土般的乡村生活的喜悦之中，一边在末四句向自己的晚辈感叹官僚的人生不如农民，这反映出作为官僚的陆游的心理活动。在中国诗人中，陆游的情况并不是例外，他既是诗人又是官僚。官僚也可以说是弃农出仕的人。陆游的家族也有这样的经历。在给世代为农的邻居陈氏所作的传记《陈氏老传》中，陆游云：

> 予先世本鲁墟农家。自祥符间去而仕，今且二百年。穷通显晦所不论，竟无一人得归故业者，室庐桑麻，果树沟池之属，悉已芜没，族党散徙四方，盖有不知所之者。过鲁墟，未尝不太息兴怀至于流涕也。②

陆游反思祖先、族党和自己弃农从官的生活方式，心生悔意。这里描述了自己伫立在耕者尽无、荒草遍野的田间抒发悲叹的情景。与之相同，众所周知的《桃花源记》的作者陶渊明在《归去来兮辞》开头部分也发出了"归去来兮，田园将芜，胡不归"③

---

① 《剑南诗稿校注》卷二二，第 1666 页。
② 《渭南文集》卷二三，《四部丛刊》本。
③ 逯钦立校注《陶渊明集》卷五，中华书局，1979 年，第 160 页。

137

的感慨。陶渊明也曾一度弃农出仕,在遭遇仕途不顺后,决意归乡。依据这个"归农宣言",回到故乡的陶渊明写下了很多歌咏农村生活的诗,也因此使之成为中国田园诗人的一个典型。陆游是追随在陶渊明之后,走向归农之途的另一位诗人。

与陶渊明相同,陆游在歌咏故乡生活的诗中,也写下了众多与农民一起躬耕劳动的场景。例如绍熙二年(1191)所作的《晚秋农家》云:

> 我年近七十,与世长相忘。筋力幸可勉,扶衰业耕桑。
> 身杂老农间,何能避风霜。夜半起饭牛,北斗垂大荒。①

对陆游这样的读书人而言,第二句的"世"无非是指身份相同的官僚构成的世界。然而,这里陆游却说忘"世",也就是说将"世"以及自己的身份都忘掉。可以看出,这与陶渊明《归去来兮辞》中"世与我而相违"的旨趣相同。斩断了与官僚世界之联系的陆游,其生活的场所是在农民的世界之中。"身杂老农间,何能避风霜"的诗句,正清楚地说明了这一点。②

在中国历代诗人中,很难再找到像陆游这样热情地写下数量众多的作品来歌咏与农民交往的诗人。以下举出这类作品中最典型的例子加以说明。如辗转在为邻村的农民送药、治疗之际所写的《山村经行因施药五首》其一、其四。当时文人们大都具备一定的医学知识,担当医生的职责。这组诗作于开禧元年(1205),陆游八十一岁之际。

其一

> 闲行偶复到山村,父老遮留共一尊。曩日见公孙未

---

① 《剑南诗稿校注》卷二三,第 1694 页。
② 值得回味的是,对陆游或陶渊明而言,与农民交往的乡村社会并不属于"世"的范畴。然而,不属于"世"的话,那到底是什么呢?身处不属于"世"的农村,到底与谁,如何进行交往呢?有关"世"的这些话语,表明了他们的社会观是在古代士人的框架内建构的。

晬,如今已解牧鸡豚。①

其四

驴肩每带药囊行,村巷欢欣夹道迎。共说向来曾活我,生儿多以陆为名。②

由此可见,陆游在当地社会中很受尊敬和喜爱。当然,无论如何这些只是陆游自己的说法,实际上农民们到底是如何看待他的,我们不得而知。然而,姑且不论这一点的话,这里所描写的与农民交往的情景,无疑令人感到温暖。

二

综上所述,可以说陆游在歌咏故乡农村的诗中,营造出一片充满幸福感的人间乐园。然而下面这首《书喜》,虽然也充满了农村生活的幸福感,却不仅仅包含这方面的内涵。此诗作于庆元四年(1198),内容如下:

满川秋获重赪肩,拾穗儿童拥道边。夜夜江村无吠犬,家家市步有新船。夺攘不复忧山越,安乐浑疑是地仙。惟有衰翁最知达,避兵犹记建炎年。③

前面四句歌咏了富饶安定的故乡风景。第五、六句写无须担忧抢夺之事,眼前的故乡变成了"安乐"之地,好似"地仙"生活的世界。当我们见到前四句歌咏的农村风景,犹如看到一片人间乐园,这也是陆游的自我感慨吧。

然而,此诗并不止于礼赞"地仙"生活的乐土。尽管混迹在农民之中躬耕田事,但陆游毕竟是一位读书人。在末尾两句,诗歌曲折地表现出知识人内心的忧虑。"建炎"是南宋初高宗

---

① 《剑南诗稿校注》卷六五,第 3673 页。
② 同上书,第 3674 页。
③ 同上书,卷三七,第 2417 页。

的年号。北宋末，钦宗靖康二年（1127），金朝的军队进攻宋朝领土，攻破东京（今河南省开封市），钦宗及其父徽宗被俘虏，押至北方。这就是所谓的靖康之变。钦宗之后，其弟赵构继承皇位，即宋高宗，定都临安（今浙江省杭州市），改元建炎。此时，年幼的陆游正随父亲陆宰等亲人逃躲于兵祸连年的江南一带。"避兵犹记建炎年"，回忆的就是这段经历。

对陆游而言，眼前的故乡农村犹如一片"地仙"生活的乐土，然而它却承载着幼年时期满目疮痍的战乱体验。陆游的感慨，与曾在日军炮轰下逃生的中国人面对浴火重生的中国之际所怀有的感慨是相似的吧，"与苦难的日子相比，现在的生活几乎是极乐世界"，"多么感谢和平啊，希望永远都这样保持下去"，等等。可以说这里的"地仙"一语，包含着得以在和平乡村生活的感激之情，以及祈祷这样的生活永远持续下去的心愿。进而言之，我们可以领会到陆游这种痛苦的认识：掀开这片可以看到幸福乐土的面纱，下面却是悲惨的地狱般的回忆，希望永远不要再打开这扇地狱之门。这里也体现出士大夫（诗人）"先忧后乐"的使命感，即忧虑在天下人之前，而安乐在天下人之后。

此外，中国士大夫阶层（诗人）有着根深蒂固的用诗歌来批判政治过失的传统。陆游也接续了这个传统，例如下面这首题为《邻曲有未饭被追入郭者，悯然而作》的诗。通过此诗可以看出，陆游生活的农村现实社会与理想乡（乌托邦）相去甚远，也存在不少悲惨的事情。此诗作于绍熙元年（1190），云：

> 春得香粳摘绿葵，县符急急不容炊。君王日御金华殿，谁诵周家《七月》诗。①

前两句写近邻的人被官吏带走问罪（大概是未纳税的缘故），作

---

① 《剑南诗稿校注》卷二一，第 1623 页。

者对这一不人道的做法表示愤慨。紧接着的后两句,讽刺了当朝为政的高官。"周家《七月》诗",指收在《诗经·豳风》中的《七月》一诗。"豳风"是周王朝创业期的诗歌。《七月》被放在"豳风"的开头,歌颂了周朝先祖在豳地(今陕西省西北部)辛勤劳动的场景,可谓是一种原始的民族记忆。根据朱熹的解释,周公旦曾以此诗向幼年的成王陈说农作之苦,并劝尊农事。这里讲到,朝廷上没有人向皇帝诵教《七月》诗,可见作者欲以此纠正政治上虐待农民的不正之风。

这类描写农村中潜在的负面因素的作品,在陆游诗中数量并不多。由此可以作出这样的推断:由于现实农村存在着难以避免的负面因素,因此陆游歌咏的是作为理想乡的农村。假如陆游真正地置身于理想乡中,他可能不会察觉理想乡的样子,何况这些也不是诗人想要歌咏的。由于不能真正地置身于理想乡中,因此诗人就将现实美化了。这意味着,陆游诗中歌咏的农村乐土,是一种掺入了自我祈愿的非现实的理想图景。

对陆游而言,上面谈到的《诗经·豳风》似乎具有特别的意义,以至他在诗中反复咏叹。自不待言,《诗经》作为儒家经典,理应是读书人尊崇的书籍。陆游在《诗经·豳风》中,看到理想乐土的图景。除了上诗之外,又如庆元五年(1199)所作的《示儿子》,他对子辈云:

> 最亲切处今相付,熟读周公《七月》诗。①

此外,嘉泰二年(1202)所作《春晚书村落间事》,也以"豳诗有《七月》,字字要躬行"②勉励自己。

那么,陆游铭记在心的《诗经·豳风》到底歌咏了一个怎样的世界呢? 那就让我们来读读《豳风》开头的《七月》一诗。这

---

① 《剑南诗稿校注》卷四一,第2581页。
② 同上书,卷五〇,第3012页。

是一首长诗,因此这里只截取开头和中间两节:①

> 七月流火,九月授衣。一之日觱发,二之日栗烈。无衣无褐,何以卒岁?三之日于耜,四之日举趾。同我妇子,馌彼南亩。田畯至喜。……九月筑场圃,十月纳禾稼。黍稷重穋,禾麻菽麦。嗟我农夫,我稼既同,上入执宫功。昼尔于茅,宵尔索绹,亟其乘屋,其始播百谷。

一言以蔽之,这是一首歌咏农事节序的诗。按照每月的顺序反复将一年的农事劳动列举出来。虽然语言朴素,却能给人带来一种静谧的感动。这是《诗经》三百篇中我最喜欢的作品之一。我觉得这首诗之所以能打动读者的心,在于它抓住了人类劳动与天地永恒运行合为一体的规律,以及毫无修饰地从正面表现出劳动之际内心的喜悦。这里面没有为恶的人,也不存在一切榨取劳动的异化行为。这的确是一片人间乐园。《诗经·魏风·硕鼠》将剥削农民的罪恶的为政者比喻为大老鼠:"硕鼠硕鼠,无食我黍。……逝将去汝,适彼乐土。"这里为恶政所苦的农民渴望的新"乐土",应该就是《豳风·七月》所歌咏的农村吧。对于直面以环境破坏为首的地球危机的现代人而言,这无疑也是一片"乐土"。我们中大多数人都会这么认为吧。或许只有生活在这样环境中,人类才会永远地生存下去。

最后再来看一首诗。对陆游而言,这里可以看到《诗经·豳风》世界的理想乡的图景。嘉定二年(1209),即陆游生命最后一年所作的《村居即事》:

> 西成东作常无事,妇馌夫耕万里同。但愿清平好官府,眼中历历见豳风。②

---

① 以下所引《诗经》内容皆据《十三经注疏》本(嘉庆十三年重刊宋本),中文出版社影印,1971 年。

② 《剑南诗稿校注》卷八四,第 4486 页。

前二句歌咏了充满了劳动喜悦的农村。紧承此,后二句抒写陆游的心愿。末句的"眼中历历见豳风",呼应前二句歌咏的农村景象,陆游联想起《诗经·豳风》诗中的世界(第二句"妇馌"直接源自《七月》诗)。虽然可将这句理解为是在庆贺眼前现实的理想乡,但直观地从诗歌语言来看的话,应把它理解为理想乡还未实现,由此才热切地渴望实现它。总之,从这里可以明确地读出与上述相同的感激和祈愿之情。

不局限于古代中国,还有不少读书人也将农村乐土(理想乡)作为文学或思想追求的主题。就日本近代而言,比如宫泽贤治(1896—1933)。从大正到昭和初期的困难年代,他与农民一起生活,梦想着在农村建立一片人间乐土。他在《农民艺术概论纲要》的序论中,说了下面一段著名的话:"我们都是农民工作繁忙而辛苦/渴望寻找更加光明而生机勃勃的生活之路/……没有全人类的幸福就不可能有个人的幸福/……让我们去追求世界真正的幸福吧。"①追求这一理想的宫泽贤治,以岩手(他生长和生活过的地方)农村为原型,构想出"梦想乐园"的"IHATOV"(宫泽贤治的造语,一种理想乡)图景。"眼中历历见豳风"——陆游在吟咏这句诗时所联想的《诗经·豳风》的图景,跨越了时空,与"IHATOV"相合相通。

(黄小珠 译)

附记:本章是在《眼中歷歷見豳風——陸游の詩にうたわれた楽土としての農村》(《怀德》第82号,2014年)的基础上修订翻译而成的。

---

① 《校本宫泽贤治全集》第十二卷(上),筑摩书房,1975年,第9页。143

第八章　刘克庄与故乡田园

　　刘克庄(1187—1269),字潜夫,号后村,莆田(今福建省莆田市)人,虽然被认为是江湖诗派的代表文人,但在派内却是一个稍显例外的存在。江湖诗派所谓的"江湖"是指在野、民间之意,即和"魏阙"这一象征仕途场所的朝廷机构相对立的概念。正如这一称呼所示,江湖诗派文人多过着在野的无官无禄的生活。虽然其中也有为官者,但多是地位极低的下层官吏。然而,刘克庄在官界却有相当的地位,这一点首先就与其他人不同。

　　刘克庄在江湖诗派中的独特性不止于此。在他八十三年的生涯中,总共有近五十年长期待在故乡田园这一地方社会(农村社会)中。他的乡居岁月并非简单地度过,而是写下了大量歌咏日常生活的诗歌。窃以为,这正是刘克庄不同于其他江湖派文人的一个特征。① 下面将以这个问题为中心,通过与陆游、杨万里、戴复古等进行比较,对此展开讨论。

一、刘克庄与陆游、杨万里——故乡田园的谱系

　　要说南宋的代表文人,举陆游(1125—1209,字务观,号放翁,山阴[今浙江省绍兴市]人)与杨万里(1127—1206,字廷秀,号诚斋,吉州吉水[今江西省吉水县]人)的话,应当不会引起异议。那么除此二人之外,还有谁呢? 可能多数人认为当属范成大(1126—1193)吧。然而,元代的陆文圭《跋苔石翁诗卷》举刘

----

　　① 关注刘克庄长期乡居生活的一个重要研究成果是侯体健《刘克庄的文学世界——晚宋文学生态的一种考察》(复旦大学出版社,2013 年),可参考。

克庄,称陆、杨、刘为"三大家"。① 这里暂且不论将刘克庄列入
"三大家"的评价是否妥当,然而毫无疑问他是南宋后期继陆
游、杨万里之后的一位重要文人。

　　在刘克庄看来,陆游与杨万里都是比自己年长一辈的可敬
的文人。正如《刻楮集》所言"初余由放翁入,后喜诚斋,又兼取
东都、南渡江西诸老,上及唐人大小家数"②,刘克庄承认自己的
创作活动受此二人影响。实际上,我们在阅读刘克庄诗歌时,
即可感受到其中不少与陆游、杨万里的共通之处。对于这些问
题,笔者期待日后进行全面详细的讨论,在此仅就三家的一个
共同特征加以关注。即他们都有过长期在故乡生活的经历,都
写下很多歌咏农村田园日常生活的作品。

　　首先来看三家与故乡的关系。陆游从出仕到引退,共六度
归乡。每次居乡时间不一,其中有三次因遭到弹劾而归乡。正
如"半壁天下"所说的,南宋时期中国淮河以北的地区都处在异
族统治之下。陆游忧国忧时,强烈主张收复北方失地,与当时
在朝廷上占据主流势力的主和派之间冲突不断。从六十五岁
遭弹劾归乡至八十五岁去世(期间有一次短暂的应诏入仕),在
这约二十年的时间里,陆游都是在故乡农村度过的。

　　杨万里比陆游更频繁地归乡。他从进士及第到引退,共九
度归乡。归乡的原因多种多样,有因守父母之丧而回去的,也
有因官职调动而顺道回去的。与陆游一样,杨万里在引退后也
在故乡度过漫长的晚年岁月。这段时间从六十六岁开始至八
十岁去世,约有十四年之久。

　　那么刘克庄呢?他因门荫得官,从二十四岁开始任职下层
地方官至七十六岁引退,这期间共十一度归乡。居乡时间从数

---

　　① 陆文圭《墙东类稿》卷九,《文渊阁四库全书》本。
　　② 辛更儒校注《刘克庄集笺校》卷九六,中华书局,2011年,第4063页。

月至八年多不等。特别需要注意的是，他因遭受弹劾而归乡有七次之多。刘克庄因卷入笔祸事件（"江湖诗案"）等原因，在官界政治地位不稳，所以频繁归乡。从引退到八十三岁去世，这六年多的时间他都是在故乡度过的。

不仅为官期间频繁归乡，而且引退之后的晚年岁月也在故乡度过。虽然还没有对拥有这类经历的文人进行确切的调查，但这种现象在南宋应当比较常见。[①] 关于南宋的精英（即士大夫阶层），美国宋史研究领域有"地方化"（localization）的说法。[②] 换言之，即地域文化的成熟，以及随之诞生的"乡绅"（即地方精英）阶层。虽然这一说法也招来很多反对意见，但对于陆游、杨万里、刘克庄等文人而言，这在某种程度上还是比较恰当的（本章并未涉及的范成大，同样也比较吻合）。

与陆、杨、刘三家相似，最早过着"故乡密着型"生活的文人，当数东晋的陶渊明（345—427）。他也曾反复地出仕、归乡，然而在四十一岁辞官后至六十三岁去世的二十余年间，一直在故乡生活。在这一时期，他写下了大量以田园隐逸生活为主题的诗歌。从陶渊明开始，"故乡田园"作为诗歌的主题被开拓出来。陆游、杨万里、刘克庄的诗歌活动，可以说是在陶渊明的谱系下依次展开的。

从下面所举刘克庄《田舍》一诗，可以看出这种情况。此诗作于二十八岁服父丧归乡期间。丧期作诗本应谨慎为是，但也

---

① 南宋官僚归乡频率之高应与"待阙"即等待空缺职位的制度有关。南宋"半壁天下"的国情似乎导致官员数量减少，然而实际上它却有增长的趋势。为了缓解必然的人员过剩，任满的官员回乡候补已然常态化。这可以看作是一种分摊工作制。

② 参见 Robert Hymes, *Statesmen and Gentlemen：The Elite of Fu-chou, Chiang-hsi, in Northern and Southern Sung*, Cambridge University Press, 1986；Peter K. Bol, *This Cluture of Ours：Intellectual Transition in T'ang and Sung China*, Stanford University Press, 1992（中译本，包弼德著、刘宁译《斯文：唐宋思想的转型》，江苏人民出版社，2001 年）。

未必严格遵守。

> 稚子呼牛女拾薪，莱妻自鲙小溪鳞。安知曝背庭中老，不是渊明辈行人。①

刘克庄应当是把自己比作陶渊明。此诗虽可理解为歌咏村中所见其他人家的生活场景，但这里把它当成是诗人对自己及家族成员的描写则更恰当吧。

从陶渊明至南宋文人，经历了七百余年。其间状况，片言难以尽述。在六朝时期，没有出现陶渊明的后继者。这大概是因为在贵族体制之下以宫廷文学为主流的时代，故乡田园主题几乎不大可能受到青睐吧。对陶渊明认识的大转变应是在唐代后半期以降，即杜甫、白居易生活的时代。然而，这一时期以故乡田园为主题的诗歌还未成气候。不管是杜甫还是白居易，都没有经历过"故乡密着型"的生涯。在接下来的北宋时期，这一情况大体也没有太大的变化。当然或许有一些极端的例子。比如苏轼，他在出仕之后，因父母之丧两度归乡。然而，他晚年并未在故乡度过，而是客死于旅程中。黄庭坚除了服母丧之外，共三度归乡，但都非常短暂，可以说是顺路回去的。他晚年因罪流放，也没有回归故里。

从这条线索可见，陆游、杨万里、刘克庄这些南宋文人的归乡、居乡经历在文学史上具有极其重要的意义。他们的诗歌如何接续陶渊明开创的故乡田园主题，可以说是我们探讨南宋文学特质的一个重要问题。

二、刘克庄晚年诗歌中的故乡田园

刘克庄于淳祐十二年（1252）六十六岁之际遭弹劾而归乡。

---

① 《刘克庄集笺校》卷一，第75页。

在故乡生活了八年多之后,于景定元年(1260)应诏还都,又于景定三年引退。此后至其走完八十三岁生涯的咸淳五年(1269),共有六年多都是在乡里度过的。约而观之,从淳祐十二年以降,共有十四余年的晚年乡居岁月。

首先来看在这一时期,即宝祐二年(1254)所写的《小园即事五首》其一:

> 投老诛茅水竹村,未论避谤且逃喧。屋低稳似于谁屋,园小贤于乐彼园。待小车来时上阁,有高轩过勿开门。蜗牛不晓虫鱼法,作意麻搽篆粉垣。①

第二句"避谤"一词,应与遭到弹劾的切身经历有关。诗歌描写了自己逃离世俗纠葛,暗含了在私有的闲居空间内获得的微小满足感。颔联的"于谁""乐彼"用的是《诗经·小雅》之《正月》《鹤鸣》中的典故。

"小园"是布置在故乡田园中保障隐逸闲适生活的场所,意味着虽小却得以自足的空间。"小园"一词在陆游诗中数量极多。杨万里诗中虽然用例不多,但他为晚年隐居而营构的"东园"无疑也相当于这种"小园"。杨万里写下了题为《三三径》的诗来歌咏这个园子。在诗序中,以三三合九之意,谈到开辟九径,分植不同花木的缘起。其诗内容如下:

> 三径初开自蒋卿,再开三径是渊明。诚斋奄有三三径,一径花开一径行。②

此诗同样也继承了陶渊明的传统来歌咏隐逸空间。上述刘克庄的诗,也呈现出相同的空间感。此外,刘诗在尾联还提到蜗牛,这与杨万里诗对小动物的喜爱可谓是相通的。

---

① 《刘克庄集笺校》卷二〇,第 1152 页。
② 《杨万里集笺校》卷三六,第 1846 页。

　　陶渊明诗表现的故乡田园隐逸空间,除了满足高蹈的文人趣味之外,还描写了与农夫一起生活、劳作的场景。他以农夫自居,在诗中呈现出一位过着晴耕雨读生活的农夫文人的自画像。众所周知,陆游诗也接续了这一农夫文人形象的书写。而杨万里虽然几乎没有写到亲自躬耕之事,但也有不少作品表现出与农夫亲密交往的情景,由此可见他以故乡地域成员自居的心态。刘克庄也将自己放在农夫文人的谱系上,反复歌咏这一自我形象。如宝祐二年所作《病起窥园十绝》其一:

　　　　夜起饭牛薄暮春,古人既老始明农。残年尚欲勤东作,未肯将身旁瘦筇。①

宝祐五年(1257)所作《田舍即事十首》其一云:

　　　　闽土资生少,农家作苦多。尚能盖牛屋,未肯入鸡窠。社里戴花舞,原头拾穗歌。设令生汉代,堪冠力田科。②

同样《田舍即事十首》其二云:

　　　　场圃先修筑,囷仓次补完。坐居邻叟下,身杂役夫间。荷篠侵星出,肩禾束蕴还。小窗残卷在,未敢便偷闲。③

从这些作品可以看出,刘克庄与农夫打成一片的生活场景。可以说,这一形象包含着某种幸福感。

　　那么,在故乡田园里住着什么样的人,他们构成什么样的世界呢? 除去农夫的话,可以说这是一个住着老人和儿童的世界。青年人因求仕而背井离乡,中年人因官务而四处奔走。因此,留守在乡村的除了操持家务的女性之外,只有还未到出仕年龄的儿童以及退休还乡的老人。事实上,不管是文学还是绘

---

　　① 《刘克庄集笺校》卷二〇,第1149页。
　　② 同上书,卷二六,第1426页。
　　③ 同上书,第1427页。

画,自古以来老人和儿童皆构成了农村田园社会不可或缺的因素。比如西晋张协《七命》咏晋代之治云:"玄鹤巷歌,黄发击壤。"①此外,陶渊明《桃花源记》曰:"黄发垂髫,并怡然自乐。"②这些皆描绘了老人与儿童在富饶的农村欢乐生活的场景。此后,唐代韩愈《南溪始泛三首》其二写自己作为山中稀客受到村民围观的情形,云"山农惊见之,随我观不休。不惟儿童辈,或有杖白头"③,等等,同样的田园光景被反复地表现出来。

陆游、杨万里诗也经常写到挨近儿童、与儿童嬉戏的作为老者的诗人自我形象。这类作品在刘克庄诗中也有很多,例如咸淳二年(1266)所作的《杂咏七言十首》其九:

> 老怜几个小孙儿,不减添丁与阿宜。渐有墨鸦扫窗兴,绝胜竹马走廊嬉。④

此外,也有不少作品写自己返老还童的样子。比如,咸淳元年(1265)所作《乙丑元日口号十首》其三:

> 痴呆已肖木鸡状,行走不减竹马时。太平期恰当今日,嬉戏翁浑如小儿。⑤

咸淳二年所作《立春七首》其六云:

> 八十公公三岁儿,一孩一耄总憨痴。向来略识童蒙训,老去惟吟豁达诗。⑥

这些诗皆带有自嘲、自谑的幽默感,呈现出过着悠游安稳的老

---

① 李善《文选注》卷三五,艺文印书馆影印胡刻本,1979 年。
② 逯钦立校注《陶渊明集》卷六,中华书局,1979 年,第 165 页。
③ 钱仲联集释《韩昌黎诗系年集释》卷一二,上海古籍出版社,1984 年,第 1280 页。
④ 《刘克庄集笺校》卷三九,第 2098 页。
⑤ 同上书,卷三五,第 1901 页。
⑥ 同上书,卷三八,第 2019 页。

年生活的自我形象。

可以说,伴随着幽默感的自嘲、自谑是刘克庄晚年诗歌一个常见的特征。比如,上述组诗《乙丑元日口号十首》其四云:

> 方坐皋比开讲肆,忽看傀儡至优场。此翁奇奇又怪怪,若非伪学即阳狂。①

这些自嘲自谑表现出刘克庄悠闲从容,而不是凄惨悲痛的生活状态。从中我们仿佛看到了一幅宁静平和的故乡田园图景。

从上述刘克庄晚年歌咏故乡田园生活的诗歌可见,它们表现出一个可称为"乐土"的乡村世界。在陆游、杨万里的诗中也表现出同样的世界。特别是陆游,他反复歌咏《诗经·豳风》之景。"豳风"是周王朝创业期的诗歌。尤其是开头所收的《七月》诗,描写了周朝先祖在豳地(今陕西省西北部)辛勤从事农业劳动的场景,可谓是一种原始的民族记忆。陆游诗多次提到《诗经·豳风》,这在唐宋诗人中可谓是一个特例。继承"豳风"的精神,在这片土地上重现"豳风"的世界,这是陆游置身于故乡田园时的一个梦想。比如,七十七岁时所作《邠风》:

> 少学诗三百,邠风最力行。春前耕犊健,节近祭猪鸣。檐日桑榆暖,园蔬风露清。金丹不须问,持此毕吾生。②

刘克庄也有作品谈到"豳风"。宝祐五年(1257)所作《秋旱继以大风即事十首》其十:

> 少耽章句老明农,无意为文忽自工。戏作小诗说场圃,细看似可续豳风。③

---

① 《刘克庄集笺校》,卷三五,第1901页。
② 钱仲联校注《剑南诗稿校注》卷四八,上海古籍出版社,1985年,第2930页。
③ 《刘克庄集笺校》卷二五,第1402页

第一句的"明农"是指勉力农务之意,语出《尚书·洛诰》。这一词在刘克庄诗中多次出现,如上述的《病起窥园十绝》。从此诗亦可读出刘克庄与陆游相同的心愿,即以继承"豳风"的精神为旨归。由此可见,他们的文学眼光皆跨越了陶渊明而直溯到《诗经》的世界。

三 刘克庄与戴复古——魏阙、江湖、故乡

"魏阙"与"江湖"——这是中国士大夫(读书人)自古就熟悉的二元对立的模式。以朝廷为中心的仕宦场所以外的地方,往往被称为江湖。总体看来,江湖之意含涉广泛。它有时是指"隐逸""闲适"之所,有时是指"行遏""漂泊"之地。本章所讲到的故乡田园是指前者,而江湖诗派所称的江湖则主要是指后者。在魏阙与江湖两相对立的模式下,故乡往往被当作江湖的一部分。然而,如此一来,故乡的独特性也就被忽略了。特别是对于刘克庄这样的文人,这一模式未必有效。这里或许可以在"江湖""魏阙"之外,加上第三项"故乡",由此形成三足鼎立的模式。

在此基础上,我们再来看看江湖诗派另一位代表性文人——戴复古(1167—1246? 字式之,号石屏,台州黄岩[今浙江省温岭市]人)的诗歌。戴复古一生不仕,浪游江湖,可谓是江湖诗派的典型文人。下面举到的《出闽》诗,作于走出闽(福建省)地,前往更南的途中:

> 千山万山闽中路,六尺枯藤两芒屦。去岁梅花迎我来,今岁梅花送我去。梅花岂解管送迎,白发胡为又南征。天荒地老终无情,归去归兮老石屏。①

---

① 《石屏诗集》卷一,《四部丛刊续编》本。

此诗表现出在旅程中对故乡"隐逸"生活的憧憬。此外,在送给友人赵季防(字梅屋)的《寄梅屋赵季防县尉》中,也表现出同样心思:

> 畴昔交游密,睽违岁月多。石屏今老矣,梅屋病如何。世路生荆棘,家山足薜萝。共寻深处隐,此计莫蹉跎。①

可以说,这一想法并不限于戴复古,而是江湖派文人普遍共有的情感特征。

戴复古一生行迹虽多有不明之处,但他离乡后并不是一直在外旅行,也曾有过数度归乡。另外,他晚年有十余年时间都是在故乡度过的。这一时期的作品也有不少。比如下面的这首《小园》,应是晚年所作:

> 小园春欲半,老子作儿嬉。政喜花开早,还愁客到迟。诗当得意处,酒到半酣时。蜂蝶来无数,无知却有知。②

此诗歌咏了在故乡"小园"过着闲适满足的生活。这与本章所论述的故乡田园的世界是相通的。

但是,综观戴复古诗集,这类作品的数量还是极其少的,尤其是他的诗中几乎没有出现过像刘克庄那样的农夫文人自画像。《田园吟》曰:"狂夫本是农家子,抛却一犁游四方。"如其所言,那么他应该回到故乡,从事农业劳动,过上与农民交往的生活;应该写下更多这样的诗吧,然而实际上却没有。

戴复古的文人特性,体现在行走的江湖上,而不是在故乡田园里。因此,戴复古可谓是名副其实的江湖派文人。与戴复古相比,刘克庄在江湖诗派中的独特性愈发明显。他可谓是一

---

① 《石屏诗集》卷二,《四部丛刊续编》本。
② 同上书,卷四。

位将肇端于陶渊明，经过陆游、杨万里续写的故乡田园诗发扬光大的文人。

（黄小珠　译）

附记：本章是在《劉克莊と故郷、田園》（内山精也编《南宋江湖の詩人たち》，勉诚出版，2015 年）的基础上修订翻译而成的。

第九章 杨万里与"诗债"

　　钱锺书在《宋诗选注》中如此解说杨万里（1127—1206）：
"他努力要跟事物——主要是自然界——重新建立嫡亲母子的
骨肉关系，要恢复耳目观感的天真状态。"①这是钱氏在基于杨
万里的诗歌创作以及《诚斋荆溪集序》②中"万象毕来，献予诗
材"等发言的基础上，对杨万里与"自然界"之间缔结的亲密的、
充满慈爱的幸福关系所作出的揭示。他的这一结论精确直接
地指出了杨万里的诗学特征，而我们也有必要以钱氏的这一揭
示为基础，对杨万里的诗学进行更加深入的考察。本章就是从
这一角度出发进行的考察。

　　本章着重对"诗债"这一词语进行分析。所谓的"诗债"就
是"诗的债务"之意。杨万里在诗作中频繁地使用这一词语，并
对其赋予了独特的含义。在考察杨万里诗学中"诗与自然界的
关系"时，笔者发现这一现象中包含着不容忽视的问题。以下，
就从唐宋诗学的发展脉络中对此进行考察。

一、唐宋"诗债"的源流

　　最先使用"诗债"或是类似词语的应该说是唐代的白居易。
比如在他的《晚春欲携酒寻沈四著作，先以六韵寄之》中有这样
的诗句：

---

①　钱锺书《宋诗选注》，人民文学出版社，1989 年，第 161 页。
②　辛更儒笺校《杨万里集笺校》卷八〇，中华书局，2007 年，第 3260 页。

篇章慵报答，杯燕喜经过。顾我酒狂久，负君诗债多。①

正如最后自注中所言"沈前后惠诗十余首，春来多醉，竟未酬答，今故云尔"，白居易将没有酬答友人沈述师惠诗文的行为比喻为一种"负债"。在白氏其他的作品中亦存在将诗文应酬、赠答中的亏欠看作诗文债务的描述。例如《江楼夜吟元九律诗成三十韵》②中有这样的句子：

酬答朝妨事，披寻夜废眠。老偿文债负，宿结字因缘。

这里也是将自己对元稹的诗文没有进行酬答的事作为一种"负债"来表现。此外在他的《自咏老身示诸家属》③中，"走笔还诗债，抽衣当药钱"的表现，也可以说是对诗友（此处为泛称）诗文酬答的表述。这些发言都是通过使用"债"字，表现对友人的诗文赠送无法作出回应时所产生的歉疚感，也就是一种罪业意识。

因"欠情""欠债"产生罪业意识，是古今中外的普遍现象，而在中国，它与佛教思想是紧密相联的。④ 例如，唐代释道世编《法苑珠林》中有"债负"篇，从中我们可以看到在佛教教理中，有关罪业的"债"（债务）问题所占据的重要位置。从白居易诗

---

① 朱金城笺校《白居易集笺校》卷三三，上海古籍出版社，1988年，第2297页。

② 同上书，卷一七，第1058页。

③ 同上书，卷三七，第2578页。

④ 德语"entschuldigung"的意思是"抱歉、对不起"。其中"schuld"是"罪恶"的意思，而"ent"却是"除去、除掉"之意。"请您原谅我的罪过"是"entschuldigung"一语的直译。而"schuld"一语同时亦有"债务"的意思。也就是说在德语"请原谅我"的语意中亦有"请把我欠的债务从您的账本上消掉"之意。在西方，"债务"即"罪业"意识的形成可以说与基督教有着很深的渊源。也就是说，人们背负着沉重的罪业，对上帝存在着亏欠，而代替人们赎罪的就是耶稣。

中的"债"的表现中也能够看到佛教的影响。① 所有这些,从在前面列举的《江楼夜吟元九律诗成三十韵》中,与"因缘"对仗使用的"债负"一语中也能够表现出来。再如《自解》:

> 我亦定中观宿命,多生债负是歌诗。不然何故狂吟咏,病后多于未病时。②

此作品把诗歌比拟成命中注定所要背负的罪业,堪称更为明确的佛教思想的反映。这里与"债负"一起使用的"宿命"一语也是佛教特有的用语。此外白居易在《斋戒》中吟咏佛教的斋戒时说道:

> 酒魔降伏终须尽,诗债填还亦欲平。③

这里与"酒魔"相对应的是"诗债"④。在此基础上,白居易还提到了对罪业"诗债"的"填还"即偿还。所谓的偿还"诗债"是指从诗歌创作的惩罚中得到解脱。当然,实质上这一罪业并没有完全被洗刷掉,因为即使是在这之后,白居易的诗歌创作也是从来没有停止过的。

从上面列举的两首诗中可以看出,对白居易来说,诗歌创作活动是一种罪业,正因为背负了这一罪业所以自己必须要不停地创作下去。当然我们不能忽视作品所具有的戏谑意趣,但值得注意的是,把诗歌创作活动作为一种罪业来把握的想法对后世诗人带来的深远影响。

———————

① 有关白居易的"诗债"以及佛教对其的影响,请参照花房英树《白居易研究》,第三章第二节"'诗魔'的吟咏"与第三节"'狂言绮语'的自觉",世界思想社,1971 年。
② 《白居易集笺校》卷三五,第 2395 页。
③ 同上书,第 2402 页。
④ 白居易在佛教思想的基础上,造出了"诗魔"一语来表现诗所具有的不可思议的奇异的魅力。这里的"酒魔"也可以说是与此相同的造语。此外,"诗魔"一语的设想与"诗债"也是密切关联的。请参照前揭的花房英树著作以及冈田充博论文《关于"诗魔"》(《集刊东洋学》第 68 号,1992 年)。

　　白居易诗中所体现出来的"诗债"意识，在后世明显地得到了继承。以下，就通过分析唐代后期以及宋代诗歌中主要用例，尝试着来追寻一下"诗债"的发展谱系。

　　在唐代，"诗债"或是类似的语汇并不多见。在《全唐诗》中我们所能见到的也不过是下面的七例。牟融《题朱庆余闲居四首》其二：

　　　　近来疏懒甚，诗债后吟身。①

刘得仁《和郑先辈谢秩闲居寓书所怀》：

　　　　把笔还诗债，将琴当酒资。②

陆龟蒙《袭美见题郊居十首，因次韵酬之以伸荣谢》：

　　　　酒材经夏阙，诗债待秋征。③

卞震《春日偶题》佚句：

　　　　诗债到春无处避，离愁因醉暂时无。④

贯休《酬杜使君见寄》：

　　　　心疼无所得，诗债若为还。⑤

这些都是对诗文的应酬、赠答产生的亏欠之情（即债务）所作的描述。⑥ 还有，司空图《白菊杂书四首》其二：

————————

① 《全唐诗》卷四六七，中华书局，1979年，第5318页。
② 同上书，卷五四五，第6303页。
③ 同上书，卷六二二，第7162页。
④ 同上书，卷七九五，第8959页。
⑤ 同上书，卷八三二，第9391页。
⑥ 此外，韩偓有题为《奉和峡州孙舍人肇荆南重围中寄诸朝士二篇，时李常侍洵严谏议龟李起居殷衡李郎中冉皆有继和，余久有是债，今至湖南方暇牵课》（《全唐诗》卷六八○，第7791页）的诗。这里的"债"亦是指在诗文应酬中所产生的亏欠。

此生只是偿诗债，白菊开时最不眠。①

司空图《狂题十八首》其十二：

来时虽恨失青毡，自见芭蕉几十篇。应是阿刘还宿债，剩拚才思折供钱。②

这两首都可以认为是描述背负的罪业的例子（但后一首的意思不太明白）。

在宋代的诗文创作中，"诗债"这一词虽然被持续使用，但这并不意味着被广泛应用。即使是在北宋主要诗人黄庭坚的作品中也只能见到下面的两例。《次韵张秘校喜雪三首》其一：

睡余强起还诗债，腊里春初未隔年。③

《道中寄景珍兼简庾元镇》：

传语濠州贤刺史，隔年诗债几时还。④

杨万里曾经在《委怀堂记》中说："东坡先生不云乎：诗债隔年而后还。予逋价卿之债，今十年矣，其可不作乎哉，其可忘乎哉，其可使催租仁徒手复命乎哉？"⑤苏轼所说的"诗债隔年而后还"，只不过是后世杨万里的引用，我们在苏轼文集中找不到这一内容，从而也就无法证实它的真实性。假如这的确是苏轼的发言，那么黄庭坚的二首诗作应是据此而来。前者是说，趁着尚未到年关，赶紧起来偿还诗债；而后者却是说，新年已过，希

---

① 《全唐诗》卷六三三，第 7259 页。

② 同上书，卷六三四，第 7274 页。此诗第三句疑借用刘裕负债典故（见《南史·宋武帝本纪》）。

③ 黄宝华点校《山谷外集诗注》卷五，上海古籍出版社，2003 年，第 637 页。

④ 陈永正、何泽棠《山谷诗注续补》卷三，上海古籍出版社，2012 年，第 276 页。

⑤ 《杨万里集笺校》卷七五，第 3121 页。

望对方赶快偿还所欠的债务。无论哪一首,都是把没有酬答友人惠诗之事作为亏欠即背负债务来对待的①。

那么,既是黄庭坚的老师又是北宋代表诗人的苏轼又是如何呢?在苏轼的作品中,除了上面所引用的杨万里的发言以外,把没有酬答友人惠诗作为"债"来对待的词语并未出现。在这一意义上,与上面所列举的诗人们相比,苏轼多少呈现出了不同的倾向。不过,在另一方面,他也表明了自己与白居易一样受佛教思想的影响。例如在他的《次韵秦太虚见戏耳聋》中有这样的诗句:

> 眼花乱坠酒生风,口业不停诗有债。君知五蕴皆是贼,人生一病今先差。②

又如《孙莘老寄墨四首》其四中有这样的诗句:

> 吾穷本坐诗,久服朋友戒。五年江湖上,闭口洗残债。③

就像"口业"一词所表现的那样,苏轼把吟诗当作罪业,继而产生了"诗债"的意识。④ 尤其是后者,在元丰年间的笔祸事件即"乌台诗案"之后使用"债",这一创作行为对苏轼来说,不再是抽象意义上虚无缥缈的罪业,而是成了更为真实具体的、足以让他触目惊心的罪业。

---

① 有关"诗债"的用例之外,黄庭坚在《食笋十韵》(《山谷外集诗注》卷一二,第 879 页)中有"截载入中厨,如偿食竹债"句,在唱和诗《胡朝请见和复次韵》(同上书,第 882 页)中有"忍持芭蕉身,多负牛羊债"句,与白居易一样,在表现佛教思想中的罪业意识上使用了"债"字。

② 冯应榴辑注《苏轼诗集合注》卷一八,上海古籍出版社,2001 年,第 919 页。

③ 同上书,卷二五,第 1251 页。

④ "口业"一语恐怕也是白居易在佛教思想的影响下初次使用的诗语。例如在《斋月静居》诗中有"些些口业尚夸诗"(《白居易集笺校》卷二六,第 2395 页),《寄题庐山旧草堂兼呈二林寺道侣》中有"渐伏酒魔休放醉,犹残口业未抛诗"(同前书,卷三五,第 2432 页)句。

此外，苏轼在"乌台诗案"的狱中创作的《予以事系御史台狱，狱吏稍见侵，自度不能堪，死狱中，不得一别子由，故作二诗授狱卒梁成，以遗子由》中如此叙述：

> 圣主如天万物春，小臣愚暗自亡身。百年未满先偿债，十口无归更累人。①

这里的"偿债"意味着"死"。这是在"人的一生是偿还宿业的一生"这一佛教的人生观基础上所诞生的诗语。②

以上对白居易之后唐宋间关于诗中"债"字的使用情况作了整体上的概观。那么，在这样的"诗债"谱系中，杨万里占据着怎样的位置？以下将对此加以检讨。

二、杨万里的"诗债"

正如上面所论述的那样，"诗债"或是与此类似的语汇在宋代并没有太多的用例。在宋代大诗人中，最为频繁地使用这一词语的就是杨万里，他的诗作中共有十二例。③

首先，杨万里亦有将因为没有对友人赠送的诗作作出酬答而产生的亏欠、债务作为"诗债"来描述的作品。例如，《和贺升卿云庵，升卿尝上书北阙，既归，去岁寄此诗，今乃和以报之》中

---

① 《苏轼诗集合注》卷一九，第 976 页。

② 参照《法苑珠林·债负》等。

③ 与杨万里同时代的陆游、范成大的诗中也有使用，但用例不多。陆游的"诗债"用例有三例，类似的"碑债"有二例。范成大的"诗债"用例有二例，类似的用语有一例。由此愈发能够突显出杨万里"诗债"一语使用频度。此外，杨万里以不关乎作诗的形式论及"债"的叙述也很多。例如在《寓仙林寺待班戏题用进退格》中有"莫教少欠丛林债，更作今宵且过僧"（《杨万里集笺校》卷二六，第 1372 页），《阻风泊黄浦》中有"不了行程债"（同前书，卷三〇，第 1529 页），《古风送刘季游试艺南宫》中有"绿衣锦上千载鲜，还成西溪读书债"（同前书，卷四〇，第 2100 页），《王式之命刘秀才写予真因署其上》中有"游山只欠金华债"（同前书，卷四一，第 2162 页）等，可以看到各种例句。

有这样的句子：

> 莫嫌久不还诗债，诗债从来隔岁还。①

这是杨万里依据在《委怀堂记》中引用的苏轼的"诗债隔年而后还"，以幽默的笔触，为迟迟没有酬答贺升卿惠诗的行为致歉。另外，他在《和昌英主簿叔社雨》中对亲戚杨辅世（字昌英）说：

> 愁已春相背，诗仍债未还。②

在《和昌英主簿叔求潘墨》中同样是对杨辅世说：

> 墨家何以得公重，诗债又来欺我贫。③

在《和吴伯承提宫孟冬风雨》中对吴铨（字伯承）说：

> 与公无诗债，何得便见窘。④

在《和曾克俊惠诗》中对曾克俊说：

> 旧喜作诗今已懒，君能得句我先传。略无好语偿嘉惠，只么从权只么权。⑤

在《送孙检正德操龙图出知镇江》中对孙林（字德操）说：

> 昨霄归梦月千里，余债欠君诗两篇。⑥

在《又追和功父病起寄谢之韵》中对张镃（字功父）说：

> 忽忆约斋诗债在，自吹灯火起来看。⑦

---

① 《杨万里集笺校》卷五，第 274 页。
② 同上书，卷二，第 131 页。
③ 同上书，卷三，第 182 页。
④ 同上书，卷四，第 213 页。
⑤ 同上书，卷五，第 271 页。
⑥ 同上书，卷二〇，第 1042 页。
⑦ 同上书，卷二七，第 1383 页。

在《赠高德顺》中对高守道的儿子高德顺说：

> 儿时同客水中蟹,鸭脚林间索诗债。[1]

以上所列举的作品都是把没有酬答友人赠诗之事作为"债"来对待。

通过以上的作品可知,杨万里与历来的诗人们有着同样的认识,并没有什么特别之处。但是,就像下面所要分析的诗句那样,杨万里的作品中存在着与众不同的诗例,从唐宋间"诗债"谱系的视角来看也是极为独特的。

例如他的《淋疾复作,医云忌文字劳心,晓起自警》：

> 荒耽诗句枉劳心,忏悔莺花罢苦吟。也不欠渠陶谢债,夜来梦里又相寻。[2]

这是嘉泰四年(1204),也就是杨万里去世的两年前写于故乡的作品。因为疾病而被医生要求停止作诗的杨万里在作品中这样说："过去因为沉迷于写诗而费尽了心思,现在忏悔自己吟咏作诗、戏弄那些莺燕花鸟,希望得到它们的原谅所以想终止这些冥思苦吟。可是,我并没有欠下陶渊明、谢灵运的债,夜里他们却又出现在梦中来向我索求佳句。"所谓的"陶谢债"指的是对古代的大诗人陶渊明、谢灵运所欠的债务的意思。或许杨万里把诗歌创作看作是受到了陶渊明、谢灵运在文学上的恩惠的行为。而把这一恩惠作为"债"来表现就是"陶谢债"。杨万里所说的陶渊明、谢灵运在梦里来向自己"讨债",就是以充满幽默诙谐的语气宣称,自己虽然想要停止作诗,结果反而被催促

---

[1]　《杨万里集笺校》卷三九,第 2042 页。
[2]　同上书,卷四二,第 2223 页。

着继续作诗。①

在一般情况下，所谓的"诗债"是发生在同时代的诗友之间的，而杨万里在这里把受人尊崇的古代诗人作为自己欠债的对象，不得不承认这种认识方法的独特创新。超越时空的限制，把古代诗人看作亲近的友人，这也充分体现了杨万里独有的自由豁达的精神。

然而，关于此诗的后两句，或许亦可作这样的解释："对于莺燕花鸟，我并没有欠下必须要写出像陶渊明、谢灵运那样的名诗句的债务，可是夜里它们却来梦中向我索求佳句。"如果如此解释，此诗的独特性完全不会减少，还会格外显眼。通常"诗债"是对诗人的朋友负债，在这里却是对自然界的花鸟负债，从此点来说可谓前所未有。在杨万里诗中，可以释为对自然界负"债"的语句为数不少。以下，试分析此类诗例。

例如《寄题更好轩二首》其一：

> 经丘寻岳恰忙时，更有工夫到得诗。政用此时索诗债，素兄青士若为痴。②

从其二中的"无梅有竹竹无朋，有竹无梅梅独醒。雪里霜中两清绝，梅花白白竹青青"诗句可以得知，"素兄"指的是白梅，"青士"指的是青竹。"更好轩"中有这两种历来被喻为君子的植物应该说是很自然的。这里的诗债，首先可以把它理解为作者对更好轩主人所欠的"债"。但是，仅仅这样解释是不充分的。后

---

① 关于本诗后面的两句，周汝昌在《杨万里选集》中这样解说："'陶谢'，六朝大诗人陶潜、谢灵运。唐代诗人杜甫等都把他们当作为前代大诗人的代表。作者把自己爱作诗说成是如同欠陶谢的债一样，他们总是要来'讨账'。是诙谐语。"（中华书局香港分局，1972年，第241—242页）陶渊明、谢灵运在梦中讨债的表现，让人想起郭璞在江淹的梦中讨还"五色笔"，也就是《诗品》卷中等所记录的"梦中彩笔"的故事。

② 《杨万里集笺校》卷七，第402页。

面两句的意思是"在这个时候来向我追偿所欠诗债的素兄、青士啊,你们的想法太可笑了吧"。这或许也能理解为是作者对庭院的梅花青竹发出的。假如这一解释成立的话,那么这里的"诗债"就是作者对梅花青竹所欠的"债"了。偿还梅竹的"债"就要把它们吟咏到诗中,只有这样才能够还清诗人欠它们的债务。

当我们作如此解释的时候,也许会有人产生这样的疑问:"债"是相对于人而产生的概念,对梅花竹子这样的草木是否能成立? 让人产生如此疑问,正是杨万里标新立异之处。实际上杨万里在其他诗作中也描述了由这一设想而产生的对待方法,在这一点上能够与他比肩的诗人是不存在的。

例如《黄雀食新》其一:

> 鹅黄染线织秋衣,杨柳吹绵细细披。诗债被渠浑索尽,醉乡邀我不容归。①

这是淳熙六年(1179)杨万里在故乡时的作品。 他在吟咏身处优美山水间的闲适生活时说"黄雀要我偿还欠它的所有的诗歌债务"。这可以理解为描述自己沉溺于吟咏黄雀的诗歌创作中的情景。

上面的《寄题更好轩二首》其一、《黄雀食新》,都提及诗人对梅竹、黄雀等自然界的动植物所背负的"债",而在《送彭元忠县丞北归》中也有同样的见解:

> 我欠天公诗债多,霜髭捻尽未偿他。②

这里的"天公"指的是自然界的主宰者。这与杨万里喜欢使用的"造物"几乎是同义的。这里杨万里对"天公"即"造物"的债,

---

① 《杨万里集笺校》卷一四,第718页。
② 同上书,卷一六,第832页。

这样说道:"我欠了天公许多的诗债,就算捻着胡须苦吟也偿还不尽。"在此二句之前,还有"三春弱柳三秋月,半溪清水半峰雪。只今六月无此物,君能唤渠来入笔。恰别新莺百啭声,忽有寒蛩终夜鸣。潇湘故人江汉客,为君一夜头尽白"等句,说的是彭元忠的诗作能够为读者栩栩如生地描绘出并不在眼前的景物。而上面引用的两句诗中,也传达了杨万里认为自己的诗作缺乏彭元忠那样的笔力而抱有的惭愧之情。

应该说上面的三四例中表现出来的是这样的一种诗学观念:诗人背负着"天公"以及自然界的债务,为了偿还债务而在进行诗歌创作。也就是说,杨万里把诗歌的创作活动当作对天及自然界的债务的偿还。而更为值得注目的是,这些作品中都是用了拟人化的手法来捕捉自然的景物。这种栩栩如生的精彩的拟人化手法的活用,作为杨万里诗歌特征之一,在这里也得到了验证。"债"原本是发生在人与人之间的,对于自然界的"债"的看法,难道不应该说是只有在将自然界拟人化之后才有可能成立的认识方法吗?

那么,在杨万里之前是否完全没有这样的认识?当我们这样追问的时候,首先应该注意到苏轼《与胡祠部游法华山》中这样的诗句:

> 不将诗句纪兹游,恐负山中清净债。①

在游览了法华山之后,苏轼说:如果不作一首新诗来纪念这次出游的话,就会亏欠山中的清净景色。诗人欠下山中的秀丽景色也就是大自然的"债",而为了偿还就必须作诗来吟咏山中的景色。把诗歌的创作活动当作对自然界的债务偿还,从这一视点上来看,此诗可谓是与杨万里有相同认知的先驱

---

① 《苏轼诗集合注》卷一九,第957页。

性的诗例。不过在笔者管见的范围内,在宋代杨万里以前,继承苏轼这一发言的诗人并没有出现。作为先驱,苏轼几乎是孤立存在的。

如果追溯到宋代之前,情况又是怎样呢?结论是很难发现与此相类似的发言。不过在梁朝刘勰《文心雕龙·物色》中,存在着相通的理解和认识。刘勰在论述"物色"即自然界与文学(诗)之间的关系时这样说:

> 春秋代序,阴阳惨舒。物色之动,心亦摇焉。……物色相招,人谁获安。……是以诗人感物,联类不穷。流连万象之际,沉吟视听之区,写气图貌,既随物以宛转,属采附声,亦与心而徘徊。……若乃山林皋壤,实文思之奥府。略语则阙,详说则繁。然屈平所以能洞监风骚之情者,抑亦江山之助乎?[1]

自然界感化和摇动诗人的心灵,而正是心中的这种感动诱发了文学作品的诞生。这就是所谓的"感物说"。其中正如"物色相招"或是"江山之助"所言,自然界接受和容纳诗人,并对诗人们的创作加以援助。在这一议论的基础上,本篇的赞中这样写道:

> 山沓水匝,树杂云合。目既往还,心亦吐纳。春日迟迟,秋风飒飒。情往似赠,兴来如答。

值得注目的是最后的两句。刘勰说,当诗人将由自然界得到的感动即"情"赋予大自然的时候,大自然就像回赠一样给予诗人们文学的感兴即"兴"。也就是说,诗人与大自然的关系是互相赠答或"情""兴"的关系。杨万里、苏轼等通过"诗债"一语描述的是自然界与诗人之间的"借贷"关系。这一点与把自然界和

---

[1] 范文澜注《文心雕龙》卷一○,人民文学出版社,1978年,第693—695页。

诗人看作是"赠答"关系的刘勰的认识是不一样的,但不得不承认他们的观点在很多方面是重叠交错的。因为在描述诗人与自然界是充满着友爱、慈爱的亲密关系的这一点上两者是共通的,即"赠答"与"借贷"相差无几。[①]

三、杨万里诗中的"天"

上一部分我们考察了诗人与"天公""造物"以及自然界的"诗债"关系,杨万里诗学的创新与独特在这种关系中得到了充分的体现。"诗债"关系与钱锺书在《宋诗选注》中所说的"他努力要跟事物——主要是自然界——重新建立嫡亲母子的骨肉关系,要恢复耳目观感的天真状态"这一杨万里的诗学特质不能说是没有关系的。以下就这一点来论述几点拙见。

《文心雕龙·物色》载有自然山水对文学创作者施以援手的先例。像这样把大自然看作是亲切的、充满友爱或慈爱的表现,在杨万里的作品中连续不断地出现。其中之一就是对"天公""造物"以及它们所主宰的大自然的景物给诗人提供"诗材""诗料""诗本"即作诗的素材的看法。[②] 试看一下杨万里的几首代表性的作品。首先在《瓦店雨作》其三中有这样的诗句:

---

① 刘禹锡《楚望赋》中有"万象起灭,森来贶予"之句(《刘梦得文集》卷一),《管城新驿记》中有"四时万象,来贶于我"之句(同上书,卷八),"万象"被认为是对诗人的馈赠。但是这里并没有言及回赠之事。

② 有关这一问题的详细内容请参照拙论《论"拾得"诗歌现象以及"诗本"、"诗材"、"诗料"问题——以杨万里、陆游为中心》(收于拙著《距离与想象——中国诗学的唐宋转型》,上海古籍出版社,2005 年)。此外,山本和义的论文《苏轼诗论考》之"诗人与造物"以及"造物之诸相"(收于同氏《诗人与造物——苏轼论考》,研文出版,2002 年)以苏轼为中心,川合康三的论文《诗能否创造世界——中唐的诗与造物》(收于同氏《终南山的变容——中唐文学论集》,研文出版,1999 年)以中唐文人为中心,各自进行了相关的考察。

> 诗人长怨没诗材，天遣斜风细雨来。①

作为造物主的"天"看到因为没有"诗材"而苦恼的诗人，产生了恻隐之情，所以弄风拨云降下了小雨。这小雨就是"天"给诗人送来的"诗材"。再如《跋陆务观剑南诗稿二首》其一中有这样的诗句：

> 今代诗人后陆云，天将诗本借诗人。②

杨万里把友人陆游比作晋朝的陆云来称赏，说"天"把"诗本"借给了陆游。在这两句后面的"重寻子美行程旧，尽拾灵运怨句新。鬼啸狨啼巴峡雨，花红玉白剑南春"，或许就是从天那里得到的"诗本"的具体内容吧。

其他例如《次主簿雪韵》：

> 向来一雪亦草草，天知诗人眼未饱。③

《夜宿东渚放歌三首》其三：

> 天公要饱诗人眼，生愁秋山太枯淡。旋裁蜀锦展吴霞，低低抹在秋山半。④

这里所描述的是"天（天公）"为了愉悦"诗人眼"而尽情地向诗人展现着大自然的景物。把大自然看作是"天"为了取悦"诗人眼"而设的场所，这可以说与"天"为诗人提供作诗素材的认识是相通的。

像这样，对亲切慈爱、给予诗人"素材"的"天"的描述，在杨万里之前值得注目的诗人就是苏轼。例如，苏轼《僧清顺新作垂云亭》中有"诗本"一语：

---

① 《杨万里集笺校》卷二九，第1505页。
② 同上书，卷二〇，第1021页。
③ 同上书，卷三，第161页。
④ 同上书，卷二六，第1365页。

天怜诗人穷,乞与供诗本。①

这也是最早在诗中提及"诗的素材"的例子。在大自然与人的关系的认知上,苏轼始终是先驱诗人。而秉承了苏轼的这一认识,更为明确、频繁地对其进行表现的无疑就是杨万里。在他的作品中,除了上面所列举的以外,其他描叙同样认识的发言也不胜枚举,充分体现了他独特的自然观。②

"天"把"诗的素材"馈赠给诗人,对诗人加以援助——以上我们所分析的杨万里、苏轼的作品中所描述的,就是这样的充满善意的"天"的举动。一般来说,当接受别人的馈赠时,总会试图对其作出相应的回报。这作为人类社会普遍的社会现象已经在人类学、社会学等研究领域中得到了证实。那么,对于提供"诗的素材"的"天",诗人们又是如何回报的呢?其手段之一就是创作诗歌。为了回报"天"和"自然",而把它们吟入诗中——这就是在杨万里的诗作中反复出现的他对大自然与诗人关系的认识。例如《寒食雨作》中有:

老来不办雕新句,报答风光且一篇。③

《多稼亭前两株梅盛开》中有:

报答风光只有诗,今夕不醉仍无归。④

两首作品描述的都是通过作诗来"回报"自然(前者是雨、燕子和桃李,后者是梅花)。在《晨炊旱塘》中他这样吟咏道:

一岁官居守一州,天将行役赐清游。青山绿水留连

---

① 《苏轼诗集合注》卷九,第 428 页。
② 这里所举的是描述与作诗相关联的"天"对诗人的照顾、帮助。即使无关乎诗歌创作,在杨万里的作品中,描述"天"的这种亲切关怀的例子也是数不胜数的。杨万里一直都是把"天"作为充满着友爱、慈爱的存在来看待的。
③ 《杨万里集笺校》卷九,第 486 页。
④ 同上书,卷一二,第 613 页。

客,碧树丹枫点缀秋。夜梦昼思都是景,左来右去不胜酬。
我无韦偃丹青手,只向囊中句里收。[①]

这是杨万里在淳熙六年(1189)从筠州到临安途中所写的作品。
诗中叙述了对筠州秀丽景色的"酬"即酬报。自己不会绘画,所
以只能通过作诗,把美景吟咏入诗来回报自然。

下面的诗句也因为与大自然的酬答相关联而受到注目。
例如《丰山小憩》:

江山岂无意,邀我觅新诗。[②]

《山村》:

一搭山村一搭奇,不堪风物索新诗。[③]

《又自赞(严陵决曹易升自官下遣骑归写予老丑因题其额,又
自赞)》:

清风索我吟,明月劝我饮。[④]

《题分宜李少度燕谷》:

谷中花柳莫放过,乞取风月三千篇。[⑤]

这些都是描述大自然的景物要求诗人进行诗歌创作的诗句。
但是,此时的"天公"、大自然并没有向诗人索求什么回报。当
然,这些诗作大多表现的是受到大自然馈赠的诗人心怀对自然
的感恩和歉疚,从而想要努力回报的心情。类似的发言在杨万
里的作品中有很多。

在钱锺书《宋诗选注》的解说中,作为体现杨万里自然观的

---

① 《杨万里集笺校》卷二六,第 1334 页。
② 同上书,卷五,第 295 页。
③ 同上书,卷三二,第 1652 页。
④ 同上书,卷四二,第 2225 页。
⑤ 同上书,第 2233 页。

资料,钱氏所注目的《诚斋荆溪集序》(前引)的内容,在考察以上所论述的内容上具有重要的意义。在出任常州知州的淳熙五年(戊戌,1178),关于自己对诗歌创作的感悟以及自己因此而感觉到的诗歌创作的简易性,杨万里这样说道:

> 戊戌三朝时节,赐告,少公事。是日即作诗,忽若有寤。……试令儿辈操笔,予口占数首,则浏浏焉无复前日之轧轧矣。自此每过午,吏散庭空,即携一便面,步后园,登古城,采撷杞菊,攀翻花竹,万象毕来,献予诗材。盖挥之不去,前者未雠而后者已迫,涣然未觉作诗之难也。

这里值得注目的有两点:第一,正如"万象毕来,献予诗材"所言,大自然的景物连续不断地向诗人奉献上诗的素材;第二,如"前者未雠而后者已迫"所言,诗人努力地尝试着酬报("雠"与"酬"相通)自然。可以说杨万里所捕捉到的自然界与诗人的独特关系,在这一段落中得到了淋漓尽致的表现。

可以认为,诗人和自然之间所缔结的这种关系,明确地存在于前面所论述的有关"诗债"的思维框架中。这一结论通过上面所举的诗例已经得到了证明,但是还是有必要作进一步论述。绍熙元年(1190),杨万里作为接伴金使在护送金国使节团经过自己曾经出任知州的常州时,作的《明发荆溪馆下》中有这样的句子:

> 莫教物色有欠处,剩与新诗三五句。①

这里的"欠"可以理解为对大自然有所亏欠。也就是说,这里描述的与前面《送彭元忠县丞北归》中的"我欠天公诗债多"是相同的状态。杨万里说:对于大自然的景物不要留下什么亏欠,那就为它创作更多更新的诗作吧。在这里,杨万里把自然风物当作从"天"那里借的"债务",把诗歌创作当作在偿还"天"的债务。这与

---

　　① 《杨万里集笺校》卷二九,第 1498 页。

前文所论述的自然界与诗人的关系，在表现方法上是相通的。

小结

"天"以及它所创造出的自然界，与文学是怎样的关系？——这是中国文人自古以来所面对的重要的问题。当然他们也从诗学的角度上对此进行了各种考察。把"天"比作是向诗人借贷"诗材""诗料""诗本"的"债主"，而把诗歌创作活动比作是偿还债务的行为。杨万里的诗学中的"诗债"问题，在中国诗学史上占据着独特而稳固的位置。

不过，仍需重申以下几个问题。杨万里所描述的作为债主的天，绝不是那种贪婪且残酷无情的放高利贷者。杨万里与"天"之间所缔结的关系是充满着友爱、慈爱的，实质上更应该称其是一种已经超越了利益的"赠答"关系。关于此点，应该联系钱锺书《宋诗选注》对杨万里的解说中所运用的"母子"关系的比喻来作进一步的理解。母亲满怀慈爱地抚养幼小的子女，长大成人的子女对母亲报以尽心的孝道。像这样，"天"把美丽的自然借贷或赠送给诗人，而作为酬报，诗人将它们吟咏到自己的诗作中去。当然，母亲（相当于万物之母的"天"）从没有刻意地奢望儿女（诗人）的回报。但是作为子女，出于对母亲的感恩必然会怀有回报的愿望。当这种愿望无法实现时，就会产生背负着某种罪过即债务的感觉而遭受良心的谴责。这亦是我们所说的人之常情。

（赵蕊蕊　译）

附记：本章是在《楊万里と"詩債"》（《日本宋代文学学会报》第 1 集，2015 年；中译稿载于《新宋学》第 4 辑，2015 年）的基础上修订而成的。

第十章　苏轼与杨万里诗中
山水的拟人化

　　自然界的山水、风物作为一种客观事物是没有人格特征和人性情感的。然而，人类很早就将其当作具有人格、人情的存在来表现，也就是自然的拟人化。这也完全符合中国诗中自然界山水、风物的描写情况。

　　中国诗歌中的自然拟人化已见于《诗经》，可谓历史悠久。在整个历史长河中，特别值得注意的是宋诗中的自然拟人化。很多学者一致认为在中国诗歌史上，唐宋尤其是宋代可谓是自然拟人化的发展乃至深化时代。例如小川环树《自然对人怀有善意吗？——宋诗的拟人法》①基于钱锺书《宋诗选注》的论述，将中国诗歌史上拟人法（自然界的拟人化）最兴盛的时代定位于唐宋，尤其是宋代。小川先生在书中举例说明，自然对人的善意与亲密是宋诗拟人化最显著的特征之一，并认为由此展现出宋人幸福而明朗的人生观。

　　此外，小川先生还列举了使用拟人手法的代表诗人——北宋苏轼及南宋杨万里。与其一致，笔者亦认为苏轼与杨万里在表现宋诗自然拟人化方面占有极其重要的地位。本章主要以苏轼和杨万里为中心，而杨万里在自然拟人化中最具个性，故二人中尤以杨万里为着力点。②

----

　　① 小川环树《风与云——中国文学论文集》，朝日新闻社，1972年，第56—63页。

　　② 关于杨万里"山水的拟人化"问题，今之学者所论颇多。如周启成将"以万象为宾友的观察角度"作为诚斋体的特征之一，参见其论著《杨万里和诚斋体》（上海古籍出版社，1990年，第104页）。此外，沈松勤《杨万里"诚斋体"新解》（《文学遗产》2006年第3期）对此亦有所涉及。

一、与山水的交流、交感

关于宋诗中自然拟人化问题,小川环树曾考察过苏轼及杨万里诗中的以下典型之例。如苏轼《新城道中二首》其一云:"东风知我欲山行,吹断檐间积雨声。"[①]意谓东风吹断雨声,来帮助诗人山行。杨万里《彦通叔祖约游云水寺二首》其二云:"风亦恐吾愁路远,殷勤隔雨送钟声。"[②]风担心诗人因路远哀伤,故殷勤送来钟声。这两首诗皆将不通人意的"风"拟人化,若借小川先生的话说,歌咏的应是"对人满怀好意的自然界"的姿态。自然界山水、风物被描述成满怀亲密友好的情感,仿佛是诗人朋友一样的存在。基于小川先生的观点,接下来笔者将对苏轼、杨万里诗中歌咏的对人怀有好意的自然山水、风物的例子加以考察。

(一)"故人"

先看苏轼诗歌的情形。除上述小川先生列举的诗句外,苏诗中还有诸多此类作品。如《越州张中舍寿乐堂》:

> 青山偃蹇如高人,常时不肯入官府。高人自与山有素,不待招邀满庭户。[③]

将青山比拟为不肯入官府的高洁隐士,言其虽不被邀请也屡屡去拜访张次山的寿乐堂。自然之山被表现为与高人张次山一样怀有高洁志向的隐士,宛如亲密的朋友一般。还有"朝见吴山横,暮见吴山纵。吴山故多态,转折为君容"(《法惠寺横翠阁》)[④]、"泉流知人意,屈折作涛濑"(《追和子由去岁试举人洛下

---

① 冯应榴辑注《苏轼诗集合注》卷九,上海古籍出版社,2001 年,第 410 页。
② 辛更儒笺校《杨万里集笺校》卷三,中华书局,2007 年,第 140 页。
③ 《苏轼诗集合注》卷七,第 301 页。
④ 同上书,卷九,第 399 页。

所寄五首·韩子华石淙庄》）[①]、"花不能言意可知,令君痛饮更无疑。但持白酒劝嘉客,直待琼舟覆玉彝"（《玉盘盂二首》其二）[②]、"道人出山去,山色如死灰。白云不解笑,青松有余哀。忽闻道人归,鸟语山容开"（《闻辩才法师复归上天竺以诗戏问》）[③]、"多情明月邀君共,无价青山为我赊"（《次韵送徐大正》）[④]等诸多诗句,分别将自然的山、水、花、云、木、月等拟人化。

再看杨万里诗歌的情况。杨万里诗中,此类例子不胜枚举。如《轿中看山》吟咏旅途中所见之山:

> 不如近看山,近看不如远。请山略退步,容我与对面。我行山欣随,我住山乐伴。有酒唤山饮,有蕨分山馔。……孤秀呈复逃,层尖隐还显。掇入轿中来,置在几上玩。劣行三两驿,已阅百千变。非我去旁搜,皆渠来自献。[⑤]

山被当作亲密朋友与诗人共同饮酒、吃饭,展现了诗人与山共同游玩的欢快场景。对杨万里来说,自然界的山水风物是"故人"。如《跋常宁县丞葛齐松子固衡永道中行纪诗卷》:"一江风月两溪云,总与诚斋是故人。"[⑥]

沿"故人"之说,笔者拟对杨万里诗中将自然拟人化的典型例子作一分类。

其一,鸟、花、山等自然风物"知人意"。如"春鸟岂知人意

---

① 《苏轼诗集合注》卷九,第 440 页。
② 同上书,卷一四,第 649 页。诗题中的"玉盘盂"是芍药的品种名。
③ 同上书,卷一六,第 801 页。
④ 同上书,卷二六,第 1303 页。
⑤ 《杨万里集笺校》卷三二,第 1656 页。
⑥ 同上书,卷三五,第 1831 页。

绪,新声只欲劝衔杯"(《立春新晴》)①、"飞花岂解知人意,风里时时戏作团"(《和汤叔度雪韵》)②、"诸峰知我厌泥行,卷尽痴云放嫩晴"(《宿小沙溪》)③、"天念孤舟人寂寞,不教月色故相撩"(《舟中元夕雨作》)④、"杨花知得人孤寂,故故飞来入竹窗"(《题青山市汪家店》)⑤等,均明确陈述自然通晓人意之事。

其二,虽未用上述"知人意"那样明确的话语,但所描述的自然山水在行为举止间透露着亲密。如"野寺鸣钟招我宿,远峰留雪待谁看"(《往安福宿代度寺》)⑥、"远岭元无约,开门便见投"(《睡起理发》)⑦、"山色亦如人送客,送行倦了自应归"(《出峡》)⑧、"恨杀惠山寻不见,忽然追我到横林"(《午过横林回望惠山》)⑨、"两边岸柳都奔走,不及追船各自回"(《过洛社望南湖暮景》)⑩等,自然与诗人宛如缔结了"故人"一般的亲密关系。

其三,以"故人"的身份揶揄、戏弄,甚至生气斥责诗人。如"似妒诗人山入眼,千峰故隔一帘珠"(《小雨》)⑪、"城东行遍却城西,欲问梅花乞一枝。雪糁久团霜后朵,嗔人频看故开迟"(《城头晓步》)⑫、"二年常州不识山,惠山一见开心颜。只嫌雨里不子细,仿佛隔帘青玉鬟。……看山未了云复还,云与诗人偏作难"(《惠山云开复合》)⑬、"风伯劝尔一杯酒,何须恶剧惊诗

---

① 《杨万里集笺校》卷一,第 29 页。
② 同上书,卷二,第 100 页。
③ 同上书,卷八,第 444 页。
④ 同上书,卷二九,第 1496 页。
⑤ 同上书,卷三四,第 1732 页。
⑥ 同上书,卷二,第 126 页。
⑦ 同上书,卷五,第 291 页。
⑧ 同上书,卷一五,第 771 页。
⑨ 同上书,卷二七,第 1380 页。
⑩ 同上书,卷二九,第 1496 页。
⑪ 同上书,卷四,第 202 页。
⑫ 同上书,卷一一,第 579 页。
⑬ 同上书,卷一三,第 648 页。

叟。端能为我霁威否,岸柳掉头荻摇手"(《檄风伯》)①、"山川嗔老我,醒眼对风烟"(《阻风泊舒州长风沙》)②、"去岁春时正病身,对花不饮被花嗔"(《积雨新晴,二月八日东园小步》)③、"花枝夹径嗔人过,经脱老夫头上巾"(《至后与履常探梅东园》)④等,这些行为举止只有在朋友面前才能表现出。

(二)"天公"

关于苏轼、杨万里诗中自然的拟人化问题,更引人注目的是自然界山水、风物被表现成主宰万物的"天公""天女"或与之类似的自然神创造出的作品。如苏轼《次韵吴传正枯木歌》:

> 天公水墨自奇绝,瘦竹枯松写残月。梦回疏影在东窗,惊怪霜枝连夜发。生成变坏一弹指,乃知造物初无物。⑤

诗中明月照耀瘦竹、枯松的情形被比作天公绘出的水墨画。中国很早就有将自然山水比拟为绘画之例。唐以后的诗中,风景"如画"出现的频率日趋增多。⑥ 此诗可以说是继承此潮流并加以发展的产物。自然界山水、风物是天公创造出的艺术品(水墨画),"天"已被当作具有人格特征的"人格神",故亦可将其视为一种自然的拟人化。

与此类似的例子在杨万里诗中也能看到。如《过望亭》中的"两岸山林总解行,一层送了一层迎。天公收却春风面,拈出

---

① 《杨万里集笺校》卷一六,第 822 页。
② 同上书,卷三五,第 1821 页。
③ 同上书,卷三八,第 1966 页。
④ 同上书,卷三九,第 2072 页。
⑤ 《苏轼诗集合注》卷三六,第 1861 页。
⑥ 关于这种风景的把握,请参考考玉成《世界像一张画:唐五代"如画"的观念谱系与世界图像》(《东华汉学》第 3 期,2005 年)、拙论《"天开图画"的谱系》(拙著《距离与想象——中国诗学的唐宋转型》,上海古籍出版社,2005 年,第 19—80 页)。

酸寒水墨屏"①、《瓦店雨作》其二中的"天嫌平埜树分明,便恐丹青画得成。收入晚风烟雨里,自将水墨替丹青"②等,与苏轼的诗例一样,杨万里诗中的风景也被描述成天公创作的画。另外,《雨中春山》描写烟雨迷漫、云雾朦胧的风景:

> 谁作春山新障子,尖峰为笔天为纸。近看点出八九山,山外远山三万里。纸痕惨淡远山昏,上有长松青到云。自嫌松色太青在,旋拈粉笔轻轻盖。须臾粉淡松复青,至今远山描不成。③

此诗将天空比作纸,风景比作纸上的画。山上茂密的青松在朦胧烟雨中的样子用"粉笔"轻轻涂盖描白来比拟说明。近山雨霁时青松能清晰鲜明地映入眼帘,而现在远山却被云雾笼罩而变得模糊不清。此处虽未使用"天公"等人格神的词语,却描述了天公为诗人创作展现风景的情形。

除绘画之外,还有把自然比拟为丝织品的例子。如《岭云》:"天女似怜山骨瘦,为缝雾縠作春衫。"④写天女怜惜山瘦骨嶙峋,所以用云雾为之缝制春衫。《夜宿东渚放歌三首》其三:"天公要饱诗人眼,生愁秋山太枯淡。旋裁蜀锦展吴霞,低低抹在秋山半。须臾红锦作翠纱,机头织出暮归鸦。暮鸦翠纱忽不见,只见澄江净如练。"⑤描写天公担心秋山枯寒平淡,所以替山织布裁衣。云霞雾霭和红叶浸染的树木等,在诗人笔下都化作了华美的丝织品。

此外,还有将自然比拟为"天公"制造的艺术品或观赏品的例子。如《过乌沙望大唐石峰》:"更借天公修月斧,神工一夜忙

---

① 《杨万里集笺校》卷二八,第 1438 页。
② 同上书,卷二九,第 1505 页。
③ 同上书,卷三四,第 1766 页。
④ 同上书,卷一六,第 822 页。
⑤ 同上书,卷二六,第 1365 页。

珚锼。近看定何者,远看真可画。"①将山水比拟为(山神)借天公月斧雕刻成的艺术品。《英石铺道中》:"一峰过了一峰来,病眼将迎看不足。先生尽日行山间,恰如蚁子缘假山。……英州那得许多石,误入天公假山国。"②将自然之山比作天公制造的假山,又把他自己比作出行在外的蚂蚁。

在上述所举的一组诗中,作为人格神的"天公"对诗人怀有好意,宛如亲密的朋友一般,还具有一系列精彩纷呈、生动鲜活的动作。据考,宋代苏轼率先明确这样的"天公"形象。如《僧清顺新作垂云亭》云:"天功争向背,诗眼巧增损。……天怜诗人穷,乞与供诗本。"③诗僧清顺于杭州城外新建垂云亭,此诗吟咏的就是从此亭眺望的风景。这里的"诗眼"是诗人敏锐、独特的眼光。"诗本"意谓作诗的基础、诗歌的素材等。前一联写"天"巧妙地创造出的自然样态,是由具有审美能力的诗人清顺恰当安排的;后一联写"天"因担心诗人穷苦所以提供诗歌素材给他。

之后,杨万里继承并深化了"天公"形象,如《瓦店雨作》其三描写旅途中降雨时的情形:"诗人长怨没诗材,天遣斜风细雨来。领了诗材还又怨,问天风雨几时开。"④此处的"诗材"与苏轼所言"诗本"同义,皆指诗歌素材。上述同题组诗的第二首写"天"为诗人展现如画的风景,本诗主要写"天"为了向诗人提供素材故意差遣"风""雨",而诗人在领了素材之后又想要风停雨止。杨万里趁着"天"对诗人温柔体贴的照顾而任意向天要求这种行为举止的被宽恕,也可说明天与诗人间的亲密关系。

上述两首诗歌值得注意的是,拟人化的自然被看作是诗人

---

① 《杨万里集笺校》卷一八,第 863 页。
② 同上书,第 933 页。
③ 《苏轼诗集合注》卷九,第 428 页。
④ 《杨万里集笺校》卷二九,第 1505 页。

写诗的督促者。"天"或由其创造出的自然界与文学是怎样的关系？这是中国文人自古以来所面对的重要问题。当然他们从诗学角度对此进行了各种考察。在诗学考察的历史中，苏轼及杨万里诗中山水拟人化的定位如何？

二、山水与诗

围绕自然界与文学关系的诗学考察，最普遍认知应是"感物说"（物感说）。如《礼记·乐记》云："凡音之起，由人心生也。人心之动，物使之然也。感于物而动，故形于声。"[①]梁朝钟嵘《诗品·序》云："气之动物，物之感人，故摇荡性情，形诸舞咏。"[②]这些都属于"感物说"的代表性言论。一言以蔽之，"感物说"意谓自然山水、风物作用人心，人受到自然感发，情感波动，继而创作出作品。若在中国诗学史的大框架中看的话，自然界山水、风物拟人化可以说是"感物说"的表现方式之一。以下，笔者将对此进行举例说明。

（一）"催诗"

"雨催诗"可以说是通过拟人手法来表现诗人受到自然感发创作诗歌的例子，其中杜甫可谓发其嚆矢。如《陪诸贵公子丈八沟携妓纳凉晚际遇雨》其一："片云头上黑，应是雨催诗。"[③]之后，此创作思维被继承下来。如苏轼的"纤纤入麦黄花乱，飒飒催诗白雨来"（《游张山人园》）[④]、"归途更萧瑟，真个解催诗"（《道者院池上作》）[⑤]、"急雨岂无意，催诗走群龙"（《行琼、儋间，肩舆坐睡。梦中得句云：千山动鳞甲，万谷酣笙钟。觉而遇清

---

① 卷三七，《十三经注疏》本。
② 陈廷杰注《诗品注》，人民文学出版社，1980 年，第 1 页。
③ 仇兆鳌注《杜诗详注》卷三，中华书局，1979 年，第 172 页。
④ 《苏轼诗集合注》卷一六，第 791 页。
⑤ 同上书，卷二七，第 1360 页。

风急雨，戏作此数句》)①等诸多诗句。

此类创作至杨万里变得更多，乃至不可枚举。试举部分例子加以说明，如"吾诗未大好，也辱片云催"(《发枫平》)②、"烛花半作紫芝开，诗兴频遭白雨催"(《春梦纷纭》)③、"闭户何缘得句来，开窗更倩雨相催"(《清明雨寒》其七)④、"山云管得侬愁雨，强做催诗数点声"(《过长峰径遇雨遣闷十绝》其二)⑤、"错计浪随云出岫，感君能遣雨催诗"(《和周元吉左司梦归之韵》)⑥等诗句，均是自然山水、风物催促诗人作诗之例。⑦

与"催诗"类似的说法还有"撩诗"。此语虽未见于杜甫、苏轼诗中，却于王安石《南浦》的"物华撩我有新诗"⑧、黄庭坚《刘邦直送早梅水仙花四首》其四的"暗香靓色撩诗句"⑨等诗句中出现。杨万里尤爱此语，试观其部分诗例，如"诗人元自懒，物色故相撩"(《春日六绝》)⑩、"老穷只是诗自误，春色撩人又成句"(《长句寄周舍人子充》)⑪、"病后霜威不见饶，吟边月色苦相撩"(《迓使客夜归》其二)⑫、"两袖拂空捎舞片，数点落几撩孤吟"(《舟中雪作和沈虞卿寄雪诗韵》)⑬等诗句。这些诗歌表现可视为"物感说"的延伸，并非是宋人独特的新发现。那么，宋人在此类创作中是否有创新之处？试观其他诗例。

---

① 《苏轼诗集合注》卷四一，第 2108 页。
② 《杨万里集笺校》卷二，第 85 页。
③ 同上书，卷八，第 460 页。
④ 同上书，卷九，第 488 页。
⑤ 同上书，卷一七，第 870 页。
⑥ 同上书，卷一九，第 978 页。
⑦ 《夜同文远祷雨老冈祠》："槁苗似妒诗人懒，作意催成祷雨章。"(同上书，卷二，第 116 页)此诗虽不是雨催诗，但也是其他自然风物催诗之例。
⑧ 《临川先生文集》卷二七，《四部丛刊》本。
⑨ 黄宝华点校《山谷诗集注》卷一五，上海古籍出版社，2003 年，第 380 页。
⑩ 《杨万里集笺校》卷五，第 286 页。
⑪ 同上书，卷六，第 314 页。
⑫ 同上书，卷一〇，第 540 页。
⑬ 同上书，卷二七，第 1415 页。

（二）"诗材"

变成"诗材"出现在诗歌中的自然界山水、风物又在不断地催促、撩动诗人创作诗歌。上一部分末尾已经阐述过苏轼、杨万里诗中的"天"为诗人提供"诗本""诗材"的观点。由所举诗例可知，诗人确实是通过"天"的拟人化方式来陈述自然界变为写诗素材的。"诗本""诗材"（其他还有"诗料"）等含有诗歌素材之意的词语，至宋才开始使用。关于这些词语在宋代诗学中的意义，拙论《论"拾得"诗歌现象与"诗本"、"诗材"、"诗料"问题——以杨万里、陆游为中心》①已有所论述。在此，笔者想列举杨万里在运用自然风物拟人化手法时一首提及"诗材"的例子。《郡治燕堂庭中梅花》描写庭中梅花绽放的情形：

> 林中梅花如隐士，只多野气无尘气。庭中梅花如贵人，也无野气也无尘。……诗翁绕阶未得句，先送诗材与翁语。有酒如渑谁伴翁，玉雪对饮惟渠侬。翁欲还家即明发，更为梅兄留一月。②

杨万里称梅花为"梅兄"，将其视为具有高洁品格的朋友。梅花对于诗人来说是互斟共酌的朋友，亦是提供"诗材"的交谈对象。此处，自然界对诗人施予的好意是让诗人写出佳作。

以下主要列举苏轼、杨万里诗中通过拟人化手法表现自然山水、风物帮助诗人作诗的例子。如苏轼《次前韵送程六表弟》的"忆昔江湖一钓舟，无数云山供点笔"③、《次韵送张山人归彭城》的"水洗禅心都眼净，山供诗笔总眉愁"④等诗句，均是写自然赠与诗人写诗之笔。杨万里《戏赠子仁侄》的"天公念子抄诗

---

①　收于拙著《距离与想象——中国诗学的唐宋转型》，上海古籍出版社，2005年，第434—464页。

②　《杨万里集笺校》卷一二，第616页。

③　《苏轼诗集合注》卷三〇，第1497页。

④　同上书，卷三二，第1593页。

苦,借与朝阳小半窗"①、《发银树林》的"清风一阵掠人面,晴色半开关客心。远岭惹云秋里雪,淡天刷墨晓来阴。几多好句争投我,柳夺花偷底处寻"②、《江雨》其三的"江天万景无拘管,乞与诗人塞满船"③、《发慈湖过烈山望见历阳一带山》其二的"一出还添二百诗,风光投到费推辞。江湖物色休吟尽,留取西归一半题"④等诗句,同样对自然的举止行为有所描述。其中《发银树林》写自然赠予诗人佳句,花柳却将其夺取并隐藏起来。《发慈湖过烈山望见历阳一带山》写自然殷勤过度地赠予诗材,诗人对此费力推辞,是想保留一半以备以后吟诗之用。

杨万里提及吟咏自然界风物的例子也值得注意。如"胆样银瓶玉样梅,北枝折得未全开。为怜落莫空山里,唤入诗人几案来"(《昌英知县叔作岁,赋瓶里梅花。时坐上九人七首》其二)⑤、"岸柳垂头向人揖,一时唤入诚斋集"(《晓经潘葑》)⑥、"三春弱柳三秋月,半溪清冰半峰雪。只今六月无此物,君能唤渠来入笔。恰别新莺百啭声,忽有寒蛩终夜鸣"(《送彭元忠县丞北归》)⑦等诸多诗句,与通常的"吟入"不同,而是采用了"唤入"的说法。也就是说,诗人对自然界的风物如同款待朋友一般。这也应是杨万里诗歌语言的独特之处。

此外,还有诸多带有杨万里风格、完全发挥其奇思妙想的例子。如"青天忽成纸,似欲借诗翁"(《中秋后一夕登清心阁二首》其二)⑧、"古人浪语笔如椽,何人解把笔题天。昆仑为笔点

---

① 《杨万里集笺校》卷八,第 456 页。
② 同上书,卷三二,第 1653 页。
③ 同上书,卷三五,第 1823 页。
④ 同上书,第 1828 页。
⑤ 同上书,卷五,第 263 页。
⑥ 同上书,卷一三,第 648 页。
⑦ 同上书,卷一六,第 320 页。
⑧ 同上书,卷六,第 1828 页。

海水,青天借作一张纸"(《谢邵德称示淳熙圣孝诗》)①、"潇湘之
山可当一枝笔,潇湘之水可充一砚滴。白石得官斑竹林,天锡
笔砚供醉吟。好将湘山点湘水,洒满青天一张纸"(《送黄岩老
通判全州》)②等诗句,写"天公"分别将青空、山、河川当作纸、
笔、墨赐予诗人。上一部分所举杨万里的《雨中春山》将天空当
作纸,风景比拟为纸上的画,与这些诗歌一样均是诗人的巧思。
这些例子或许是以黄庭坚《寿圣观道士黄至明开小隐轩,太守
徐公为题曰快轩,庭坚集句咏之》的"吟诗作赋北窗里,安得青
天化作一张纸"③、惠洪《世明九客同登滕王阁索诗口占》的"秋
天便是一张纸,写取江南觉范诗"④等诗句为依据的。据此可
知,杨万里通过"天"的拟人化表现来陈述他所营造的壮丽的
虚构。

(三)"诗眼"

由上可知,自然界的山水、风物通过拟人化手法被视为作
诗的帮手,或是对诗人满怀好意的朋友等。在理解此表现方式
时,应该注意"诗眼"一词。管见所及,最先使用此语的应是苏
轼。如前述《僧清顺新作垂云亭》有"天功争向背,诗眼巧增损"
之句。具有敏锐眼光的诗人可以更加准确地表现自然风景之
美——这样的文学观,也因此凝缩成"诗眼"一词。

在苏轼之后,杨万里最喜用"诗眼",并以之创作了众多诗
歌。除前述《夜宿东渚放歌》的"天公要饱诗人眼"外,还有"向
来一雪亦草草,天知诗人眼未饱"(《次主簿雪韵》)⑤、"天公管领

---

① 《杨万里集笺校》卷二四,第 1224 页。"古人浪语笔如椽"语出《晋书·王
珣传》,晋王珣在梦中曾被赐予如椽般巨大的毛笔。
② 《杨万里集笺校》卷三七,第 1939 页。
③ 《山谷外集诗注》卷九,第 1053 页。
④ 《石门文字禅》卷一六,《四部丛刊》本。
⑤ 《杨万里集笺校》卷三,第 161 页。

诗人眼,银汉星槎借一来"(《南海东庙浴日亭》)①、"东风作意惊诗眼,搅乱垂杨两岸黄"(《过秦淮》)②、"路入宣城山便奇,苍虬活走绿鸾飞。诗人眼毒已先见,却旋褰云作翠帏"(《晓过花桥入宣州界》其一)③、"春迹无痕可得寻,不将诗眼看春心"(《过杨二渡》其一)④,等等。这些诗句皆通过拟人化方式来表现"诗眼"中的山水风物。

在此还须注意的是,若站在自然界的山水、风物的立场来看的话,有时"诗眼"是危险或应该避开的东西。如《晓过花桥入宣州界》云:"诗人眼毒已先见,却旋褰云作翠帏。""毒"意谓敏锐得足以伤害到对方。这两句诗是说山峦害怕诗人眼光敏锐,所以褰帏作帐隐藏身姿。⑤ 诗人所凝视的自然界山水、风物因害怕被吟入诗歌,类似的看法在杨万里其他诗中亦有表现。如《过安仁岸》云:

> 兹游良不恶,物色困诙嘲。⑥

"诙嘲"是对吟入诗歌的事物的嘲弄与讥讽,也可看作是一种羞辱行为。由此可知,自然风物苦于被吟入诗中。另有《正月十二日,游东坡白鹤峰故居。其北思无邪斋,真迹犹存》云:

> 诗人自古例迁谪,苏李夜郎并惠州。人言造物困嘲弄,故遣各捉一处囚。不知天公爱佳句,曲与诗人为地头。诗人眼底高四海,万象不足供诗愁。⑦

---

① 《杨万里集笺校》卷一八,第 918 页。
② 同上书,卷三一,第 1591 页。
③ 同上书,卷三二,第 1666 页。
④ 同上书,卷三四,第 1730 页。
⑤ 另有以"乖"字形容诗人眼光的例子。如《题胡季亨观生亭》其二:"漏泄春风有阿亨,一双诗眼太乖生。"(同上书,卷四一,第 2187 页)此处"乖"有刁钻、狡猾之意,与诗人眼"毒"之说类似。
⑥ 同上书,卷四,第 218 页。
⑦ 同上书,卷一八,第 911 页。

"嘲弄"与上述"诙嘲"大抵同义,说的是吟诗、临摹之事。此处杨万里表述了以下的旨趣:作为造物者的天公苦于诗人的揶揄嘲笑,所以将他们流放天涯。实际并非如此,天公是期待诗人写出佳句,所以才委婉地或者说特意地给他们安排地方。然而,天涯的风物难以安慰诗人敏锐的审美眼光。

上述二首,诗人吟咏自然之事被当作"诙嘲""嘲弄"。类似的观点已见于苏轼的《次韵李公择梅花》:

> 诗人固长贫,日午饥未动。偶然得一饱,万象困嘲弄。
> 寻花不论命,爱雪长忍冻。天公非不怜,听饱即喧哄。①

由此可知杨万里确实继承了苏轼的创作方法。此外,杨诗的"自倚文字工,意取造物嗔"(《戊子正月六日雷雨感叹示寿仁子》)②、"诸峰尽处一峰出,凛然玉立最高寒。溪声细伴吟声苦,客心冷趁波心去。掉头得句恐天嗔,且唤征夫问前路"(《夜宿杨溪晓起见雪》)③、"也知口业欠消磨,造物嗔人奈口何"(《野望》)④等诗句,还提及造物之嗔。造物主生气不满的原因或可推测为害怕或尽可能地躲避被吟入诗中,但最终没能逃脱被诗人吟咏的命运。

钱锺书《宋诗选注》有关杨万里的解读,引用了姜夔称赞杨万里在描写自然方面具有敏锐眼光的诗句"处处山川怕见君"(《送朝天续集归诚斋时在金陵》)⑤。这句描述的仍是自然界的山水害怕被杨万里吟入诗中。在此方面,钱先生举出杜甫《江上值水如海聊短述》的"老去诗篇浑漫与,春来花鸟莫深愁"⑥来

---

① 《苏轼诗集合注》卷一九,第 945 页。
② 《杨万里集笺校》卷五,第 264 页。
③ 同上书,卷六,第 331 页。
④ 同上书,卷四一,第 2172 页。
⑤ 《白石道人诗集》卷下,《四部丛刊》本。
⑥ 《杜诗详注》卷一〇,第 810 页。

说明姜夔所言"怕"与杜甫所言"愁"大抵同义。杜甫说自己老年的诗歌都是散漫之作，花鸟应能逃脱他迟钝的眼光，故而告诉它们无须忧愁。钱先生作为补充还列举唐代韩愈的"勃兴得李杜，万类困陵暴"(《荐士》)[①]，及宋代黄庭坚的"任君洒墨即成诗，万物生愁困品题"(《和答任仲微赠别》)[②]等诗例来阐释同样的观点。上述苏轼及杨万里对自然界的认知也应属于这个系统。

如上所述害怕诗人敏锐眼光的自然界的举止，与满怀好意地帮助诗人作诗的自然界的行为似乎可看作相反的两极，然而这样考虑仍有些不恰当。从社会关系的角度观察，人与人也并非总是友好的，有时也会嫌弃、躲避对方，这种表现并非真正敌视或者完全否定对方。所以这里自然界对诗人的害怕应不是真正的害怕，诗人也并非是让自然界苦恼的。也就是说，这里强调的是自然界与人所处的地位是一样的，或者说是站在同一侧或同一立场的，且两者保持着人与人之间伙伴似的关系。至此可知，自然界与诗人的关系总体上是亲密而友好的。

(四)"诗债"

上述杨万里《送彭元忠县丞北归》云："三春弱柳三秋月，半溪清冰半峰雪。只今六月无此物，君能唤渠来入笔。"描写拟人化的自然界山水、风物被吟入诗歌。承接这些诗句，原诗还有"我欠天公诗债多，霜髭捻尽未偿他"句，"诗债"意谓诗的债务。杨万里在此写他向天公借了很多债，即使是捻断胡须苦吟也不能偿还完债务。着眼于本句的"诗债"，以下笔者将对此作一考

---

① 钱仲联集释《韩昌黎诗系年集释》卷五，上海古籍出版社，1984年，第528页。

② 陈永正、何泽棠注《山谷诗注续补》卷四，上海古籍出版社，2012年，第429页。

察。此语属于诗歌中的自然界山水、风物拟人化的表现,且能体现出苏轼、杨万里等人的诗学特质。①

最先使用"诗债"或与之类似之语的是唐代白居易。此语基本上是用来比喻不能酬答友人的赠诗就像负债一样的状态。白居易的"诗债"意识,在之后的唐代及整个宋代被继承下来。杨万里也不例外,在其诗中与白诗同义的"诗债"用例所见颇多。然而,笔者认为此语在杨万里笔下又衍生出了新意。以下,试举部分诗例加以说明。

如《淋疾复作,医云忌文字劳心,晓起自警》其二,描述晚年因病被医生告诫停止作诗的心境:

> 荒耽诗句枉劳心,忏悔莺花罢苦吟。也不欠渠陶谢债,夜来梦里又相寻。②

过去此诗被理解为:以往沉溺于锤炼诗句枉费心神,现在只能对着莺啼花开的情形忏悔(请求饶恕罪过),想要停止作诗;然而尽管未曾向陶渊明、谢灵运借债,在梦里陶谢二人却又来催收债务。"陶谢债"意谓向古代大诗人陶渊明、谢灵运借债之意。对杨万里来说,作诗应是受陶谢文学的恩惠的行为,所以恩惠以"债"的形式表达就是"陶谢债"。从陶谢在梦中寻债来看,诗人尽管尝试停止作诗,结果却又被催促写诗,这种说法颇具幽默感。③

然而,个人认为后两句亦可理解为:对于莺啼花开那样的春日景色,我并没有欠下它们写出像陶谢那样的诗歌的债务,

---

① 关于"诗债",详细内容可参考本书第九章《杨万里与"诗债"》。

② 《杨万里集笺校》卷四二,第 2223 页。

③ 关于后二句,周汝昌《杨万里选集》(中华书局香港分局,1972 年,第 241—242 页)中这样解说:"'陶谢',六朝大诗人陶潜、谢灵运。唐代诗人杜甫等都把他们当作为前代大诗人的代表。作者把自己爱作诗说成是如同欠陶谢的债一样,他们总是要来'讨账'。是诙谐语。"

但是它们却在夜晚的梦中向我索求佳句。若如此理解,独创性反而更加显著。诗人对朋友负的"诗债"在这里演变成向莺啼花开的风景负的债,这种理解可以说前所未见。

由此可看出杨万里诗歌中诗人向"天公"或自然界山水、风物借债,为了偿还债务不得不写诗创作。也就是说,他将作诗活动当作向天或自然偿还债务的行为。杨万里反复使用与之同意的"诗债",上述《送彭元忠县丞北归》的"我欠天公诗债多,霜髭捻尽未偿他"就是其中之一,写诗人对自然所欠的债务太多,为了还债不得不作诗。具体说,所欠的"债"就是自然赐予的"诗本"或"诗材",诗人要以这些素材创作诗歌作为酬答来还债。

以下,笔者将关注对象转向诗人向自然酬答的情况。为了报答自然的恩惠,诗人必须吟咏自然界的山水、风物入诗。这种观点被杨万里在诗歌中反复陈述。如"老来不辨瑚新句,报答风光且一篇"(《寒食雨作》)[1]、"报答风光只有诗,今夕不醉仍无归"(《多稼亭前两株梅盛开》)[2]等,所写内容皆是凭借诗歌向"风光"(前者是向雨、燕、桃李,后者是向梅花)"报答"之事。另有《晨炊旱塘》云:

> 一岁官居守一州,天将行役赐清游。青山绿水留连客,碧树丹枫点缀秋。夜梦昼思都是景,左来右去不胜酬。我无韦偃丹青手,只向囊中句里收。[3]

用"酬"字来写对旅途中遇到的山水美景的报答。因无丹青之手,所以只能通过囊中诗句来报答。这也是将吟诗当作对景色的酬谢来表现的。

---

① 《杨万里集笺校》卷九,第486页。
② 同上书,卷一二,第614页。
③ 同上书,卷二六,第1334页。

此外还有"江山岂无意,邀我觅新诗"(《丰山小憩》)①、"一搭山村一搭奇,不堪风物索新诗"(《山村》)②、"清风索我吟,明月劝我饮"(《又自赞(严陵决曹易允升自官下遣骑归写予老丑因题其额,又自赞)》)③等诸多诗句,皆言自然界风物向诗人索要诗篇。另《题分宜李少度燕谷》云:"谷中花柳莫放过,乞取风月三千篇。"④意谓诗人告诉花柳不要放过李少度,一定要向他索取自然风月之诗。此时的"天公"或自然界并没有要求诗人必须返还"诗本"或"诗材"。因而这些诗句也可以解读为:从自然界接受馈赠的诗人想要感谢自然同时又怀有愧疚,流露了无论如何都要回馈自然的心情。

在这里应该注意的是,杨万里围绕"诗债"亦采用了诗歌表现上的拟人手法。"债"是在人与人之间关系上生成的,它是人类社会中一种特有的现象。对自然有债的观念,或者说人与自然之间债务关系确立的前提是将自然拟人化。

那么,这种观点在杨万里之前是否完全不存在? 在如此发问时,值得注目的是苏轼《与胡祠部游法华山》:

> 不将新句纪兹游,恐负山中清净债。⑤

描写寻访法华山之事,言若不用新句记录此次游览,恐怕要欠下山中清静景色的债。诗人对山中清静的景色也就是自然负债,作为回馈就不得不吟咏山中景色。从将写诗当作还债的角度考察,此诗体现了与杨万里同样的认知,可谓是先驱性的创作。管见所及,宋代在杨万里之前没有人继承苏轼此说,仅此一首足以确立苏轼的先驱性地位。苏轼不愧是创立诗学认知

---

① 《杨万里集笺校》卷五,第 295 页。
② 同上书,卷三二,第 1652 页。
③ 同上书,卷四二,第 2225 页。
④ 同上书,第 2223 页。
⑤ 《苏轼诗集合注》卷一九,第 957 页。

新框架的诗人,之前所举之例亦能佐证。

小结

钱锺书在《宋诗选注》中,这样解读杨万里与自然界的关系:"他努力要跟事物——主要是自然界——重新建立嫡亲母子的骨肉关系,要恢复耳目观感的天真状态。"[①]他认为两者之间缔结了极其亲密友爱且充满幸福感的关系。钱先生此论述不仅对杨万里诗歌,对苏轼等其他宋人诗歌中的山水拟人化研究亦有很大启发。另外,本章开头所引小川环树《自然对人怀有善意吗?》指出,宋诗的拟人法传达了苏轼、杨万里等宋人幸福而明朗的人生观。这可以说与钱先生的立场大抵一致。

钱先生的观点是根据杨万里《诚斋荆溪集序》的内容得出的:

> 戊戌三朝时节,赐告,少公事。是日即作诗,忽若有寤。……试令儿辈操笔,予口占数首,则浏浏焉无复前日之轧轧矣。自此每过午,吏散庭空,即携一便面,步后园,登古城,采撷杞菊,攀翻花竹,万象毕来,献予诗材。盖麾之不去,前者未雠而后者已迫,涣然未觉作诗之难也。[②]

这篇序文写杨万里淳熙五年(戊戌,1178)于常州知州任职时顿然有所领悟,从此作诗成为非常容易之事。值得注意的是以下两点:其一,"万象毕来,献予诗材",自然界的物象接连不断向诗人呈献诗材;其二,"前者未雠而后者已迫",写诗人努力酬答之事。这段话与本章所举的多数诗例一样,都表达了同样的观点,可以说是集中表现杨万里笔下的自然与诗人独特关系的一段。

---

① 钱锺书《宋诗选注》,人民文学出版社,1989年,第161页。
② 《杨万里集笺校》卷八〇,第3260页。

本章所见自然与诗人亲密友好的关系状态，并不是突然在宋代成立的。南朝梁刘勰《文心雕龙·物色篇》对自然界的山水、风物与文学的关系已有论述：

> 春秋代序，阴阳惨舒。物色之动，心亦摇焉。……物色相招，人谁获安。……是以诗人感物，联类不穷。流连万象之际，沉吟视听之区，写气图貌，既随物以宛转，属采附声，亦与心而徘徊。……若乃山林皋壤，实文思之奥府。略语则阙，详说则繁。然屈平所以能洞监风骚之情者，抑亦江山之助乎？

写自然界感发诗人心动，由此文学作品产生，即所谓"物感说"。其中"物色相招"或"江山之助"均是陈述自然温柔地将诗人揽入怀抱帮助诗人创作之语。承接此议论，本篇的赞云：

> 山沓水匝，树杂云合。目既往还，心亦吐纳。春日迟迟，秋风飒飒。情往似赠，兴来如答。

值得注意的是最后两句，意谓诗人将"情"（从自然界那里获得的感动）赠给自然，自然就会回赠诗人"兴"（文学的感兴）。这也是通过拟人化手法表现诗人与自然之间充满友爱、慈爱的亲密关系，可谓是苏轼与杨万里诗中人与自然酬答关系认知的源头。宋代之前的文人对这种认知的继承与发展情况，有待以后进一步探讨。

（赵蕊蕊　译）

附记：本章是在《苏轼及杨万里诗中山水的拟人化》（《政大中文学报》第 26 期，2016 年）的基础上修订而成的。

第三编

文本生成论

第十一章 "焚弃"与"改定"

——宋代别集的编纂或定本的制定

在中国,别集的编纂始于魏晋时期。此后的别集编纂史中,唐宋时期无疑是个具有转折意义的历史阶段。那么,这种"转折意义"表现在什么地方? 最重要的一点也许是,作者对自己文集(别集)的编纂所表现出来的自觉性的普遍化。这种文集编纂上的自觉性,也就是对定稿制定过程的自觉,即如何将草稿(未定稿)修订为定本或者说定稿(最终稿)。这是因为,在一个作品从草稿状态走向定稿的过程中,文集的编纂也成为其中的一环。

定稿过程中的"焚弃"(即摒弃作品)和"改定"(即修改作品)行为,就是文人将自己的作品确定为定稿并将其编入文集的自觉性姿态的具体体现。在本章中,笔者将以宋代为中心,同时也适当地将唐代以及更早的历史时期纳入视野之内,对这两种行为进行考察,由此试图揭示当时文人们对自己作品所抱有的态度,亦即作品和作者之关系的一个方面。此外,唐宋时期,特别是宋代,以序跋等为代表,记述文集情况的文献资料大量增加。由此,我们就能够更多地了解这一时期有关文集编纂、定稿制定等的具体状况。以下的考察,主要就使用了这方面的文献资料。①

---

① 关于别集以及别集编纂史的概况,主要参照以下论著。六朝时期:郭英德、谢思炜、尚学锋、于翠玲《中国古典文学研究史》第三章第二节(中华书局,1995年,第118—138页,谢思炜执笔),穆克宏《魏晋南北朝文学史料述略》 (转下页)

一、"惊险的跳跃"

文人创作作品。这类作品以草稿的形式,保存于作者或其周围人们(多数为亲族、子孙、友人、门人)的手中。然后,还要形成定稿,乃至于收入作为定稿集合体的文集,以此形式问世,并广为流传。然而,并不是所有的草稿都能够被完整地保存下来,形成定稿而编入文集。"散佚"的情况是不能完全避免的。作品散佚的原因是多方面的,由于战乱、火灾等外在的因素而散佚的固然很多,但这里只想探讨因作者本人的态度而散佚的事例。

在唐宋时期述及作品的散佚,或作品保存之不完整的资料中,令人关注的是下述有关作者态度的言说。试看几个具体的例子。唐代陆龟蒙的《甫里先生传》这样记述他自己文章创作的状况:

> 先生平居以文章自怡,虽幽忧疾病中,落然无旬日生计,未尝暂辍。点窜涂抹者,纸札相压,投于筐箱中,历年不能净写一本。或好事者取去,后于他人家见,亦不复谓己作矣。①

至宋代,北宋的释智圆《闲居编》自序中是如此记述的:

> 随有所得,皆以草稿投坏囊中,未尝写一净本,儿童辈

(接上页)(中华书局,1997年);唐代:万曼《唐集叙录》(中华书局,1982年),陶敏、李一飞《隋唐五代文学史料学》(中华书局,2001年);宋代:祝尚书《宋人别集叙录》(中华书局,1999年),笕文生、野村鲇子《四库提要北宋五十家研究》(汲古书院,2000年),《四库提要南宋五十家研究》(汲古书院,2006年)等。另外,论及宋代文人的"焚弃"行为的有:王兆鹏《宋代诗文别集的编辑与出版——宋代文学的书册传播研究之一》(张廷杰编《第三届宋代文学国际研讨会论文集》,宁夏人民出版社,2005年,第298—307页)第二节"作品的选择与文集的删定"。

① 《甫里先生文集》卷一六,《四部丛刊》本。

旋充脂烛之费，故其逸者多矣。①

北宋石延年在自己文集所附的序文中这样说道：

> 性懒，有作不能录。早时解记数百篇，过壮记益衰，近
> 几尽废。有收百篇来者，览之或能尚识，或如非己言，久乃
> 能辨。②

北宋末南宋初的郑刚中在《北山集》自序中如此记述：

> 若辛丑以前见于纸笔者，皆为盗所火，不复能记忆矣。
> 甲子而后，时时因事有稿，老懒，杂置箧中。他日有能为余
> 收拾者否，所未能知也。③

南宋李曾伯的《可斋杂稿》自序是这样说的：

> 自少而壮，壮而老，天阏剡藤者多矣。其弃而酱蒙药
> 褚，不复可记忆，箧中断语零落，本无足采。④

在上面的事例中，那种放任自己作品流失、毫不在意自己
作品保存的创作者的散漫姿态是一目了然的。陆龟蒙和石延
年甚至于无法认出自己的作品。这种说法或许存在一定的夸
张成分，但只要不是有意识地对草稿进行保存的作者，这种状

---

① 《闲居编》卷首，《卍续藏经》本。

② 王秀梅点校《后村诗话》续集卷一引，中华书局，1983 年。关于石延年，欧阳修的《哭曼卿》(《四部丛刊》本《欧阳文忠公集》卷一)亦云："诗成多自写，笔法颜与虞。旋弃不复惜，所存今几余。"意谓其诗稿弃之不惜，所存无几。

③ 《北山集》卷首，《文渊阁四库全书》本。

④ 《可斋杂稿》卷首，《文渊阁四库全书》本。文中所见的"剡藤"是指剡溪的藤，作为造纸原料而为人所知。"酱蒙"出自《汉书·扬雄传》赞中刘歆语。对于扬雄的《太玄经》，刘歆曾说："吾恐后人用覆酱瓿也。"这是批判他人著述时所用的一种贬词。类似的说法还有《太平御览》卷五八七所引陆机的话。陆机曾说左思的《三都赋》"当以覆酒瓮耳"。其后，唐刘禹锡在《刘氏集略说》(瞿蜕园笺证《刘禹锡集笺证》卷二〇，上海古籍出版社，1989 年)中称自己的作品"道不加益，焉用是空文为，真可供酱蒙药褚耳"。这里把"酱蒙"和"药褚"组合起来，作为对自己作品的谦语而使用。此后，"酱蒙"就作为对自己著述的谦称而逐渐固定下来。

态就不可能完全避免。从唐到宋,记述创作者这种姿态的文字是为数极多的。①

渡过了种种难关而幸存下来的作品如今呈现在我们的面前。我们之所以能够阅读到过去文人们的作品,是因为它们被作为草稿保存下来,进而作为定稿而被收入文集的缘故。如果草稿成不了定稿,或者是没有被收集整理为文集的话,我们或许就不可能阅读到过去文人们的这些作品。无法阅读的作品也就无异于不存在。必须承认,对作品来说,是否被作为文集定稿而进行制定、保存,是关系到其存在方式上的本质差别的极为重要的问题。众所周知,马克思在他的《资本论》中,将产品作为商品与货币进行交换的过程称为商品的"惊险的跳跃"②。在此,笔者借用这一说法,亦将从草稿到文集定稿的过程称为草稿的"惊险的跳跃"。用些许夸张的说法,在这"跳跃"的背后上演着鲜为人知的故事。

唐代白居易在《苏州南禅院白氏文集记》③《白氏长庆集后序》④等文中自述,他通过对文集的复本制作和分散保管,以期作品保存的万无一失。像白居易这样明确的例子虽然稀少,但

---

① 例如,唐代李商隐《李贺小传》(刘学锴、余恕诚著《李商隐文编年校注》第5册,中华书局,2002年,第2265页)中称李贺"长吉往往独骑往还京雒,所至或时有着,随弃之";宋代梅尧臣在《林和靖先生诗集序》《林和靖先生诗集》卷首《四部丛刊》本)中论林逋"其诗时人贵重甚于宝玉,先生未尝自贵也,就辄弃之,故所存者百无一二焉";宋积臣《梅圣俞外集序》(朱东润编年校注《梅尧臣集编年校注》卷末,上海古籍出版社,1980年)论梅尧臣"又以其诗既多,不自收拾,故其散亡遗失,在前日已可惜";苏轼《答刘沔都曹书》(孔凡礼点校《苏轼文集》卷四九,中华书局,1986年)说自己的作品"随手云散鸟没矣";唐庚《眉山唐先生文集》序(《四部丛刊三编》本卷首)中说唐庚"至被谪南迁,其文益工,然随作随散,不复留稿,故今所存者极少";洪迈《野处类稿》自序(《文渊阁四库全书》本卷首)说自己"余自束发即喜学诗,然随作随弃,初不留意也"。

② 参考《资本论》第一部第一篇第三章第二节(《马克思恩格斯全集》第23卷,人民出版社,1972年)。

③ 朱金城笺校《白居易集笺校》卷七〇,上海古籍出版社,1988年。

④ 同上书,外集卷下。

如此有意识地希望自己的作品流传于后世的文人应该为数不少，例如李白，就是其中之一。据李阳冰《草堂集序》[①]的记述，晚年卧病在床的李白把自己诗作的"草稿"交付给他，并托付他编纂文集。魏颢在《李翰林集序》[②]中也提到李白托付自己编纂文集一事。李白对保留自己的作品持有这样积极的态度，多少出乎人们的意料之外。

　　自唐至宋，像李白、白居易这样有意识地保存自己的作品，意图流传后世的姿态，明显地在文人之间传播开来。其最好的证明就是这一时期自编文集的广泛流行。能够断定进行过自我编辑或是以近乎这种方式编辑过别集的文人，在六朝前期的阶段仅限于曹植、薛综等极少数人，到了六朝后期我们就可以举出萧子显、江淹、王筠、江总等不少文人，而到了唐代，像颜真卿、元结、权德舆、刘禹锡、李贺、李绅、元稹、白居易、许浑、刘蜕、孙樵、皮日休、郑谷、司空图、韩偓、罗隐等那样，能够判断自编过文集（诗集）的文人数量剧增（或许李白亦可列入其中），此后的宋代更是不胜枚举，可以认为此时文集的自编已经是非常普遍的了。

　　上述毫不在意草稿保存的文人们的事例，也可以放在这样的动向中进行把握。也就是说，正因为自觉地保存草稿的姿态得到了一般化的认可，才随之产生了这种对自己草稿的保存持无所谓态度的作者们的记录。事实上，他们中的很多人虽然对草稿的保存漠不关心，但最终还是亲自编纂过文集。从这种意义上来说，我们或许应该把他们的记叙理解为一种谦虚或韬晦的表述。也就是说，实际上他们通过一种极为委婉的方式表现了自己对草稿所抱有的极为深刻的严谨态度以及文人特有的

----

①　《李太白文集》卷一，影宋本。

②　同上。

固执,而上面引述的文字就是这种严谨态度的具体表现。

二、"焚弃"

对作品进行保存的自觉性,也就是对应该保存的作品进行选择的自觉性。只要是自觉的作者,谁也不会试图保存不符合自己的文学理念或是自己不满意的作品。三国魏的曹植给自己的文集《前录》附了序文。在《前录序》中他这样写道:

> 余少而好赋,其所尚也。雅好慷慨,所著繁多,虽触类而作,然芜秽者众,故删定别撰为前录七十八篇。①

在此需要注目的是所谓"删定"这一行为,即为了流传后世而将作品区分为应该保存的和不应该保存的,继而从文集中删除后者的行为。这可能是关于别集编纂中的"删定"行为的最初叙述②。包括别集在内,凡是所谓的文集,在编纂时大多会自然而然地伴随着这种"删定"。本章要探讨的"焚弃",即废弃自作(与此类似的说法形形色色,以下统称"焚弃")的行为,也不妨看作"删定"的一种发展。

然而,在这里我们有必要对下面的内容进行确认。虽然刚才我们将"焚弃"视为"删定"的发展,但是两者之间还是存在些许区别的。伴随着文集编纂的"删定",大概可以追溯到孔子对《诗经》的编纂。孔子从三千余篇诗作中,删除重复的、与礼教不符合的作品,从而编成了由所谓"三百篇"构成的诗集,也就是《诗经》(事见《史记·孔子世家》)。从此以后,"孔子(夫子、圣人)删诗"的说法就广泛流传了下来。也许与此相关,"删"字就具有了一种肯定的意义。与此相对,我们一般所说的"焚

---

① 汪绍楹校《艺文类聚》卷五五杂文部集序,中华书局,1965 年。

② 鲁迅《魏晋风度及文章与药及酒之关系》(《鲁迅全集》第三卷,人民文学出版社,2005 年,第 523—553 页)称魏朝时期为"文学的自觉时代"。此处所引曹植之语,也可以视为"自觉"的表现。

弃"，特别是"焚弃"著作的情况又是怎样的呢？应该说，此语会使我们联想到秦始皇的"焚书""焚诗书"事件，因此更容易让人感到它的否定性的意味。以下我们所要列举的，就是将"焚弃"这种反面行为施于自己作品的例子。在那里，此语原本所带有的反面阴影好像经过了拂拭似的，但若与"删定"进行比较，则不得不承认，它还是体现了某种过分的意志。

　　近代德语圈作家卡夫卡（Franz Kafka），在他晚年写给友人布劳德（Max Brod）的遗言中，请求他将自己除了已经出版的几部作品之外，其他的草稿全部焚弃。[①] 卡夫卡此语已经超越了单纯的"删定"范畴，体现了一种意欲把自己的作品从世上完全抹去的过分的自我否定意识。据笔者的管见，中国文人所进行的"焚弃"，与卡夫卡的行为基于同样的意志。或许我们也可以这样考虑："删定"是在编纂文集时为了更加妥当而从文集中删除某些作品，但这未必就是要消灭作品本身的存在；而与此相对，"焚弃"却是要消灭某个作品的存在，表现出自我否定的意志。以下，笔者想考察的就是体现了这种意志的"焚弃"行为。[②]另外，考察的对象仅限于在某种文学性的、艺术性的理念引导下而对文学作品进行的"焚弃"，不包括由于战乱、火灾等人力不可抗拒的因素以及基于政治性的、社会性的顾虑所进行的事例（例如，"焚弃"宫中上奏文书的草稿，即所谓的"削草""削稿"等）。对他人的作品所进行的事例亦不在考察之列。

---

　　① 参考卡夫卡著、布劳德编《审判》所附的布劳德后记（中野孝次译《决定版卡夫卡全集》第 5 卷，新潮社，1981 年）。

　　② 当然，在"删定"和"焚弃"之间是不可能划出明确的分界线的。例如，北宋张方平《谢苏子瞻寄乐全集序》（《乐全集》卷三四，《文渊阁四库全书》本）云："因而面告为删除其繁冗，芟夷其芜秽，十存三四。"秦观《淮海闲居集序》（徐培均笺注《淮海集笺注》后集卷六，上海古籍出版社，1994 年）云："余将西赴京师，索文稿于囊中，得数百篇，辞鄙而悖于理者，辄删去之。"这里可以看到与别集编纂有关的"删除""删去"等语，它们与"删定"相近，或许亦可视为"焚弃"的一种。不过，本章首先仅限于对使用"焚弃"或类似之语的例子进行考察。

如卡夫卡那样,试图抹去、废弃自作的事例,管见所及,李白是明确地持有这种意识的最初的文人之一。① 在《大鹏赋》的序文中,李白是这样说的:

此赋已传于世,往往人间见之。悔其少作,未穷宏达之旨,中年弃之。②

可以认为,在李白积极地保存自作的行为与其试图废弃自作的行为之间有着密切的联系。在晚唐段成式《酉阳杂俎》前集卷一二"语资篇"中亦可以看到这样的记载:

白前后三拟词选,不如意,悉焚之。唯留《恨、别赋》。③

此谓李白在编辑自选作品集的过程中曾大量废弃自作。假如这是事实的话,应该说李白的"焚弃"并不只限于《大鹏赋》一篇作品,而是历经数次,且其"焚弃"对象的范围颇广。

此外,杜牧也是同样有过焚弃自作行为的唐代文人之一。他的外甥裴延翰在《樊川文集》序中交代如下:

明年(引者注:大中六年)冬,迁中书舍人,始少得恙。尽搜文章,阅千百纸,掷焚之,才属留者十二三。④

---

① 晋陆云《与兄平原书》(黄葵点校《陆云集》卷八,中华书局,1988 年)中有"今视所作,不谓乃极,更不自信,恐年时间复捐弃之,徒自困苦尔。兄小加润色,便欲可出"之语,这一叙述"捐弃"自作的事实,或许可以称得上是更早的一例。但是,此处的"捐弃"可理解为将作品以不完全的状态搁置下来的意思。这一节的内容是请求兄长陆机对自己的作品加以"润色"。也就是说,陆云还是想让自作流传世间。基于此点,应该认为陆云所说的"捐弃"与本章所探讨的"焚弃"之间存在着若干差别。此外,晋朝陆机《文赋》(《文选》卷一七)云:"必所拟之不殊,乃暗合乎曩篇。虽杼轴于予怀,怵他人之我先。苟伤廉而愆义,亦虽爱而必捐。"梁朝刘勰《文心雕龙·指瑕》云:"又制同他文,理宜删革。"阐述了自作的表达如果与前人不谋而合就应该舍弃的见解。但是,此处所说"捐""删"不过是在初稿制作过程中舍弃一部分表达而已(可将其定为后述的"改定"行为的一环),应与本章所论的"焚弃"有所区别。
② 《李太白文集》卷二五。
③ 方南生点校《酉阳杂俎》,中华书局,1981 年。
④ 《樊川文集》卷首,上海古籍出版社,1978 年。

　　杜牧晚年决心要通过文章扬名后世,从而着手编纂《樊川文集》。为此,在重新审定自作草稿的过程中,"掷焚"了其中的许多作品。此种"焚弃"行为的产生,正是作者试图将草稿整理为文集即定稿的结果。这一条材料的重要性就在于,它从作者外围参与文集编辑者的视点来叙述了编纂文集即确定定稿的过程中所进行的"焚弃"行为。①

　　如上所述,"焚弃"自作的行为已散见于唐代②,而到了宋代后,更是极为频繁地被人谈及。试举宋人所作序文中的几个例子。北宋贺铸《庆湖遗老诗集》自序云:

　　　　始七龄,蒙先子专授五七言声律,日以章句自课。迄元祐戊辰,中间盖半甲子,凡著之稿者,何啻五六千篇。前此率三数年一阅故稿,为妄作也,即投诸炀灶,灰灭后已者屡矣。③

　　北宋晁冲之《晁具茨先生诗集》所附南宋喻汝砺的序文云:

　　　　(晁冲之)至于疾草,乃取平生所著书,聚而焚之,曰:

　　① 杜牧《献诗启》(《樊川文集》卷一六)亦云:"某苦心为诗,本求高绝,不务奇丽,不涉习俗,不今不古,处于中间。既无其才,徒有其奇,篇成在纸,多自焚之。今谨录一百五十篇,编为一轴,封留献上。"可见其大中六年以前也曾经"焚弃"自作。不过,此"启"是何时所作,投递给谁,今未详。

　　② 唐代的其他例子,如《旧唐书·马周传》云:"周临终,索所陈事表草一帙,手自焚之,慨然曰:'管晏彰君之过,求身后名,吾弗为也。'"这是马周为了避免死后留名而焚毁了表草。又如韩愈,王禹偁《再答张扶书》(《小畜集》卷一八,《四部丛刊》本)谓"今吏部(韩愈)自是者,著之于集矣;自惭者,弃之无遗矣",或许也可以看作"焚弃"的事例。而大诗人杜甫,其初期的作品没有流传的原因,亦可以推测为其曾进行过"焚弃",但是并没有这一事实的记录。有关杜甫的"焚弃",正如吉川幸次郎《杜甫诗注》第一册(筑摩书房,1977 年,第 20 页)中所云,最早的记述见于明代王嗣奭《杜臆》卷八:"其壮岁诗文遗逸多矣,岂后来诗律转细,自弃前鱼耶?"

　　③ 《庆湖遗老诗集》卷首,《文渊阁四库全书》本。序文的末尾有"丙子十月庚戌江夏宝泉监阿堵斋序"的文字。此处的"阿堵斋"是指贺铸本人。此可从贺铸于绍圣三年(丙子,1096)出任鄂州(江夏)宝泉监(一种管理货币即"阿堵"的官职)的事实以及贺铸本人的诗作《题宝泉官舍壁》(《庆湖遗老诗集》卷五)中得到确认。

205

"是不足以成吾名。"世之言语文章不得而污也。①

北宋末南宋初的周紫芝《太仓稊米集》自序云：

> 自是好之（引者注：指作诗）不衰，如人饮酒，日甚一日，然卒亦不能工也。中年取少时所作而诵之，悉皆弃去，可呕也。老来取中年所作而诵之，则又皆弃去，可笑也。今老矣，而竟不能加，安知他人诵之不呕且笑耶？②

以上事例都表明，作者在文学理想上的某种洁癖是其自我否定性的"焚弃"的原因。特别是晁冲之所谓"是不足以成吾名"，明确地表现了作者的意志：希望从这个世界上抹去那些可能玷污自己文学理想的作品。

那么，为何到宋代才出现如此之多的有关"焚弃"自作的记述？这里所反映的文学观念，需要通过其他的事例来考察。首先，试观北宋黄庭坚的事例。关于黄庭坚，北宋末南宋初的叶梦得《避暑录话》卷上记述了其兄黄大临的下述言论：

> 黄元明云："鲁直旧有诗千余篇，中岁焚三之二，存者无几，故自名《焦尾集》。"③

据说，黄庭坚在"中岁"（中年）编纂诗集时，焚毁了此前所作的许多初期作品，从而将剩余的诗歌编为《焦尾集》。④ 与刚才所说的杜牧事例相同，这也是伴随着文集的编纂而发生"焚

---

① 《晁具茨先生诗集》卷首，《海山仙馆丛书》本。
② 《太仓稊米集》卷首，《文渊阁四库全书》本。
③ 《避暑录话》卷上，《文渊阁四库全书》本。
④ 南宋韩元吉也曾做过同样的事，从而将自己的词集命名为《焦尾集》。其《焦尾集序》（《南涧甲乙稿》卷一四，《文渊阁四库全书》本）自述："予时所作歌词，间亦为人传道，有未免于俗者，取而焚之，然犹不能尽弃焉，目为焦尾集，以其焚之余也。"

弃"行为的例子。①

黄庭坚为何"焚弃"旧作？试回想一下上文所说李白的"焚弃"《大鹏赋》事例。如其自云，"悔其少作"，李白所废弃的《大鹏赋》是其年轻时的"少作"。处在"中年"阶段的李白在回首自己的"少作"时，认为那是没有保存价值的作品。之所以这样，无疑是因为李白的创作能力、鉴赏眼力有了进步、变化。黄庭坚编撰《焦尾集》也是在"中岁"即中年时期。对于中年的黄庭坚来说，自己青年时期的旧作遭"焚弃"是理所应当的吧。不只是李白、黄庭坚，其他文人们的"少作"成为"焚弃"对象的事例也屡见不鲜。可以认为，与"焚弃"自作紧密关联的，是伴随着作者年龄的增大而进步、变化的创作能力、鉴赏眼力乃至于文学观。②

基于同样的理由而发生的"焚弃"行为，还可以举出北宋宋祁的例子。对于宋祁，《直斋书录解题》卷一七的《宋景文集》解题，引用了宋祁《笔记》的如下一节：

> 景文《笔记》："余于为文似蘧瑗，年五十，知四十九年非。余年六十，始知五十九年非，其庶几至于道乎？""每见

---

① 相传黄庭坚晚年还有"删去"自作的行为。黄庭坚殁后，他的作品由其外甥洪炎编为《豫章黄先生文集》（即所谓内集），其遗漏的作品此后又由李彤编为《豫章外集》。李彤所附的跋文（黄䈞《山谷先生年谱》卷一引，《文渊阁四库全书》本《山谷内集》附）云："前集内《休亭赋》《墨戏赋》《白山茶赋》《木之彬彬》《悲愁》《演雅》《次韵答王慎中》《题张澄居士隐居三首》《题少章寄寂斋》《谢从善司业送惠山泉》《送刘士彦赴福建运判》《论语断篇》皆属先生晚年删去。"这是说，收入《前集》即洪炎所编文集中的《休亭赋》等十四篇，都是黄庭坚意欲"删去"的作品。此外，任渊《山谷内集诗注·目录》的《演雅》《平阴张澄居士隐处三诗》《送刘士彦赴福建运判》《谢黄从善司业寄惠山泉》《次韵子实题少章寄寂斋》各诗的题下注也吸收了李彤的这一说法。
② 关于此种意识在宋代广泛流行的论证，请参考笔者《文学的历史学——论宋代的诗人年谱、编年诗文集及"诗史"说》（拙著《距离与想象——中国诗学的唐宋转型》，上海古籍出版社，2005年，第280—334页）。

旧所作文章，憎之必欲烧弃。梅尧臣喜曰：'公之文进矣。'"①

这段有名的轶事，亦为吴曾《能改斋漫录》卷一〇、俞文豹《吹剑录外集》等所引用。这里明确地说到，把自己的旧作视为陈腐而欲将其"焚弃"的行为，与文章的进步相关。

北宋的陈师道也是一个以"焚弃"行为著名的文人。正如其门人魏衍在《彭城陈先生集记》②中所述："小不逮意，则弃去，故家之所留者止此。"陈师道本人也在《答秦觏书》③中说：

> 仆于诗，初无法师，然少好之，老而不厌，数以千计。及一见黄豫章，尽焚其稿而学焉。

导致陈师道"焚弃"自作的原因是什么？是他与黄庭坚作品的邂逅。因为目睹了黄氏出类拔萃的作品，自己此前的作品便显得那样陈腐，因而就想将其"焚弃"。④ 这里所叙述的，也是因文学鉴赏力的进步、变化而引起的"焚弃"行为之一。

北宋的苏洵在《上欧阳内翰第一书》中也记述了和陈师道相同的行为：

> 然后取古人之文而读之，始觉其出言用意，与己大异。时复内顾，自思其才，则又似夫不遂止于是而已者。由是尽烧曩时所为文数百篇，取《论语》、《孟子》、韩子及其他圣人、贤人之文，而兀然端坐，终日以读之者七八年。⑤

苏洵在此回顾了自己经历礼部省试和制举考试先后落第

---

① 徐小蛮、顾美华点校《直斋书录解题》卷一七，上海古籍出版社，1987 年。
② 任渊注《后山诗注》卷首，《四部丛刊》本。
③ 《后山集》卷九，《文渊阁四库全书》本。
④ 陆云《与兄平原书》(《陆云集》卷八)中也有"见兄文，辄云欲烧笔砚"之语。目睹了兄陆机的文章而意欲弃笔。丢弃"笔砚"与"焚弃"草稿虽然不同，但和陈师道的例子仍有共同之处。
⑤ 曾枣庄、金成礼笺注《嘉祐集笺注》卷一二，上海古籍出版社，1993 年。

的挫折后,沉潜于学问的经历。通过与"古人"书籍的重新邂逅,自己的旧作显得贫薄因而将其"尽烧"。苏洵的这一"焚弃"行为亦可从欧阳修的《故霸州文安县主簿苏君墓志铭》①中看到。

同样的事例还可以举出南宋的向子谭。楼钥《芗林居士文集序》引用了向子谭(芗林居士)为徐俯(字师川,号东湖)诗集所作的序文,叙述如下:

> 公为徐东湖诗集后序有云:"始为诗以数百计,一见师川快说诗病,尽焚其稿。"则知公之少作尤多,其所存者止此耳。②

向子谭因为遇到了徐俯并接受了他的批评,所以"焚"了自己的"少作"。

值得注意的事例还有南宋的杨万里,他也采取过与上述相同的"焚弃"行为。杨万里为自己的小集《江湖集》所写的《诚斋江湖集序》,引用了友人尤袤的见解,议论如下:

> 予少作有诗千余篇,至绍兴壬午七月皆焚之,大概江西体也。今所存曰《江湖集》者,盖学后山及半山及唐人者也。予尝举似旧诗数联于友人尤延之……延之慨然曰:"焚之可惜。"予亦无甚悔也。然焚之者无甚悔,存之者亦未至于无悔。③

在此,杨万里叙述了自己的诗风从初期的"江西体"向陈师道、王安石、唐人的诗风转变的过程,其"焚弃""少作"的事与此过程相关。尤袤说焚弃诗稿过于可惜,而杨万里则认为,如果不焚弃的话就会遗恨。杨万里之所以觉得必须"焚弃""少作",

---

① 《欧阳文忠公集》卷三四。
② 《攻媿集》卷五二,《四部丛刊》本。
③ 《诚斋集》卷八〇,《四部丛刊》本。

就是因为自己的诗风和自己对诗的见解发生了变化,从而觉得自己年轻时代的作品毫无价值吧。之所以发生这样的变化,是因为接触到了陈师道、王安石、唐人的诗的缘故。[①]

以上,我们考察了宋代文人们"焚弃"自作的行为。但是,事实上他们的作品被汇集为文集而流传至今,并不是所有的作品都被"焚弃"。例如,上引周紫芝《太仓稊米集》自序的下文云:

> 小儿曹未尝学文,不识诗病,误以为好而掇拾其遗,得若干卷,录而藏之。

像这样,作者本人虽欲"焚弃",却被其子孙、友人以及门人编成了文集的例子,也是屡见不鲜的。南宋包恢《敝帚稿略》自识:

> 畴昔虽或有斐然妄发,未尝留稿,中间有亲友见之,不忍弃,为之收拾类聚,因而成编,遂有误传录以去者。[②]

这里说的正是友人违悖己意编辑文集的事例之一。

此外,贺铸《庆湖遗老诗集》的自序中,接着上面所引的内容说:

[①]　以上所列举的是由于自己文学观的进步、变化从而促成了"焚弃"自作的事例。当然,"焚弃"自作也有很多另外的理由,例如下述的议论。南宋范开所作的辛弃疾《稼轩词》(四卷本《稼轩集》甲集,吴昌绶、陶湘辑《景刊宋元明本词》,上海古籍出版社,1989 年)的序文云:"微吟而不录,漫录而焚稿,以故多散逸。是亦未尝有作之之意。"在这里,创作上没有"作之之意"成为辛弃疾"焚弃"作品的理由。范开的这一说法基于苏轼《南行前集叙》(《苏轼文集》卷一〇)的如下议论:"夫昔之为文者,非能为之为工,乃不能不为之为工也……自少闻家君之论文,以为古之圣人有所不能自已而作者。故轼与弟辙为文至多,而未尝敢有作文之意。"同样以苏轼的这一议论为基础,姜夔《白石道人诗集》自序(《白石道人诗集》卷首,《四部丛刊》本)亦云:"悉取旧作秉畀炎火,俟其庶几于不能不为,而后录之。"这也是将"焚弃"行为与"作意"的有相关联的言论。我们可以从中捕捉到这样的一种想法:在不能不作的场合自然而然写出的作品才是重要的,为作文而作文的作品则是必须"焚弃"的对象。

[②]　《敝帚稿略》卷首,《文渊阁四库全书》本。

> 年发过壮，志气日衰落，吟讽虽夙所嗜，亦颇厌调声俪
> 句之烦。计后日所赋益寡，而未必工于前。念前日之爨烬
> 为妄弃也，始哀拾其余而缮写之。

从这段文字中我们可以看到，贺铸因为自己年老志衰，心境发生了变化，从而没能贯彻"焚弃"的意志。同样不能彻底进行"焚弃"的还有南宋的陆游，其《跋诗稿》云：

> 此予丙戌以前诗二十之一也，及在严州再编，又去十
> 之九。然此残稿终亦惜之，乃以付子聿。①

这是陆游晚年的记述。在此之前他一直都在持续着诗稿的"焚弃"，而风烛残年目睹幸存的草稿，惋惜之情油然而生，遂将其尽数托付于子嗣。

假如尚需更多事例的话，不妨看一下北宋李觏《退居类稿》自序所谓"未能尽无愧，闵其力之劳，辄不弃去"②，南宋姚镛《雪篷稿》自序的"取旧稿读之，大有愧焉，将畀烈炬，有类鸡肋者，因为一编，以识予愧"之语③。从这里可以看到，文人们虽然抱有近乎洁癖的文学理想，但结果也不能不有所妥协。我们还可以在宋代的文献中看到为数极多的"不忍弃去"之语，表明虽非尽符心意之作，而最终仍没能舍弃的事实。④

上文提到了卡夫卡希望烧毁自己草稿的遗言。此遗言中

---

① 《渭南文集》卷二七，《四部丛刊》本。
② 《直讲李先生文集》卷首，《四部丛刊》本。
③ 陈起编《江湖小集》卷一五，《文渊阁四库全书》本。"鸡肋"一语也经常成为书名，如北宋晁补之《济北晁先生鸡肋集》、南宋庄绰《鸡肋篇》、何希之《鸡肋集》、明代王佐《鸡肋集》等，从中也反映出同样的想法吧。
④ 例如，北宋宋祁《西州猥稿系题》（《景文集》卷四八，《武英殿聚珍版书》本）云："凡得百余篇，杂内褚中，命曰猥稿。野庖之芹，穷纬之蒯，自爱而不忍弃也。"北宋苏辙《栾城后集引》（《栾城后集》卷首，《四部丛刊》本）云："顾前后所作至多，不忍弃去，乃哀而集之。"南宋姜特立《梅山续稿》自序（《梅山续稿》卷首，《文渊阁四库全书》本）云："虽有惭大雅，譬如鸡肋，不忍弃也。"

有这样一段话："到现在为止，我所写的作品中，值得首肯的只有《判决》《火夫》《变身》《在流刑地》《乡村医生》以及故事《断食艺人》……虽然首肯上面的五册和故事，但是并没有通过增印使其流传后世的意愿。反过来说，只有这些作品全部彻底地消失，才符合我的本意。"①如果坦率地理解这段文字，那就是说，卡夫卡虽然在某种程度上认可既已出版的《判决》等作品的价值，但是他的真正愿望是，若有可能，最好将包括这些作品在内的自己所有的作品彻底从这个世界上抹去。这同时也就意味着，他希望彻底消除自己在这个世界上存在过的痕迹。中国文人们的"焚弃"行为，想来不会走向这种过度的彻底的自我否定。应该说，这或许就是近代和前近代所表现出来的差别。

三、"改定"

南宋徐度的《却扫编》卷中，记叙了陈师道诗作的情况。与上一部分所述一样，此处也谈及了其废弃自作的行为：

> 陈正字无己，世家彭城。后生从其游者常十数人。所居近城，有隙地林木，闲则与诸生徜徉林下。或慨然而归，径登榻，引被自覆，呻吟久之，矍然而兴，取笔疾书，则一诗成矣。因揭之壁间，坐卧哦咏，有窜易至月十日乃定，有终不如意者，则弃去之。故平生所为至多，而见于集中才数百篇。今世所传率多杂伪，唯魏衍所编二十卷者最善。②

值得注意的是，这里将自作的"窜易"与自作的"弃去"相并列。所谓"窜易"，指对已经写成的初稿进行修改的行为，又称为"改定""窜改""改窜""点窜"等（以下统称为"改定"）。可以认为，

---

① 据前揭《决定版卡夫卡全集》第 5 卷第 219 页引用。
② 徐度《却扫编》卷中，《津逮秘书》本。同样的记载也见于后文引述的罗大经《鹤林玉露》甲编卷六。

"焚弃"自作的行为与继续改写自作草稿即"改定"的行为具有联动的关系,因为这两种行为都出自同一种意志,就是只希望符合自己心意的作品成为定稿而流传后世。① 上引有关陈师道的记述就清楚地显示了这一点。

这样,所谓的"改定"就是如何将草稿制成定稿,即以草稿的合理化为目的的行为,从中体现了作者面对草稿时的某种深刻的矜持。例如,我们可以参考北宋张方平关于自作草稿的如下言说,见其《谢苏子瞻寄乐全集序》:

> 凡所经述,或率意,或应用,每有稿草,投之箧中,未尝再阅。若再阅,辄不如意,自鄙恶之。故积两箧,不曾有所改窜。②

张方平的话显示了对自作的保存毫不在意的样子,草稿被丢在一边,既不去重读,当然也不进行"改窜"。如其所述,对草稿若不经意,便没有"改窜"即"改定"的行为。那么反过来可以证明,支撑着"改定"行为的是对于草稿的矜持态度。

在中国,"改定"自作的行为本身具有颇为悠久的传统。三国魏的曹植已在《与杨德祖书》中表述:"仆常好人讥弹其文,有不善者,应时改定。"③晋朝陆云的《与兄平原书》中,也有不少围绕"改定"的记述。④ 另外,梁朝刘勰的《文心雕龙》专设"镕裁"一篇,讨论有关文章"改定"的各种问题。在唐代,杜甫《解闷十二首》(其七)中有"新诗改罢自长吟"之句⑤,白居易《诗解》中有"旧句时时改"之句⑥,郑谷《中年》中有"衰迟自喜添诗学,更把

---

① 所谓的"改定""窜改""窜易""改窜",也包括流传过程中被他人改写的事例,但本章暂不探讨此种情况。
② 《乐全集》卷三四,《文渊阁四库全书》本。
③ 《文选》卷四二,胡刻本《文选注》,艺文印书馆,1979 年。
④ 《陆云集》卷八。
⑤ 仇兆鳌注《杜诗详注》卷一七,中华书局,1979 年。
⑥ 《白居易集笺校》卷二三。

前题改数联"之句①。据贯休《山居诗并序》的序文所记，贯休曾将自己创作的《山居诗》草稿转让他人，后来草稿再次返回到他的手中，他便加以修改。② 这序文中有"一日抽毫改之，或留之，除之，修之，补之"之语。此外，如晋王羲之《兰亭序》、唐颜真卿《祭侄文稿》《告伯父文稿》《争座位文稿》那样，其涂抹、补写等"改定"的痕迹还保留在草稿上，作为书帖而流传至今。③

不过，从魏晋至唐代的"改定"，在考察时有必要注意一点。先来看一下《新唐书·文艺上·王勃传》中的如下记述：

> 勃属文，初不精思，先磨墨数升，则酣饮，引被覆面卧，及寤，援笔成篇，不易一字，时人谓勃为腹稿。④

王勃能一气呵成地写出文章，宛如事前准备好了草稿似的。人们将此称为"腹稿"。他的这一奇怪举动，特别是引被覆面的做法，与《却扫编》记述的陈师道创作时的情形相同。可是，这里说的是"援笔成篇，不易一字"，即未经修改字句，一气而成定稿的写法，换言之，就是将草稿直接确立为定稿。在这个意义上，可说是与陈师道多次改易的创作方式相反。

与王勃相同的创作方式，已见于更早的文献。例如后汉祢

---

① 严寿澄、黄明、赵昌平笺注《郑谷诗集笺注》卷三，上海古籍出版社，1991 年。

② 《禅月集》卷二三，《四部丛刊》本。

③ 请参考伏见冲敬解说《东晋·王羲之·兰亭叙七种》(二玄社，《书迹名品丛刊》22，1959 年)、《唐·颜真卿·三稿》(同上 34，1960 年)。顺便提及，以欧阳修《欧阳氏谱图序稿》(参考杨仁恺主编《辽宁省博物馆藏·书画著录·书法卷》，辽宁美术出版社，1999 年)、苏轼《定惠院月夜偶出诗稿》(参考刘正成主编《中国书法全集》第 33 卷苏轼卷一，荣宝斋，1991 年)以及黄庭坚《王史二氏墓志铭稿》(参考《中国法书选 四七 宋·黄庭坚集》，二玄社，1989 年)为代表，遗留有"改定"痕迹的宋代以降的书帖，亦为数不少。

④ 《新唐书·文艺上·王勃传》，中华书局，1986 年。有关王勃的相同记述，亦见于《酉阳杂俎》前集卷一二"语资篇"、《唐语纪事》卷七、《唐才子传》卷一等。另外，《旧唐书·王勃传》仅云"勃文章迈捷，下笔则成"，比《新唐书》的记述远为简略。

衡《鹦鹉赋序》云："衡因为赋,笔不停缀,文不加点。"①《三国志·魏志·王粲传》云："善属文,举笔便成,无所改定,时人常以为宿构。"②《世说新语·文学》记阮籍"宿醉扶起,书札为之,无所点定,乃写付使,时人以为神笔"③,等等。唐代的例子为数极多,如《旧唐书·文苑中·贺知章传》"醉后属词,动成卷轴,文不加点,咸有可观"④,《本事诗·高逸》谓李白"取笔抒思,略不停缀,十篇立就,更无加点,笔迹遒利,凤跱龙拏,律度对属,无不精绝"⑤等。跟王勃的"腹稿"同义的"宿稿""夙稿"等说法,也是自古就有的。从这些例子中可以看出,从六朝到唐代前期,不加"改定"而一口气写成定稿的能力被视为杰出文人的标志。

当然,这样的创作方式在以后的时代里也继续被视为杰出文人的标志。在宋代,将无需"改定"而能写成作品的文人推为杰出的记述,也多有其例(从下面的引文中亦可窥见此点)。应该认为,不经"改定"而一气呵成的创作方式,与屡作"改定"的创作方式是并存的。但是,依笔者的私见,从唐代后期到宋代,文人的主观倾向似由前者向后者转化,其典型的表现,就是唐代后期越来越显著的流行"苦吟"的趋势,而贾岛和韩愈的"推敲"故事就是其中的一环⑥。接下来到了宋代,"改定"就更为广泛地盛行于文人间,这当然就可以视为唐代后期的这一趋势的

---

① 《文选》卷一三。
② 陈乃乾校点《三国志》,中华书局,1982 年。
③ 余嘉锡笺疏《世说新语笺疏》,上海古籍出版社,1993 年。
④ 《旧唐书·文苑中·贺知章传》,中华书局,1988 年。
⑤ 丁福保辑《历代诗话续编》本,中华书局,1983 年版。
⑥ "推敲"一事,见《鉴诫录》卷八、《诗话总龟》前集卷一一苦吟门等引《唐宋遗史》、《唐诗纪事》卷四〇等。不过,"改定"和"推敲"之间有着若干差别,这一点必须注意。前者主要指作品初稿完成后所追加的字句修正,而后者则是在初稿完成过程中对字句的选择加以琢磨。此外,"推敲"一语,原先基本上与韩愈和贾岛的故事相关,到南宋才成为被今人用来指修正字句的一般词语。

发展。例如，北宋唐庚《唐子西语录》云：

> 诗最难事也。吾于他文，不至蹇涩，惟作诗甚苦，悲吟累日，仅能成篇。初读时，未见可羞处，姑置之。明日取读，瑕疵百出，辄复悲吟累日，反复改正，比之前时，稍稍有加焉。复数日，取出读之，疵病复出。凡如此数四，方敢示人，然后乃能奇。①

这段话就表明了"苦吟"和"改定"之间的联系。

在宋代，载有曾经"改定"自作的文人是不胜枚举的。其中尤为众所周知的，或许就是欧阳修的事例吧。比如，南宋陈善《扪虱新话》上集卷三记述如下：

> 世传欧阳公平昔为文，每草就纸上净讫，即黏挂斋壁，卧兴看之，屡思屡改，至有终篇不留一字者。盖其精如此。②

接下来，陈善将欧阳修的"改定"和杨亿的"挥翰如飞，文不加点"的创作方式（即类似于王勃的创作方式）进行对比，从而得出结论："欧公、大年要皆是大手。欧公岂不能与人斗捷哉？殆不欲苟作云尔。"——欧阳修是足以与杨亿匹敌的伟大文人，他并非不能与别人进行创作速度上的竞争，只不过不愿粗率了事而已。这是对欧阳修的"改定"持积极评价的态度。

关于欧阳修的"改定"，还有不少记述，如北宋末南宋初的朱弁《曲洧旧闻》卷四云：

> 及见其草，逮其成篇，与始落笔十不存五六者，乃知为文不可容易。③

---

① 常振国、绛云点校《竹庄诗话》卷一引，中华书局，1984 年；亦见《潭南诗话》卷二，字句稍异。
② 《扪虱新话》上集卷三，《儒学警悟》本。
③ 《曲洧旧闻》卷四，《知不足斋丛书》本。

又如南宋朱熹《朱子语类》卷一三九评论《醉翁亭记》①云：

> 欧公文亦多是修改到妙处，顷有人买得他《醉翁亭记》稿，初说滁州四面有山，凡数十字，末后改定，只曰"环滁皆山也"五字而已。②

类似的记述为数极多。③ 在宋代，欧阳修乃是新的文学潮流的开创者。欧阳修对于"改定"行为的这种积极态度，无疑对后来文人们的"改定"产生了不小的影响。

时至宋代，"改定"不但成为一种被普遍接受的创作方式，文人们对于"改定"的文学意义的认识也获得了深化。可以说，"改定"行为已经被提升为一个文学理论上的问题。试从诗话类书籍中选择一些有关"改定"的有代表性的议论，作为具体的例证来加以考察。

首先是北宋王直方的《王直方诗话》，其中以苏轼为例，议论如下：

> 东坡作《蜗牛》诗云"中弱不胜触，外坚聊自郭。升高不知疲，竟作黏壁枯"，后改云"腥涎不满壳，聊足以自濡。升高不知回，竟作黏壁枯"。余以为改者胜。④

① 见《欧阳文忠公集》卷三九。

② 王星贤点校《朱子语类》卷一三九，中华书局，1986年。

③ 再举出几例。北宋吕希哲《吕氏家塾记》（元朝王构《修辞鉴衡》卷二引，《文渊阁四库全书》本）云："欧公每为文，既成必自窜易，至有不留本初一字者。其为文章则书而傅之屋壁，出入观省之。至于尺牍单简，亦必立稿。其精审如此。"南宋袁褧《枫窗小牍》（《文渊阁四库全书》本）卷下云："欧阳文忠公《樊侯庙灾记》真稿旧存余家，其中改窜数处，如'立军功'三字，稿但曰'起家'……凡定二十三字，书亦遒劲。"南宋袁燮《跋西园诗集》（《絜斋集》卷八，《文渊阁四库全书》本）云："欧阳公言语妙天下，浑然精粹，无片言半辞舛驳于其间，可谓至矣。而张之壁间，往复观之，一字未安，改之乃已。"

④ 郭绍虞辑《宋诗话辑佚》本，中华书局，1980年。所引苏轼诗，为《雍秀才画草虫八物·蜗牛》（冯应榴辑订《苏文忠公诗合注》卷二四，乾隆五十八年桐乡冯氏踵息斋刊本，中文出版社，1979年）。

同书还有一段关于黄庭坚的议论：

> 山谷与余诗云"百叶湘桃苦恼人"，又云"欲作短歌凭阿素，丁宁夸与落花风"。其后改"苦恼"作"触拨"，改"歌"作"章"，改"丁宁"作"缓歌"。余以为诗不厌多改。①

北宋末南宋初的何薳《春渚纪闻》卷七，列举了白居易、欧阳修、苏轼的例子，议论如下：

> 自昔词人琢磨之苦，至有一字穷岁月，十年成一赋者。白乐天诗词，疑皆冲口而成，及见今人所藏遗稿，涂窜甚多。欧阳文忠公作文既毕，贴之墙壁，坐卧观之，改正尽善，方出以示人。薳尝于文忠公诸孙望之处，得东坡先生数诗稿，其和欧叔弼诗云"渊明为小邑"，继圈去"为"字，改作"求"字，又连涂"小邑"二字，作"县令"字，凡三改乃成今句。……又知虽大手笔，不以一时笔快为定而惮于屡改也。②

南宋初吕本中《童蒙诗训》中是这样论及杜甫、欧阳修和黄庭坚的：

> 老杜云："新诗改罢自长吟。"文字频改，工夫自出。近世欧公作文，先贴于壁，时加审定，有终篇不留一字者。鲁直长年多改定前作，此可见大略，如宗室挽诗云："天网恢中夏，宾筵禁列侯。"后乃改云："属举左官律，不通宗室

---

① 所引黄庭坚诗，为《出礼部试院王才元惠梅花三种皆妙绝戏答三首（其三）》（任渊注《山谷内集诗注》卷九，光绪间义宁陈氏景刊覆宋本，艺文印书馆，1969 年。现行诸本"湘桃"作"细梅"）以及《谢王舍人剪状元红》（《山谷内集诗注》卷九）。

② 张明华点校《春渚纪闻》卷七，中华书局，1983 年。所引苏轼诗，为《欧阳叔弼见访诵陶渊明事叹其绝识既去感慨不已而赋此诗》（《苏文忠公诗合注》卷三四）。

侯。"此工夫自不同矣。①

南宋吴曾《能改斋漫录》卷一一引用苏轼之语来论述韩驹：

> 韩子苍，绍兴初寄居临川。周表卿时为宜黄丞，岁满，公以诗送之云："……官居四合峰恋绿，驿路千林橘柚黄。莫恋乡关留不去，汉廷今重甲科郎。"其后改"峰恋绿"为"峰恋雨"，"橘柚黄"为"橘柚霜"，改"莫恋乡关留不去"作"莫为艰难归故里"，益见其工。东坡尝语参寥云："如杜'新诗改罢自长吟'，乃知老杜用心甚苦。"予以是知诗不厌改。②

韩驹所作的这一"改定"，与南宋魏庆之《诗人玉屑》卷八"锻炼"中引用的韩驹《室中语》几乎是同样的内容。《诗人玉屑》卷八所引的韩驹《室中语》，还有如下一节：

> 赋诗十首，不若改诗一首。少陵有"新诗改罢自长吟"之句，虽少陵之才，亦须改定。③

《诗人玉屑》卷八还引用了韩驹《室中语》的一节云：

> 诗不可不改。余在龙安道中，尝作五言诗，其初云"雨时万木翳，雨后群山开"，后改为"未雨万木翳，既雨群山开"，与其初大段不同。④

---

① 《童蒙诗训》，郭绍虞辑《宋诗话辑佚》本。所引黄庭坚诗，为《宗室公寿挽词二首（其一）》（《山谷内集诗注》卷一一）。所引诗句，《山谷内集诗注》等现行诸本作"天网恢中夏，宾筵禁列侯"。此外，关于黄庭坚的这一"改定"，周必大《山谷哭宗室公寿诗》（《文忠集》卷一七七，《文渊阁四库全书》本）引用陆游之语云："务观云：韩子苍常见鲁直真迹，第三联改云'属举左官律，不通宗室侯'，以此为胜，而曾吉甫独取前作。"

② 《能改斋漫录》卷一一，上海古籍出版社，1979年。所引韩驹诗，为《顷年侍立集英殿见周表卿唱名第二客居临川表卿为宜黄丞岁满访别以诗送之》（《陵阳集》卷四，《文渊阁四库全书》本）。苏轼之语出处未详。

③ 《诗人玉屑》卷八，上海古籍出版社，1978年。

④ 所引韩驹诗，为《黄龙山中》（《陵阳集》卷一）。

《诗人玉屑》卷一九引南宋黄昇《玉林诗话》，这样论及赵师秀的诗句：

> 赵天乐《冷泉夜坐》诗云："楼钟晴更响，池水夜如深。"后改"更"为"听"，改"如"为"观"。《病起》诗云："朝客偶知承送药，野僧相保为持经。"后改"承"为"亲"，改"为"为"密"。二联改此四字，精神顿异，真如光弼入子仪军矣。①

再看一例，南宋罗大经《鹤林玉露》甲编卷六"作文迟速"条议论如下：

> 李太白一斗百篇，援笔立成。杜子美改罢长吟，一字不苟……余谓文章要在理意深长，辞语明粹，足以传世觉后，岂但夸多斗速于一时哉。山谷云："闭门觅句陈无己，对客挥毫秦少游。"世传无己每有诗兴，拥被卧床，呻吟累日，乃能成章。少游则杯觞流行，篇咏错出，略不经意。然少游特流连光景之词，而无己意高词古，直欲追踪骚雅，正自不可同年语也。②

这里将像李白、秦观那样不经"改定"一气呵成定稿的创作方式与像杜甫、陈师道那样反复"改定"的创作方式进行比较并作出论述。很明显，罗大经对后者的创作方式表示了共鸣。前文所引的陈善《扪虱新话》，在与杨亿一气呵成的创作方式进行对比的同时，肯定了欧阳修的"改定"行为，罗大经的见解与此相同。

上面所引的议论，无一不从作品的"改定"中发掘其积极的意义，在这一点上，显示了崭新的文学观念，不同于六朝至唐前

---

① 所引赵师秀诗《冷泉夜坐》《病起》均收于《清苑斋诗集》。《文渊阁四库全书》本《清苑斋诗集》所收为改定后的文本。

② 王瑞来点校《鹤林玉露》甲编卷六，中华书局，1983年。所引黄庭坚诗，为《病起荆江亭即事十首（其八）》（《山谷内集诗注》卷一四）。

期的阶段。随着文人专心致志于"改定"自作行为的普遍化,对于"改定"所具有的文学意义的认识也进一步得到了深化。这种积极肯定"改定"行为的看法得到确立的时代,便是宋代。

四、"草稿"与"定本"

当我们考察中国文人,特别是宋人有关"焚弃""改定"的言论时,就会发现一系列经常被提到的词语,"草稿""手稿""手笔""手帖""手泽""真迹"等,表示作者的原始文稿或类似之物(以下统称为"草稿")。众所周知,在宋代,伴随着出版文化的兴盛,文集的"版本""印本"已开始流行,但另一方面,宋人对于"草稿"的关注也达到了前所未有的程度。实际上,谈及同时代或前代作者之"草稿"的文章(例如题跋),在宋代急剧增加,这是以前的任何一个朝代都无法比拟的。① 可以说,与"焚弃""改定"相关联的有关"草稿"的论述,也就是在这样的潮流中所产生的。以下,笔者就尝试从这一角度再加若干考察(此外,出于对书法艺术的关心而论及"草稿"的现象是自古就有的,宋代也是如此,但本章暂不涉及这方面的问题)。

从某种意义上说,有关"焚弃""改定"的言论中提到"草稿"

---

① 对"草稿"所表现出来的高度关注,与"版本"的流行未必无关。反过来也可以认为,正是由于"版本"的流行,才导致了人们对"草稿"的关注。就此而言,值得注意的是,宋代出现了不少将"版本"与"草稿"之类进行比较的议论。例如,南宋赵彦卫《云麓漫钞》(傅根清点校,中华书局,1996 年)卷四将苏轼词的"版本"和"真迹"进行比较,而对后人妄改"真迹"的做法加以批判:"版行《东坡长短句》,《贺新郎》词云'乳燕飞华屋'。尝见其真迹,乃'栖华屋'。《水调歌》词,版行者末云'但愿人长久',真迹云'但得人长久'。以此知前辈文章为后人妄改亦多矣。"这也就是说,"真迹"是原始的正确的文本,而"版行"则是包含了错误的文本。陆游《跋唐卢肇集》(《渭南文集》卷二八,《四部丛刊》本)是关于唐代卢肇(字子发)文集的议论:"子发尝谪春州,而集中误作'青州',盖字之误也。《题清远峰观音院》诗,作'青州远峡',则又因州名而妄窜定也。前辈谓印本之害,一误之后遂无别本可证,真知言哉。"这同样是指责印本错误所带来的弊害。或许应该认为,正是这种包含谬误的"版本"的流行,反过来促使人们重新认识"真迹"的价值。

是理所当然的事。无论是进行"焚弃"还是"改定",其对象都无非是"草稿"。正因为作品还处在"草稿"的阶段,才会成为"焚弃""改定"的对象,若已经脱离了"草稿"的阶段,那么原则上已不能成为"焚弃""改定"的对象了。脱离了"草稿"阶段的作品,也便是所谓的"定本"(定稿、最终稿),它表明作品已经历了"焚弃""改定"而走到最后一步,凝为完成状态。接下来,就如本章开篇已谈及的那样,将成为"定本"的作品收集成书,即是所谓的文集(别集)。特别是当文集被刊行为"版本""印本"的时候,其作为"定本"之集成的倾向,就进一步获得强调,虽然"定本"未必总能被刊行为"版本"。

联系"焚弃""改定"来把握"草稿",就会面临一个问题:"草稿"是如何成为"定本"的。这也就是对于"定本"制定过程的关注。无论是"焚弃"还是"改定",其行为的目的都是:如何将作品的"草稿"制成"定本",如何制定最完善的"定本"。那么,在考察"定本"的制定过程时,比起"焚弃"来尤为重要的应该是"改定"。因为"草稿"一旦被"焚弃",其走向"定本"的途径就断绝了;与此相对,"改定"则是以走向"定本"为目标而被选择的一条途径。

这里再举出几个联系"改定"而言及"草稿"的例证。南宋胡仔《苕溪渔隐丛话前集》卷八引用了北宋张耒关于白居易的论述:

> 世以乐天诗为得于容易而来,尝于洛中一士人家见白公诗草数纸,点窜涂之,及其成篇,殆与初作不侔。①

南宋邵博《邵氏闻见后录》卷一五记载了安信之之子安允(未详)有关韩愈的论述:

---

① 廖德明校点《苕溪渔隐丛话前集》卷八,人民文学出版社,1981 年。《王直方诗话》亦有同样的记述。

旧藏韩退之家集第二十六、二十七二卷，茧纸正书，有
退之亲改定字。①

南宋周必大《跋景文公唐史稿》对白居易和欧阳修论述如下：

香山诗语平易，六一文辞清骏，疑若信手而成者，间观
遗稿，则窜定甚多。②

南宋洪迈《容斋随笔》续笔卷八论述王安石如下：

王荆公绝句云："……春风又绿江南岸，明月何时照我
还。"吴中士人家藏其草，初云"又到江南岸"，圈去"到"字，
注曰"不好"，改为"过"，复圈去而改为"入"，旋改为"满"，
凡如是十许字，始定为"绿"。③

这些例子都是在亲眼目睹作者手稿的基础上，记录其"点窜"
"改定""窜定"的实况。

将对"草稿"的关注与有关"改定"的问题相关联而进行论
述的，还有一些别的例证。接下来，作进一步考察。北宋末南
宋初的韩驹，是一个众所周知的不惮"改定"的文人，上节所引
吴曾《能改斋漫录》、魏庆之《诗人玉屑》中亦已谈及。南宋刘克
庄《江西诗派小序·韩子苍》亦云："（韩驹）其诗有磨淬剪裁之
功，终身改窜不已，有已写寄人数年，而追取更易一两字者，故
所作少而善。"④与此几乎相同的内容，已见于南宋陆游《跋陵阳
先生诗草》，他比刘克庄更早，而且亲眼看到了韩驹的草稿，即
所谓"诗草"。其说如下：

右陵阳先生韩子苍诗草一卷，得之其孙籍。先生诗

---

① 刘德权、李剑雄点校《邵氏闻见后录》卷一五，中华书局，1983 年。
② 《文忠集》卷一六，《文渊阁四库全书》本。
③ 《容斋随笔》续笔卷八，上海古籍出版社，1978 年。所引王安石诗，为《泊船
瓜洲》（《临川先生文集》卷二九，《四部丛刊》本）。
④ 《后村先生大全集》卷九五，《四部丛刊》本。

擅天下，然反复涂乙，又历疏语所从来，其严如此，可以为后辈法矣。予闻先生诗成，既以予人，久或累月，远或千里，复追取更定，无毫发恨乃止，则此草亦未必皆定本也。①

这段话描述了这样一种事态：由于韩驹的草稿被反复"改定"，以至于不易断定哪一本才是"定本"。先前我们说过"改定"是关系到"定本"制定过程的行为，而陆游关于"改定"的这段话，确实触及了有关"定本"本身的问题。

南宋周必大的《跋韩子苍诗草》，基于上面所引的陆游跋文，对韩驹《赠张景方》②的诗稿记述如下：

"尚半存""仅勉燔"六字，印本互易之，比稿为胜。务观谓未必皆定本，谅哉。③

周必大说，将该诗的草稿与韩驹集的"印本"作比较，"印本"的文字更为优胜，故陆游所谓"未必皆定本"的结论是正确的。一般来说，"草稿"之类所体现出来的手迹的权威性是为人们所公认的，亦多被视为更接近"定本"的文本。但是，这也不尽然，因为"草稿"始终存在着被作者（或作者以外的人）修改的可能性或危险性。④

---

① 《渭南文集》卷二七，《四部丛刊》本。
② 《陵阳集》卷三，《文渊阁四库全书》本。
③ 《文忠集》卷一九，《文渊阁四库全书》本。"尚半存""仅勉燔"是这首《赠张景方》诗的七言句的下三字。"勉"为"免"之讹。
④ 周必大的类似言论还有不少。例如，《跋东坡代张文定公上书》（《文忠集》卷一八）论述了苏轼作品的文本："此稿比集本减数句，改数字，当以集为正。"此处说的是，比起"稿"来，"集本"即作为别集编订的书籍更接近于定稿。又，《跋汪逵所藏东坡字》（《文忠集》卷五○）将苏轼《梅花二绝》诗等作品的"手写"本与"集本"进行比较说："右苏文忠公手写诗词一卷。《梅花二绝》，元丰三年正月贬黄州道中所作。'昨夜东风吹石裂'，集本改为'一夜'……某每校前贤遗文，不敢专用手书及石刻，盖恐后来自改定也。"这里指出，"手书""石刻"未必是正确的文本（定稿），因为作者本人在编订"集本"的过程中有可能对"草稿"进行"改定"。

　　再来读一段周必大的言论。其《欧阳文忠公集后序》对欧阳修的"改定"行为论述如下，这也是针对作者本人"手写"的草稿及"手帖"所发的议论：

> 前辈尝言，公作文揭之壁间，朝夕改定。今观手写《秋声赋》凡数本，刘原父手帖亦至再三，而用字往往不同，故别本尤多。后世传录既广，又或以意轻改，殆至讹谬不可读……①

　　周必大说，由于草稿不断被"改定"，欧阳修的作品出现了很多的"别本"。在陆游的说法中，"改定"与"定本"的问题具有联动的关系，而周必大这段话，则将"改定"放在与"别本"即异本、异稿的联动关系中加以把握。

　　陆游所说的确定"定本"之困难，和周必大所说的"别本"之产生，都是因作品的草稿在修改过程中的变化所引发的事态。②当我们说"定本"时，本质上倾向于独一无二的、获得了稳定形态的文本。可是，"草稿"要走到哪一步才成为"定本"，哪一本"草稿"才是"定本"，并不是容易决定的事（即便对于作者本人来说也是如此）。这是因为，所谓的"草稿"，始终具有被修改的可能性，也无法避免因为修改而产生"别本"的事态。我们可以将此称为"草稿"的不稳定性、多样性。可以认为，陆游以及周必大的言论所表露的，就是处于"草稿"状态的作品不可避免地

———————————

　　① 《文忠集》卷五二。
　　② 与此种事态相关联而值得注目的是，南宋任渊在《山谷内集诗注》中对黄庭坚《次韵王稚川客舍二首》（卷一）、《王稚川既得官都下，有所盼未归，予戏作林夫人欸乃歌二章与之，竹枝歌本出三巴，其流在湖湘耳，欸乃湖南歌也》（同上）所作的注释。任渊在此列举了黄庭坚的"手写"本，由此说明以上作品的诗题及正文的原初形态，亦即出示了黄庭坚的"别本"。按任渊的说法，这是为了"庶知前辈有日新之功也"——想知道黄庭坚如何"改定"作品的草稿，如何琢磨出最终的文本。这一例证不仅表明宋代的注诗行为已经把各种"手本"当作重要的资料来参考，其参考"别本"而对"定本"的制定过程加以检讨的文艺学视点的形成，也是应该注目的。持有此种视点的不仅仅是任渊，在宋代文人们的身上，已相当普遍。

包含着的这种多样性、不稳定性的问题。

小结

　　读到有关欧阳修、韩驹等宋人"改定"自作的记述时，笔者不禁想起了近代日本诗人、作家宫泽贤治。宫泽贤治终生都没有停止修改自作的草稿，其遗稿中嵌入的添加、修正的笔迹，贯穿全编而且极为错综复杂，几乎到了难以想象的程度。因此，宫泽贤治的作品也就产生了各种各样的"别本"即异本、异稿。对于宫泽贤治来说，作品走向"定本"即定稿的途程永无终点，也就是说永远作为"草稿"（即未定稿）而存在。① 回头再看上文所说的卡夫卡，也是一个留有不少处于"改定"过程中的未定稿的作家，其产生了"别本"这一点也与宫泽贤治相同。

　　像卡夫卡、宫泽贤治这样的近代文学家对于自作草稿的矜持态度，更加准确地说就是围绕着如何使未定稿成为定稿这一"惊险的跳跃"所表现出的专注，在自唐至宋有关别集编纂、定稿制定的记载中已隐约可见。接下来，需要我们进一步思考的课题是，对作品来说所谓的"定本"到底是什么，"定本"是否真的存在？

　　　　　　　　　　　　　　　　　　　（朱刚　译）

　　附记：本章是在《"焚弃"と"改定"——唐宋期における别集の编纂あるいは定本の制定をめぐって》（《立命馆文学》第598号，2007年；亦收于拙著《中国の诗学认识》，创文社，2008年；汉语稿载于《中国韵文学刊》2007年第3期）的基础上修订而成的。

---

　　① 有关宫泽贤治对于草稿的"改定"，请参考《校本宫泽贤治全集》（筑摩书房，1973—1977年）的编者之一天泽退二郎的《宫泽贤治论》（筑摩书房，1976年）等。

第十二章　从校勘到生成论

——有关宋代诗文集注释特别是
苏黄诗注中真迹及石刻的利用

笔者在上一章《"焚弃"与"改定"——宋代别集的编纂或定本的制定》的第四部分"'草稿'与'定本'"中曾作如下论述：

（一）宋代对"草稿"即"真迹"（作者的亲笔原稿）极为关注。这与"版本"的流行有密切关系（正因为"版本"的流行才使"草稿"的价值得以被发现）；

（二）对"草稿"的关注,体现为对作者如何"改定"自己作品之问题的关注；

（三）对"改定"的关注,体现为对作者如何制作"定本"（最终稿、定稿）之问题的关注；

（四）出于对"定本"制定过程的关心,"草稿"成了被探讨的对象,由此使人们认识到"草稿"形态的文本所蕴含的特殊性质。

综合以上四点,可以概括如下：时至宋代,人们发现一个作品存在着可以称之为"草稿阶段"的阶段（换言之,即"定本"以前的阶段）,并将这一阶段纳入视野,来研究、考察作品生成变化的过程。笔者认为,这种对作品的把握方式,在宋代以前还不曾明确存在。

对于作品的上述把握方式,在宋代文人的各种言谈中都能看到。前一章主要举出了诗话和题跋中的例子,而本章将要检讨的,则主要是宋人所作的诗文集（别集）注释,特别是对苏轼、黄庭坚诗的注释。

一、校勘学的新视点

为书籍附加注释,无论其对象为经、史、子、集哪一部的书,都是自古以来就有的事。不过就集部书的注释来说,与其他书籍相比,无论质量还是数量,都未尽如人意。在宋代以前,基本上只局限于对《楚辞》《文选》等一部分总集进行注释。① 而到了宋代,特别是南宋时期,情况发生了很大的变化——对别集也开始加以注释。被注释的除陶渊明、李白、杜甫、韩愈、柳宗元等宋代以前文人的诗文集外,还有宋代文人王安石、苏轼、黄庭坚、陈师道等人的诗文集(当然,他们无一不是在当时占有重要地位的文人,一般的别集,还不至于广泛地被注释)。

那么,别集的注释情况究竟是怎样的,由哪些要素构成?关于这一点,本章试图通过考察杜甫诗集的注本《杜工部草堂诗笺》来加以确认。此书以南宋鲁訔所编杜甫的编年诗集为底本,由蔡梦弼作注而成。关于此书,蔡梦弼在自序中所述如下:

> 梦弼因博求唐宋诸本杜诗十门,聚而阅之,三复参校,仍用嘉兴鲁氏编次先生用舍之行藏、作诗岁月之先后以为定本,每于逐句本文之下,先正其字之异同,次审其音之反切,方作诗之义以释之,复引经子史传记以证其用事之所从出。②

由此可知,蔡梦弼对杜甫诗的注释主要由以下四大要素构成:(一)更正文字的异同;(二)标示语音;(三)解释诗的表达意

---

① 当然也存在一些例外,如唐张庭芳注李峤《杂咏》(《百二十咏》)等。另外,如张庭芳注庾信《哀江南赋》(著录于《新唐书·艺文志》)等对于单篇作品的注释,以及像郑嵎《津阳门诗》(《全唐诗》卷五六七)所附的作者自注,亦为数不少。虽然如此,我们还是不能将这些注释和宋代的别集注释同等看待。

② 黎庶昌辑《古逸丛书》(江苏古籍出版社,2002 年)所收《杜工部草堂诗笺》卷首附载。

图；(四)提示典故的出处。可以认为,不仅是蔡梦弼的杜甫诗注,其他的诗注一般也是由这些要素构成的。

在构成诗注的四个要素中,本文重点考察的是(一)更正文字的异同,用上述引文中出现的另一个词来表示,就是所谓的"参校"。具有同样含义的词,此外还有"校勘""校雠""校正""校定"等,本章统一称为"校勘"。一提到诗文的注释,我们马上就会联想到的多半是要素(三)或者(四),但是校勘无疑也占有重要的地位。

在诗文集(别集)的注释开始兴盛的宋代,对诗文的校勘活动也很盛行。[①] 对于这种现象的发生,我们可以想象其背后有这样两种原因的存在:一是在从前的"抄本""写本"的基础上,"版本""印本"也广泛流传,从而增加了诗文集的流通量;二是与此同时,出现了同一作者的诗文集以各种各样不同本子(edition)的形式流传的现象。有必要进行校勘,那是因为有各种各样不同本子的同时存在,这一点毋庸置疑。其中南宋方崧卿的《韩集举正》(在此基础上作出进一步考订的是朱熹《韩文考异》)可以说是宋代诗文集校勘方面的代表性成果。据说,其参考过的韩愈作品版本有七十种之多。[②]

那么,究竟什么是校勘,其目的何在? 胡适在《元典章校补释例序》中这样说道:

> 校勘之学起于文件传写的不易避免错误。文件越古,
> 传写的次数越多,错误的机会也越多。校勘学的任务是要
> 改正这些传写的错误,恢复一个文件的本来面目,或使他

---

① 关于宋代"校勘"的概况,可参考李明杰《宋代版本学研究》(齐鲁书社,2006年)、张富祥《宋代文献学研究》(上海古籍出版社,2006年)、李更《宋代馆阁校勘研究》(凤凰出版社,2006)等。关于杜甫诗的校勘情况,可参考莫砺锋《宋人校勘杜诗的成就及影响》,(《古典诗学的文化观照》,中华书局,2005年,第207—224页)。

② 参考刘真伦《韩愈集宋元传本研究》(中国社会科学出版社,2004年)。

和原本相差最微。①

这段话对"校勘"及其目的所在作了简洁扼要的说明。换言之,即改正文本流传过程中产生的错误,恢复文本的原始面目,亦即"原本"。在通常情况下,被恢复的"原本"就是所谓的"定本"了。

在这里则有必要进一步追问:对进行诗文校勘工作的人来说,"原本"即"定本"是怎样的存在?"原本"之为"原本"的根据何在?当然,他们会以版本学(文献学)方面的依据为基准来确定原本,但这里要考虑的,并不是他们在版本学方面所作的检讨过程的问题(虽然这也是一个非常重要的问题)。对他们来说,原本是怎样的形态?判断原本的依据是什么?对于这一追问,也许暂且可以作如下回答,即(被视为)作者自身所确定的文本,或者(被认为)与之最为接近的文本,就是校勘者眼里的"原本"即"定本"。换句话说,原本之所以是原本,以及原本所具有的权威性的源泉,最终仍在于"作者"这样一个存在。

欧阳修《六一诗话》中有如下一段记述,虽然不是直接论述校勘问题,却也与上述内容相关:

> 陈公时偶得杜集旧本,文多脱误,至《送蔡都尉》诗云"身轻一鸟",其下脱一字。陈公因与数客各用一字补之,或云"疾",或云"落",或云"起",或云"下",莫能定。后得一善本,乃是"身轻一鸟过"。陈公叹服,以为虽一字,诸君亦不能到也。②

所谓"诸君亦不能到",意思是没有达到杜甫作诗的水平。也就

---

① 陈垣《校勘学释例》(中华书局,2004年,原著成书于1931年)卷首附载。
② 何文焕辑《历代诗话》(中华书局,1981年)所收《六一诗话》。引用的杜甫诗为《送蔡希鲁都尉还陇右因寄高三十五书记》(仇兆鳌注《杜诗详注》卷三,中华书局,1979年)。陈公是陈从易。

是说，陈从易认为"身轻一鸟过"一句，事实上为杜甫本人所写，或者说是杜甫本人所定的（虽然上述文章中没有明确提到这一点）。包含"身轻一鸟过"之诗句的杜甫诗集之所以被视为"善本"，很可能就因为这个文本被认为正确地传达了（或者最为接近）杜甫本人所确定的"定本"。

如上文所引胡适之说，改正传写过程中发生的错误，恢复"原本"的面貌，就是校勘的目的。而这里将被恢复的"原本"，又被认为是"作者本人确定为定本的文本"。如果校勘是这样一种行为的话，那么我们不能不说，其中将会产生一处"死角"。校勘的对象是"传写"的过程，也就是"作者本人确定为定本的文本"成立之后出现的文本。在这里，"定本"成立之前就已存在的文本将会被置于考虑的范围之外。也可以说这样一个问题被置于考虑的范围之外：凭什么认为那是"作者本人确定为定本的文本"？

但是在宋代，看起来上述状况有所改变。引起变化的原因就是本章开头处已经提及的对"草稿"即"真迹"，也就是作者的亲笔原稿（或被认为是亲笔原稿的文本）的不断高涨的关注。在从前的校勘工作中不曾被检讨的对象，一直被搁置在"死角"里的"定本"成立之前就已经存在的文本，现在通过对"草稿"即"真迹"的考察，可能成为检讨的对象。这或许可以说是与从前的校勘不同的一个新的校勘学视点的成立。如前一章中提到的宋人诗话、题跋所述，在宋代，人们也把白居易、韩愈、欧阳修、苏轼、黄庭坚等人的亲笔原稿与其他诸本进行反复比较，加以探讨。例如南宋赵彦卫的《云麓漫钞》卷四关于苏轼词有如下的记述：

> 版行东坡长短句，《贺新郎》词云"乳燕飞华屋"。尝见其真迹，乃"栖华屋"。《水调歌》词，版行者末云"但愿人长久"，真迹云"但得人长久"。以此知前辈文章为后人妄改

亦多矣。①

赵彦卫把苏轼的《贺新郎》和《水调歌头》词的"真迹"与"版行"本进行比较,并指出"版行"本有被后人"妄改"之处。此外,曾季狸在《艇斋诗话》中也对苏轼的词有过如下的阐述:"其真本云'乳燕栖华屋',今本作'飞'字,非是。"还有"'半依古柳卖黄瓜',今印本作'牛衣古柳卖黄瓜',非是。予尝见东坡墨迹作'半依',乃知'牛'字误也",②把"真本""墨迹"和"今本"进行比较,并指出后者的错误。这些都是指出上引胡适所说"传写的错误"的例子。

一般来说,作者的亲笔原稿作为原创的文本,其权威性易被认可,而且原稿避免了传写过程中由他人之手产生的差错,因此,它经常被看作最接近"定本"的文本。从上引赵彦卫和曾季狸之语,也可看出这样的见解。但是,也并不完全如此。例如,南宋周必大《跋汪逵所藏东坡字》便有如下论述:

> 右苏文忠公手写诗词一卷。梅花二绝,元丰三年正月贬黄州道中所作。"昨夜东风吹石裂",集本改为"一夜"。……某每校前贤遗文,不敢专用手书及石刻,盖恐后来自改定也。③

周必大对苏轼《梅花二首》(冯应榴辑订《苏文忠公诗合注》卷二〇)的"手写"本和"集本"进行比较,指出"手写"本并不值得绝对信任。为什么这样说?那是因为作者在后来编辑"集本"的过程中有可能对它进行改动。此处包含这样一种认识:草稿总

---

① 傅根清点校《云麓漫钞》卷四(中华书局,1996年)。引用的苏轼词为《贺新郎》(龙榆生校笺《东坡乐府笺》卷三,香港中华书局,1979年)和《水调歌头》(同前书,卷一)。

② 丁福保辑《历代诗话续编》(中华书局,1983年)所收《艇斋诗话》。引用的苏轼词为《贺新郎》(《东坡乐府笺》卷三)和《浣溪沙》(同前书,卷一)。

③ 《益公题跋》卷五,《津逮秘书》本;《文忠集》卷五〇,《文渊阁四库全书》本。

是蕴含着被作者本人加以"改定"的可能性或者说是危险性。①
关于草稿所具有的这种特点,笔者曾在前一章中称之为"'草
稿'的不稳定性"。宋代成立的新的校勘学视点,也使处于"草
稿阶段"的作品在本质上具有的独特性得到呈现。

那么,上述校勘学的新视点,以何种形式反映在诗文集的
注释中,在诗文集的注释中是否也存有同样的视点?

宋代的诗文集注释,若所注为宋代以前文人的集子,如陶
渊明、李白、杜甫、韩愈、柳宗元等,可以说几乎没有参照作者亲
笔原稿的情况。不过,在对韩愈集的注释中却有参照"石本"也
就是石刻拓本的例子,比如南宋魏仲举编《五百家注昌黎文集》
(《文渊阁四库全书》本)的碑志部分,就有参照石本而作的校
记。② 石本虽不是作者的亲笔手稿,但一般会把它看作更接近
亲笔原稿的文本,而且这样的看法事实上也存在。不过除此之
外,对宋代以前文人诗文集的注释都没有参照作者的亲笔原
稿,其原因也许是他们的亲笔原稿在当时已极为少见。然而,
若对同是宋代人如苏轼、黄庭坚的诗文集加以注释,情况便大
不相同。除了生存于同一王朝,时代上比较接近外,还应考虑

①　南宋董逌《广川画跋》(《文渊阁四库全书》本)卷九"田弘正家庙碑"条,将
韩愈《魏博节度观察使沂国公先庙碑铭》(马其昶校注、马茂元整理《韩昌黎文集校
注》卷六,上海古籍出版社,1986 年)的石本和集本进行比较说:"碑虽既定其辞,而
后著之石,此不容误谬,然古人于文章磨炼窜易,或终其身而不已,可以集传尽为非
耶?⋯⋯今人得唐人遗稿,与刻石异处甚众,又其集中有一作某,又作某者,皆其后
窜改之也。"这里阐述了与周必大相同的观点,即便是一般被认为错误较少的石本,
也有可能被作者本人加以改定,因此不可绝对信为定本。另外,金代元好问《东坡
乐府集选引》(《遗山先生文集》卷三六,《四部丛刊》本)论孙安所撰苏轼词注云:"前
人诗文,有一句或一二字异同者,盖传写之久,不无讹谬,或是落笔之后,随有改
定。"他也指出,在传写过程中产生错误的同时,还存在着著作者本人进行"改定"的危
险性。另外,所谓"改定"也包含由他人着手进行的情况,但本章的讨论仅限于作者
本人的改定。

②　北宋的欧阳修最早关注到韩愈"石本"所具有的校勘学意义,参考《集古录
跋尾》卷八(《欧阳文忠公文集》卷一四一,《四部丛刊》本)有关韩愈石刻拓本的
记述。

到他们在文坛的知名度之高,因此其墨迹受到珍视,而被大量保存下来。特别是苏轼与黄庭坚,作为书法家也受到高度的评价,因此他们的亲笔原稿多被当作艺术品而收藏。下面就以苏轼和黄庭坚诗的注释为考察对象,来探讨这些注释如何处理"草稿"即"真迹",进而考察其中显示出来的文献学视点和文学批评视点具备怎样的特征。

二、苏轼诗注——《施注苏诗》

苏轼(1037—1101)诗的注释活动在宋代开始甚早,现存较具代表性的有(旧题)王十朋编的《百家注分类东坡先生诗》(《四部丛刊》本《集注分类东坡先生诗》),但是管见所及,这个注本中几乎没有提到"草稿"即"真迹"的注文。① 在宋代编撰的苏轼诗集注本中,与王十朋编撰的注本同等重要的有南宋施元之、顾禧和施宿编撰的《注东坡先生诗》(《施注苏诗》)。对这个注本进行最终整理并刊行的是施宿,其跋文作于嘉定六年(1213)。此《施注苏诗》的注释,特别是其题下注中,多处可见参照了苏轼的"真迹""墨迹",或与此相类的"石本""碑本"的例子。② 以下的引用出自郑骞、严一萍校的《增补足本施顾注苏诗》③,题后附上卷数,同时也附上冯应榴辑订《苏文忠公诗合

① 也有一些例外,如王注(《四部丛刊》所收二十五卷本)卷二五《正月二十日往岐亭郡人潘古郭三人送余于女王城东禅庄院》下引赵次公注,关于苏轼《梅花二首》诗云:"先生尝自写,则题云'正月二十日过关山作'。"

② 王友胜在《苏诗研究史稿》(岳麓书社,2000年)中,将真迹的运用举为《施注苏诗》的特征之一。关于《施注苏诗》及其他的苏轼诗注,还可参考刘尚荣《苏轼著作版本论丛》(巴蜀书社,1988年)、曾枣庄《三苏研究》(巴蜀书社,1999年)、祝尚书《宋人别集叙录》(中华书局,1999年),笕文生、野村鲇子《四库提要北宋五十家研究》(汲古书院,2000年)等。

③ 台北艺文印书馆,1980年。本书是翁万戈所藏宋刊本(景定三年即1262年补刊本)的影印,其残缺部分则据台北"中央图书馆"所藏嘉定六年(1213)原刊本的残本及小川环树、仓田淳之助《苏诗佚注》(同朋社,1965年)等作了复元。

234

注》①（以下简称《合注》）的卷数。

首先举出题下注中因参照了"墨迹"而显示文字异同的例子。一般认为，《施注苏诗》的这些题下注出自施宿之手。

《出颍口初见淮山是日至寿州》（卷三，《合注》卷六）：

> 东坡尝纵笔书此诗……墨迹在吴兴秦氏。集作"平淮"，墨迹作"长淮"，今从墨迹。②

《游净居寺并引》（卷一八，《合注》卷二〇）：

> 墨迹今在湖州向氏，首有"净居"二字。③

《海棠》（卷二〇，《合注》卷二二）：

> 先生尝作大字如掌，书此诗，似是晚年笔札。与集本不同者，"袅袅"作"渺渺"，"霏霏"作"空蒙"，"更"作"故"。墨迹旧藏秦少师伯阳，后归林右司子长。今从墨迹。④

《再次韵答完夫穆父》（卷二四，《合注》卷二六）：

> 此诗墨迹藏吴兴秦氏，首云"又次韵穆父舍人和完夫初入省且述世契"。集本云"掖垣老吏"，墨迹乃"老史"也。

《次韵曹辅寄壑源试焙新芽》（卷二九，《合注》卷三二）：

> 集本云"仙山灵雨湿行云"，"戏作小诗君一笑"。吴兴向氏有毕良史旧藏墨迹，"灵雨"作"灵草"，"一笑"作"勿

---

① 乾隆五十八年桐乡冯氏踵息斋刊本，中文出版社影印，1979年。

② 墨迹的收藏者"吴兴秦氏"未详。既为吴兴人，则与施元之父子同乡。

③ "首"是指这首诗的"引"的开头。"湖州向氏"未详。

④ "秦少师伯阳"是秦熺（字伯阳，以少师致仕），"林右司子长"是秦熺的女婿林桷（字子长）。

笑"，今从墨迹。后又题"曾坑壑源"四大字。①

从上述例子中可以看出，施宿参照了苏轼的真迹（墨迹），并把它与"集本"即作为诗集而流传的文本相比较，逐一记录其文字异同的情况。② 应该特别注意的是，凡文字上出现异同的场合，《施注苏诗》都采用真迹中的文字。在上文列举的所有例子中，其正文都采用了真迹的文字，而不从集本。③

《施注苏诗》所参照的真迹，未必都是苏轼的亲笔原稿，其中很多是把真迹刻石后的拓本，也就是所谓的石本。下面列举的就是题下注中特别提及真迹刻石之事的例子。

《定惠院寓居月夜偶出》（卷一八，《合注》卷二〇）：

> 此诗真迹在临川黄挟家，尝刻于婺女倅厅。"但当谢客对妻子"，墨迹作"闭门谢客对妻子"。④

《正月廿日往岐亭郡人潘古郭三人送余于女王城东禅庄院》（卷一八，《合注》卷二一）：

> 此诗墨迹，刻石成都府治，题云"正月二十一日出城至

---

① "吴兴向氏"未详，与"湖州向氏"或许为同一人物。毕良史以书画收藏闻名。"曾坑壑源"是福建的产茶名地。

② 除此之外，也有根据真迹来补足集本中遗漏的引或跋的例子，如《送表忠观钱道士归杭并引》（卷一七，《合注》卷一九）的引的注中说："集中不载此引。道士吴大回，钱之弟子也，尝亲见墨迹，今录之。"《次韵陈履常张公龙潭》（卷三一，《合注》卷三四）的题下注说："先生尝大书此诗，后题云'元祐六年十一月廿日苏轼书'。墨迹在吴兴向氏。"

③ 这里所说的集本具体是指什么样的诗集？这一点还不太明确，但《施注苏诗》的注中引用的集本文本，大概与宋刊本《东坡集》（汲古书院影印，1991 年）或王十朋注等一致。另外，《施注苏诗》所采用的真迹文本，在后代编撰的包括《苏文忠公诗合注》在内的诗集注本中并未一概得到尊重，它们反而有采用被《施注苏诗》所斥的集本文本的倾向。

④ "临川黄挟"未详，可能是指黄庭坚的一个后裔，字子余。在韩元吉《金华洞题名》（《南涧甲乙稿》卷一六，《文渊阁四库全书》本）中可以见到"黄挟子余"的名字，而洪适《漪岚堂记》（《盘州文集》卷二，《文渊阁四库全书》本）云："南昌黄子余，盖涪翁诸孙。"

虎跑作。虎跑在黄州北二十余里"。①

《大寒步至东坡赠巢三》(卷二〇,《合注》卷二二):

> 此诗墨迹刻石成都府治。"一瓢酒"作"一尊酒",乃元
> 祐间所书也。

《别子由三首兼别迟》(卷二〇,《合注》卷二三):

> 宿守都梁,得东平康师孟元祐二年三月刻二苏公所与
> 九帖于洛阳,坡书《别子由》第二诗,而题其后云:"元丰七
> 年,余自黄迁汝,往别子由于筠,作数诗留别,此其一
> 也……元祐元年三月十日,轼书。""水南卜筑吾岂敢",集
> 本作"卜宅";"想见茅檐照水开",集本作"遥想茅轩",今皆
> 从刻石。师孟医师,能刻两公简札,托名不朽,有足嘉者,
> 遂得以正集本三字之误云。②

《眉子石砚歌赠胡阎》(卷二一,《合注》卷二四):

> 墨迹刻石成都,题为"古眉山石砚歌"。

《泗州南山监仓萧渊东轩二首》(卷二二,《合注》卷二四):

> 渊字潜夫,后以朝散郎知郴州以没。诗帖犹存萧氏,
> 周益公尝为题跋云。二诗墨迹,刻石成都,"珍禽声好犹思
> 越"作"怀越",未知即萧氏所藏,或是别本也。③

《泗州除夜雪中黄师是送酥酒二首》(卷二二,《合注》
卷二四):

---

① "虎跑"可能是泉的名称。
② "都梁"是施宿的任职地盱眙,其地有都梁山。施宿先知余姚县,再知盱
眙军。
③ 周必大(益公)的题跋,未详。可能是指《跋东坡帖》(《益公题跋》卷一二,
《文忠集》卷一九)。

自此诗以下至《书刘君射堂》凡七诗，墨迹刻于成都府治。续帖中，其后跋云："过泗州作此数诗，偶此佳纸精墨写之，以遗旌德君。元丰八年正月十日，东坡居士书。"旌德，盖王夫人也。墨迹刻本与集本间有不同。"春流活活走黄沙"，集本作"咽咽"，"迁客如僧岂有家"，集本作"逐客"，"孤灯何事独成花"，集本作"生花"。《章钱二君见和复次韵答之》，"林乌枥马斗讙哗"，集本作"喧哗"，"更有新诗点蜀酥"，集本作"况有"。今皆从刻石本。①

《次韵胡完父》（卷二四，《合注》卷二六）：

此诗墨迹刻石成都府治，题云"次韵完夫舍人见戏一首"。"朝来拄笏看西山"，墨迹作"望西山"。

《送贾讷倅眉二首》（卷二五，《合注》卷二七）：

此诗第二首墨迹刻于成都府治，乃"蓬蒿亲手为君开"，集本作"小轩临水"。又云"试看一一龙蛇活"，石刻作"舞"。今皆从石刻。

《小饮西湖怀欧阳叔弼季默呈赵景贶陈履常》（卷三一，《合注》卷三四）：

集本作"竹间亭小饮"。临川黄拨以公真迹刻于婺倅厅事，作"小饮西湖怀欧阳叔弼兄弟赠赵德麟陈履常"，盖是后来所书，景贶已改字德麟也。集本"欢饮西湖晚"作

---

① 所云"七诗"，盖除此二首外，再加上《章钱二君见和复次韵答之二首》（卷二二，《合注》卷二四）、《正月一日雪中过淮谒客回作二首》（卷二二，《合注》卷二五）、《书刘君射堂》（同前）共五首。"续帖"所指未详，《书刘君射堂》首句"兰玉当年刺史家"注亦云："续帖刻石，先生自注云'刘曾随其父典眉州'。"看来或许是后述"成都帖"的续编。"旌德"为县名。

"醉饮西湖晚","此会不可再"作"此会恐难久",皆以真迹为是。①

《追和陶渊明诗归园田居并引》(卷四一,《合注》卷三九):

> 东坡曾孙叔子,名岘,刻所藏真迹于泉南舶司,间与集本不同。所作类多晚岁,当是集本有误,今从石本。②

《别子由三首兼别迟》《泗州除夜雪中黄师是送酥酒二首》《送贾讷倅眉二首》《追和陶渊明诗归园田居并引》各篇中的注释明确地说"石刻""石本",其他几例也很可能是参照了石刻拓本或者以此为基础的法帖之类,而不是原始的手迹。上述所有的例子,都是对照真迹或者石刻本,来显示其与集本在文字上的异同。③ 而在这些例子当中,施宿的倾向仍是遵从真迹或石刻的文本,十一例当中除了《正月廿日往岐亭郡人潘古郭三人送余于女王城东禅庄院》《大寒步至东坡赠巢三》《眉子石砚歌赠胡誾》《泗州南山监仓萧渊东轩二首》《次韵胡完父》以外的六例,正文都采用了真迹或者石刻的文本。另外,上述注释中多次提到刻石的地方在"成都",这一点让人联想到后述汪应辰所编的"成都帖"。

上面列举的都是参照了他人所刻或所藏石本的例子,但施宿本人也积极地参与对苏轼真迹的刻石活动,这一点在下面所举的《施注苏诗》的题下注中均被提到。

《登望䜩亭》(卷一三,《合注》卷一五):

---

① 此诗作于元祐六年,此年赵令畤将其字"景贶"改为"德麟"(事见于苏轼《赵德麟字说》,孔凡礼点校《苏轼文集》卷一○,中华书局,1986年)。施宿认为此诗作于赵令畤改字之前,因此他亦认为包含"德麟"字样的真迹写于此诗作成之后。基于这一判断,对于诗题中的赵令畤之字,施宿不从真迹,而作"景贶"。

② 苏轼的曾孙苏岘(字叔子)担任过提举福建市舶司。

③ 除此之外,还有一些注文虽未提及文字异同,却也参照了石刻,如《谢陈季常惠一揞巾(揞乌感切)》(卷一九,《合注》卷二一)题下注:"黄州有公所书此诗石刻。"

　　　　此诗墨迹乃钦宗东宫旧藏,今在曾文清家,宿尝刻石余姚县治。东坡题云:"仆在彭城,大水后登望锑亭,偶留此诗,已而忘之,其后徐人有诵之者,徐思之,乃知其为仆诗也。"集中无之,以入《河复》诗后。①

《次韵孔毅父久旱已而甚雨三首》(卷二○,《合注》卷二一):

　　　　先生为杨道士书一帖云:"……元丰六年五月八日,东坡居士书。"又一帖云:"十月十五日夜……聊复记云。"《次毅父韵》第三首载"西州杨道士"凡数联,因此帖知为世昌。……二帖书在蜀笺,笔画甚精,宿尝以入石云。②

《次韵钱穆父》(卷二四,《合注》卷二六):

　　　　钦宗在东宫时,所藏东坡帖甚富,多有宸翰签题。即位后,出二十轴赐吴少宰元中。元中为曾文清妹婿,以十轴归之,今藏于元孙户部郎乐道盘。宿为余姚,尝刻石县斋。墨迹云"病客来从饭颗山",集本作"迁客","一言置我老刘间",集本作"二刘"。③

上引的三例中,有两例记明了施宿刻石的地方是"余姚"。施宿曾知余姚县,由此可知他在任职地积极地进行石刻活动。④

---

　　① "曾文清"是曾几(字吉甫,谥文清)。由后揭《次韵钱穆父》(卷二四,《合注》卷二六)的题下注,以及该诗"一言置我二(补施注本作'老')刘间"句的查慎行注所云"周必大《二老堂诗话》:曾吉甫侍郎藏子瞻和钱穆父诗真本"可以得知,曾几收藏了苏轼的真迹。

　　② "世昌"是指"杨道士",名世昌,字子京。

　　③ "吴少宰元中"是吴敏,曾几的妹夫,靖康年间任宰相。曾盘(字乐道)是曾几的长孙。

　　④ 除此之外,《送刘寺丞赴余姚》(卷一六,《合注》卷一八)的题下注中也说:"公既赋此诗,又即席作《南柯子》词为饯,首句云'山雨潇潇过'者是也。后题'元丰二年五月十三日,吴兴钱氏园作',今集中乃指他词为'送行甫',而此词第三云'湖州作',误也。真迹诗皆刻石余姚县治。"这里提到的石刻或许不是《送刘寺丞赴余姚》诗,而是《南歌子》词(《东坡乐府笺》卷一)的真迹。

前文提及,苏轼真迹的刻石之地多被记载为"成都"。《玉堂栽花周正孺有诗次韵》(卷二五,《合注》卷二八)的题下注中也有刻石于成都的记载:

> 钦宗在东宫藏公帖,以赐吴少宰,有《与王晋卿都尉》一帖云:"花栽乞两酴醾、两林禽、两杏,仍令栽花人来,种之玉堂前后,亦异时一段嘉事也。"此诗之作,正为是也。宿刻此帖余姚县斋,汪端明刻此诗成都府治。

这里说,施宿将苏轼的《与王晋卿都尉》帖(未详)刻石于余姚,汪端明亦将苏轼的《玉堂栽花周正孺有诗次韵》诗的真迹刻石于成都。汪端明就是汪应辰(字圣锡),孝宗时任端明殿学士。汪应辰作为法帖收藏家也广为人知。[1] 特别引人注目的是,汪应辰收集了苏轼的真迹编刻了《成都西楼帖》三十卷。[2] 施宿在《寄蔡子华》(卷二八,《合注》卷三一)题下注云:

> 蔡子华名褒,眉之青神人。"成都帖"有诗叙云:"王十六秀才将归蜀,云子华宣德蔡丈见托求诗,梦中为作四句,觉而成之,以寄子华,仍请以示杨君素、王庆源二老人。"至"元祐五年二月七日"句,与尧卿注同。[3]

其中所提到的"成都帖",很可能就指《成都西楼帖》。

南宋陆游《跋东坡书髓》(《渭南文集》卷二九,《四部丛刊》本)中自述,他珍藏汪应辰所编《成都西楼帖》,并从中选出书法优异者,编成了《东坡书髓》十卷。陆游还在《跋东坡帖》中谈及

---

　　[1]　参考周必大《跋汪圣锡家藏东坡与林希论浙西赈济三帖》(《益公题跋》卷一〇,《文忠集》卷一七)等。
　　[2]　以下,包括汪应辰所编《成都西楼帖》在内,关于苏轼法帖的流传情况,请参考村上哲见《蘇東坡書簡の伝来と東坡集諸本の系譜について》(《中国文人论》,汲古书院,1994年,第158—207页)。
　　[3]　"尧卿"是赵夔(字尧卿)。王十朋编《集注分类东坡先生诗》卷一六引其注文,有"先生曰,王十六秀才将归蜀……乃元祐五年二月七日也"一段。

《成都西楼帖》，并对施宿收藏的苏轼帖进行了如下阐述，联系上述施宿的活动来看，这一点很值得关注。文中所提到的"武子"是施宿的字：

> 成都西楼下有汪圣锡所刻东坡帖三十卷。其间与吕给事陶一帖大略与此帖同……予谓武子当求善工坚石刻之，与西楼之帖并传天下，不当独私囊褚，使见者有恨也。①

从上文所举《施注苏诗》的例子可以看出，施宿多次将苏轼的真迹刻石，其中是否包含陆游这里所说的法帖，已不得而知。但是，施宿珍藏苏轼的真迹，并付诸刻石，这一点是非常明确的。②应该说，施宿的这种态度，也反映在《施注苏诗》对真迹的运用上。

以上考察了《施注苏诗》中运用苏轼的"草稿"即"真迹"，或者与此相类的"石本"的例子。但是，拥有这类注释的作品，在苏轼诗中整体所占的比例并不高。虽说时代比较接近，但是能够流传下来的真迹毕竟仍属少数。而且北宋末年对苏轼等"元祐党人"施加的政治禁压的影响也是不可忽视的。下一部分提到的黄庭坚也有类似的境遇。

三、黄庭坚诗注——《山谷内集诗注》《山谷外集诗注》（附王安石、陈师道诗注）

与"施注苏诗"一样参照了作者的"草稿"即"真迹"而编写的诗集注本，还有任渊编撰的黄庭坚诗注本《山谷内集诗注》二

---

① 《渭南文集》卷二九，《四部丛刊》本。
② 楼钥《跋东坡行香子词》（《攻媿集》卷七三，《四部丛刊》本）也围绕苏轼词的"墨本"，这样说道："东坡亲书《行香子》词……此词惟曾宝文端伯所编本有之，亦云与泗守游南山作……偶从丰氏得墨本，既登之石，又以寄施使君武子，请刻之，以为都梁一段嘉话。"与陆游的情况相同，这也是劝施宿将苏轼的作品刻石。另外，施宿还是一个法帖（包括苏轼法帖在内）收藏家，这一点从楼钥《题施武子所藏醉白堂记》（《攻媿集》卷一一）、《跋施武子所藏诸帖》（同前书，卷七一）等文中可以看出。

十卷。黄庭坚（1045—1105）的诗文在其去世后不久就由其外甥洪炎整理为《豫章集》（《豫章黄先生文集》）三十卷，也就是所谓的《内集》。此书于建炎二年（1128）刊行。《内集》中收录了诗和文，对其中诗的部分进行注释的，就是任渊的《山谷内集诗注》。洪炎所编《内集》中的诗是按照古体、律体等体裁的区分而编集的，任渊的注本则采取了编年体形式。卷首有任渊的自序，作于政和元年（1111）。由此推测，诗注的初稿是大约在此时完成，其刊行则在绍兴二十五年（1155）左右。① 下面就从任渊的《山谷内集诗注》中举出参照了黄庭坚的真迹的具有代表性的四个例子。引文据《山谷诗集注》②，题后附其卷数。

首先来看《次韵王稚川客舍二首》（卷一）题下注中的下列叙述：

> 彭山黄氏有山谷手书此诗云："王𨚵稚川，元丰初调官京师，寓家鼎州，亲年九十余矣。尝阅贵人家歌舞，醉归，书其旅邸壁间云：'雁外无书为客久，蛮边有梦到家多。画堂玉佩紫云响，不及桃源欸乃歌。'余访稚川于邸中而和之。"

其中引用了"彭山黄氏"（其人未详）收藏的黄庭坚"手书"本，也就是亲笔原稿。那么，在亲笔原稿中上述诗的题目就如上面引用的这个样子。在诗集的目录部分，对此诗也加注云："彭山黄氏有山谷手写此诗，题云'王𨚵稚川，元丰初调官京师'云云，当是山谷北京解官后至京师所作。"并且，任渊在正文的注中，对

---

① 有关黄庭坚的诗文集以及年谱，参考大野修作《黄庭坚集のテキスト》（《鹿儿岛大学文科报告》第 19 号第 1 分册，1983 年，第 51—67 页），祝尚书《宋人别集叙录》（前述），笕文生、野村鲇子《四库提要北宋五十家研究》（前述）、王岚《宋人文集编刻流传丛考》（江苏古籍出版社，2003 年），以及黄宝华（见下注）书的《前言》等。

② 光绪间义宁陈氏景刊覆宋本，台北艺文印书馆影印，1969 年。刘尚荣校点《黄庭坚诗集注》（中华书局，2003 年）和黄宝华点校《山谷诗集注》（上海古籍出版社，2003 年）皆以本书为底本，亦可参考。

第一句"五更归梦常苦短"注为：

> "五更"字从黄氏本，而别本或作"五湖"。

对第三、四句"慈母每占乌鹊喜，家人应赋炭㞢歌"注为：

> 黄氏本作"慈母不嗅乌鹊语，闺人应赋炭㞢歌"。

分别记录了彭山黄氏所藏的文本与他本之间出现的文字上的异同。任渊于第一句遵从了黄氏本，而于第三、四句则未采用黄氏本，虽然有如此的差异，但同样都是参照手稿本而记录文字的异同。

第二个例子是《王稚川既得官都下，有所盼未归，予戏作林夫人欸乃歌二章与之》（卷一）。在这里，任渊也参照了黄氏所藏的"手写"本。这里所说的黄氏和上文中提到的"彭山黄氏"指的应是同一人物。其题下注云：

> 黄氏有山谷手写旧本，题云"余复代稚川之妻林夫人寄稚川，时稚川在都下，有所顾盼，留连未归也"。

注中举出了黄庭坚的手稿本中所记载的题目的异文。任渊还在本诗的注释中举出了诗句上的异文。在任渊的注本中，第一首为："花上盈盈人不归，枣下纂纂实已垂。腊雪在时听马嘶，长安城中花片飞。"第二首为："从师访道鱼千里，盖世功名黍一炊。日日倚门人不见，看尽林乌反哺儿。"第一首注云：

> 黄氏本前章曰："花上盈盈人不归，枣下纂纂实已垂。寻师访道鱼千里，盖世功名黍一炊。"

第二首注云：

> 黄氏本后章曰："卧冰泣竹慰母饥，天吴紫凤补儿衣。腊雪在时听嘶马，长安城中花片飞。"

244　这里指出了"手写"本与任渊注本的文本之间存在的巨大差异，

即两首诗之间发生了前两句与后两句直接替换的根本性差异。另外，关于第一首诗还参照了黄氏本以外的别的"手写"本，阐述如下：

> 什邡张氏有山谷手书此诗，与今本正同，唯一二字稍异，"实已垂"作"实已稀"。又有跋云：宋时有鬼女至人家，歌《花上盈盈》曲，声悲怨，不可听。潘岳《闲居赋》中歌曰"枣下纂纂"云云。所援引小有抵牾，盖随所记忆，略举大概耳。①

这里指出，"什邡张氏"收藏的手稿本和"今本"即任渊使用的文本，除了有一二文字差异外，其他部分几乎相同。另外，关于第一首的第三句"腊雪在时听马嘶"，还引用了张氏本，指出"张氏本作'听嘶马'"。关于这"什邡张氏"，目前未详，也许是指任渊注本的依据"张方回家本"诗集的编者张渊（字方回，黄庭坚妹夫的孙子）或其族人。

第三个例子是《次韵杨明叔四首》（卷一二）。此诗的题下注中没有提到亲笔原稿，但是第四首第二句"三屡不满隅"句的注却说：

> 《晏子春秋》曰："五子不满隅，一子满朝。"案黄氏本有山谷自注，亦引此语，但以"五"为"三"尔。②

可见，这里也参照了黄氏所藏的黄庭坚手稿本。

最后一例是《次韵文少激推官祈雨有感》（卷一三）。这首诗在目录注、题下注和句下注三处提到了黄庭坚的亲笔原稿。目录注云：

---

① 引用跋文中记载的"鬼女"故事见于《初学记》卷一五引用的《异苑》。潘岳《闲居赋》是《笙赋》（《文选》卷一八）的误写。

② 所引《晏子春秋》语见该书卷七外篇上。

　　此诗真本云"伏承少激惠示夏日祈雨有感之诗"。末句云"爱民天子似仁宗",时徽考初即位。

题下注云:

　　少激名抗,临邛人,时在戎州。诸本或作"少微",误。予尝见其家藏此诗真本,有序云:"窃闻太守斋洁奉祠,当获嘉应。"

对照此诗的原唱作者文抗(字少激)收藏的黄庭坚"真本",举出了异文(关于句下注,留待下节探讨)。

　　除以上所举的四例外,《次韵杨明叔见饯十首》(卷一四)其五"沙头驻鸣橹"句下注云:"明叔家真本作'沙头'。"《题子瞻画竹石》(卷一五)题下注云:"赵子湜家本云'题全天粹东坡竹'。"均参照黄庭坚的真迹而记录诗题、诗句中出现的文字异同。《次韵杨明叔四首》(卷一二)其一篇后注云:"今彭山黄氏有此真迹。"《戏咏高节亭边山矾花二首》(卷一九)序下注云:"此诗及序皆以山谷手迹校过。"《奉和文潜赠无咎篇末多以见及以既见君子云胡不喜为韵》(卷四)题下注云:"山谷尝写《答邢居实诗》及此诗与徐师川,曰……"《戏咏腊梅二首》(卷五)题下注云:"山谷书此诗后云……"等等,这些例子虽然没有记录文字上的异同,但是都参照了真迹。《题也足轩并序》(卷一三)序下注云:"此诗以石本校过,改正'种''爱''若''昙'四字。"《戏题巫山县用杜子美韵》(卷一四)"巴俗深留客,吴侬但忆归"句下注云:"按巫山石刻,'巴俗深留客'作'殊亲我','吴侬但忆归','但'作'暂'字。"这是参照了石刻而记录文字异同的例子。另外,《寄黄几复》(卷二)的"我居北海君南海,寄雁传书谢不能"句下注,《戏咏猩猩毛笔》(卷三)题下注,《贾天锡惠宝薰乞诗予以兵卫森画戟燕寝凝清香十字作诗报之》(卷五)其三篇后注,《次韵几复和答所寄》(卷八)目录注,《出礼部试院王才元惠梅花三种皆妙绝戏答三首》(卷九)其一篇后注,《戏答俞清老道人寒夜三首》(卷一〇)题下注,《次苏子瞻和李太白浔阳紫极宫感秋诗韵追怀太白子瞻》(卷一七)篇后注中,都分别引用了黄庭坚的跋。可以推测这些文本都是属于真迹一类的。[①]

任渊在《山谷内集诗注》的自序中写道,他曾与黄庭坚有过交往。其注释在黄庭坚去世后不久就已完成。也许就因为这个缘故,任渊才能够掌握很多有参照价值的"草稿"即"真迹"。仅从现存的文献来看,任渊的《山谷内集诗注》是宋代诗文集注释中最早正式参照、运用作者的真迹、石刻之类而作成的注释。就此而言,这是一部非常值得注目的著作。

可以这样认为,以上体现出的任渊的注释态度,为任渊同时代或以后的整理、注释黄庭坚诗集者所共有。实际上,以上列举的任渊注中有关黄庭坚真迹、石刻的内容,也被采录到其他著作当中。黄䍐的《山谷年谱》(《山谷先生年谱》)就是一部吸收任渊注而完成的整理、注释黄庭坚集的成果。黄庭坚的从孙黄䍐,把上述洪炎编的《内集》和后述李彤编的《外集》中遗漏的作品收集整理为所谓的《别集》,并同时完成了黄庭坚年谱《山谷年谱》三十卷(《文渊阁四库全书》本《山谷集(山谷全书)》所收),庆元五年(1199)成书。上面列举的任渊注有关黄庭坚诗真迹、石刻的大多数内容,均被吸收到此《年谱》中。而且除此以外,还新增了许多未见于任渊注的有关真迹的说明,因此该书在真迹、石刻的运用上,比任渊注更进一步。黄䍐的《山谷

① 《寄黄几复》诗及《次韵几复和答所寄》诗注中引用的跋,在黄䍐《山谷年谱》对这些诗的说明中也被引用。《山谷年谱》中对它们的叙述分别为"先生草书此诗跋云……"(卷一八)、"先生有此诗真迹跋云……"(卷二二),由此也可判断任渊注所引用的跋都出自真迹。关于《出礼部试院王才元惠梅三种皆妙绝戏答三首》注中引用的跋,注文接下去又说:"宗室赵子湜家有此录本,惜其翰墨不可复见,因附于此。"可见其引用的不是真迹本身,而是真迹的"录本",那也被视为一种与亲笔原稿相类的文本。

年谱》，不仅与任渊注具有密切的继承关系，还是后出史容《山谷外集诗注》、史季温《山谷别集诗注》等诗集注本的编撰基础之一，在南宋初黄庭坚诗注的形成过程中起到了极其重要的作用。也可以说，它的意义已超越了年谱。关于黄𦤀的《山谷年谱》和任渊注本相关的具体内容，及其与史容注本、史季温注本的关联性，笔者曾另文详述，见本书第十三章《黄庭坚诗注的形成与黄𦤀〈山谷年谱〉——以真迹及石刻的利用为中心》，可供参考。

接下来要考察的是宋人编撰的另一个黄庭坚诗集注本，就是上文中提到的南宋史容《山谷外集诗注》十七卷。洪炎编的《内集》并未集录黄庭坚所有的诗文，《内集》中未收录的作品，被收录在李彤编撰的所谓《外集》十四卷（《文渊阁四库全书》本《山谷集》所收）中。《外集》卷一至卷七收录的是诗（特别是初期的作品）。史容的《山谷外集诗注》是对《外集》卷一至卷七收录的诗所加的注释（《外集》卷一一至一四中也收录有诗，但是这些在史容注本中基本上都被排除了）。该书有嘉定元年（1208）钱文子的序，可以推断初稿的完成在此之前。史容注起初采用了与李彤编《外集》相同的编撰方法，即分成古体和律体的分体法，后来被改编成与任渊注本相同的编年形式。分体本共十四卷，编年本共十七卷。① 本章以改编后的十七卷本为研究对象。史容的《山谷外集诗注》中也有参照真迹、石刻而记录文字异同的注，其数量大大超过了任渊注本。下面就列举其中具有代表性的两例（除此之外还有很多例子，本章只举两例，详情请参照本书第十三章）。引文与任渊注同出光绪刊本，题后附其卷数。

《思亲汝州作》（卷一）题下注云：

---

① 分体十四卷本《山谷外集诗注》的元刊本（宋刊本的翻刻）被收录在《四部丛刊续编》中。

  按黄氏《年谱》载，玉山汪氏有山谷此诗真迹，题云"戊申九月到汝州，时镇相富郑公"。今诗言"岁晚"，必是拘留至此时也。而首句与集中不同，云"风力霜威侵短衣"。①

《次韵郭明叔长歌》（卷一四）题下注云：

  案山谷真迹云"谨次韵上答知县奉议惠赐长歌，邑子黄庭坚再拜上"。其间不同者，"何如高阳郦生醉落魄"作"都不如"，"蚓食而蝎跧"，"蝎跧"作"蜗跧"，"自可老斲轮"作"自奇老斲轮"，"公直起"作"公且起"，"黄花零落"作"零乱"。此帖见藏泉江刘廌家。②

这里根据黄庭坚的"真迹"，指出了题目和诗句的异文。特别是《次韵郭明叔长歌》的诗题，在真迹中使用的是"谨次韵上答知县奉议惠赐长歌，邑子黄庭坚再拜上"这样谦逊的表达。从这个例子可以窥见，作品被整理为诗集之前的阶段所呈现的姿态。此点也颇让人觉得意味深长。但是在这里需要注意一点，即关于黄庭坚真迹的上述记述，其实并非出于史容本人之手，而是对黄𪩘《山谷年谱》中有关记述的转录（前者出自该书卷二，后者出自该书卷一七）。特别是前者，开头处的"按黄氏《年谱》载……"就明示了这一点。从真迹、石刻的运用方面也可以确认：黄𪩘《山谷年谱》对史容《山谷外集诗注》的编撰起到了重要的参考作用。

  史容《山谷外集诗注》中，与上述类似的注文极多，从中可以看出他积极参照真迹、石刻的态度。这与史容注释的底本——李彤所编《外集》的性质也有很大的关联。黄𪩘《山谷年

---

  ①　"玉山汪氏"是指汪应辰或其子汪逵（字季路）。有关汪应辰对苏轼真迹的收集、整理，在第二部分中已有叙述。如第一部分引用的周必大《跋汪逵所藏东坡字》所示，汪逵也以收藏苏轼等人的真迹而闻名。

  ②　"泉江刘廌"未详。

谱》卷一把《外集》和洪炎所编《内集》进行比较说:"今所传《豫章文集》即洪氏所次,而先生平生得意之诗及尝手写者,多在《外集》。"黄𣡕的这句话也被引用在史容《山谷外集诗注》卷一《溪上吟》的题下注中。由此看来,在《外集》收录的作品中,可以找到很多"手写"本,也就是黄庭坚的亲笔原稿。可以认为,史容《山谷外集诗注》之所以多处可见参照了"草稿"即"真迹"的注文,也是这个注本以《外集》所收诗歌为注释对象的必然结果。史容注基本上立足于黄𣡕《山谷年谱》的成果之上,就此而言也不能单纯地认为是史容个人的独创,但其着力于参照作者的亲笔原稿来记录异文,在这个意义上,仍可在宋代诗文集注释中占据着重要地位。

以上考察了黄庭坚诗的注本——任渊《山谷内集诗注》和史容《山谷外集诗注》。① 二者都致力于参照、运用作者本人的"草稿"即"真迹",这一点与《施注苏诗》的做法基本相通。但是这两种黄庭坚诗注和《施注苏诗》之间也有若干差异。概括来说,那就是:上一部分中所举《施注苏诗》的施宿注,倾向于尊重真迹或石刻,把它们视为苏轼本人确定的定本,或与此接近的文本,或者也可以说是对真迹或石刻作为作者本人最初原稿的权威性的认可。与此相对,任渊、史容对黄庭坚诗的注释,却未必把真迹或石刻视为定本,以本章举出的例子来说,《山谷内集诗注》卷一《次韵王稚川客舍二首》的任渊注,对第一首的第一句"五更归梦常苦短"遵从了黄氏收藏的手写本,而对第三、四

---

① 宋代继任渊《山谷内集诗注》、史容《山谷外集诗注》之后,史容的孙子史季温也编撰了《山谷别集诗注》。这是对继洪炎和李彤之后黄𣡕编撰的黄庭坚诗文集,即所谓《别集》(《文渊阁四库全书》本《山谷集》所收)卷一所收的诗加以注释。黄𣡕编的《别集》,如他本人在自跋(淳熙九年即1182年)中所述,"凡真迹藏于士大夫家及见诸石刻者,咸疏于左",收录了很多以真迹或石刻形式流传的作品。以此《别集》所收诗为注释对象的史季温注,也有不少地方参照了黄庭坚的真迹、石刻,且其编撰过程中也采用了黄𣡕的《山谷年谱》。史季温《山谷别集诗注》与黄𣡕《年谱》之间的关系,请参本书第十三章。

句"慈母每占乌鹊喜,家人应赋炭庨歌"却没有遵从手写本,始终只将其视为一种异文而已。同卷《王稚川既得官都下,有所盼未归,予戏作林夫人欤乃歌二章与之》的注释中所举黄氏收藏的手写本,也仅仅作为异文来看待。上文中举过的《山谷外集诗注》的两例也是如此。任渊和史容并没有把真迹或石本看作具备绝对权威、必须全面尊重的文本。这一点,与下一部分中将要阐述的"改定"问题也密切相关。

另外,这里还要简单地涉及现存其他的宋人注宋集,特别是对王安石、陈师道诗的注释。① 首先看王安石的诗集注本。王安石(1021—1086)诗的注本有南宋李壁的《王荆文公诗注》五十卷,嘉定二年(1209)成书。李壁的注释当中,如下例所示,也有参照了"草稿"即"真迹"或与此相类的"石本"而记录文字异同的例子。下文引用的李壁注,是包含了所谓"庚寅(绍定三年,1230)增注"的文本,所据为朝鲜活字本《王荆文公诗李壁注》。②

《纯甫出僧惠崇画要予作诗》(卷一)"流莺探枝婉欲语"句庚寅增注:

> "流莺",石本作"莺流",尤妙。

《独归》(卷四)"陂农心知水未足"句注:

> "陂农",诸本皆作"疲农",余于临川见公真迹,乃知是"陂"字。

《送陈和叔》(卷二七)"昼寓墩砖常至夜"句注:

---

① 现存主要的宋人编宋人集注本,除此之外还有南宋胡稚编的陈与义诗注本《增广笺注简斋诗集》(《四部丛刊》收录),但此书中找不到参照作者真迹或石本的例子。

② 上海古籍出版社影印,1993 年。关于李壁的《王荆文公诗注》,参照影印本所载王水照先生的《前言》、巩本栋《论〈王荆文公诗李壁注〉》(《文学遗产》2009 年第 1 期)等。

此诗有石本在临川饶蒙家，真迹"墩"作"𡏡"。

《陈君式大夫恭轩》（卷三二）"肯构会须门阀大"句注：

真迹"阀"字作"更"字。

《王章》（卷四四）"志士轩昂非自谋"句注：

"轩昂"，真迹作"激昂"。

《春雨》（卷四四）"城云如雪柳傲傲"句注：

真迹"雪"作"梦"。

此外，《秋热》（卷五）题下注云："余在临川得此诗石本。"《送陈谔》（卷一三）的末尾处云："此诗余在抚州见石本，嘉祐元年作。"《试茗泉》（卷一八）题下注云："此泉在抚州之金溪翠云院，石本尚存。"《陈君式大夫恭轩》（卷三二）注云："公此诗抚州有石本。"这些均参照了石刻，却未见有关文字异同的说明。

陈师道（1053—1102）诗的注释《后山诗注》十二卷，与黄庭坚诗注一样，也是任渊所作。此书与《山谷内集诗注》并行，其成书当在同一时期。但是，与黄庭坚诗注不同的是，在陈师道的诗注中任渊并没有直接参照"草稿"即"真迹"。不过，《绝句》（《后山诗注》卷一一，《四部丛刊》本）诗的"春风欲动意犹微"句下注云：

魏衍云"丙稿涂二字"，末注王子飞云"赵诚伯本作'欲动'"。一云"春风着意力犹微"。①

《送谢朝请赴苏幕》（同前书，卷一二）诗的"山合遮西顾"句下注云：

---

① "王子飞"是王云（字子飞）。王云曾与魏衍有交往，为魏衍编的文集写了题记（政和六年，1116），次于魏衍《彭城陈先生集记》之后。"赵诚伯本"未详。

一作"沙软留徐步"。魏本云"丙稿涂上四字",不注。

陈师道去世后,其原稿被委托给门人魏衍。魏衍在《彭城陈先生集记》(政和五年[1115],《后山诗注》卷首)中说,陈师道原稿分为甲乙丙三部分。魏衍在这甲乙丙稿的基础上编撰了由诗六卷、文十四卷构成的文集二十卷。任渊注本就是在此集的基础上编撰的。上述任渊注引用的是魏衍所加的附注,任渊并没有直接参照陈师道手稿本。不过,从这个材料可以看出魏衍整理陈师道手稿本的情况之一斑,所以仍值得关注。

四、从校勘到生成论

在宋代,如本章第一部分中所论述,已经形成了与从前的校勘有所差异的新的校勘学视点。不妨重复一下,这里讲的新视点,就是把"定本"(作者自身确定为定本的文本)以前就存在的文本,也就是作者本人的"草稿"即"真迹",也纳入校勘的视野,来比较和检讨文字的异同。可以这样说,从前的校勘只是把"定本以后"的文本作为对象,而新的校勘是把"定本以前"的文本也作为对象。

所谓"新的校勘学视点",究竟"新"在何处? 当然,把此前没有被当作比较、探讨对象的文本采为比较、探讨的对象,这一点就是"新"的,但并不仅仅如此而已。若结合笔者的前稿来考虑,或许可以说,最重要的"崭新之处"是:把作者本人对自己作品的"改定",也就是把定本(最终稿、定稿)制定的过程也作为应该探讨的问题来看待。在这里,或许可以说,校勘学关注的焦点渐渐从"异同"转移到了"改定"。而且这种对"改定"的关注,出自指导实际创作的目的,因为校勘者同时也具有作者的一面。例如,费衮在《梁溪漫志》卷六,关于苏轼文章的石本中表现出来的"改窜"这样说道:"蜀中石刻东坡文字稿,其改窜处甚多,玩味之可发学者文思。"①周必大在《题汪逵季路所藏墨迹三轴》(《益公题跋》卷一一,《文忠集》卷一八)也对苏轼文章真迹中表现出来的"改定"阐述道:"学者因前辈著述,而观其所改定,思过半矣。"②

那么,宋代的诗注中的情况又如何?上文所举各种诗集注本中,王安石诗的李壁注虽然也有参照真迹或石刻的例子,但是对改定过程的关注却不太明确,只是在《泊船瓜洲》(卷四三)的注中,引用了洪迈《容斋随笔·续笔》卷八有关改定的记载而已。③ 不过,在苏轼、黄庭坚诗的注释中,这种视点就更加明确。下面从苏轼、黄庭坚诗的注释中,找出几个参照了"草稿"即"真迹",同时着眼于其"改定"过程的例子。

首先,《施注苏诗》的题下注中有这样的例子。

《次韵周开祖长官见寄》(卷一七,《合注》卷一九):

> 墨迹藏吴兴向氏。前题云"次韵奉和乐清开祖长官见寄",后题云"元丰二年六月十三日吴兴郡斋作"。"旋见儿童迎细侯",墨迹作"已见",当是续改此一字。

《送杨孟容》(卷二五,《合注》卷二八):

> 墨迹刻石成都府治,题云《送杨礼先知广安军》。墨迹"子归治小国"作"君归治小国","后生多高才"作"后生多才贤","故人余老庞"作"至今余老庞","殷勤与问讯"作"君归与问讯",其不同如此。然墨迹字有重复,集本或后来改定,故存之不复易云。

---

① 金圆校点《梁溪漫志》,上海古籍出版社,1988 年。所举苏轼的文章为《乞校正陆贽奏议上进札子》(《苏轼文集》卷三六)与《生擒西番庄奏告永裕陵文》(同前书,卷四四)。

② 所举苏轼的文章为《祭范蜀公文》(《苏轼文集》卷六三)。

③ 洪迈所说的是《泊船瓜洲》(《临川先生文集》卷二九,《四部丛刊》本)中"春风又绿江南岸"的"绿"字的改定问题。

此二例皆在检讨"墨迹"与"集本"之文字"异同"的基础上，指出后者是对于前者的"改定"。这里特别值得注意的是，不是真迹而是集本被当作更加"正确"的文本。实际上，《施注苏诗》的正文就采用了集本的文本。在前面第二部分所举的例子中，施宿表现了遵从真迹而非集本的倾向，但这里却正好相反。出现如此不同的态度，原因何在？那无非就因为施宿把握到了作者本人进行"改定"的现象。如第一部分中所述，"草稿"即"真迹"常常隐含了被作者本人进行改写的危险性，是一个不稳定的存在。不妨说，施宿在这里所把握到的就是"草稿"阶段的作品所蕴含的危险性或不安定性。

《施注苏诗》中像上述二例那样使用"改定"或类似词语而涉及改定问题的甚为少见，故不能说它对苏轼诗的"改定"过程抱有很大的关心。① 从第二部分所举例中可以看出，施宿在参照真迹、石刻时，倾向于把它视为更加接近定本的文本。可以说，施宿主要关心的是如何确定更加正确的定本，而不是作者如何进行"改定"。与此相对，在任渊、史容等人对黄庭坚诗的注释中可以看到的强烈倾向，却是始终把真迹、石刻视为走向定本过程中的一个异文，这在第三部分中已经获得确认。在任渊等对黄庭坚诗的注释中，对于"改定"过程的关心以十分明确的形式表现出来。从第三部分所举的例子当中也可以看出这

---

① 本章未涉及宋代以后的苏轼诗注，但宋代以后的注释中关注苏轼诗"改定"过程的言论并不少见。只举一例来看，对苏轼《定惠院寓居月夜偶出》及《次韵前篇》诗（均收于"施注苏诗"卷一八，《苏文忠公诗合注》卷二〇）、清翁方纲《苏诗补注》（《粤雅堂丛书》本）卷四中这样阐述道："方纲尝见此诗初脱稿纸本，真迹在富春董蔗林侍郎诰家。前篇'不辞青春'二句原在'一枝亚'之下，'清诗独吟'二句原在'年年谢'之下，以墨笔钩转，改今本也。'江云抱岭'涂二字，改'有态'。'不惜青春'涂'惜'改'词'。后篇'十五年前真一梦'句全涂去，改云'忆昔还乡泝巴峡'。……其改定精密如此。"关于这首诗的真迹，《施注苏诗》中也曾提到（参考第二部分的引例），不过施宿看到的真迹文本和翁方纲看到的"初脱稿纸本"似为别物。另外，翁方纲看到的苏轼《定惠院寓居月夜偶出》诗的真迹，至今仍存，请参考刘正成主编《中国书法全集》第三三卷苏轼卷一（荣宝斋，1991年）等。

一点，下面再通过别的例子来加以确认。

任渊《山谷内集诗注》中的例子如下。《题伯时画松下渊明》(卷九)"幽尚亦可观"句下注：

> 蜀中旧本作"幽况亦可观"，今本当是后来所改。

《出礼部试院王才元惠梅花三种皆妙绝戏答三首》(卷九)其三"百叶缃梅触拨人"句下注：

> "触拨"字，一本作"料理"。《王立之诗话》曰，"触拨"字，初作"故恼"，其后改焉。①

《谢王舍人剪状元红》(卷九)"欲作短章凭阿素，缓歌夸与落花风"句下注：

> 《王立之诗话》曰，山谷与余诗云"欲作短歌凭阿素，丁宁夸与落花风"。其后改"歌"字作"章"字，改"丁宁"字作"缓歌"字。②

《次韵杨明叔四首》(卷一二)其四"窃观今日事"句下注：

> 黄氏本作"今者事"。此云"今日"，当是晚年所改。

《次韵文少激推官祈雨有感》(卷一三)"从此滂沱遍枯槁，爱民天子似仁宗"句下注：

> 文氏真本上句作"从此滂沱三十六"，后改此句。

除了第二、三例转引《王直方(立之)诗话》的记述外，其他几例都是任渊本人亲见各种手稿本后发表的见解。总之，都是

---

① 《王直方诗话》(郭绍虞辑《宋诗话辑佚》本，中华书局，1980年)原文是："山谷与余湘桃苦恼人'，又云'欲作短歌凭阿素，丁宁夸与落花风'。其后改'苦恼'作'触拨'，改'歌'作'章'，改'丁宁'作'缓歌'。余以为诗不厌多改。""立之"是王直方的字。

② 引用的《王直方诗话》，参照前注。

256

使用了"改"这一词语来指出黄庭坚对初稿阶段的文本进行改定的事实。①

　　史容《山谷外集诗注》的题下注中有如下例子。《同韵和元明兄知命弟九日相忆》（卷九）：

　　　　山谷有此诗草本真迹云"万重云里孤飞雁，只听归声不见身。却把黄花同怅望，寄传诗句更清新"。末句"奉观归制白纶巾"傍注"改"。今本"南北"作"南渡"，"兄弟"作"摹写"，"老作"改"晚作"。次篇"田邻"作"邻田"。

《送徐隐父宰余干》（卷一一）：

　　　　山谷真迹稿本："地方百里古诸侯，嚬笑阴晴民具瞻。""寒霜"改"冰霜"，又改"冷霜"。"皆廉"改"争廉"。第五句"樽前桃李亲朋友"，注云"改此"。次篇"瑞世"改"下瑞"，"同生"改"同兄"。

《答王道济寺丞观许道宁山水图》（卷一五）：

　　　　按《外集》十二卷又载一篇云"往逢醉许在长安，蛮溪大砚磨松烟……"比此篇多一韵，其间大同小异，恐此是改定本，因附见。②

─────────────

　　①　此外，《山谷内集诗注》中还有一些注文，如《次韵雨丝云鹤二首》（卷一二）其一"烟云杳霭合中稀，雾雨空蒙密更微"句下注"旧作'隔云朝日看余辉，六合空蒙密更微'"，《次韵廖明略同吴明府白云亭宴集》（卷一八）"庖霜刀落鲙，执玉酒明船"句下注"上句旧作'鲙飣刀落雪'"，《书磨崖碑后》（卷二〇）"安知忠臣痛至骨，世上但赏琼琚词"句下注"旧作'岂知忠臣心愤切，后世但赏琼琚词'"，同诗"同来野僧六七辈"句"野僧"一语注"旧作'残僧'"，凡此皆以"旧作……"的形式，记录有关文字的异同，由此也可看出对于文本"改定"过程的关注。但是，这些例子所指的也可能并不是作者本人的改定。

　　②　《外集》指李彤编的《外集》。此诗收于《外集》卷三，但几乎相同的作品也见于卷一二。史容在这里指出，卷三所收诗的文本是卷一二所收诗的"改定本"（如前所述，《外集》卷一一至卷一四所收的诗被史容注本排除）。黄䈵《山谷年谱》卷二一亦有同论。

《和曹子方杂言》(卷一六):

> 《前集》有《次韵答曹子方杂言》,此篇亦次韵也,而不言"次韵",诗意略同,不应再出,又不称"再和"。疑是先作此篇,后复窜易,故两存耳。①

这些例子都参照了真迹的文本,并以之来探讨真迹怎样被修改成"今本",也就是把作者亲自"改定"自己作品的过程,亦即"定本"的制定过程,作为应该探讨的问题来把握。《答王道济寺丞观许道宁山水图》《和曹子方杂言》这两例,注中都指出了"别本"的存在。在这里,史容所理解的"别本"产生的原因无非就是黄庭坚本人进行的"改定"和"窜易"。另外,上述例中有和黄𩛙《山谷年谱》的记载重合的地方,但也有不少差异。如《和曹子方杂言》诗,《山谷年谱》中并未出注;《同韵和元明兄知命弟九日相忆》诗,注中引用的真迹文本与《年谱》所引不同;《送徐隐父宰余干》诗,则不仅所引真迹的文本不同,而且《年谱》中并无有关"改定"的记载。

笔者还想举出最后一个值得注意的例子,就是任渊《山谷内集诗注》中出现的下面一段话,从中也可以看到与上述相同的态度。本章第三部分引用了任渊对黄庭坚《王稚川既得官都下,有所盼未归,予戏作林夫人欸乃歌二章与之》(卷一)诗的注释,其中参照了黄庭坚的亲笔稿本。对此诗的第二首,任注如下:

> 黄氏本后章曰:"卧冰泣竹慰母饥,天吴紫凤补儿衣。腊雪在时听嘶马,长安城中花片飞。"四句盖旧所作,后方改定。今附见于此,庶知前辈有日新之功也。

---

① 《前集》指《内集》。关于这首《和曹子方杂言》诗,《山谷内集诗注》卷一〇也有使用了相同韵字的诗。正如史容所说,"诗意略同",即全诗主题一致,但表达上有很大差异。

为何关注黄庭坚对自己作品的"改定"？任渊说，目的在于"庶知前辈有日新之功也"。把他的话说得具体一点，就是：黄庭坚通过修改自己作品的"草稿"，而达到"日新"，即不断进步到更高的水平。注释的目的，无非就为彰显这一进步的过程。前面说过，任渊等人注释黄庭坚诗的时候，并没有把"草稿"即"真迹"视为"定本"（或接近定本的文本），这恐怕就因为他们认识到"草稿"始终隐含着被"改定"的可能性。从任渊等人对黄庭坚诗的注释中有关"改定"的言论，我们可以看出他们的这种认识。可以认为，那同时也宣告了一种文学批评新视点的诞生：关注"草稿阶段"的作品所具有的特殊性质。

与此相关，北宋末南宋初的朱弁在《曲洧旧闻》（《知不足斋丛书》本）卷四写下的这段话也颇值一读：

> 古语云："大匠不示人以璞。"盖恐人见其斧凿痕迹也。黄鲁直于相国寺得宋子京唐史稿一册，归而熟视之，自是文章日进。此无他也，见其窜易句字，与初造意不同，而识其用意所起故也。

首先值得注意的是开头处引用的"古语"。优秀的匠人在他人面前出示"玉"而不出示"璞"，这也就是说，研磨作业的过程是不让他人窥见的。这也许是古来中国文人的一种基本姿态。可是到了宋代，本来应该隐蔽起来的研磨过程却暴露无遗。引文的后半部分说，黄庭坚通过观察宋祁文章"窜易"即"改定"的过程，而获得了文章创作的秘诀。[①] 在这里，我们能够看到的是对于遗留在"稿"上的作者"改定"过程的关怀，而这种关怀在文人之间得到普及，乃在宋代。上述朱弁的记载，如实地反映了

---

① 关于宋祁《唐书》的稿本，赵彦卫《云麓漫钞》卷四亦云："宋景文公修《唐书》，稿用表纸朱界，贴界以墨笔书旧文，傍以朱笔改之。"指出了宋祁稿本中存在改定痕迹的事实。

宋代的文学环境，就是"璞"即"稿"已经无法再隐藏起来不让别人看到。如上所述，这样的文学环境对诗文集的注释也产生了影响。

小结

从上文的分析看来，宋代的注释者，特别是苏轼、黄庭坚诗的注释者们，并不只是把作者的"草稿"即"真迹"当作"校勘"用的诸本之一来进行文字"异同"方面的比较、检讨，他们还通过这样的检讨，来考察作者如何反复"改定"自己的作品，如何确立一个"定本"（最终稿、完成稿），从而使"定本"的制定过程得以彰显。这种文学研究的方法，用今天的话来说，叫作"生成论"（génétique）。[①] 苏轼、黄庭坚诗的注释者们，其所作所为已经超越了从前的"校勘学"框架，而可以看作类似所谓"生成论"的文学研究方法的萌芽。

生成论研究建立在一种文本观亦即作品观的基础上，用一句话来概括这种作品观，就是"所有的作品即文本都是草稿"。换言之，所谓的"定本"只是一个假设性的抽象存在而已。任渊等人既已关注黄庭坚对自己作品的"改定"，那么他们持有与此相似的看法，也并不奇怪。如果黄庭坚一直活下去并且也不停止创作活动的话，那么其"改定"也不会有终点。他一定会通过"改定"，而使作品变得更加优秀（"日新之功"）。因此，现在被视为"定本"的黄庭坚诗的文本，或许也只是一个假设性的抽象"定本"而已。也就是说，真正意义上的"定本"并不存在，所有的作品都不过是"改定"过程中的一个"草稿"。当然，对这样的结论尚须采取慎重的态度，但联系前稿中引用的其他宋代文人

---

① 关于所谓"生成论"的研究，参考松泽和宏《生成論の探求》（名古屋大学出版会，2003 年）等。

的言论，至少不能否认，宋代已经具有产生这种文学批评新视点的可能性。

（陈文辉　译）

　　附记：本章是在《校勘から生成論へ——宋代における詩文集註釈、特に蘇黄詩註における真蹟・石刻の活用をめぐって》（《东洋史研究》第 68 卷第 1 号，2009 年；汉语稿载于《东华汉学》第 8 期，2008 年）的基础上修订而成的。

第十三章　黄庭坚诗注的形成与
黄𥅆《山谷年谱》

——以真迹及石刻的利用为中心

　　在宋代,随着文人自觉地致力于别集的整理、编纂,对别集附加注释的活动也开始兴起。不仅杜甫、韩愈等宋代以前的文人,苏轼、黄庭坚等宋代文人的别集也被加以注释。宋代别集的注释,尤其是苏轼、黄庭坚诗的注释表现出来的特征之一,就是对"真迹(墨迹)""石刻(石本)"等作者的亲笔原稿,或者说相当于此类文本的有效利用。宋代注家基于此类文本,查核诗歌题目及正文异同,并对作品的定本(最终稿)的制定情况加以详细探讨。

　　宋代别集注释表现出来的这一倾向,及从中体现出的相关文献学、文学论上的特质,笔者已在本书第十二章《从校勘到生成论——有关宋代诗文集的注释特别是苏黄诗注中真迹及石刻的利用》中,主要以苏轼和黄庭坚诗的注释为例作过考察。其中,在论及南宋前期黄庭坚诗的整理、注释史时,对与任渊《山谷内集注》、史容《山谷外集注》、史季温《山谷别集诗注》等并列的黄𥅆《山谷年谱》所具有的重要意义曾作过些许说明。本章拟联系黄𥅆编《山谷年谱》与任渊等所作黄庭坚诗注,对诸家注释中黄庭坚诗的真迹、石刻(含石刻拓本)的利用情况,及注中所表现的文献学态度加以考察。

一、黄庭坚诗的整理、注释史与黄𥅆《山谷年谱》

　　黄庭坚(号山谷,1045—1105)的诗文,在其去世后不久就被洪炎整理为《山谷内集》(豫章黄先生文集)三十卷,于建炎二

年（1128）刊行。其后，《内集》所遗漏的作品由李彤整理而成
《山谷外集》十四卷，推测于建炎、绍兴年间（1127—1162）成书。
而《内集》《外集》未收的作品又经黄𥇲整理成《山谷别集》二十
卷。此书附有淳熙九年（1182）黄𥇲的自跋。上述三集是诗文
合集，诗歌部分的编排采取古体、近体的分体形式。① 与诗文的
编纂同步，诗歌的注本也被编纂。首先，任渊以《内集》所收诗
为对象，编撰《山谷内集诗注》二十卷。此书虽附有政和元年
（1111）的自序，刊行时间却是在绍兴二十五年（1155）前后。其
次，史容以《外集》所收诗为对象，编辑《山谷外集诗注》十七卷。
此书有嘉定元年（1208）钱文子的序，其后修订本于淳祐十年
（1250）刊行。最后，史容之孙史季温以《别集》所收诗为对象，
编撰《山谷别集诗注》二卷。此书的成书年代不详。此三种注
本皆未进行古体、近体的区分，而是采取了以创作年代为顺序
排列作品的编年形式。② 若按成书先后对以上六种注本进行排
列，即洪炎编《内集》→李彤编《外集》→任渊《内集诗注》→黄𥇲
编《别集》→史容《外集诗注》→史季温《别集诗注》。③

　　黄𥇲所编《山谷年谱》（山谷先生年谱）三十卷成书于庆元
五年（1199）。撰者黄𥇲（1150—1212），字子耕，号复斋，是黄庭
坚堂弟黄叔敖之孙，亦是《山谷别集》的编者。《年谱》《别集》之

---

　　① 本章中《内集》以《四部丛书初编》本《豫章黄先生文集》为底本，《外集》《别
集》以《文渊阁四库全书》本《山谷全书》（山谷集）为底本。

　　② 三种黄庭坚诗注均以《山谷诗集注》（光绪间义宁陈氏景刊覆宋本，艺文印
书馆景印，1969 年）为底本。但是，根据刘尚荣校点《黄庭坚诗集注》（中华书局，
2003 年）以及黄宝华点校《山谷诗集注》（上海古籍出版社，2003 年）进行了部分文
字的改动。另外，本章对《内集》和《内集诗注》、《外集》和《外集诗注》、《别集》和《别
集诗注》的关系不作涉及，就收录的诗歌文本来说，并不存在大幅度的字句差异。
以下论述以此为前提。

　　③ 有关《外集》和《内集诗注》的先后，因《外集》成书时期不明，故很难确定。
此处《内集诗注》卷二〇《乞钟乳于曾公衮》诗的目录注，引用了被认为是《外集》的
《豫章后集》。由此可以断定《内集诗注》的最终成立是在《外集》之后。但是，《内集
诗注》的初稿被认为是于《外集》之前成立的。

外,尚编撰有《黄文纂异》一卷。黄𬸚所编《年谱》是在《内集》《内集诗注》《外集》及其亲自编纂的《别集》等成果的基础上形成的,其成果亦为之后的《外集诗注》《别集诗注》所继承。作为黄庭坚诗文的整理、注释史上的一个接合点,《年谱》可以说是一部重要的著作。①

黄𬸚《年谱》的重要性体现在哪些方面? 其一,正如黄𬸚在《年谱》自序中所述"悉收豫章文集、外集、别集、尺牍、遗文、家藏旧稿、故家所收墨迹与夫四方碑刻、他集议论之所及者"那样,此书广泛地参照、采录了有关黄庭坚的各种文献资料。本稿对自序所言"真迹(墨迹)""石刻(碑刻)"类尤为关注。在《年谱》中,黄庭坚的真迹、石刻如何被有效利用? 试举绍圣元年十月一条(卷二六)为例观之。此条云:"今以先生前后书尺真迹石刻及彭泽池阳题名等,一一参考以月日,是岁先生自分宁赴宣城,舟行由海昏过城下赴官道间得祠。"此年奉命出任宣州(今安徽省宣城市)的黄庭坚,由故乡分宁(今江西省修水县)出发前往宣州赴任,路经海昏县(今江西省永修县)到达洪州(今江西省南昌市)时,接到朝廷授其为管勾亳州明道宫、开封府安置的任命(黄庭坚前往开封,是为了接受有关他本人曾参与编修的《神宗实录》的查问)。对于其间原委,黄𬸚陈述他是以黄庭坚"书尺""真迹""石刻",及路经彭泽(今江西省彭泽县)、池州(今安徽省贵池区)时书写的"题名"等文本为依据,并按时间推移进行了逐一考证的。如此有效地利用真迹、石刻的姿态,

---

① 《山谷年谱》以《文渊阁四库全书》本《山谷全书》(山谷集)为底本。但是,根据吴洪泽、尹波主编《宋人年谱丛刊》(四川大学出版社,2003 年)第五册所收曹清华校点本,作了部分文字的改动。另外,有关黄庭坚的各种诗文集以及《年谱》参照了大野修作《黄庭坚集的刊本》(《鹿儿岛大学文科报告》第 19 号第 1 分册,1983 年),祝尚书《宋人别集叙录》(中华书局,1999 年),笕文生、野村鲇子《四库提要北宋五十家研究》(汲古书院,2000 年),王岚《宋人文集编刻流传丛考》(江苏古籍出版社,2003 年)、黄宝华点校本《前言》等。

在黄𩾌《别集》的编纂中亦为可见。黄𩾌《别集》自跋云："凡真迹藏于士大夫家及见诸石刻者,咸疏于左。"对编纂过程中将有关黄庭坚"真迹""石刻"的注记附在作品之后的做法进行了说明。① 事实上,《别集》所收作品之后附有"右真迹藏于某氏""右石刻藏于某氏""右家藏真迹""右家传"等注记的例子确实为数不少。

黄𩾌是黄庭坚的同族后裔,比其他人更容易接触到"家藏(传)"的真迹、石刻,所以在利用黄庭坚真迹、石刻这一方面可以说是得天独厚。在《别集》所附注记中,依据"家藏"文本的记载屡见不鲜。关于《年谱》,诚如崇宁二年十二月一条(卷二九)"今以先生《跋苦寒吟》考之,其跋云……此真迹见藏晋陵尤氏"所载,参照他家(此处指尤袤)所藏文本之例有很多。但是相对来说,参照"家藏"文本的例子依然占多数,诸如元符三年五月一条(卷二七)"按家藏先生与道微使君手书真迹云……"、同年五月己卯一条(卷二七)"按家藏先生书老杜诗真迹跋云……"、崇宁四年九月三十日一条(卷三〇)"𩾌家藏先祖亲笔日记……"等。

黄𩾌的《年谱》作为年谱的一种,无疑是按时间顺序以厘清黄庭坚事迹及作品为目的的著作。因此,正如上面列举的绍圣元年十月一条的注解所述,真迹、石刻类首先是被作为有助于实现这一目的的文本来加以利用的。然而,黄𩾌的《年谱》超越了单纯的年谱范畴,对真迹、石刻的利用呈现出多样性。特别值得注目的是,这些资料是作为有助于黄庭坚作品(特别是诗)的整理、注释的文献文本来利用的。正是这一点,才使《年谱》得以与任渊《内集诗注》、史容《外集诗注》、史季温《别集诗注》

---

① 《文渊阁四库全书》本《别集》中未记载自跋。此处以刘琳、李勇先、王蓉贵校点《黄庭坚全集》(四川大学出版社,2001年)附录《豫章别集跋》(嘉靖本《豫章别集》卷末)为底本。

265

等黄庭坚诗的各种注本相提并论。在黄𩽾《年谱》及上述注本中，黄庭坚诗的真迹、石刻如何被有效利用？以下，试图从这些著作的关联处着眼，对此问题加以探讨。①

二、任渊《山谷内集诗注》与黄𩽾《山谷年谱》

任渊《山谷内集诗注》以洪炎所编《内集》为底本作注，是现存最古的黄庭坚诗歌注本，乃至是其后所编各种注本的典范之作。此书的成果亦被黄𩽾《年谱》引用。例如《年谱》卷七《古风二首上苏子瞻》诗条载有"蜀本诗集任氏旧注云……"，就引用了《内集诗注》卷一目录注的内容。同时由"右二诗，蜀本诗集任氏所注方始于此，其考证已为之者，悉从其旧"的说明亦可进一步了解到：《年谱》中黄庭坚的事迹、作品系年基本上依据任渊注本的考证。② 正如《年谱》卷一中所言"蜀本诗集任氏所注，搜校之功不为小补"，黄𩽾对任渊注本特别是其"搜校之功"给予了高度评价。

《年谱》的主要目的是为黄庭坚诗歌编年，任渊注本也在编年方面独具特色。因此两者的继承关系，首先就体现在编年考证这一点上。《年谱》的编年基本上以任渊注本为基础，但对任渊注本编年的修正亦有颇多。其中尤为值得注目的是，基于黄庭坚的真迹、石刻，修改任渊注本编年之例。例如《年谱》中《效王仲至少监咏姚花用其韵四首》（卷二五）条，其下按语云：

> 按此诗蜀本置之三年。按先生有手书真迹，此前后二
> 首跋云："元祐四年春末，偶入窦高州园。园中阒然，花之

---

① 《年谱》中系年的对象主要是诗、赋和楚辞。此外的各种文体基本被列于对象外，引用的部分书简等仅作为考证资料。

② "蜀本诗集任氏旧注"是指在蜀地刊行的任渊《内集诗注》。任渊、史容、史季温都是蜀地人。当时蜀地是黄庭坚集整理、刊行的中心地之一，各种黄庭坚集的"蜀本"皆有出版。

晚开者皆妙绝……仲至作四咏，因同韵作……"今移附于此。

《内集诗注》卷九认为此诗是元祐三年的作品，而《年谱》根据黄庭坚的"手书真迹"（亲笔原稿）的跋文，将其改定为元祐四年。另外，《跋子瞻和陶诗》（卷二八）的按语云：

> 先生有真迹石刻，题云："建中靖国元年四月，在荆州承天寺观此诗卷，叹息弥日，作小诗题其后。"……蜀本载之崇宁元年，今移附于此。

《内集诗注》卷一七认为是崇宁元年的作品，而《年谱》根据"真迹石刻"（真迹的石刻拓本）的题目，将其改定为建中靖国元年。这些都是以任渊没有参照的真迹、石刻文本为资料的注记。

以上从黄庭坚诗歌编年考证方面，考察了《年谱》与任渊注本的关联情况。然而《年谱》不仅是单纯地停滞于年谱范畴内的著作，还是对黄庭坚诗歌进行整理、注释，换而言之，是对黄庭坚诗歌文本进行文献学深入探讨的著作。如果从黄庭坚诗歌的文献学研究这一角度来看，黄𦀡《年谱》具有怎样的特点？以下，拟从《年谱》与任渊注本的关联出发进行探讨。

任渊注本在黄庭坚诗歌文本探讨方面，也积极地利用真迹、石刻，其成果亦被《年谱》继承。揭示此点的典型事例，在本书其他章节中已有所列举。在此，试举《年谱》中其他二例。先看《寄黄几复》（卷一八）条，其按语云：

> 按《成都续帖》先生草书，此诗跋云："时几复在广州四会，予在德州德平镇。皆海濒也。"①

引用了黄庭坚"草书"帖（可视为亲笔原稿或与之类似的文本）的跋文。而此处所引文本，亦见于《内集诗注》卷二所收本诗的

---

① 《成都续帖》未详，或许是在蜀地刊行的法帖之类。

句下注。再看《次韵几复和答所寄》（卷二二）条：

> 先生有此诗真迹，跋云："丁卯岁，几复至吏部改官。追和予丁丑在德平所寄诗也。"

所引"真迹"的跋文，与《内集诗注》卷八此诗目录注中所引是同一文本。在上举二例中，任渊注虽然仅用"山谷尝有跋云""山谷旧跋此诗云"等说法，并未见"草书""真迹"等语，但如果依《年谱》记载，或可看作是指真迹之类。

下列关于《年谱》的记载，可以说继承了任渊注本的内容，但仍与任渊注本存在些许差异。例如《王才元惠梅三种皆妙绝戏答三首》（卷二三）条：

> 先生有此诗跋云："州南王才元舍人家有百叶黄梅绝妙。礼部锁院，不复得见。开院之明日，才元遣送数枝，盖是岁大雨雪寒甚，故梅亦晚开耳。"又一跋云："元祐初，锁院礼部，阻春雪，还家已三月。王才元舍人送黄红多叶梅数种，为作三诗，付王家素素歌之。"今玉山汪氏有先生三诗真迹，如"城南名士遣春来"作"佳士"，"百叶缃梅触拨人"作"苦恼人"。按《王立之诗话》，"触拨"字初作"苦恼"，其后改焉。①

引用了黄庭坚的跋文（有可能为亲笔所书）等内容。此跋文在《内集诗注》卷九该诗的第一首后注中亦能看到。然而"今玉山汪氏有先生三诗真迹……"部分，未载于任渊注本。另外，《颐轩诗六首》（卷二五）条云：

---

① 诗题《王才元惠梅三种皆妙绝戏答三首》在任渊本中作《出礼部试院王才元惠梅花三种妙绝戏答三首》。真迹所藏者"玉山汪氏"应指汪应辰或其同族。"王才元"指王械，《王直方诗话》著者王直方（字立之）的父亲。《王直方诗话》亦为任渊注所引，由《年谱》可知其记事是以真迹为基础。另外，任渊注中在引用跋文之后有"宗室赵子湜家有此录本，惜其翰墨不可复见，因附于此"的说明，对《年谱》没有言及的文本作了提示。此处亦可看出两者之间的相异之处。

　　　　按家藏此诗真迹,序云:"元祐四年正月癸酉。"又有与
君素手书云"颐轩诗,久草成。以真不工,久未写去。今漫
遣,不知可意否"。后题"二十一日"。

此处引用了家藏的真迹和书简。关于此诗,任渊在《内集诗注》
卷一一的目录注中提到"张方回家本有此诗序云'元祐四年正
月癸酉黄某序'",以再引"张方回家本"的形式记载序文的一部
分,并未提及黄庭坚写给颐轩主人高君素(未详)的书简。①

　　上面所举的二例,既表明《年谱》并不仅是单纯地继承任渊
注本,同时也增加了新发现的文本,特别是"家藏真迹"类的资
料。如此有效地利用任渊没有参照过的文本,可以说是《年谱》
最大的功绩。这一点也是黄𪻐所自负的。《年谱》卷一关于《溪
上吟》《清江引》二诗,其按语云:"右二诗见《豫章外集》,其后如
《叔父幼子晬日》诗,则又《别集》所载。今蜀本止用《文集》,亦
恐家藏遗稿及士大夫之所藏者,蜀中或未尽见。"②这里的"蜀
本"指任渊注本。《溪上吟》《清江引》二篇不属《文集》(即《内
集》),而被收于《外集》(《外集》卷一、《外集诗注》卷一),所以才
成为以《内集》所收诗为对象的任渊注本范围之外的作品。黄
𪻐在引文后半部分指出:任渊或许没能充分看到黄氏家藏或者
是其他士大夫所藏遗稿。这可以说是黄𪻐对自己比任渊掌握
更多私藏类资料的自负之语。

　　实际上,在注释《内集》所收诗作方面,任渊注本未曾参照
的文本,被《年谱》参照、引用的例子屡见不鲜。如下所举(题后
分别附注《年谱》和收录该诗的任渊注本的卷数):

----

　　①　"张方回家本"是指张渊(字方回,黄庭坚妹婿之孙)所编的集本,在以此书
为基础形成的任渊注本(疑其为编年形式)中被广为言及。各种"黄庭坚集"均未收
所引《与素君手书》一作。《年谱》采录了集本未收的诸多书简,仅从此点上说,它也
是一部重要的著作。

　　②　《叔父幼子晬日》诗即为《别集》卷一及《别集诗注》卷上所收的《夷仲叔父
幼子晬日》(《别集诗注》题为《嗣深尚书弟晬日》)。

《题山谷石牛洞》(《年谱》卷一一,《内集诗注》卷一):

先生有真迹石刻,题云:"题山谷寺石桥下。"

《子瞻继和复答二首》(《年谱》卷一九,《内集诗注》卷三):

先生有此诗墨迹,题云:"有闻帐中香,疑为熬蜡者,辄复戏用前韵。愿勿以示外人,恐不解事者或以为其言有味也。"①

《送郑彦能宣德知福昌县》(《年谱》卷二〇,《内集诗注》卷三):

先生有此诗真迹,跋云:"吾友郑彦能今可为县令师也。以余寒乡士,不能重之于朝。故作诗赠行,以识吾愧。元祐元年丙寅,黄庭坚题。"②

《僧景宗相访,寄法王航禅师》(《年谱》卷二一,《内集诗注》卷六):

先生有此真迹石刻,题云:"因僧景宗还大法寺,寄航长老。"

《子瞻去岁春夏侍立迩英,子由秋冬间相继入侍,作诗各述所怀。予亦次韵四首》(《年谱》卷二一,《内集诗注》卷七):

先生有此四诗真迹,题云:"子瞻去岁春夏侍立迩英,子由秋冬间相继入侍,次韵四首,各述所怀,予亦次韵。"

《题画孔雀》(《年谱》卷二一,《内集诗注》卷七):

---

① 此处所引墨迹中"有闻帐中香,疑为熬蜡者,辄复戏用前韵"一节,为《内集诗注》卷三以及《内集》卷一二中所收另外二首诗歌的题目(但存在部分文字的异同)。另外,《年谱》中未有此二首诗的相关记载。
② 史容《外集诗注》卷一五所收《古意赠郑彦能八音歌》诗的题下注对此真迹亦有言及。正如本章第三部分中所述,史容注本吸收了《年谱》的众多成果,这也是其中之一。

先生有此诗真迹石刻，题云："题实师画孔雀。"

《题伯诗画顿尘马》（《年谱》卷二三，《内集诗注》卷九）：

　　先生有此诗真迹，题作"辗马"。今观诗句乃云："忽思马欲顿风尘。"则是"辗马"无疑。蜀中见有石刻。

《出城送客过故人东平侯赵景珍墓》（《年谱》卷二五，《内集诗注》卷一一）：

　　按蜀本石刻真迹，题云："春游偶到故人东平侯墓下。"①

《赵子充示竹夫人诗。盖凉寝竹器憩臂休膝，似非夫人之职。予为名曰青奴，并以小诗取之二首》（《年谱》卷二五，《内集诗注》卷一一）：

　　先生有此诗真迹，后一首题云："从赵端承议乞竹奴，俗所谓竹夫人者。"

《书磨崖碑后》（《年谱》卷三〇，《内集诗注》卷二〇）：

　　按先生有真迹石刻，题云："崇宁三年己卯，风雨中来泊浯溪。进士陶豫、李格、僧伯新、道遵同至中兴颂崖下。……三日，裴回碑次，请予赋诗。老矣，岂复能文？强作数语。惜秦少游下世，不得此妙墨镌之崖石耳。"

之前所述有关《效王仲至少监咏姚花用其韵四首》《跋子瞻和陶诗》序跋的记载，亦可列在此处。总之，这里所引黄庭坚真迹、石刻等文本，皆未见于任渊注本。

　　上举《年谱》中的记载，相当于诗题、序跋文本的补充，或可作为提示异文的内容。诗题、序跋是附属于诗歌正文的从属性

---

①　"蜀本石刻真迹"未详。此处的"蜀本"可以认为是异于任渊注本的文本，亦有可能是在蜀地出版的黄庭坚的法帖之类。

文本。此类文本与诗歌正文相比,在集本的制定过程中被改定或排除的可能性是极高的。上面的记载传达了诗题、序跋在被改定或排除之前的多样形态。以集本形式制定或刊行的文本带有一定的公共性,与此相对,此处采录的诗题、序跋则是带有隐私性的文本。例如,在上举《子瞻继和复答二首》的相关记载中,就有黄庭坚写下的"愿勿以示外人,恐不解事者或以为其言有味也"之语。这正是在当时新旧两党格格不入的微妙政治局势下,作出的私密性发言。此类发言被排除在集本之外,在某种意义上也是理所应当的。从尽可能地搜采集本漏掉的文本这点来看,黄䓕《年谱》进一步深化并发展了任渊注本,可以说是一部值得注目的著作。

同样的情况,亦适用于以下二例。《年谱》卷二六收录的题为《杨明叔惠诗,格律词意皆熏沐去其旧习。予为之喜而不寐(石刻有"然"字)。文章者道之器也,言者行之枝叶也。故次韵作四诗报之,耕礼义之田而深其耒(石刻作"本"字)。明叔言行有法(石刻作"物"),当官又敏于事而恤民,故予期之以(石刻作"故相期以")远者大者》的诗就是其中之一。在《内集诗注》卷一二中,此诗的题目为《次韵杨明叔四首》,上述长题则被当作序文(但是《内集》卷六与《年谱》中的长题相同)。首先,在诗题上,任渊注本和《年谱》是不同的。但并非仅限于此,《年谱》还将任渊注本没有参照过而见于石刻的文字异同(即括号中的内容),以小字双行注记的形式插在上面的诗题或序文中。此外,《年谱》还有按语"按蜀本石刻真迹止写前两篇,题作'故次韵作二颂以为报'。而第三篇却别题云'荐辱明叔佳句,又作一颂奉报。老人作颂不复似诗,如蜂采花但取其味可也'",记录了"蜀本石刻真迹"所见诗题的异文。但是在任渊注本中,并没有与之相关的记载。

另外,同样在《年谱》卷二六中,紧接着上述《杨明叔惠诗……》诗,题为《庭坚老懒衰堕(石刻作"老衰懒堕"),多年不作诗,已忘其体律。因明叔有意于斯文,试举一网而张万目。盖以俗为雅,以故为新,百战百胜。如孙吴(石刻作"孙武吴起")之兵,棘端可以破(石刻作"当")镞。如甘蝇飞卫之射。此诗人之奇也。明叔当自得之。公眉人,乡先生之妙语振耀(石刻作"惊")一世。我昔从公(石刻作"盖从此公")得之,故今以此事相付》的诗,亦可为例。在《内集诗注》卷一二中,此诗的题目是《再次韵》,上面所举长题则被当作序文(但是《内集》卷六与《年谱》中的诗题相同)。与先前所述相同,《年谱》在此诗的题目或序文中,亦以注记的形式插入了任渊注本未曾参照的石刻异文,并进一步叙述"按蜀本石刻真迹添前篇第四首,却题云'再和二颂并序'",认为"蜀本石刻真迹"文本中《杨明叔惠诗……》的第四首诗应是此诗的第二首,并指出诗题相异之事(因其为二首,故作"二颂")。

　　上举《年谱》所引的是诗题、序跋类的真迹、石刻文本。但在以下列举的注记中,所引真迹、石刻则多与诗歌正文有关,且均是任渊注未曾参照过的文本。

　　《赣上食莲有感》(《年谱》卷一二,《内集诗注》卷一):

　　　　先生有此诗真迹稿本,谨附录于后:"莲实大如指,分甘念母慈……实中有么荷,拳如小儿爪……投箸去未能,窃禄以怀惭……食莲虽云多,知味良独少……安得免冠绂,归制芙蓉裳。"今集中亦有数字不同。①

《次韵子由绩溪病起被召,寄王定国》(《年谱》卷一八,《内集诗注》卷二):

---

　　①　现行任渊注本的诗歌正文"爪"作"手","投箸去未能,窃禄以怀惭"作"甘餐恐腊毒,素食则怀惭","虽云多"作"谁不甘","免冠绂"作"同袍子"。与《内集》的所载异文在任渊注本中几乎是同样的,但依然有些许差异(详细情况在此不赘述,以下皆同)。

先生有此诗真迹稿本,云:"种萱盈九畹,苏子忧国病……仍怀阻行舟,风水蛟鳄横……上书抵平津,蠹稿尚记省……天聪四门辟,国是九鼎定……西走已和戎,南还无哀邨。不图西逐臣,朝跻天街并……行当把书传,载酒求是正。端如尝橄榄,苦过味方永。"①

《再次韵四首》(《年谱》卷二一,《内集诗注》卷七):

先生有真迹,题云:"子由作四绝句,书起居郎时入侍迩英讲所见,辄以所闻次韵。"按第二篇首句"风棂倒影日光寒",先生真迹石刻作"风棂倒竹影光寒",政合《春明退朝录》所云降儒殿在迩英阁后丛竹中故事。②

《睡鸭》(《年谱》卷二一,《内集诗注》卷七):

先生有此诗真迹石刻,首句"山鸡照影"作"山鸡临水"。③

《往岁过广陵值早春,尝作诗云"春风十里珠帘卷,仿佛三生杜牧之。红药梢头初茧栗,扬州风物鬓成丝"。今春有自淮南来者道扬州事,戏以前韵寄王定国二首》(《年谱》卷二二,《内集诗注》卷七):

先生有此诗真迹,云:"后数年,京师尘土中,客有自扬州来,交辔久之,道王定国事,因用前之字韵作二小诗寄定国。"按石刻第二诗"日边"作"目边"(笔者按:任渊注本的诗歌正文作"日边")。此诗后又书云"王晋卿数送诗来索和,老懒不喜作。此曹狡狯,又频送花来促诗。戏答'花气

---

① 任渊注本的诗歌正文"行舟"作"归舟","尚"作"初","国是"作"国势","南还"作"南迁","不图西逐臣"作"谁言两逐臣","把"作"怀"。

② 任渊注本的诗歌正文作"风棂倒影日光寒"。此诗是前述《子瞻去岁春侍立迩英……》诗的续篇。宋敏求《春明退朝录》卷上有"迩英阁,讲讽之所也。阁后有隆儒殿在丛竹中"的记载。

③ 任渊注本的诗歌正文作"山鸡照影"。

薰人欲破禅,心情其实过中泉。春来诗思何所似,八节滩
头上水船'。"今集中偶不载,因附于后。

《次韵子瞻寄眉山王宣义》(《年谱》卷二三,《内集诗注》
卷九):

> 先生有此诗真迹稿本,云:"参军但有四立壁,初无临
> 江千木奴……鹡鸰作衮初服任,猩血染带邻翁无。昨来杜
> 鹃劝归去,更得把酒听提壶……社瓮可漉溪可渔,更问黄
> 鸡肥与臞……"①

《跋子瞻和陶诗》(《年谱》卷二八,《内集诗注》卷一七):

> 先生有真迹石刻……"子瞻谪岭南,彭泽千载人"作
> "渊明千载人","气味乃相似"作"风味乃相似"。②

之前所述《王才元惠梅三种皆妙绝戏答三首》诗的"玉山汪氏"
所藏真迹的记载,亦可列在此处。总而言之,与现行任渊注本
(以及《内集》)所收诗歌正文相异的字句,亦被《年谱》征引(《再
次韵四首》《往岁过广陵……》等除诗歌正文的异文之外,诗题
的异文、跋文之类亦被引用)。③

上举《年谱》对黄庭坚诗的真迹、石刻的记载,反映了黄䇕尽
力保存黄庭坚诗歌文本的多样性,并力求将其流传后世的态度。
这种态度在宋代诗文集的整理、注释方面或多或少有所体现。但
是在彻底实践方面,黄䇕《年谱》可谓是出类拔萃的著作。

---

① 任渊注本的诗歌正文"任"作"在","更得"作"更待"。其他"鹡"作"鹣",
"臞"作"癯"。另外,诗题作《次韵子瞻以红带寄王宣义》(然而目录中诗题与《年谱》
相同)。
② 任渊注本的诗歌正文作"彭泽千载人""风味乃相似"。在《年谱》记载中,
"子瞻谪岭南,彭泽千载人"处,"子瞻谪岭南"后疑有文字脱落,或此五字为衍字。
③ 此外,《年谱》卷二三关于《题伯时画观鱼僧》诗,其按语云:"按旧本题云
《伯时作清江游鱼,有老僧映树身观之。笔法甚妙。予为名曰'玄沙畏影图',并题
数语云》。"此虽非真迹类,但却引用了《内集诗注》卷九未曾参照的"旧本"。

三、史容《山谷外集诗注》与黄𥅽《山谷年谱》

史容的《山谷外集诗注》是以李彤编《外集》卷一至七为底本作的注释(《外集》卷一一至一四所收诗除外)。最初是十四卷,之后史容将其改编为十七卷。十四卷本继承了《外集》的古体、近体的分体形式,而十七卷本则是纯粹的编年形式。本章以十七卷本为探讨对象。① 史容《外集诗注》编于黄𥅽《山谷年谱》之后,吸收了《年谱》众多成果。前一部分主要探讨了从任渊注本到《年谱》的继承关系,该部分拟对《年谱》到史容注本的继承关系加以探讨(以下所引史容注,均于题后表明卷数)。

与任渊注本一样,史容注本亦是黄庭坚诗编年的倾力之作。首先,它在其编年考证方面继承了《年谱》的成果。例如《溪上吟》(卷一)的"按黄𥅽年谱载赵伯山《中外旧事》云……"、《冲雪宿新寨忽忽不乐》(卷二)的"又按黄氏年谱云……"等注记,史容注本引用《年谱》之语进行编年考证的例子颇多。《外集诗注》虽然与《年谱》在编年上有诸多相异之处(共对十七题左右的诗歌编年进行了改定),但基本上可以认为它是在《年谱》的框架上成立的,书中有效地利用《年谱》所举黄庭坚的真迹、石刻之例亦为可见。例如《次韵答叔原会寂照房呈稚川》(卷七)的注云:"按山谷石刻《次韵王稚川客舍》题云'王弘稚川元丰初调官京师'"、《古意赠郑彦能八音歌》(卷一五)的"山谷有此诗真迹跋云'吾友郑彦能今可为县令师也。……元祐元年壬寅黄庭坚题'",分别将《年谱》卷一一及卷二〇所引真迹、石

---

① 十四卷本《外集诗注》为《四部丛刊续编》所收。另有作为史容注本补遗的清朝谢启昆编《山谷诗外集补》四卷,收集了史容注本所排除的《外集》卷一一至一四的作品。此书为后世之作,本章不作涉及。

刻,作为编年考证的资料加以利用。[①]

　　史容注本在编年考证上的成就固然很重要,而特别值得注目的是其对黄庭坚诗歌文本在文献学上的探讨,尤其是在真迹、石刻利用方面体现出的从《年谱》到史容注本的继承关系。正如本书其他章节对部分例子所作的说明那样,在史容注本中,以吸收《年谱》记载的黄庭坚诗歌真迹、石刻的形式,对黄庭坚诗歌文本的异同进行探究的注记颇多。例如《思亲汝州作》(《外集诗注》卷一)注云:

　　　　按黄氏《年谱》载,玉山汪氏有山谷此诗真迹,题云:"戊申九月到汝州,时镇相富郑公。"……而首句与集中不同,云"风力霜威侵短衣"。[②]

此外《太平州作二首》(卷一七)注云:

　　　　黄𥋉有家藏山谷真迹,前一首题云:"戏作观舞绝句,奉呈功甫兄。""片片梨花雨"作"细点梨花雨"。

呈示了以真迹为基础的诗题以及正文的异文,分别转载了属于《年谱》卷二及卷二九中该诗条列举的文本。

　　以上二例明确表示了史容注本参照《年谱》的做法,而不经明示引用《年谱》所举真迹、石刻文本的例子亦有很多。以下就不厌其烦地列举其例(诗题后附史容注本及《年谱》的相应卷数)。补充一点,史容在注中称黄庭坚"山谷"(任渊、史季温亦直呼"山谷"),而黄𥋉称其为"先生",可见他们对黄庭坚的态度是有差异的。另外,史容注本和《年谱》的记载亦存在部分字句

---

　　① 　但是,此处《年谱》与史容注本所引真迹、石刻,皆是对《内集》及《内集》所收其他诗歌的记载:前者是《次韵王稚川客舍二首》(《内集》卷九,《内集诗注》卷一)的诗注,后者是《送郑彦能宣德知福昌县》(《内集》卷三,《内集诗注》卷三)的诗注。史容借助《年谱》,利用对同时期关联而作的其他诗歌的相关记载来编年考证。
　　② 　关于真迹的所藏者"玉山汪氏",参照第 268 页注①。

的差异，不影响文意之处，皆省略不注。

《乞猫》（《外集诗注》卷七，《年谱》卷一〇）：

> 山谷手书此诗，题云："从随主簿乞猫。"

《题落星寺四首》（《外集诗注》卷八，《年谱》卷一二）：

> 山谷真迹，前二首题云："题落星寺。"第三首题云："题落星寺岚漪轩。"第四首题云："往与道纯醉卧岚漪轩，夜半取烛题壁间。"又有蜀本石刻，前一首题云："落星寺僧请题诗。"而首句作"游空天众有贾坠"，又"昼吟"作"昼倚"，"江撼床"作"波撼床"，"蜜房"作"蜂房"，"牖户"作"户牖"，"青云梯几级"作"虚空更几级"，"瘦藤"作"一藤"。而第四首石刻题作："醉书落星寺壁，时与刘道纯同饮，二僧在焉。"

《玉京轩》（《外集诗注》卷九，《年谱》卷一二）：

> 山谷有真迹跋语，云："将旦起坐，复得长句，匆匆就竹舆，不暇写。岁行一周，道纯已凋落，为之陨涕。故书遗超上人，可刻石于吾二人醉处……元祐六年大寒，黄庭坚书。"

《发赣上寄余洪范》（《外集诗注》卷九，《年谱》卷一三）：

> 山谷真迹第三联却作："红衣传酒倾诸客，清夜中谈夸九州。"又有题名云："王诚之、柳诚甫、周道甫、魏伯殊、余洪范、徐适道、徐致虚、马固道、东禅惠老。"及诗一首："惠老有才气，往来三十年……"

《次韵郭明叔长歌》（《外集诗注》卷一四，《年谱》卷一七）：

> 案山谷真迹，云："谨次韵上答知县奉议惠赐长歌，邑子黄庭坚再拜上。"其间不同者："何如高阳郦生醉落魄"作"都不如"；"蚓食而蝎跧"，"蝎跧"作"蜗跧"；"自可老研轮"

作"自奇老斫轮";"公直起"作"公且起";"黄花零落"作"零乱"。此帖见藏泉江刘荐家。①

《平原宴坐二首》(《外集诗注》卷一四,《年谱》卷七):

> 按蜀中刻山谷真迹,题作:"平原郡斋。"而诗句小异,云:"平生浪学不知株,江北江南去荷锄。窗风文字翻叶叶,犹似劝人勤读书。""成巢不处避岁鹊,得巢不安呼妇鸠。金钱满地无人费,一斛明珠蒽苡秋。"②

《老杜浣花溪图引》(《外集诗注》卷一六,《年谱》卷二三):

> 按《金陵续帖》,山谷有草书此诗,其间多不同。如"碧鸡坊西结茅屋,百花潭水濯冠缨"作"浣花溪边筑茅屋,百花潭底濯冠缨","空蟠"作"独蟠","探道"作"谭道","且眼前"作"但眼前","乐易"作"乐逸","园翁"作"田翁","皆去"作"皆出","酒船"作"江楼","无主看"作"烂漫列","解鞍脱"作"干戈解","不用"作"不愿","平安报"作"平安信","铺墙"作"铺壁","常使"作"长使","千古无"作"古今无"。③

《题大云仓达观台二首》(《外集诗注》卷一七,《年谱》卷二六):

---

① 《年谱》中"邑子黄庭坚"作"邑子宣德郎黄庭坚","其间不同者"作"其间与印本有同异处",提示了与印本之间的异同。真迹的所藏者"泉江刘荐"未详。

② 此处所引真迹是《别集诗注》卷上题为《平原郡斋》诗的题目及正文,参照本章第四部分。关于此诗,《外集诗注》与《年谱》的系年不同,史氏作元丰七年,黄氏作元丰元年。

③ 《金陵续帖》未详。疑为于金陵刊行的法帖之类。史容注本于此诗之前收《松下渊明》诗。此《松下渊明》诗,即《内集诗注》卷九中题为《题伯时画松下渊明》之诗(《内集》卷三题为《题松下渊明》),第三四句下注有"蜀中旧本元作'平生梦管葛,采菊见南山'"。任渊注中"蜀中旧本"所引的文本,在《年谱》及史容注本《松下渊明》的相关诗注中,作为"蜀本石刻真迹"的文本亦被引用(稍有文字异同)。

> 按山谷有手书石刻，跋云："永利禅寺东偏，遵微径，攀古松，登高丘，四达而所瞻皆数百里间。其地主曰戴器之，因名曰达观台……崇宁元年五月朔，黄庭坚书。"

这些都呈示了诗歌正文、题目存在的文字异同，并且补充了与之相关的跋文、题名等。另外，关于《谢送宣城笔》（卷一六），史容注本云："山谷草书此诗，又跋云……"《年谱》卷二四该诗条的按语云："按《成都续帖》中有先生手写此诗，题云《谢陈正字送宣城诸葛笔》，跋云……"其中史注本引用"草书"的跋文，与《成都续帖》提及的跋文相同。① 附带说明，在上面所举的例子中，史容注本中题为《次韵郭明叔长歌》之作；在黄庭坚的亲笔原稿中则题为"谨次韵上答知县奉议惠赐长歌，邑子黄庭坚再拜上"。实际上，后者是黄庭坚写诗送给郭知章（字明叔）时，使用了带有敬谦表现的诗题。在编辑集本的过程中，诸如此类与作诗现场密切关联的文字被删除，而被整理为简洁中立的文学表现，是具有一定深意的。

以上，考察并分析了从《年谱》到史容注本的继承关系。史容注本继承并发展了《年谱》，同时两者之间又存在着诸多差异。以下，就从这一角度来探究两者的关系。

首先，试观《年谱》参照的黄庭坚真迹、石刻，未被史容注本

---

① 此外，史容注以吸取《年谱》记载的形式，添加有关文字异同的注记的例子也是很多的。例如《次韵外舅喜王正仲三丈奉诏相南兵回至襄阳舍驿马就舟见过三首》（卷二）其一之"别来悲叹事无穷"句下注有"《垂虹诗话》云'别来悲叹事无穷'，张孝先光祖云，曾见亲札作'欢'字。政如山谷改杜诗'少年合开万卷余'，不可拘平侧也"的叙述，引用《垂虹诗话》的内容，对黄庭坚真迹中的异文，特别是此处涉及的平仄规则异同加以说明。这段叙述吸收了《年谱》卷七的记载（据周煇《清波杂志》卷八的记载，《垂虹诗话》是其堂叔周郇的著作，《年谱》中亦可见其他的引用例）。此外，关于《次韵李士雄子飞独游西园折牡丹忆弟子奇二首》（卷一六）、《八音歌赠晁尧民》（卷六）这两首，史容注本虽然不一定是依据真迹、石刻，但是对参照"旧本""别本"记录文字异同的情况各有所述。与这些内容同样的记载，在《年谱》卷二三以及卷九中亦有所见。

参照之例。《年谱》中可见以下按语(诗题之后附注《年谱》及史容注本的所收卷数)。

《仓后酒正厅,昔唐林夫谪官所作。十一月己卯,余纳秋租,隔墙芙蓉盛开》(《年谱》卷一四,《外集诗注》卷一一):

> 先生有真迹,题云:"太和仓后酒正厅,昔唐林夫谪官所作。十一月己卯,余来受秋租,隔墙木芙蓉盛开。"

《题子瞻书诗后六言》(《年谱》卷二三,《外集诗注》卷一六):

> 先生有此诗真迹,题云:"题东坡先生自书诗卷尾。"

《次韵答少章闻雁听鸡二首》(《年谱》卷二五,《外集诗注》卷一七):

> 先生有此诗真迹,题云:"同陈无己和答秦少章闻雁听鸡二绝句。"

这些诗题异文虽然依据真迹被列举在《年谱》中,但并未见于史容注本。① 史容是单纯地未曾看到,还是因为另有原因而作的处理,已不得而知。然而这些例子可体现出史容注本和《年谱》是有所差异的。

上面所举的例子可以说并非举足轻重,而在下面提示的三个诗例中,所见的差异则包含了值得注目的因素。首先来看《同韵和元明兄知命弟九日相忆二首》。《年谱》卷一三的依据真迹稿本,列举了此诗的正文:

> 先生有此诗真迹稿本,首篇云:"革囊南渡传诗句,兄弟相思意象真。九日黄花倾寿酒,几回青眼望车尘。早为

---

① 此外,《年谱》卷八《薄薄酒二章》诗条,其按语云:"先生有此诗真迹石刻,跋云……"列举了石刻的跋文。这在《外集诗注》卷五所收该诗的注记中是看不到的。

学问文章误,老作东西南北人。安得田园可温饱,长抛簪绂裹头巾。"后篇与集中,但"邻田"作"田邻"耳。

关于此诗,《外集诗注》卷九注中亦列举了真迹:

> 山谷有此诗草本真迹,云:"万里云里孤飞雁,只听归声不见身。却把黄花同怅望,寄传诗句更清新。"末句"奉观归制白纶巾",傍注"改"。今本"南北"作"南渡","兄弟"作"摹写","老作"改"晚作"。次篇"田邻"作"邻田"。

《年谱》所举的真迹与现行《外集诗注》卷九(以及《外集》卷七)所收诗歌正文基本上属于同一文本(但在史容注本及《外集》中,"兄弟"作"摹写","车尘"作"归尘","老作"作"晚作")。史容注本所引真迹与《年谱》所引真迹,有较大文字差异。由此可知,史容与黄𪩘所见的是完全不一样的真迹。

其次,关于《送徐隐父宰余干》一诗,《年谱》卷一四的按语云:

> 先生有此诗真迹稿本,云:"地方百里身南面,翻手冰霜覆手炎。赘婿得牛庭少讼,长公斋马吏争廉。邑中丞掾阴桃李,案上文书略米盐……""天上麒麟来下瑞,江南橘柚间生贤……半世功名初墨绶,同兄文字敌青钱。割鸡不合庖丁手,家传风流在着鞭。"

而《外集诗注》卷一一的诗注云:

> 山谷真迹稿本:"地方百里古诸侯,嚬笑阴晴民具瞻。""寒霜"改"冰霜",又改"冷霜"。"皆廉"改"争廉"。第五句"樽前桃李亲朋友",注云"改此"。次篇"瑞世"改"下瑞","同生"改"同兄"。

《年谱》所举真迹与现行《外集诗注》卷一一(以及《外集》卷六)所收诗歌正文基本属于同一文本(然而史容注本中"冰霜"作

“冷霜”，“长公”作“长官”，“敌”作“直”，“在”作“更”。《外集》中除“敌”字是照样使用外，其他与史容注本同）。与上面的诗例相同，此处史容注所举的“稿本”亦为其他的真迹。

最后，关于《寄忠玉提刑》一诗，《年谱》卷二六的按语云：

> 先生有真迹稿本，题云：“赠送忠玉提刑朝奉。”“市骨蕲千里，量珠买娉婷。驽骀骖逸驾，西子泣深屏。吾人材高秀，胸次别渭泾。严能喜剧部，持节按祥刑。萑蒲稍衰息，郡县或空囹。读书头欲白，见士眼终青。今时斧斤地，虚次待发硎。早晚太微禁，占来有使星。”

而《外集诗注》卷一七的诗注云：

> 山谷有真迹稿本，题云：“赠送忠玉提刑朝奉。”“市骨蕲千里”作“市骨收駔骏”，“别渭泾”作“有渭泾”，“喜剧部”作“宜剧部”，“稍衰息”作“颇衰息”，“眼终青”作“眼自青”，“紫微禁”作“太微垣”。

《年谱》所引真迹与现行《外集诗注》卷一七（以及《外集》卷四）所收诗歌正文基本上属于同一文本（然而史容注本及《外集》中“骖”作“参”，“欲”作“愈”，“斧斤”作“斤斧”，“太微”作“紫微”）。有关此诗，史容注本所举的依然是与《年谱》完全不同的真迹文本（但是在《赠送忠玉提刑朝奉》诗题上，与黄罃所举真迹是相同的）。

以上所举三例，皆是《年谱》未曾参照的黄庭坚诗歌真迹，而被史容发现并参照的例子。从这点来说，这些例子极具重要意义。同样的情况，亦见于以下诸例（题下附注史容注本和《年谱》中相应的卷数）。

《薄薄酒二章》（《外集诗注》卷五，《年谱》卷八）其一“小者谴诃大戮辱”句下注：

山谷写本作"谴何",俗本误耳。

《次韵无咎阎子常携琴入村》(《外集诗注》卷六,《年谱》卷一〇）
"晁子为之梁父吟"句下注：

> 尝见山谷写此诗,且跋云："陈寿叙：武侯躬耕陇亩,好
> 为梁父吟……"

《次韵周法曹游青原寺》(《外集诗注》卷一二,《年谱》卷一五)
后注：

> 碑本"荄"字韵下有两句,云："莲子委箭镞,葵花仄
> 金杯。"

《松下渊明》(《外集诗注》卷一六,《年谱》卷二三)：

> 画本今藏眉山陈氏,与板本小异,今录于此："南渡诚
> 草草,长沙济艰难。……客来欲开说,觞至不得言。"①

这些都是《年谱》里所没有的记载,是史容引用自己发现的真
迹、石刻文本的例子。②

以上,针对《外集》所收的黄庭坚诗,考察了黄𦥑《年谱》对
其真迹、石刻的利用,及史容积极地吸收《年谱》成果,在黄庭坚
诗的校勘和采录异文方面倾注精力的情况。③ 在真迹、石刻的
利用这一点上,史容注本基本上以《年谱》的框架为基础。而另

---

① 此处所引"画本"的文本,是《内集诗注》卷九所收《题伯时画松下渊明》诗
的异文文本(参照第 279 页注③)。所谓的"画本",就是指题有黄庭坚诗的李公麟
(字伯时)的画。所藏者"眉山陈氏"未详。

② 此处所举之例外,《外集诗注》卷一四《同刘景文游郭氏西园因留宿》诗的
后注中,列举了《外集》未收的《和蒲泰亨四首》(《别集诗注》卷下)及《奉谢泰亨送
酒》(同前)的诗歌正文,并叙述道"此诗真本尚存,而《遗文》不载,因附见于此"。此
处所提《遗文》,未详。与之类似的记载亦未见于《年谱》卷二一中该诗条处。

③ 史容注本对黄庭坚诗校勘所作的努力,以《和陈君仪读太真外传五首》(卷
七)其一之"不觉胡雏心暗动"句下注中所作的"一作'付与山河买忠义'"注解为代
表,共九题诗中附有"一作……""一本云……",有关字句异同在注记中亦为可见。

一方面,也可以确认出史容注本独自的发展情况。① 关于《外集》所收的黄庭坚诗,《年谱》卷一云:"先生平生得意之作及手写者多在《外集》。"依此,《外集》应收集了很多黄庭坚亲笔原书的传世作品。本部分所论述的黄𡐨、史容对黄庭坚诗歌进行的文献学的探讨,应该说正是因为有这样的遗存文献的支撑才得以展开的。

此外,《年谱》的编纂者黄𡐨,同时也是《黄文纂异》的作者。此书已经散佚,实际状态已不得而知。赵希弁《郡斋读书附志》别集类三有"豫章先生别集集二十卷黄文纂异一卷"的记载,并对此解说云:"右豫章先生别集,乃前集、外集之未载者。淳熙壬寅先生诸孙𡐨所编也。"由此可以推测,《黄文纂异》是记录关于黄𡐨所编《别集》附载的黄庭坚的诗文(含《内集》《外集》所收作品)校勘成果之书。② 史容注本多处引用了被认为是《黄文纂异》的内容,从继承黄𡐨整理、注释黄庭坚诗的成果上说,是极为引人注目的。以下,即列举史容注引用此书,对诗歌题目、正文的文本异同作出注记的例子。

《还家呈伯氏》(《外集诗注》卷一)"四时驱逼少须臾,两鬓飘零成老丑"句下注:

《纂异》蜀本作:"四时略无一日闲,两鬓已落年少后。"

《还家呈伯氏》(卷一)"斑衣奉亲伯与侬,四方上下相依从"句下注:

---

① 史容注本中诸如《己未过太湖僧寺得宗汝为书寄山蕷白酒长韵寄答》(卷一一)第八十四句下注"李建中《题杨凝式大字壁后》云……山谷喜书此诗"、《再次韵答吉老二首》(卷一三)其一第四句下注"《传灯录》传大士颂云……山谷屡写此颂"所述,此类资料表明他对黄庭坚书写己作及他作的墨迹皆有所关注。

② 《郡斋读书附志》的解题并未言明《黄文纂异》属于黄𡐨的著作,王岚《宋人文集编刻流传丛考》认为的"编者姓氏不详"或从此出。此处遵从周裕锴《黄庭坚家世考》(《中华文史论丛》第40辑,1986年,上海古籍出版社)等认为的黄𡐨撰的结论。在《郡斋读书附志》的相关记载中,亦有此认定。

《纂异》蜀本下句作："绝胜已致三千钟。"

《冲雪宿新寨忽忽不乐》(卷三)：

《纂异》眉州本及黄氏本："一梦江南据马鞍,梦中投宿夜阑干。山衔斗柄三星没,雪共月明千里寒。俗学近知回首晚,病身全觉折腰难……"①

《和师厚接花》(卷三)"妙手从心得,接花如有神。根株穰下土,颜色洛阳春"句下注：

《纂异》蜀本前四句作："妙得花三昧,谁明幻与真。家风穰下土,笑面洛阳春。"

《同苏子平李德叟登擢秀阁》(卷八)"松竹二桥宅,雪云三祖山"句下注：

《纂异》一本作："暮雨二桥宅,孤云三祖山。"

《玉京轩》(卷九)：

按《纂异》蜀本云："苍山其下白玉京,广成安期来访道……野僧云卧对开轩,炉香霏霏日杲杲。稻田衲子非黄冠,一钵安巢若飞鸟。莫见仙人乞玉泉,问取紫霄耶舍老。"②

《三月乙巳来赋盐万岁乡,且搜狝匿赋之家,晏饭此舍,遂留宿。是日大风,自采菊苗荐汤饼二首》(卷一〇)：

《纂异》别本"汤饼"下有"红药盛开"四字,"二首"作

---

① 现行史容注本的诗歌正文的第一、二句为"县北县南何日了,又来新寨解征鞍";第五、六句为"小吏有时须束带,故人颇问不休官"。
② 史容注本的诗歌正文为"苍山其下白玉京,五城十二楼,郁仪结邻常杲杲";"野僧……"等以下六句为"野僧云卧对开轩,一钵安巢若飞鸟。北风卷沙过夜窗,枕底鲸波撼蓬岛。个中即是地行仙,但使心闲自难老"。

"三首"。第三首云:"春风一曲花十八,拼得百醉玉东西。露叶烟枝见红叶,犹似舞余和汗蹄。"

《黄几复自海上寄惠金液三十两,且曰此有德之士宜享,将以排荡阴邪守卫真火,幸不以凡物畜之,戏答》(卷一一)"只恐无名帝藉中"句下注:

> 《纂异》本作"党籍",蜀本作"常籍",旧本作"掌籍",皆误。

《从时中乞蒲团》(卷一二):

> 《纂异》蜀本作"谢时中送蒲团",云:"织蒲投我最宜寒,政欲阴风雪作团。方竹火炉趺坐隐,何如矍铄据征。"与今本句多不同。详诗意是谢"送蒲团",今本题作《从时中乞蒲团》,疑有误。

《元丰癸亥经行石潭寺,见旧和栖蟾诗,甚可笑。因削杮灭稿,别和一章》(卷一三):

> 按《纂异》一本云:"……梦回身卧竹窗日,院静鸦啼柿叶风。世路侵人头欲白,山僧笑我颊犹红。壁间佳句多丘垄,问讯髑髅聊撄蓬。"题云:"癸卯岁过宿石潭寺,得前朝诗僧栖蟾长句和之。岁行二十一,重来读旧诗,复用其韵。"①

上述存在大量异文的作品,有的几乎可以认为是别题诗歌。黄庭坚诗歌存在大量异文的情况,不只限于上面所举的例子,可以说是普遍存在的。甚至可以毫不夸张地说,这一现象是黄诗的最大特色。此外,《纂异》所载的"蜀本""眉州本""黄氏本"所

---

① 与《纂异》所引文本的"梦回……"不同,史容注本的诗歌正文的六句为"空余祇夜数行墨,不见伽梨一臂风。俗眼只如当日白,我颜非复向来红。浮生不作游丝上,即在尘沙逐转蓬"。

指为何，至今未详。

　　史容注所引《纂异》的记载，在《年谱》中是如何表现的？首先，可以确认《年谱》中并没有出现《纂异》的书名。其次，上举诗例《还家呈伯氏》(《年谱》卷四)、《同苏子平李德叟登擢秀阁》(卷一一)、《玉京轩》(卷一二)、《黄几复自海上寄惠金液三十两……》(卷一四)等作品的文本异同，在《年谱》中并没有相关记载。再者，关于《从时中乞蒲关》(卷一五)一诗，《年谱》只作了"蜀本作《谢时中送蒲团》"的说明，并没有列举诗歌正文异同。① 但是在其他作品中，即使没有使用《纂异》的书名，《年谱》与史容注本有同样记载这一现象也是存在的。例如，关于《冲雪宿新寨忽忽不乐》(卷五)及《和师厚接花》(卷七)二诗，分别以"蜀集旧本全篇云""蜀本前四句云"的形式，引用了与史容所引《纂异》相同的异文。② 关于《三月乙巳来赋盐万岁乡……》(卷一三)一诗，《年谱》在作了"别本'汤饼'下有'红药盛开'四字，且有三首"的叙述后，按语又引用了与上述史容注本中相同的有关"第三首"的异文内容(史容注本认为此诗是二首，此点与《年谱》相同)。而关于《元丰癸亥经行石潭寺……》(卷一七)一诗，《年谱》以"旧诗云"的形式引用了相同的异文(但是没有史容注本所引"题云……"的记载)。关于《纂异》与《年谱》是如何相关联的，虽然此问题还有必要进行更深一步的探讨，但是个人推测《年谱》发展性地吸收了《纂异》的成果。

---

　　① 史容注本将《从时中乞蒲团》视为一首之作，并将《纂异》所引"蜀本"的文本作为异文进行列举。对此，《年谱》将此诗作二首来对待，并指出《纂异》所引的文本属于《外集》卷一四所收同题诗作的后篇。此后篇未载于史容注本(《山谷诗外集补》卷四所收)。

　　② 关于《冲雪宿新寨忽忽不乐》诗，《年谱》卷五在列举了《纂异》所引文本之后，又有"今《豫章集》前六句皆不同耳"的叙述。由此可知，在黄䇕所见《豫章集》(即《外集》)中，似乎前六句皆与《纂异》所引文本不同。而就第三、四句说，现行《外集》卷六及史容注本与《纂异》所引文本皆相同。

四、史季温《山谷别集诗注》与黄𫮃《山谷年谱》

这部分拟对史季温注《山谷别集诗注》与黄𫮃《山谷年谱》的关联,作一简单叙述。史季温是史容之孙,他模仿史容注本将黄𫮃《山谷别集》所收诗作以编年形式进行排列并添加了注释。但是,在收录作品上又与《别集》存在很大出入。①

从史季温注本中,亦可以看到他受黄𫮃《年谱》的深刻影响。从利用黄庭坚诗的真迹、石刻上说,一目了然(以下所引史季温注皆为题下注)。例如《书东坡画郭功父壁上墨竹》(卷下),题下注云:

> 黄𫮃《年谱》载家藏山谷此诗真迹,题云:"次韵东坡先生屏间墨竹。"止此六句。惟"草木春"作"草偃风","一棻"作"一壶","琼房"作"琳房"。并有功甫跋语云……

以真迹为依据记载了字句的异同,同时又补充了郭祥正(字功甫或功父)的跋文。此段文字引用了《年谱》卷二九的记载。

然而,史季温注本也存在着诸多与《年谱》相异的地方。例如,《明叔惠示二颂》(卷下)的题下注云:

> 前集载其五,叙州墨妙亭碑刻其二,即此是也。彭山黄氏旧藏山谷墨迹七首,并录。②

叙述了此诗依据叙州(今四川省宜宾)的《墨妙亭碑刻》(未详)石本之事。然而,《年谱》卷二六叙述此诗时,仅有按语"按蜀本石刻真迹有此二篇而集中遗逸,故载于此",并未提及"叙州墨妙亭碑刻"(或许黄𫮃所言"蜀本石刻真迹"与史季温所言"叙州

---

① 作为史季温注本的补遗的谢启昆编《山谷诗别集补》一卷,本章不作涉及。
② 所谓"前集",是指《内集》。"其五"是指第二部分所举《内集》卷六及《内集诗注》卷一二所收的《次韵杨明叔四首》和《再次韵》诗,共五首作品。"七首"就是指次韵的五首和此处的二首。墨迹所藏者"彭山黄氏"未详。

289

墨妙亭碑刻"石本同属一物。若真如此,则与《年谱》并无差异)。而下面所举《题子瞻墨竹》(卷上)与《年谱》记载的差异则更为明确。史季温注云:

> 山谷尝有跋云:"东坡画竹数本,笔墨皆挟风霜,真神仙中人。惜无贺监赏之,但有众人皆欲杀之耳。"

此处列举了稍嫌夸张表现的跋文(有可能是亲笔)。然而此跋文并未载于《年谱》卷二四,可以说是史季温新发现并采录的文本。

史季温总共发现并收集了黄𦠆《别集》中未收的黄庭坚诗十五题(三十一首),并将这些作品添加在《别集诗注》中。[①]《年谱》中没有相关记载也是理所当然的。从此点上说,史季温注本是超出《年谱》框架的著作。更为值得注意的是,这些《别集》漏掉的诗作有一部分参照了真迹、石刻文本。例如,关于《别集》未收的《和蒲泰亨四首》(卷下)及《和东坡送仲天贶王元直六言韵》(卷下)二题,史季温注云:"墨迹(迹)今藏于秘撰杨公家。"[②]从中可以一窥史季温以活用新发掘的墨迹资料的形式,对黄庭坚诗进行辑佚的情况。

从以上所举史季温注本的例子可以看出,他尽可能地收集包含诗歌题目、正文、序跋等各种异文的文本及集本中被遗漏掉的文本的编纂姿态。这从《平原郡斋二首》(卷上)及其所附的注记中也可以看出:此诗并未载于黄𦠆《别集》,而是史季温以真迹为依据新拾录的作品。关于此诗,史季温注云:"《外集》有《平原宴坐》诗二首……与此不同。"列举了《外集诗注》卷一四(以及《外集》卷六)所收《平原宴坐二首》(前述)的正文。因此,史季温注本所收的《平原郡斋》诗,是将史容注本所收《平原

---

① 但是,十五题之中《濂溪诗》一首,载于《内集》卷一(《内集诗注》未收)。
② 墨迹所藏者"秘撰杨公"未详,或指杨万里也未可知。

宴坐》诗的异文文本作为诗歌正文的作品。在此基础上，史季温注还作了"又按蜀本诗刻有山谷真迹，题云《平原郡斋》"的叙述，指出黄庭坚的真迹题为"平原郡斋"而非"平原宴坐"的事实。更加值得注意的是，史季温注本在《平原郡斋》诗之后收录了《题邢敦夫扇》诗（卷上）。正如诗注所云"与《平原郡斋》诗大同小异"，《平原郡斋》和《题邢敦夫扇》二作虽然存在异文，但基本上是属于同一作品。也就是说，史容注本的《平原宴坐》、史季温注本的《平原郡斋》和史季温注本的《题邢敦夫扇》，三者是同一诗歌文本，而有三个不同题目的异文关系。所谓的《题邢敦夫扇》，实际上是为邢居实（字敦夫）题于扇面上的挥毫之作，此题忠实地反映了当时作诗的状况。①

　　黄庭坚的诗歌，如上所述在根本上是同一首诗歌的文本，以带有异文或异题的形式被传承的例子颇多。史季温为广泛采录此类文本作出了努力。正如本章至此所分析论述的那样，这种共通的姿态，在黄𩰚、任渊、史容等的著作中亦有呈现。

小结

　　以上，主要从利用黄庭坚诗的真迹、石刻的角度，分析了黄𩰚《山谷年谱》和三种黄庭坚诗注，以及它们之间的相互关系。②

―――――

　　①　正如从此所举的例子中所看到的那样，黄庭坚的诗存在着为数较多的异文。这可以说与黄庭坚擅长书法有关。可以想见，黄庭坚为了答应密友的索字请求，挥毫书写自己诗作的机会是很多的。文人在挥毫书写自己诗作时，即使是相同的作品也会有改变字句之举（此意见为金文京教授所赐）。黄庭坚诗歌的异文因此而生的可能性也是有的。在此意义上，《题邢敦夫扇》诗的例子是很有深意的。此外，关于黄庭坚书写自己和他人诗作一事，可参莫砺锋《黄庭坚"换骨夺胎"辨》（氏著《江西诗派研究》收，齐鲁书社，1986 年）。

　　②　诗以外的作品，有关赋、楚辞的真迹、石刻文本的例子在《年谱》中亦可以看到。例如《年谱》卷二列举了《木之彬彬》（《内集》卷一）、《听履霜操》（《外集》卷一一）、《邹操》（同前）等楚辞，卷一二列举了《休亭赋》（《内集》卷一）的"初本"即初稿文本。另外，卷二四还列举了《寄老庵赋》（《内集》卷一）的真迹跋文，卷二七列举了《苦笋赋》（同前）的石刻跋文。

据此,首先,可以肯定《年谱》与三种黄庭坚诗注的共通之处:注家对作者真迹、石刻类的亲笔原稿,抑或是相当于此类文本多样性的重视,及他们积极地对此类文本进行参照、采录的文献学姿态。此外,还可以确定在这样的动向中,《年谱》的重要作用:在继承吸收任渊注本结构的同时,也起到了为后继的史容注本、史季温注本提供新的参考依据。

黄𥔹、任渊、史容、史季温等通过参照真迹、石刻等这些密切关系作者及作诗现场的文本,有效利用由这些材料得到的成果,展现黄庭坚诗歌多样风采的文本,并使之流传后世。这些真迹、石刻类文本,不仅对黄庭坚诗的校勘极为重要,对窥探宋代诗歌文本具体如何制定、接受、传承等问题,也具有重大价值。有关这些问题,今后尚须将宋代诗文集的整理、注释的全体状况广泛地纳入视野作进一步的考察。

(李晓红　译)

附记:本章是在《黄庭坚詩註の形成と黄𥔹〈山谷年譜〉——真蹟、石刻の活用を中心に》(《集刊东洋学》第100号,2008年;汉语稿载于《中山大学学报[社会科学版]》2011年第2期)的基础上修订而成的。

第十四章　宋代文本生成论之形成

——从欧阳修撰《集古录跋尾》
到周必大编《欧阳文忠公集》

　　文人创作作品。这些作品书写在纸张等物上，保存在作者及其周边人的手里，最终成为定本（决定稿、最终稿），①并进一步搜集定本，整理成文集（诗文集）问世，广为流传开去。通常，我们在读中国文人的作品时，读到的乃是整理收入文集的作品。以前的中国文人们也理当如此。那么，没有被收入文集的作品又是怎样的呢？在这种情况下，大概仍然是阅读书写在纸张等物上流传开来的文本。处于被确定为定本而收入文集之前阶段的文本，特别是作者自己手写的文本，称为草稿。在狭义上，草稿是写在纸上的文本，指的即是所谓"真迹""墨迹""手稿""草稿"等亲笔原稿，但最好不要仅限于此。"石刻""石本"和"碑本"，即作者刻于石上的亲笔原稿，还包括其拓本，在广义上都可称为草稿。

　　近代以前中国文人的草稿原物能流传至今的极其有限，但毋庸置疑，草稿并非不存在。事实上，留存下来的记录文人草稿的文献资料相当多。在中国，有关草稿的记载大多见于宋代。在此意义上，宋代亦可被称作"草稿时代"。宋代是书籍的形态由写本（抄本）向刊本（版本、刻本、印本）转型的时代。据常识推测，从写本到刊本的转型，使草稿存在的意义日趋减少。

---

　　①　对于定本或最终稿，应该区分是作者自己决定的，还是由于作者死亡等种种原因而不得不造成那样的结果，但时代久远难以区别。本章对两者不作区别，总括称为定本。

因为与刊本相比,草稿文本与写本之间带有亲缘性。如果对宋以后的时代也全部考察,情形大概就是那样发展的。然而,窃以为,若仅限于宋代,则情形恰恰相反,毋宁说,刊本普及的结果使得人们将目光转向了草稿文本。

关于在理应称作"草稿时代"之宋代所形成的新的文本观,及其所具有的文学论意义,笔者已经尝试在若干章节中作过考察,[①]但尚未以宋代文人留下的草稿作为直接对象进行论述,阐述的只是他们如何处理草稿、针对草稿作了怎样的探讨,可说是关于宋代草稿研究的历史。那些章节所列举的是宋代诗话,以及北宋的代表文人苏轼(1037—1101)和黄庭坚(1045—1105)的诗集注本。本章将以北宋欧阳修(1007—1072)的相关资料为中心,试观宋代草稿研究的诸种面相。

一、草稿与校勘

宋代是文学文本的研究史上取得划时代进展的时代。此时出现了文集的整理和编纂,杜甫、韩愈等宋代以前的文人,乃至王安石、苏轼、黄庭坚等同时代文人的诗文文本都得到了全面的整理、编纂和刊行。在这样的动向中,文人们着手处理的重要课题就是校正文本文字的异同,即所谓校勘。

这里试看欧阳修对韩愈诗文文本的校勘。在宋代,文人们开始正式处理韩愈诗文文本的校勘,到南宋,产生了诸如方崧卿《韩集举正》、朱熹《韩文考异》等成果,他们的先驱正是欧阳修。欧阳修被定位为开创宋代文学和学术新潮流的先驱,在诗文文本的校勘上,这个定位也完全适合。

---

① 参见本书第三编第十一章《"焚弃"与"改定"——宋代别集的编纂或定本的制定》、第十二章《从校勘到生成论——有关宋代诗文集注释特别是苏黄诗注中真迹及石刻的利用》、第十三章《黄庭坚诗注的形成与黄𥤇〈山谷年谱〉——以真迹及石刻的利用为中心》。

关于欧阳修积极投入韩愈诗文校勘的情况,他自己在《记旧本韩文后》(《欧阳文忠公集》卷七三,《居士外集》卷二三)①中记述:"凡三十年间,闻人有善本者,必求而改正之。"另外,如《唐田弘正家庙碑》(卷一四一,《集古录跋尾》卷八)所言,"惟余家本屡更校正,时人共传,号为善本",欧阳修加以校勘的韩愈集作为最善的文本在文人间得到了很高的评价。如此,在进行校勘之际,欧阳修参照了怎样的文本,其全貌已不得详知。然而,可以确认,在有关墓志铭等碑志作品中,他参照了石本(石刻拓本)。考虑到宋代作为草稿时代,此事有重要的意义。

欧阳修作为真正着手收集、整理自古流传的金石文的文人也为人所知,他对所收集的金石文加以解说的跋文编集成《集古录跋尾》十卷(收入《欧阳文忠公集》卷一三四——一四三),流传至今。② 这本《集古录跋尾》里收录了很多参照石本对韩愈作品字句之异同加以探讨的跋文。试举一例,是前揭《唐田弘正家庙碑》所引的下一节。这是对韩愈所撰田弘正家庙的碑铭《魏博节度观察使沂国公先庙碑铭》之记述:

> 及后集录古文,得韩文之刻石者如《罗池神》《黄陵庙碑》之类,以校集本,舛缪犹多,若《田弘正碑》则又尤甚。盖由诸本不同,往往妄加改易。以碑校集印本,与刻石多同,当以为正。乃知文字之传,久而转失其真者多矣。则校雠之际,决于取舍,不可不慎也。③

这是说,将集本——即作为文集整理而成的文本——同石本作

①　以下所引欧阳修作品皆据《四部丛刊》本《欧阳文忠公集》,题下附注卷次,其中特别将《居士集》《居士外集》和《集古录跋尾》三书所收作品的卷次也一并注出。

②　《集古录跋尾》中流传下来的有"真迹"和"集本"两种形态,《欧阳文忠公集》不管采用哪一种文本,有异文时都出校注。在考虑欧阳修的草稿问题时,这也是意味深长的事例。

③　此跋文的集本和真迹各有字句异同,此处据集本。

295

比较后，发现集本有很多错误。此外，《集古录跋尾》中的《唐韩愈南海神庙碑》（同前）、《唐韩愈黄陵庙碑》（同前）、《唐胡良公碑》（同前）等文，通过对石本和集本的文本进行比较，也得出了同样的结论。

正如上述跋文所述，在文本传承过程中，"妄改"，即错误地改定，是不可避免的。传承的过程越长，换言之，离作者手头越远，则越容易失去"真"的面貌，这是文本的宿命。校正文本一旦成立、离开作者手头之后所产生的错误，恢复文本的"真"貌——亦即原本，以此为目的的行为，就是所谓的校勘。而且，所应恢复的原本，就是通常所说的定本。欧阳修发现，对于要恢复原本（定本）的校勘工作而言，石本文本作出了重要的贡献，这就是石本的价值。

石本可以看作是以草稿为基准的文本。虽然一概称为"石刻"，但既有刻写作者自身所书写的墨迹的情况，也有刻写作者以外人物的书写的情况。《集古录跋尾》所列韩愈的石本中，含有能确定书写者的内容，但这些人都是韩愈以外的人物。在书写者不能被确定的石本中，所刻写的是否为韩愈自身的墨迹尚不清楚（《唐田弘正家庙碑》的书写者便不能确定）。当然，当刻写的是作者自身的墨迹时，可以看作是与草稿一致；当刻写的是作者以外人物的墨迹时，也可以看作基本上是以草稿为基准的文本。因为这些大体上都可以认为是基于作者亲笔原稿的形态而书写的。

草稿，或作为以草稿为基准的文本之石本，其价值就在于它们是与活生生的作者紧密相联的文本，从而基本上可以完全避免被后人之手"妄改"。换言之，它们是与原本的距离无限趋近的文本。在欧阳修之前，利用草稿之类进行校勘的记载几乎没有，这可以认为是尚未明确认识到草稿之类的校勘学价值。

明确认识到以草稿为基准的所谓石本文本的价值，并对此积极利用,在这点上,欧阳修的校勘超越了以前的框架,迈进了一步。此后,在宋代的校勘中,草稿之类被广泛利用,其先驱著作便是《集古录跋尾》。此书在中国的文本研究史上占有划时代的地位。

欧阳修说,石本接近原本,从而可以视为能传达作品"真"貌的文本,然而并非总是"真",有时也会有误。例如《集古录跋尾》的《唐韩愈盘谷诗序》(同前)中"以余家集本校之,或小不同,疑刻石误",及《唐韩愈罗池庙碑》(同前)中"而碑云'春与猿吟而秋鹤与飞',则疑碑之误也"之类的记述,就是指出,石本也不免有误,与之相较,更宜视集本文本为定本。为什么同石本相比,集本可以被看作是正确的文本呢?关于这点,欧阳修没有作出透彻的说明。窃以为,就欧阳修而言,这样的事例也许只能视为例外的特殊情况。

与现在的讨论相关的,不妨看看北宋末南宋初董逌《广川书跋》的看法。和欧阳修一样,该书卷九收录了讨论韩愈《田弘正家庙碑》的题跋。董逌在其中对被欧阳修视为错误的集本文本重新进行探讨,提出见解说,作为最终成果的集本要更为正确(此处还基于集本在文学表现上更加优秀的评价)。在此基础上,他进一步论述道:

> 碑虽既定其辞,而后著之石,此不容误谬。然古人于文章磨炼窜易,或终其身而不已者,可以集传尽为非耶?……今人得唐人遗稿,与刻石异处甚众,又其集中有"一作某""又作某"者,皆其后窜改之屡出也。[①]

董逌指出,集本之所以是比石本更为正确的文本,亦即更接近定本的文本,是因为石本文本也许是作者最初所写的样态,但

后来原文被修改的可能性也是有的。集本的文本可被视为作为作者最终定本而确定下来的文本,故应给予尊重。

当然,《广川书跋》并未全面否定石本的价值,书中不乏和欧阳修一样的看法,认可石本在传达文本"真"貌上的价值。上述引文的开头部分,也表示出石本基本上接近定本的见解。在此意义上,董逌的校勘学是对欧阳修的继续。但是,在上述集本文本优于石本的看法中,董逌明确抓住了在欧阳修的校勘中被忽略的重要问题,亦即作者对己作文本的改定问题。正如下一部分所见,在宋代,不仅是董逌,许多文人都论述过这个问题。在宋代,围绕作者对己作文本的改定问题是如何被抓住和论述的? 其中表现出怎样的文本研究视点? 与文学创作者又有怎样的关系?

二、草稿与生成论

和董逌一样,南宋周必大(1126—1204)也是着眼于讨论作者对己作文本的改定的人之一。其《跋汪逵所藏东坡字》是对苏轼诗歌草稿的记载,试读以下文字:

> 右苏文忠公手写诗词一卷。《梅花二绝》,元丰三年正月贬黄州道中所作。"昨夜东风吹石裂",集本改为"一夜"。二月至黄。明年,定惠颙师为松竹下开啸轩,公诗云:……"稊生既粗率,孙子亦未妙。"今集本改作:"阮生已粗率,孙子亦未妙。"……其用阮对孙无疑。某每校前贤遗文,不敢专用手书及石刻,盖恐后来自改定也。①

他将苏轼《梅花二首》及《定惠院颙师为余竹下开啸轩》诗的草稿和集本的文本作比较论述,并指出前者未必足以作为依据。

---

① 《庐陵周益国文忠公集》卷五〇,《宋集珍本丛刊》影印傅增湘校清欧阳棨刻本,第 51 册,第 522 页。

说到为何草稿不足以作为依据,周必大说,因为很可能作者自己在后来整理收入集本的过程中作出了修改。此说与董逌的见解异曲同工。

董逌和周必大的看法表明,他们都认识到,草稿常常隐藏着作者自己亲手改定的可能性或者危险性。也许可以把草稿所具有的这种特性称为"草稿的不稳定性"。他们着眼于作者对己作文本的改定,并循此视野捕捉到草稿阶段的文本所暗含的独特性格。这是欧阳修校勘中尚未明确的视点,这一点比欧阳修更进一步,超越了以往校勘的框架。

校勘行为的目的基本上在于消除定本(最终稿)成立后文本中滋生的错误,恢复定本本来的面貌,此中并不关注处于定本成立之前阶段的文本。与此相对,董逌和周必大也关注处于定本成立之前阶段的文本。在这里,仅仅恢复定本不再是目的。被追问的是:草稿阶段的文本如何经作者之手改定?定本如何形成?其生成变化的过程又有怎样的文学论意味?他们据以立论的已不是校勘的视点,最好称之为类似于今日生成论文本研究的文本论视点。[1]

在宋代,特别是南宋,随着上述视点的形成,在目睹草稿实物的同时,也留下了很多记录其中带有改定痕迹的文字。例如,南宋洪迈(1123—1202)《容斋随笔·续笔》卷八,对王安石《泊船瓜洲》及黄庭坚《登南禅寺怀裴仲谋》诗的草稿作了如下记述:

> 王荆公绝句云:"京口瓜洲一水间,钟山只隔数重山。春风又绿江南岸,明月何时照我还。"吴中士人家藏其草,初云"又到江南岸",圈去"到"字,注曰"不好",改为"过",

---

① 关于所谓文本生成论,参见松泽和宏《生成論の探求》(名古屋大学出版会,2003 年)等。

复圈去而改为"入",旋改为"满",凡如是十许字,始定为"绿"。黄鲁直诗:"归燕略无三月事,高蝉正用一枝鸣。""用"字初曰"抱",又改曰"占"、曰"在"、曰"带"、曰"要",至"用"字始定。予闻于钱伸仲大夫如此。今豫章所刻本乃作"残蝉犹占一枝鸣"。①

又,南宋胡仔《苕溪渔隐丛话》前集卷八所引《漫叟诗话》,关于杜甫《曲江对酒》诗的草稿,如此记述:

"桃花细逐杨花落,黄鸟时兼白鸟飞。"李商老云:"尝见徐师川说一士大夫家有老杜墨迹,其初云'桃花欲共杨花语',自以淡墨改三字('欲'、'共'、'语')。"乃知古人字不厌改也。不然,何以有"日锻月炼"之语。②

草稿如何经作者之手改定并被收入集本而成为定本?上述文字都具体记载了文本生成变化的过程。

透过这些议论,可以看到,宋代的文人们在文本的改定这一行为中已认识到它的文学意义。特别是《漫叟诗话》对"日锻月炼"的阐述,显示出高度评价其意义的态度。这在中国创作论的历史上有不可忽视的重要之处,故要在此再次确认。

从六朝到唐代,作品不加改动一气呵成的创作风尚,换言之,初稿即成定本的作品写作方式得到高度评价。正如魏国曹植"七步成诗"的故事③所代表的那样,拥有这种能力是优秀文人的证据。当然,这样的评价标准以后也长期被继承下来了,然而在唐代的后半期,以中唐为分界,反复改定初稿的创作方式也开始被认为具有文学价值。对此最好的显示就是"苦吟"

---

① 孔凡礼点校《容斋随笔·续笔》卷八,中华书局,2005 年,第 320 页。
② 廖德明校点《苕溪渔隐丛话》前集卷八,中华书局,1962 年,第 49 页。
③ 曹植七步成诗,创作之神速为人称道。故事见于《世说新语·文学篇》等。

的流行,其中也产生了贾岛和韩愈"推敲"的故事。① 可以说,上述《漫叟诗话》的文字,就是要根据杜甫这样伟大诗人的草稿带有改定的痕迹,来证明这种创作方式所具有的文学的意义。

作为表明同样看法的例子,试读周必大关于黄庭坚《送徐隐父宰余干》诗的草稿所写的题跋《题聂倅周臣所藏黄鲁直送徐隐父宰余干诗稿》的以下文字:

> 山谷此诗,今载外集,不观初草,何以知后作之工。老杜云:"陶冶性情存底物,新诗改罢自长吟。孰知二谢将能事,颇学阴何苦用心。"苟作云乎哉!②

周必大指出,若不看草稿,改定后的作品,亦即今天实际所见之诗,其表现的精妙之处就不能知晓。他又引用杜甫《解闷十二首》其七,确认改定所具有的文学意义。这里还值得注意的是他对草稿这种文本所具有的效用的说明。正是由于草稿的存在,伟大诗人改定作品的过程及其所具有的意义才得以为人所知。毫无疑问,只有作为草稿时代的宋代才会有人说出这样的话语。

以上这样的看法能日渐盛行,大概也因为宋代的文人们在创作时,实际上也在反复改定。在宋代,相传对改定己作表现得相当执着的文人非常多。在这方面,欧阳修也是早期文人的一个代表。南宋范公偁《过庭录》中,关于欧阳修《相州昼锦堂记》有如下记述:

> 韩魏公在相,曾乞《昼锦堂记》于欧公。云:"仕宦至将相,富贵归故乡。"韩公得之爱赏。后数日,欧复遣介,别以本至,云:"前有未是,可换此本。"韩再三玩之,无异前者,

---

① 贾岛苦吟,"僧○月下门"的第二字不知该用"推"还是"敲",韩愈指教他用"敲"更好。故事见于《鉴戒录》等。
② 《庐陵周益国文忠公集》卷四八,《宋集珍本丛刊》第 51 册,第 507 页。

但于"仕宦"、"富贵"下,各添一"而"字,文义尤畅。先子云:"前辈为文不易如此。"①

欧阳修将己作的原稿交给别人后,又对琐细处感到不满而加以修改,他人所得旧稿就被替换成改定稿。作为开创宋代文学新潮流的文人,欧阳修如此执着地对己作加以修改,这对以后文人们的创作方式大概产生了很大影响。

由于上述的创作方式,因而流传着很多留有修改痕迹的欧阳修草稿(一部分流传至今),相关的文字记载也很多。例如,南宋袁褧《枫窗小牍》卷下如此记述:

欧阳文忠公《樊侯庙灾记》真稿,旧存余家,其中改窜数处,如"立军功"三字,稿但曰"起家";"平生"曰"生平"……"生能万人敌,死不能庇一躯"曰"生能瞽暗哑叱咤之主,死不能保束草附土之形"……凡定二十三字,书亦道劲。②

另外,这样反复改定的结果,就是欧阳修的文本中产生了许多"别本",即异文、异本。周必大在欧阳修文集里附录的《欧阳文忠公集后序》这样写道:

前辈尝言公作文,揭之壁间,朝夕改定。今观手写《秋声赋》凡数本,《刘原父手帖》亦至再三,而用字往往不同,故别本尤多。③

由于草稿的文本隐藏着作者改定的可能性或危险性,因此草稿里产生各种各样的异文、异本就不可避免。应该说,这仍然是处于草稿阶段的文本所蕴含的本质特性,亦即草稿的不稳定

---

① 孔凡礼点校《过庭录》,中华书局,2002年,第325页。
② 袁褧《枫窗小牍》卷下,台北艺文印书馆《百部丛书集成》影印《宝颜堂秘笈》本,第106函,第9页B—10页A。
③ 《庐陵周益国文忠公集》卷五二,《宋集珍本丛刊》第51册,第532—533页。

性。这些话语可以这样解读。

　　写下上述序文的周必大是编纂、刊行欧阳修文集的人物。迄今所述欧阳修诗文文本的特性，对其文集的整理、编纂有着怎样的影响呢？

三、欧阳修集的整理、编纂与生成论

　　欧阳修的文集是经过几个阶段逐步编成的。最初编成的是欧阳修自己晚年与儿子们共同编定的《居士集》五十卷。其次是欧阳修死后搜集《居士集》遗漏的作品编成的《居士外集》二十五卷。最后是周必大及其周边的人，以《居士集》和《居士外集》为中心，整合其他著作，编成的《欧阳文忠公集》一百五十三卷，从绍熙二年(1191)到庆元二年(1196)间编纂、刊刻，这部文集应该被称为欧阳修诗文定本的集大成者。传承此书原刻本面貌的，有《四部丛刊》本《欧阳文忠公集》。此外，《欧阳文忠公集》除了《四部丛刊》本，还有其他系统的版本，天理图书馆所藏的通称天理本《欧阳文忠公文集》也流传下来。这是周必大所编文集的增补改订版，应视为同一个系统中编成的版本。①以下，对此天理本也酌情与《四部丛刊》本一起采用。

　　周必大等人编纂欧阳修集的最主要工作就是文本的校勘。他们以"公家定本"、"绵州重刻大杭本"、"绵州本"、"眉州本"、"衢本"、"浙江本"、"建本"(闽本)、"吉州本"、"恕本"等各种集本为代表，比较、探讨了大量文献资料，制定了定本，有异文时则详细注出校语。在各篇正文内插入小字双行注、题下注、篇后注、卷后注，等等，注释的形态多种多样。即使与宋代编纂的

---

　　① 据东英寿《天理本〈欧阳文忠公集〉について》(氏著《欧阳修古文研究》外篇第一章，汲古书院，2003 年)，天理本是周必大所编文集刊行后不久，由周必大之子周伦增补、改订的版本。又，天理本的校语引自洪本健《欧阳修诗文集校笺》(上海古籍出版社，2009 年)。

其他文集相比较,如此既详细又绵密的校勘工作也体现出极高的水准。

这样的校勘工作除了各种集本外,又积极利用了墨迹、石本等草稿之类的文本。根据笔者的统计,依据这些文本附录有校语的作品篇数具体如下:依据墨迹而附加校语的作品共计九篇(另外依据"稿本""帖"的校语也各有一例,可在此处合并统计);依据"石本""碑本"而附加校语的作品共计三十篇;另外,在天理本中,共有十一篇作品依据《四部丛刊》本未参照的"碑本"补加了校语,附在卷后。以上数值不能算多,但也部分地显示出南宋时期在文集的整理、编纂工作中对真迹、石本等草稿的积极利用,因而是重要的。以下试举一些代表性的注释。

作为《四部丛刊》本校注中记录墨迹异文的例子,《早朝感事》诗(《欧阳文忠公集》卷一三,《居士集》卷一三)"笑杀汝阴常处士"一句,正文内有注:"墨迹作'云林高卧客'。"这句写的是在朝廷任职的欧阳修对住在汝阴(颍州)的友人常夷甫的思念。据此注释就明白,"汝阴""常处士"这些固有名词的表达,在草稿中却变成"居住在云雾缭绕的山林之中避世的人"这样一般性的说法。

记载石本异文的例子有《峡州至喜亭记》(《欧阳文忠公集》卷三九,《居士集》卷三九)。在卷后的注释中,可以看到列举了大量的异文。此记的"始平蜀",注云"石本无'始'字";"于万里",注云"'于',石本作'千'";"捍",注云"石本作'悍'";"更生",注云"石本此字下有'朝奉郎'三字";"之停留也",注云"石本作'弭棹之地'";"志",注云"石本作'识'";"喜幸",注云"石本此字下有'也'字";"固为下州",注云"石本无'固'字";"恺悌",注云"石本作'岂弟'"。

天理本校注中记载石本异文的例子有《沧浪亭》诗(《欧阳文忠公集》卷三,《居士集》卷三)。卷后的注释中,列举了石碑上能见到的种种异文,"荒湾野水气象古"句的"野水气象古",注云"碑作'古水气象野'";"壮士憔悴天应怜"句的"壮士",注云"碑作'烈士'";"江湖波涛渺翻天"句的"江湖",注云"碑作'湖江'";"红渠渌浪摇醉眠"句的"红渠渌浪",注云"碑作'红蕖绿浪'";"丈夫身在岂长弃"句的"长弃",注云"碑作'常弃'";"莫惜佳句人间传"句的"佳句",注云"碑作'嘉句'"。又云"后有'庆历丙戌十一月五日自滁寄到,明年春刻'一十七字",指出诗后续刻了十七字的附记。

应当注意的是,周必大等人所作欧阳修集的校勘并未停留在单纯标出字句异同。正如前一部分所述,他们明确抓住了作者本人对己作文本的改定问题。以下试举若干体现这一视点的注释。例如,《黄梦升墓志铭》(《欧阳文忠公集》卷二八,《居士集》卷二八),卷后的注释在全文抄录墓志铭的别本《南阳主簿黄君墓志铭》的基础上如此记述:

> 右《黄梦升墓铭》,公年三十八所作,真迹今藏兴国军吴氏,字画端丽,虽似净本,然亦间有涂改,校今众本,凡增损异同七十余字,疑公后尝修润,或传写差讹。今录示后人,并以元帖并山谷跋附焉。

又,天理本《归雁亭》诗(《欧阳文忠公集》卷五三,《居士外集》卷三),卷后的注释说:

> 士大夫校前辈文集,每得元碑,欣然以为正,不知一时下笔,后多自改。今观《归雁亭》诗,皆以印本为胜,疑公晚年自定者。

像上述这样加上注释的《欧阳文忠公集》中,还有一种情况也值得注意,就是同时完整收录了保留初稿和定稿两者形态的文本。典型的个案是《泷冈阡表》(《欧阳文忠公集》卷二五,《居士集》卷二五)。《居士外集》收录了同表的初稿《先君墓表》

（《欧阳文忠公集》卷六二,《居士外集》卷一二）,题下注曰：

> 此乃《泷冈表》初稿,其后删润颇多,题曰《泷冈阡表》,
> 在《居士集》第二十五卷。

指出初稿完成后,欧阳修又作了增减。同样的个案尚可举出
《欧阳氏谱图序》(《欧阳文忠公集》卷七一,《居士外集》卷二
一)。该序的石本和集本两个文本被一同收录。其中,《集本欧
阳氏谱图序》的篇后注云：

> 前贤遗文,往往集本异于石本。按公《集古录·跋盘
> 古诗序》云："以集本校济源石刻,或小不同,疑刻石误。"窃
> 谓非误也,后或改定尔。故此谱不敢专以碑为正,而存集
> 本于后。

也提及敢于将两种文本一并收入的理由。在以上所举例子中,
《归雁亭》诗和《集本欧阳氏谱图序》所附注释均阐述了这样的
见解：石本文本亦不免被作者修改,故不能视为定本。可以发
现,此看法与先前所举董迫《广川书跋》、周必大《跋汪逵所藏东
坡字》的旨趣完全相同。

在这种情况下,关于欧阳修对己作文本的改定,周必大等
人的着眼点不是别的,正是发现其中的文学意义。以下试举数
例,以窥此意。《准诏言事上书》(《欧阳文忠公集》卷四六,《居
士集》卷四六)卷后的注释写道：

> 右言事书,凡"一作"者,皆江钿《文海》本,疑是初稿,
> 不若集本之善,故难尽从,姑摭其大概如此,后人亦可推公
> 改定之意矣。

又,《论杜衍范仲淹等罢政事状》(《欧阳文忠公集》卷一〇七)篇
后的注释说：

> 右正文乃今盱台（盱眙）守施宿所藏,当时真本也。

　　"一作"疑是后来公所改定,如以水"落"为"洛"之类,及其
　　余文意,皆不若"一作"为长。①

这是指出,初稿与改定稿相比较,后者的文本反映了修改后的
成果,其文学上的表现更为优秀。此论述并非只是单纯展示改
定的过程,也深入到对文学表现的评价。

　　像这样列举异文、展示改定过程有怎样的目的呢? 其中之
一,不妨说,是要呈现欧阳修改定文本的过程,以作为学习创作
秘诀的典范。上文所举《准诏言事上书》的注里即言及此点。
也就是说,是为了让后世文人得以根据欧阳修对己作的改定而
揣摩出创作指向。在宋代的文人之间,不少人共有的志向就是
通过参考伟大文人对文本的改定过程,来提高自身的创作能
力。譬如,在北宋末南宋初朱弁(1085—1144)的《曲洧旧闻》卷
四中能看到如下记载:

　　黄鲁直于相国寺得宋子京《唐史》稿一册,归而熟观
之,自是文章日进。此无他也,见其窜易句字与初造意不
同,而识其用意所起故也。②

黄庭坚通过观察留有文章改定过程的宋祁草稿,领会到作文的
奥义。窃以为,在周必大等人对欧阳修集的整理、编纂中也反
映出宋代文人的这种志向。

　　此处所述大概也完全适合于其他文人文集的情况。譬如,
北宋末南宋初的任渊整理黄庭坚诗集,加以注释,编成《山谷内
集诗注》二十卷。同书卷一所收《王稚川既得官都下,有所盼未
归,予戏作林夫人欸乃歌二章与之》,诗的第二首所附任渊注里
列出了在诗的亲笔原稿中所见的异文,然后说:

　　　① "水落"二字在今《四部丛刊》本的正文中作"水洛",且缺"一作……"的注
语,大概是刊行者认为作"落"误,故改动了正文。
　　　② 孔凡礼点校《曲洧旧闻》卷四,中华书局,2002年,第142页。

　　　　四句盖旧所作,后方改定。今附见于此,庶知前辈有
日新之功也。①

在此可以看清,他与周必大等人的态度是共通的。任渊所编
《山谷内集诗注》是最早真正利用草稿来编辑的诗集注本,在文
集编纂史上占有划时代的地位。窃以为,周必大等人对欧阳修
集的整理、编纂对此有所继承,把他们这一成果称作在宋代形
成的生成论文本研究的集大成者是很相称的。

四、私人领域的显露

　　从宋代文人所记录的草稿文本及其改定过程,我们发现了
什么? 应予指出之处大概不少,此处以周必大所编《欧阳文忠
公集》的校注为例,简单讨论一点。

　　《秋声赋》(《欧阳文忠公集》卷一五,《居士集》卷五)起首处
提及"欧阳子",指的是欧阳修自己,对此正文内的注释说"墨迹
止作'余'",指出"欧阳子"这个第三人称固有名词在草稿中变
成了第一人称指示代词"余"。可能最初写作"余",后来改为
"欧阳子"。在某种意义上,由此改定过程可以发现采取了他者
即第三者的视点。此处所说他者的视点,同时也是读者的视
点。起初,对独自对着纸张书写作品的欧阳修而言,用"余"来
表现自己大概是极其自然的事情。然而后来,欧阳修在意识里
将自我客观地对象化,混入了他者的视点,其结果就是改写了
表达,变成从第三人称的固有名词,亦即从他者的视点来指示
自我。

　　另外还有这样的例子。《景灵宫致斋》诗(《欧阳文忠公集》
卷一三,《居士集》卷一三)卷后注说:"石本序云:'某启。景灵
致斋书事,奉怀审官纠察太学史院五君子。伏惟采览。某

---

①　黄宝华点校《山谷诗集注》,上海古籍出版社,2003 年,上册,12 页。

上。'"指出石本不以《景灵宫致斋》为题,而是将上引文本作为序文附上。也许原来是诗的序文,但更可能是赠诗之际所附的一封书简。尤其值得注意的是,此序使用了尊敬语和谦让语。实际上,在作诗及赠诗之时,运用此等表现用语的序文大概是始终伴随着的。然而,在整理成为集本的阶段,却被改为简洁中性的用语"景灵宫致斋",并成为题目。① 应该说,在此过程中所产生的,仍然是采取了他者即第三者的视点。上述序文在欧阳修与诗之受赠者的关系中或许是不可缺少的,但对堪称第三者的读者而言则未必如此。当考虑到第三者的视点时,这种和作诗现场密不可分的文本就被视为不必要而被改写。

再进一步,可以说,上述两个个案中所发生的情况,是属于私人领域的文本向属于公共领域的文本的生成变化。此处所谓私人领域是指由以作者为首、置身于作诗现场的当事人所构成之领域,所谓公共领域是指布满堪称他者即第三者的读者视线之领域。在文本从前者向后者的转移过程中,《秋声赋》的叙述视点改变了,《景灵宫致斋》诗不必要的要素去除了。文学作品常常难免存在不稳定的摇摆变化,原因之一也许就是文本以在私人领域和公共领域之间往来的形式被书写,并被阅读。

作为草稿时代的宋代,正是以前隐藏在私人领域的文本向公共领域显露出来的时代。对此,《曲洧旧闻》的作者朱弁曾以引用"古人之语"的形式直接言中。前文提到《曲洧旧闻》记载的一则轶事,黄庭坚通过学习留有改定痕迹的宋祁草稿,领会到作文的奥义。在记载这则轶事时,朱弁是这样讲述的:"古语云:'大匠不示人以璞。'盖恐人见其斧凿痕迹也。"此处"玉"和"璞"分别比喻定本(最终稿)和草稿(初稿)。正如此处所引"古

---

① 倘若扩展到草稿以外的范围,同样的事例也很多。例如以《太傅杜相公索聚星堂诗谨成》为代表,赠与杜衍的一系列诗(《居士集》卷一二)的校注中,以"京本作""一本云"等形式,采录了"某启,伏蒙"等运用尊敬、谦让用语的异文文本。

人之语"所说,优秀的"匠"(即文人)让他人看到玉而不让看到璞。就是说,玉的研磨工作过程是要从他人的眼前隐去的。这恐怕是自古以来中国文人的基本姿态。然而,在宋代,本来应该隐藏起来的玉的研磨工作过程显露出来了。朱弁的言辞敏锐地指出,导致草稿这种私人领域再也不能从他人的眼前隐去的,正是宋代文学的特有环境。宋代的草稿研究,就以与这样的环境表里一体的形态在展开。

(李贵 译)

附记:本章是在《中国宋代における生成論の形成——欧陽修〈集古録跋尾〉から周必大編〈欧陽文忠公集〉へ》(《文学》第 11 卷第 5 号,岩波书店,2010 年;汉语稿载于杨国安、吴河清主编《第七届宋代文学国际研讨会论文集》,河南大学出版社,2013 年)的基础上修订而成的。

致　　谢

复旦大学出版社策划编纂了这套"日本汉学家'近世'中国研究丛书",作为研究中国文学的外国人,拙著得以忝列其中,呈现给中国读者,无疑是件幸事。

本书的结构及整体方向,由李贵先生仔细斟酌后最终确定。倘若没有这个基础规划,本书很难编成。此外,一些写完放置不管的小论文也被李先生尽心搜罗编纂。这些小论文的面世完全仰赖于他。高情厚谊,铭感不已。

本书所收论文最初是用日文写成,后由精通日语的中国学者翻译成中文。承担翻译工作的有朱刚、李贵、陈文辉、李晓红、黄小珠、赵蕊蕊、廖嘉祈等各位先生。在书稿付印之际,李贵、赵蕊蕊对翻译稿进行了整体的润色调整。最后的核对,又得侯体健、曹逸梅两位费神相助。倘若拙著对中国读者有些许阅读价值,大多也是翻译者的援助之功。

本书封面上的本人照片,由北京大学杜晓勤先生拍摄,在此谨表衷心感谢。

承担编辑工作的是复旦大学出版社的王汝娟女史,她对本书也倾力甚多,从翻译稿的检查、排版到标点、注释等诸多细微之处都极为谨慎周到,提出了很多中肯意见。书名中"文本的密码",即是她的提议。在她的指导下,本书才得以问世,谨致深切谢忱!

最后,希望阅读拙著的各位读者不吝指正!

图书在版编目(CIP)数据

文本的密码——社会语境中的宋代文学/[日]浅见洋二著;李贵、赵蕊蕊等译;
李贵校译. —上海:复旦大学出版社,2017.8(2024.8重印)
(日本汉学家"近世"中国研究丛书/朱刚,李贵主编)
ISBN 978-7-309-13082-9

Ⅰ. 文… Ⅱ. ①浅…②李… Ⅲ. 中国文学-古典文学研究-宋代 Ⅳ. I206.2

中国版本图书馆 CIP 数据核字(2017)第 152087 号

文本的密码——社会语境中的宋代文学
[日]浅见洋二 著 李 贵 赵蕊蕊 等译 李 贵 校译
责任编辑/王汝娟

复旦大学出版社有限公司出版发行
上海市国权路 579 号 邮编:200433
网址:fupnet@fudanpress.com http://www.fudanpress.com
门市零售:86-21-65102580 团体订购:86-21-65104505
出版部电话:86-21-65642845
上海崇明裕安印刷厂

开本 890 毫米×1240 毫米 1/32 印张 10 字数 221 千字
2017 年 8 月第 1 版
2024 年 8 月第 1 版第 3 次印刷

ISBN 978-7-309-13082-9/I·1049
定价:60.00 元